| "巴马乡愁故事"丛书 |

广西壮族自治区党委宣传部　当代文学艺术创作工程扶持项目

巴马瑶族自治县社会科学界联合会　编

暖暖的村居

广西人民出版社

图书在版编目（CIP）数据

暖暖的村落 / 巴马瑶族自治县社会科学界联合会编 . —
南宁：广西人民出版社，2020.10
（"巴马乡愁故事"丛书）
ISBN 978-7-219-11032-4

Ⅰ . ①暖… Ⅱ . ①巴… Ⅲ . ①散文集—中国—当代
Ⅳ . ① I267

中国版本图书馆 CIP 数据核字（2020）第 112642 号

AIAI DE CUNLUO

暖暖的村落
巴马瑶族自治县社会科学界联合会 　编

责任编辑　彭青梅
责任校对　覃丽婷　文　慧
装帧设计　翁襄媛
封面绘画　陈有天
封面题字　刘德宏

出版发行　广西人民出版社
社　　址　广西南宁市桂春路 6 号
邮　　编　530021
印　　刷　南宁市开源彩色印刷有限公司
开　　本　787mm×1092mm　1 / 16
印　　张　22
字　　数　300 千字
版　　次　2020 年 10 月　第 1 版
印　　次　2020 年 10 月　第 1 次印刷
书　　号　ISBN 978-7-219-11032-4
定　　价　48.00 元

ISBN 978-7-219-11032-4

总序

记住乡愁／

叶柳艳·中共巴马瑶族自治县委员会常委、宣传部部长、人民政府副县长每个人都有自己的故乡，都有自己的乡愁。此生之处是吾乡，吾乡乃乡愁之根脉，决定了一个人在地理空间和精神世界里的轨迹。无论故乡如何变迁，乡愁永不老去。

　　"让居民望得见山、看得见水、记得住乡愁"，2013年12月，在中央城镇化工作会议上习近平总书记说出这句极富诗意的话语，把人与自然以及人类的生活环境、社会环境和精神环境紧密融合，勾起人们无限的思绪，引发民众思深忧远，引起了社会广泛关注。一时间"乡愁"成为热词，成为专家学者热衷讨论的课题。

　　乡愁是什么？是一杯浓浓的酒，是暖暖的村落，对故土山水的牵挂；是悠悠的民俗，是一支清远的笛，一棵没有年轮的树，走不出的精神家园；是家乡那条潺潺的河流，一条洗涤灵魂、永远在心头荡漾的河流。乡愁是对家乡的感情和思念，是一种对家乡眷恋的情感状态，是人类共同而永恒的情感和文化心理。这种情感维系，无论是物，还是人、事，对远离故乡的人来说都是剪不开割不断的牵念，浸润其中的是丝丝的情愫、深深的怀念、永不老去的乡愁。

　　为何要记得住乡愁？20世纪80年代以来，随着城市化进程加速推进，城镇、乡村发生了巨变，乡村人才、资源流失，乡土精神衰败。《一个村庄里的中国》写道："在乡下，亲近自然可以培养乡村记忆，然而亲近电视得到的却只有一个虚构的世界。在那里，你可以亲近任何地方，唯独踏不进故乡；你可以看到任何人，唯独看不到村庄的人。"悄悄变迁的家乡故土，逐一远去的古建筑、古村落，悄然衰落的乡土文明，乡情无所依，乡思无所系，乡愁无所寄，那是怎样的一种愁痛？

乡情乡思乡愁是一种民俗文化、一种宝贵的乡愁资源。用好用活乡愁资源、发展乡土文化、赋能乡村振兴，某种意义上说就是解放和发展生产力。"让居民望得见山、看得见水、记得住乡愁"，习近平总书记饱含愁思深情的话语，就是要求留住乡愁资源、守护乡愁资源，更要发掘乡愁资源、延续乡愁资源、创造乡愁资源、丰富乡愁资源，推动乡愁资源创造性转化与创新性发展。

巴马瑶族自治县曾经是一个集"老、少、边、山、穷、库区"于一体的县份，是世界长寿之乡、中国人瑞圣地。巴马乡愁文化底蕴深厚，早在旧石器时代，这里就有人类繁衍生息、传播文明的星火。山水田园、地形地貌、岩溶洞穴、古老村落、古道古桥、古匾古碑、宗祠家庙、家风祖训、传统美食、民间技艺、民风民俗、奇闻逸事等，都是丰富的乡愁资源。现实中，承载"乡愁"的介质多种多样，而村落、民俗、河流与人类关系最为密切，最具代表性和影响力。在发展的进程中，村落、民俗、河流最容易受冲击，它们的"疼痛"往往无声无息，最终积淀为绵远的乡愁记忆。回味乡愁，叙述乡愁，把乡愁记忆融入人文旅游发展，深入发展投身乡村社会、体验乡土文化、宣泄乡愁情感的人文乡愁旅游，通过旅游触摸文化脉搏、汲取乡愁营养、感知乡土气息，打造思乡怀土、留恋田园、消解乡愁的精神家园，是巴马文化兴盛的中心内容，是巴马高质量发展的重要内涵。

高质量发展离不开乡愁的精神纽带和文化软实力，深入挖掘、保护、传承乡愁记忆，唤起民族文化乡愁记忆，坚定民族文化自信，推动文化繁荣兴盛，让乡愁变得更美，是巴马高质量发展不可或缺的战略措施。推动传统村落向主题村落转型提质、旅游观光向人文乡愁共享旅居、传统文化创造性转化创新性发展，打造一批更加人性化、更富人情味、更具人文关怀的景区景点、特色村镇、村居乡舍、共享农庄，更是巴马发展乡愁经济、推动文化旅游升级的创新实践。因此，组织编撰以村落、民俗、河流为主题的系列"巴马乡愁故事"，从人文视野揭示村落、民俗、河流的丰富内涵，展现巴马特有的人文风景魅力，助力巴马乡村振兴和高质量发展，意义重大、深远。

"巴马乡愁故事"丛书，是中共广西壮族自治区委员会宣传部实施的"广西当代文学艺术创作工程三年规划（2019—2021）"项目之一，丛书共三册（《暖暖的村落》《悠悠的民俗》《潺潺的河流》），叙述和记录有关巴马村落、民俗、河流的乡愁记忆，表达作者对于家乡自然地理空间与精神心理空间的情感，对家乡过去的怀恋和对未来的憧憬。通过出版"巴马乡愁故事"丛书，唤起人们的共同乡愁记忆，激发人们热爱祖国、热爱家乡的情感，更加爱护村落文化、民俗文化、生态文化，更加珍惜美丽乡愁记忆，齐心协力推进文化繁荣兴盛、建设美好家园。

"巴马乡愁故事"丛书，将带您走进巴马故土，亲近青山绿水，体验瑶风壮韵，品味款款乡情，触摸绵绵乡思，品尝浓浓乡愁。

是为序。

目录

CONTENTS

序
言

《暖暖的村落》是"巴马乡愁故事"丛书的第一册。

　　村落是一个人的出生地、成长地，也是一个人魂牵梦萦的精神领地。一个人走出了村落，却永远走不出故乡。村落有童年的故事，有故乡的情思，有家的味道，有浓浓的乡愁。村落承载着人的命运与情感，承载着人的思念与牵挂，承载着深深的文化印痕。

　　巴马瑶族自治县地处广西壮族自治区西北部，辖10乡镇109个村（社区），总面积1976平方公里，地域历史渊源久远，建制文化、遗址文化、红色文化、长寿文化、生态文化、民俗文化等底蕴非常丰厚，曾经是集"老、少、边、山、穷、库区"于一体的县份，是世界长寿之乡、中国人瑞圣地，有着丰富的村落资源和村落乡愁故事。尽管时代在发展、村落地理空间在变迁，广大农村发生了翻天覆地的变化，然而传统村落文化和乡愁记忆愈加浓厚，村落乡愁永远是乡村的根与魂，永远是乡村振兴发展的强大精神力量。

　　为了学习贯彻落实习近平总书记"让居民望得见山、看得见水、记得住乡愁"的重要讲话精神，挖掘、保护、传承村落乡愁文化，唤起民族文化乡愁记忆，进一步坚定民族文化自信，让村落乡愁资源成为助推乡村振兴、推动巴马高质量发展的生产力。中共巴马瑶族自治县委员会宣传部、巴马瑶族自治县社会科学界联合会围绕广西壮族自治区赋予巴马长寿养生国际旅游核心区、广西大健康龙头基地、深圳巴马大健康合作特别试验区的定位，紧扣实施乡村振兴战略的实践，聚焦村落乡愁故事，着眼于挖掘、保护和传承巴马村落乡愁文化，从 2019 年 1 月开始，向巴马籍作家、专家、学者，以及新巴马人(候鸟人)和曾经在巴马工作生活过的作家、专家、学者，公开征集丛书的优秀作品，其中先后征集到"巴马村落故事"68 篇，通过认真筛选、反复修改，最后收录 42 篇。

这些村落故事，以散文的形式，立足巴马村落，研究、挖掘和记叙巴马村落乡愁，表达作者对于故土的眷恋和憧憬，钩沉致远，真实感人。相信本书的出版，必将激发广大读者对家国之爱、对故土之恋、对故乡之思、对故园之情，凝聚起振兴乡村、建设幸福美好家园的强大精神力量。

编　者

2019 年 10 月

我的乡下我的父亲 | 黄土路

父亲就是我的乡下；
父亲就是我的老家。
——题记

站在树上的父亲

火车一直北上，我的心却越过平原起伏的小叶杨，一路往南。

好几个月前，我给父亲打电话，说我很快就回老家去，要待上好些天。不知道父亲听到这个消息是怎么想的，我已经好久没见他了。春天的时候，我随一个电影剧组去老家寻找景点。湖岸的草刚绿，眼前碧波荡漾，站在老家的湖边，我指着远处的一个山谷说，从这里往上三公里，就到我家。我给父亲打电话，说忙完手里的事情，我就回去。父亲对这个从天而降的消息似乎有些不知所措，他紧张地问我，在家里待多少天？我说，就一会儿，不过，我很快就会再回来的，到时会待上长时间。父亲和我通完电话便满心欢喜地期待着。那一次，我只在家里待了十多分钟，来不及陪父亲聊一会儿天，没有坐下来跟父亲吃一餐饭，甚至话也没多说上几句，我就匆匆地离开。低着头走出家门，走下门前的小斜坡，穿过村边的果林，一直到跨上朋友的车子，我都不敢回头。父亲一直跟在我的身后，我害怕看见他眼里失望的眼神。

从三月到六月，一直到七月、八月，我一直期待着把手里的活忙完，然后回乡下去。不知为什么，今年我特别想回乡下，在那里好好地待着。我有很多年不干农活了，耕田、耘地、耨草、割稻谷、收玉米，或者到后山捡些枯柴，这些在少年时看来的一件件苦活累活，现在都生疏了。我不知道当我再次置身玉米地里时，我是否还能承受得了玉米地里的闷热，以及淌不尽的汗水和玉米叶划在手臂上的辣、疼、痒。我是否还能回到收割后的稻草垛上，翻一个跟头，像儿时那样，带着满身的稻秸回家。

后山是一片莽莽森林，一年四季总有着不同的野果。我最喜欢的是无花果。无花果的果期长，春节刚过，树干上就挂起一串青果了，绿嘟嘟的，但直至七八月份，无花果才会慢慢变紫。当它紫得深沉、紫得闪亮的时候，随手摘下一颗，小心地掰开它松软的外皮，皮里的白色的浆汁就会先渗出来，而皮下的果肉和里面糨糊状的甜蜜的果汁，会在你的舌上留下甘甜的回味。如今想来，那记忆竟有些遥远了。

还有野番石榴，那是一种滥生的野果，在森林的边缘，在长长的茅草坡上，野番石榴树疯长着。每年八月，野番石榴熟了，香气随风飘荡，整个山谷弥漫着淡淡的清香。孩子们每天都会去摘一些来吃，剩下的，却没有人想到拿到集市上卖，于是，那些熟透的野番石榴，就会掉在地上，直到腐烂。而腐烂的地方，就会有新的野番石榴树长出来，恣意横生，密密麻麻。

还有野草莓，它的美味，却是跟一个伤心的故事连在一起的。20多年前的那个傍晚，我摘了野草莓回来，吃过晚饭，背起书包就去三公里外的初中上学，才到学校，村里的两个大哥就随后赶来，把我叫回去。母亲就是在那个黄昏心脏病发作去世的。母亲抱着才一岁多的小妹，身子向前倾倒，再也没有醒来。村里的赤脚医生黎伯伯说，心脏病发作，如果是向后倒，还是有救的；向前倒，压着心脏，就很难救活过来了。母亲的心脏病总共发作了两次，第一次，她坐在凳子上，突然一阵心脏绞痛，片刻就向后倒去了。第二次，她仆倒，我即使在村道上疯狂地奔跑着，也来不及赶上让她看我最后一眼。

那个黄昏是我最后一次吃乡村野地里的野草莓了吧？此后整整 20 年，我几乎没有在六月的时候回过老家了。每年春节回去，地里的庄稼已收割干净，山上的草木萧索一片，乡土之上的天空总是灰蒙蒙的。我不喜欢冬天，冬天里的故乡总是布满了愁云，就像父亲的脸，我很少在上面看到灿烂的笑容。即便是现在，生活好了，但在他的脸上，我看到的只是历尽沧桑后的平和。

无花果、野草莓、野番石榴的美味，还有扬穗时的稻香，就是我心目中故乡的味道。当我渐渐明白这个浅浅的道理的时候，我已在城里生活好多年了。我没告诉父亲，我想回家，就是因为好多年没吃到家里的枇杷、黄皮果，还有山里的无花果、野草莓了。我想回家，就是想站在晴天下的故乡，看着夏天的草木静静地生长，或者坐在他的面前，看着他咕噜咕噜地抽着水烟筒，然后抬起头来，回应我无聊奇怪的话题。

但手里的活哪时会忙完呢？编完手中的杂志，邮箱里还有看不完的稿；一本写了近 20 年的诗集，在出版社和印刷厂之间往返穿梭；一个最终不知能不能拍摄的电影正在写作中；还有评职称，有些表永远也填不完；房子也终于买下来了，装修又得花几个月。我跟父亲说，等房子装修好了，你过来小住一阵吧。我知道父亲并不喜欢城市，乡下有太多他割舍不了的东西，但我还是希望他来城里待上一阵。至少，他的孙子渐渐懂事了，他能享受到难得的儿孙绕膝的欢乐。

手头的活真的快忙完了，最新一期杂志印出来了；房子终于可以入住；接着，再去一个遥远的地方开一个会，回来就可以回家了。我买了火车票，突然想起给父亲打一个电话。电话通了，手机里传来父亲接电话时习惯的那一声长长的"喂——"。我这边人声嘈杂，父亲那边却显得很安静。爸，我说，你现在在哪里？父亲说，我在树上。我吓了一大跳，父亲说，今年的黄皮果熟咯，我正在树上摘黄皮果呢，今年的黄皮果，收成不错……父亲还说了什么，我没听清楚，车站吵吵嚷嚷的声音把他的声音吞没了。我听不清他的声音，但眼前却清晰地浮现出他一边站在树枝上，一边拿着手机跟我通电话的情景。家里的黄皮树都是些老树了，据说是爷爷那一辈人种下的。小时候，黄皮果成熟的时候，我和弟弟喜欢爬到树上去摘果。树枝纵横交错，有时候我们会从这棵树爬到另一棵，或者爬到树顶，爬到不能再往上爬了，这时，在那里站着，风吹过来，树枝和人都在摇摆，那种感觉就像一场惊险的表演。而我们的少年，就是在那种不断的冒险中成长起来的。我、弟弟、妹妹如今都长大了，都走出了乡村，只留下我们的父亲，站在我们曾站过的那棵树上。而此时，他仿佛在我的眼前、在风中，摇晃起来。

仿佛我的乡村，也在我的视野里，摇晃起来。

他的心里有一头豹子

接着，又两个月过去了，我还是没有回成老家。

我捡起包袱，竟到北京上学来了，还从北京去了一些遥远的地方。

十月的一天晚上，我和朋友在内蒙古一个名叫赤峰的城市里唱卡拉OK。喝过酒了，我有些头晕，就拉了个帽子盖在脸上，躺在椅子上装着睡觉。音乐的声音震耳欲聋，我竟感觉身体变得轻盈了。我的目光仿佛穿过草原，穿过平原的树，穿过云贵高原上高悬的云朵，看见远在桂西北的我的小村庄，那是我童年的家。土制的榨糖机被老牛拉着，发出巨大的转动声，咕噜咕噜的甘蔗汁从榨糖机流出来，正顺着竹子做成的水槽，流到一排大铁锅里。火已熊熊地烧起来了，铁锅上用竹篾编成的蒸笼早已冒着蜂窝状的泡泡，空气中弥漫着蔗糖的香气。闻到这香味，在草坡上玩打仗的孩子们立即放下他们手中的木头枪，凑到蒸笼前，伸着脏兮兮的小脸。再过一会儿，甘蔗汁变得越来越浓稠，颜色也会越来越深沉，那时他们就可以用甘蔗皮做成的勺子，一勺一勺地接着糖水，送到嘴里了。

我甚至还看见自己的出生，听到自己人生的第一声啼哭。我还看到老屋的布帘被掀开，一个老妇人探出头来，对紧张不安的父亲说，是个小子。父亲脸上的笑容就绽开了。

父亲那时是 28 岁吧？他穿着一件白布衣，手足无措地站着，脸上挂着一位年轻男人刚做父亲时的不安。我也是在 28 岁的那年做父亲的，坐在床上，把襁褓中的儿子放在大腿上，儿子才大腿般长，脸粉嘟嘟的。看着他，我感觉生活突然变得有意思起来，那是一种新的开始，生命在那一刻起变得有意义了。

我不知父亲是不是有同样的感受，36 年前，他会不会像我一样，把儿子抱在怀里，轻轻地摇晃着，让他感觉到一种颠簸和刺激？稍稍长大，看到父亲一见村里的孩子，就会凑上前去，捏一把，逗一把，胳肢一把，使尽各种手段，把孩子逗得咯咯直笑，我心里就很疑惑，父亲是不是也这样捏过我，逗过我，让我咯咯地笑个不停？

记忆中，父亲是一个性格暴烈的人，我和弟弟妹妹们做的事情让他稍感不顺，他就会暴跳起来，等待我们的是鞭子的抽打。我想，父亲的心里一定养着一只豹子，当豹子发作的时候，会在里面冲突着，奔跑着，让父亲变得无法自制，让父亲也变成了一只猛兽，横扫着家里本来就很少有的欢乐，让家庭笼罩着持久的阴云。

那时，我其实是村庄里最乖最听话的孩子，走在狭窄的村道上，看见大人，我会主动让到一边，打个招呼；碰上挑担的老人，我会迎上前去，抢过他们肩上的担子；回到家，我就会搬一张小椅子和一张小凳子，坐在门外的亮光处，安安静静地做作业。

但后来我的性格却变得倔强起来，是因为父亲的鞭子。

鞭子是随手就可以从柴堆里捡起的树枝，当它挥起来时，我不由得开始抽着冷气，或者打着一个激灵，心里充满了恐惧。鞭子落在我的屁股上，我整个人往下沉，眼里蓄满了泪水，心里充满了委屈。后来，被打多了，我的感觉变得麻木了，我开始咬紧牙关，目光冷冷地盯住地上某处，任由他鞭打。有时我还把愤怒的目光投向父亲，这是一种挑衅和反抗。其结果是促使父亲变得愈加不理智了，他的喉咙里发出咕咕的声音，鞭子飞快地在我的屁股上起落，我的屁股上开始出现一道道鞭印。还有一次，他竟把猎枪的引火器打开，枪口指着我的脑袋，狂暴地吼着："我打死你！"一位父亲，他竟要亲手打死自己儿子，这在我心里留下的创痕，一辈子都难以愈合，甚至它抵消了父亲对我的种种好。

父亲打累了，会坐到火灶前，咕噜咕噜地抽着水烟筒。我依然不敢动弹，只是一动不动地站着，目光冷冷地投在某处——门框、地上的一截木头、椅子的边角、透过竹篾编成的墙缝的光亮，但也冷静多了。父亲终于抽够烟了，他扛起猎枪或者锄头，上山或者下地，我才敢一点点地活动自己的手脚。我一点点地往门口挪动，然后趁家里人不注意，飞快地窜出门去。出了家门，我就自由了，我开始像一个孤儿那样在村里游荡，然后找一个父亲找不到的角落，躲了起来。我想从此我不再回家了，也不会再吃饭。就让我死去吧，我在心里说，我死去，他不一定会心疼，但到那时他至少知错了。

有一次，我竟躲到家里的一棵大黄皮树上去。黄皮树是我曾祖父栽下的，差不多有两个人合抱那么粗，树叶浓密，坐在树杈上，抱着树干，只要不出声，谁也发现不了。我悲伤的目光穿过树叶的隙缝，越过前边人家的瓦房和屋脊，看到自己的家门口。母亲从门中进进出出，呼唤着我的名字。母亲一定是急坏了，她焦急的声音在村庄里回荡。但我还是咬住嘴唇，屏住呼吸，不让自己发出一点声音。我的脸上一定有泪，但我知道我不能回去，因为这是我与父亲的一场战争，我不能先败下阵来。母亲要担心，就让她担心去吧，我的心肠竟硬了起来。那时候，我体会不到母亲担忧的心情。

我就坐在树杈上，两天一夜。母亲找不到我，开始跟父亲骂起架来。父亲一定也觉得理亏了，他的脾气好像突然收敛起来，嘟嘟嚷嚷地应对着母亲，但他断然是不会跟着母亲一起去找我的。

30年后我回到老家，母亲去世已有20年了，她的坟上芳草萋萋。有一天，我跟村里的一位老人聊天，她突然问起我小时候的事情。她说，小时候，你父亲打你后，你躲到树上去，这事情你还记得不？我说，记得！然后感到恍若隔世。她说，你母亲过树下不知多少次，一声一声地喊你，你就是不应，你们黄家的人啊，脾气都有点韧。韧，是我们壮话方言，意思是拧。我无言，突然感觉时间在我的眼前汹涌起来，30年的时光转眼就过去了，我被母亲孤零零地丢在人世间，丢在时间的河岸上，而今天，站在村里这位老人面前的这个人，已不是当年的那个孩子了。

后来，经这位老人点拨，母亲才在树上找到我。她说，你们家的孩子爱爬树，他爬树，一般也是爱爬自己家的果树，你去看看。

母亲找到我时，我已在树上睡着了。蚂蚁爬在我的身上，蚊子叮在我裸露的皮肤上，甚至还有不知名的小虫，把我叮出了许多包，但我浑然不觉。我是怎样从树上下来的？母亲是不是把我紧紧地抱在怀里？我已记不清了。也许，我一从树上下来，我的少年时期就这样过早地结束了，时间带走了一切，带走了母亲，还有记忆。

弟弟们也长大了。一个个子蹿到一米七几，另一个蹿到一米八。父亲再也不能把他们吊起来打了。放假回家，父亲跟我们说着某件事情，有时竟遭到我们三兄弟的联合反对，这让他感到愤怒和无奈。他的目光只好又转向妹妹。妹妹坐在火塘边，勾着头，不说话。妹妹比我小15岁，她是最后一个长大起来的。还抱在怀里喂奶的时候，母亲就去世了，母亲没有留下一张照片，母亲的容貌对她来说永远是一个谜。

在一个缺少母爱的环境里生长，小妹总是郁郁寡欢，多愁善感。她总是躲在一个不被人注意到的角落。开学了，交完三个哥哥的学费，妹妹的学费总是一拖再拖，从小，她总是不断地面临着辍学，有谁感受到她内心的那种无助和绝望呢？我们一个个目光向前，总希望脱离苦海。我先大学毕业，开始工作了，然后反过来送大弟上中专。大弟也毕业了，我们一起送小弟上高中，送小妹上初中。小弟高考没考上，补习，最后到部队当了一名特种侦察兵，退伍后，也找到了工作。这个过程几乎经历了整整十多年。

前几年，小妹也高中毕业了。她高考也没考上，又复读了一年。正当我和两个弟弟规划着她的前程的时候，她竟把父亲惹怒了。据父亲说，她用家里新装的电话，打了800多元话费的电话。800元，在父亲心目中是一笔多大的数啊，1989年，为了我和弟妹的学费，父亲去银行贷了800多元钱，结果十多年都没有还上。直到我工作好多年了，两个弟弟也都工作了，这笔钱才还上。记得我去还那笔钱时，连本带利，已经变成2000元了。

记忆中的妹妹是我们家最可怜的孩子，几个男人，父亲和哥哥们，是不知道如何去关心她的，我们对她头发里长出的虱子感到手足无措。我理解妹妹，一定是什么人突然给她家庭以外的关心，让她迷上了打电话。但妹妹也被800元的话费单弄傻了，看到了父亲眼中的怒火，她飞快地躲进自己的房里，把门从里边紧紧地关上。父亲把门拍得砰砰响，门被踹得不断晃动，妹妹就是不把门打开。她知道把门打开，父亲会因为这800元钱跟她拼命的。门不开，父亲竟在门上泼上煤油，扬言要一把火烧了。事情后来是怎么平息下来的？我不知道，只是知道妹妹逃出了家门，逃出了村庄，有好长一阵时间，最后竟不在父亲面前露面了。

后来，我们把妹妹送进了中专学校，只读了一年，就被学校送到厦门的一个企业实习，从此在那个企业待了下来。从小到大，我们家最可怜的孩子，现在离我们大家都远了。我不知道，是不是自从父亲把煤油泼在门上的那一刻起，妹妹的心里也埋下了对父亲的怨恨，从此再也不愿踏进这个家门！

春节要到了，我小心翼翼地给小妹打电话，问她春节是否回家？小妹平淡地说，回呀。我心里的石头突然放了下来。其实，从小到大，最疼父亲的是小妹。因为作为哥哥的我们一直在外面读书，只有她在父亲身边的时间是最长的。最艰难的时候，她坐在火塘边，勾着脑袋，黯淡地跟我们说，她不想读书了，想回家帮父亲干活。父亲怎会答应她的请求？父亲要求我们家的孩子每个人都必须读书。

春节到了，经历了20多年风风雨雨的一家五口人，终于可以静静地坐在火塘边，聊着家常了。风在屋外呼呼地刮着，但不再让人感到小时候的那种寒冷。火塘里的火熊熊燃烧，铁锅架在火塘上，父亲正忙着炒米花。经过煮熟、晒得半干、用碓舂扁了的糯米粒，被父亲铲起，放到油锅里，它们瞬间就绽开成白白的米花，那是一个灿烂的过程。炒完米花后熬蔗糖。蔗糖在开水里一点点地涸开，一点点地溶化，再过一阵，水里冒出一串串的糖泡，糖水越来越稠，越来越黏，父亲用一根筷子来定火候。做米花糖，火候掌握得好不好，是成败的关键。如果掌握得不好，做出来的米花糖就结不成块，就会散开。做米花糖是父亲的绝活，他做的米花糖，几十年竟没有散开过的。

我们东一句西一句地闲扯着，父亲压低声音，用气愤的声音向我们控诉着村里某些人对他的不敬，我们劝他用平和的心态对待家里和村里的事情。我们对他说，你现在都60多岁了，应该好好地享受自己的生活了，不要动不动就跟别人动气。父亲嘟嘟囔囔地申辩着，但很快就停了嘴，我们趁机转换了话题。

儿子也被我带回来了。儿子是幸福的一代，他没受过什么苦，过的是无忧无虑的日子，这使他显得有些调皮，一口饭含在嘴里，半天也不吞下去。我发火了，把手在他头上扬起来，做出一副要打人的样子。父亲在一边竟先急了，他说，打孩子只能打屁股，不能打脑袋，打脑袋会把孩子打傻的，到时候你后悔都来不及，小时候，我打你们就是只打屁股。

父亲对打孩子，竟十分有心得。父亲不无骄傲地说，要不是我从小打你们，你们能有今天？

说到打人，大弟总是笑嘻嘻的。他上学的时候，窜到路边的溪沟里躲起来，没去上学，让父亲知道了，父亲把他吊起来打。大弟笑嘻嘻的，他似乎觉得那是应该打的。

但说到打人，我几乎是难以原谅父亲的，不过我没提起小时候他把猎枪顶着我脑袋的事，也许他早已把这事忘了。

记得有一次，在我生活的城里，我跟在父亲的身后，走在来来往往的人潮和车流里。那是我第一次这么认真地看着父亲的背影，一位乡村的猎人，他的身影在城市的人流里左右躲闪，脚步竟有些晃，透着一种无助和不安。那一刻，我突然觉得父亲老了，在他身上，再也看不到当年在山里奔跑着追赶猎物的影子。我记得小时候，我正在屋里煮玉米糊，屋边的小路上响起咚咚的脚步声，我就知道父亲回来了。我跑出家门，墙角探出一捆硕大的干柴火，然后父亲勾着头出现了。他把柴火砰的一声丢在地上，拉下挂在脖子上的汗巾擦汗。看着那捆硕大无比的柴火，我感觉自己一辈子都扛不动它。

但父亲毕竟老了，面前的父亲，不再是那个强悍的父亲了。他的身材瘦小，那已不是小时候我在阳光下仰望的高大无比的父亲了。由于缺了不少牙齿，他的腮帮瘪了下去，这让我感觉他瘦弱不堪。

儿女们对父亲的理解，可能就是从父亲衰老开始的。我竟渐渐记起小时候父亲把我的屁股打肿后，用药酒涂着我屁股的一些细节来。他让我伏在他的膝盖上，撅着屁股，然后浸了药酒的药棉在我的屁股上轻轻划过，一种凉丝丝的感觉浸透开来，舒服得让我龇牙咧嘴。

我与父亲的战争，终于因为父亲的衰老停息了。我们面对面地坐着，父亲抽着他的水烟筒，我拿着手机开始玩游戏。这是大年夜，弟妹们都睡了，我和父亲还在聊天，聊村庄的事情，等待新年的到来。有时候，我们聊我小时候的事情。父亲总想表示自己在任何事情上都是有道理的，包括用鞭子打我们，我也懒得去争辩了。我甚至想，我们四兄妹上辈子也许是父亲枪口下逃走的猎物吧？这辈子是来向他偿还什么的，受到他的鞭打，也许是命中注定的事情。

我心里最感激的是，不管生活如何困难，父亲咬着牙也要供我们四兄妹读书。让子女读书，是他一生的信念。

在柴火熊熊燃烧的火塘边，父亲正抽他一辈子都离不开的水烟筒，红红的火光照在他的脸上，脸上竟透着少有的慈祥的表情。父亲心里的那头豹子，如今也老了吧？它静静地蛰伏在他内心的一个角落，睡着了，好像永远不会再醒过来。

乡村的最后一个猎人

猎人，这个属于乡村的词语，一定能让你想起那个遥远的年代：森林、荒野、野兽四处横行、枪声、冒烟的树丛……

陈应松的小说《牧歌》发在我编的那期杂志上，"猎王再也猎不到森林里的动物，他把猎枪无奈地卖给城里来的客人，作为装饰品"。

其实我的父亲也是一位猎人，那时他有一把猎枪，一把冲锋枪。猎枪就挂在墙上，冲锋枪是父亲当民兵时发的，他把它藏在内屋的柜子里。还有一只猎狗，总是跑在他的身前身后，然后箭一样地蹿出去，消失在前边的树丛后面。它一定是看见了松鼠，或者田野里的其他小野兽，因此兴奋地叫个不停。

我记得有一天，苍鹰在村庄的上空盘旋，村庄里所有的鸡都开始往有阴影的地方跑。母鸡咯咯地叫着，催促着小鸡，但来不及了，苍鹰从高空像一块石头坠落，砸向鸡群，在一阵母鸡的尖叫和挣扎声中，复又飞快地升起，向村前草山上的那块岩石飞去。被捕获的总是母鸡，它的叫声随着老鹰升起，在空中回响着，在到达那块岩石时已经消失了。村人目睹整个过程，从老鹰的盘旋，到它落在草山的那块岩石上。在这过程中，有人一直"啊……啊……"地叫着，以为能吓跑那只正向母鸡俯冲的老鹰；甚至有人呼喊着我父亲的名字：卜送，卜送……我父亲并不是这个名字，他有一个让人嘲笑的名字：黄洪文。南方人，"黄""王"不分，在打倒"四人帮"那阵，甚至有人直接把我父亲叫"四人帮"。卜送这个名字，是因为我出生，并有了名字后，人们才按习俗称呼他的。卜，是爸爸的意思，送，是我的壮话小名。

我的父亲出现了，或许他就在家里抽着水烟筒，听到村里人叫他，就飞快地放下水烟筒，跑出家门，或者他正在后山里打柴，听到村里人的尖叫，他便飞快地跑回来。那时老鹰已经升空了，只有失去母亲的小鸡们还在惊慌失措地叫个不停。顺着村里人手指的方向，他隐约地看到老鹰正站在那岩石上撕扯着那只老母鸡。

父亲背着猎枪出发了。村里所有人的目光都注视着他。他消失在村前的树丛后，不久又出现在对面的山上。他从侧面攀登，一点点地向着那块岩石靠近。不久，枪声在对面的山上骤然响起，一缕青烟似乎是为了告诉村里人父亲的位置。枪声过后，村里人再也没有看见那只老鹰从那块岩石上飞起来，它再也飞不起来了。

不过也有意外的时候，有次他还没到那块岩石附近，老鹰就飞走了，向着草坡的高处飞去。村里人不由惊叫起来：飞了，飞了！父亲在对面的山上喊：飞哪边？村里人于是高声地告诉他，向那棵枫树飞去了。父亲越过那块岩石，向着那棵枫树进发，但不久他就垂头丧气地回来了。那只老鹰早已不在那棵树上了。不过，再过好些天，它又会在村庄的上空盘旋，又引起村里的鸡一阵恐慌。

记得小时候，家里火塘上总会垂下一根绳子，挂着一个木架。春节过后，木架上挂着一块块腊肉。腊肉滴下的油，不时地滴在我们放在火边烘干的白鞋，或者其他东西上，甚至干脆滴到火里，发出哧的一声，火突然旺起来了。

腊肉挂在那里，对我们永远是一种诱惑，但只有一些亲戚和朋友到来时，它才会被取下来。亲戚和朋友也许并没有什么事情，有时仅仅是路过，或者刚好到附近的山上寻找牛马，突然想起在这个村里，有一家亲戚，就折进来坐一坐，抽一筒烟，喝一口水。腊肉挂在那里，不取下来，是不合人情的，而且家里除了下蛋的母鸡，就没有什么可用来待客的了。于是，木架上的腊肉就渐渐少了，到农历三月初三，木架上的腊肉很快就没有了，这时，木架上悬挂的其他东西才突然引起了我们的兴趣，它们是老鹰或者猫头鹰的爪子、动物的骨骼、差不多熏干了的小布袋一样的动物的胆囊……

父亲告诉我们，这些东西都是宝，因为它们都是可以入药的。对村里人来说，这些东西，还有门前木板上钉着的兽皮，似乎在提醒他们，这是一个猎人之家。

爷爷也是一个猎人，当然他后来入了党，参加了韦拔群在大革命时期组织的"三打东兰"中的两次战斗，后来又转到乡苏维埃政府任民政助理。红七军北上后，东（兰）凤（山）根据地陷入一片白色恐怖之中，他不得不改名留下来，做了地下联络员。在我的印象中，爷爷不过是乡间一个普通的喜欢种菜的老头，在他的身上，我看不出曾有过的传奇。但他的哥哥，就是有一次在给他送子弹的路上，被敌人在邻村打死的。

说起爷爷的枪法，父亲总是嗤之以鼻，因为打了大半辈子的猎，爷爷只打下一只黄猄，而父亲的枪法，在我们那一带却是威名远扬的，他能一枪把盘阳河对岸的飞鸟打下来。父亲跟爷爷是一对冤家，他们坐不到一起，谈不拢什么事情。很多时候，爷爷忙着自己的事情：捡草药，种菜，戴着老花眼镜在门前的光线里看着偶尔能找到的报纸。许多人把爷爷的医术吹得神乎其神，说他能治肝硬化、麻风，还有许多疑难杂症，但爷爷却从不把自己的医术传给父亲。每次上山捡草药，他总带上已嫁到邻村的侄女，而不是父亲。他边走边给侄女讲解看到的每一种植物的性能、药用，以至于她后来也成了一位颇有名望的乡村医生。父亲后来也给别人捡草药治病，但他所学会的，都是他的堂姐教的。

在我的心目中，父亲其实是一个难得的孝子，每次杀鸡宰鸭，他总要把最好的最适合老人咬嚼的肉留给爷爷，把鸡腿留给我们这些小孩。他还给我们讲许多故事，都是教育我们如何孝顺老人的。父亲与爷爷合不来，也许是父亲在枪法上嘲笑过爷爷，不然，善良耿直的爷爷是无论如何也不会生气的。以至于到了临终之时，他把母亲叫到床前交代后事，而不是我的父亲。

父亲第一次参加狩猎，是 1961 年农历腊月廿三，那时父亲刚满 17 岁。前一夜，村里领着大家打猎的头人刚做了一个好梦，这是一个好兆头，于是，一大早他就把大伙召集起来，准备上山打野猪、黄猄。父亲还记得他第一次扛着猎枪出门，跟在男人们身后的情景：大家投向他的目光是不信任的，甚至是不屑的，还有人嘲笑父亲，说他连扛个铳（猎枪）都打晃，还打什么猎啊。幸好一位姓陆的伯伯帮他说了话。就是那一次，父亲一枪打死了一只黄猄。在人们还在感到诧异的时候，又过了几天，父亲又打了一只。那一年，全村打了野猪、黄猄共 25 只，其中有 17 只是父亲打下的。年仅 17 岁的父亲，用一年的时间就成了乡间的名人，并因此成了大队民兵连的一个连长。

但林里的野猪和黄猄总有被打光的时候，到我出生，并开始长大时，山林已寂静下来了，除了小松鼠和吱喳乱叫的小鸟，再也没有什么野兽的踪影了，没有黄猄爬到苦楝树上去吃苦楝子，没有野猪越过树林，跑到玉米地里拱玉米。在夜晚出没的，只有野猫，它穿过乡村的夜色，在杂草丛生的村路或玉米地里一闪而过。

父亲吃过晚饭，依然会扛着铳出门，他的目标就是那些野猫。他在乡村的路上来回走着，从一个村庄走到另一个村庄。他自己加工过的加长电筒发出强光，不时在村路、田地、山野上扫过，那是夜晚的一个发散的光柱，黑乎乎的树丛、连绵的玉米地不时被照亮。那些风吹草动就被吓破胆的夜行人，看到这光柱就放下心了，因为他们知道那是我父亲，一个天不怕地不怕，连鬼神也不怕的猎人，有他在那里走着，他们就不用害怕什么了。

父亲的电筒光终于锁定了两粒闪亮的光点，这光点往往一闪而过，需要多么细心才能发现它啊？那是野猫的眼睛。父亲把电筒闪回，对准野猫的眼睛，野猫就待着不动了。这种习惯了在夜晚出没的动物，对光线总是感到迷惑，电筒的强光一下就让它傻住了。这时，父亲摘下肩上的铳，把电筒套在铳管上，瞄准，射击。我不知道，野猫被打中时是否会发出一声惨叫，我只清楚地记得，当父亲扛着铳出门的时候，我们熄灯上床，我感觉黑夜像一堵无边无际的墙横在眼前，它不时地活动着，向我挤压过来。一点点的风吹草动，就让我的心蹦出胸腔。在那样的夜晚，我心跳的声音就像锣鼓在敲，我感到呼吸困难。如果有脚步声传来，我就屏住呼吸，极力分辨那是不是父亲的脚步声。我一定是在那焦灼、恐惧中，度过一个个夜晚的。第二天天未亮，我起床点亮煤油灯，烧热水洗脸，准备去上学，这时我才发现野猫就蜷在火灶边，好像睡着了。它的脑袋，被父亲的砂弹打开了花。

在那个物资匮乏的年代，野猫曾经是我们一家美好的回忆：把野猫的皮剥下来钉在一块木板上，晒干后，父亲把它拿到市场上，能卖上十多二十块钱，那往往是我和弟妹们去学校的生活费；野猫肉被我们一锅煮了，它的香味往往蹿出篱笆墙，在我们童年的记忆里飘荡不散。

野猫渐渐也没有了，空寂的原野往往只剩下风吹过茅草的声音。村庄的夜，只剩下看家的狗在夜静时分不时地叫着，仿佛告诉你那是村庄，那是村里人生息之所。

父亲也渐渐老了，他过了当民兵的年纪，因此冲锋枪被收了回去；接着，收枪治暴，父亲的铳也被没收了。没有了猎枪，最后一只猎狗老死后，父亲也就没什么心情养猎狗了。从此，走在路上的父亲，再没有什么特征，能让你想起他曾是一位猎人。

但父亲还是保持了穿越山林的习惯。有事没事，他都喜欢拿着一把柴刀，从一个山头走到另一个山头。山上有鸟在鸣叫，有松鼠在跳跃，有蝉在没完没了地嘶鸣，但不会再有野猪、黄猄这些大型的动物了，父亲巡山回来，肩上扛着的只有柴火。打柴火是农村所有农活里他最喜欢的，因为那样可以让他整天整天地泡在山上，而不是地里。父亲不喜欢地里的活，地里的活总是落到母亲的肩上。母亲去世后，地里的活让父亲愁眉苦脸，父亲因此被村里人称为懒人。他们不知道，其实我的父亲骨子里就是一个猎人，猎人是不喜欢田地的，他喜欢山林。只不过，山上再没有他的猎物了。一个失去了对手的猎人，他的内心是孤独的。在他的内心里，就只剩下那些打猎的故事了。

从很小的时候起，我就喜欢坐在火灶边听母亲讲故事，那都是民间口传的故事：卜火（穷人）、田螺姑娘、雷公雷母……母亲去世后，我们坐在火塘边，整个家显得冷冷清清的。父亲抽着水烟筒，我们看着连环画，心情好的时候，父亲竟跟我们讲起打猎的故事来。

父亲打猎遭遇过危险，也遭遇过尴尬：不知哪一年，他手中的枪走火，野猪回过身朝他猛扑过来，他腾空而起，抓住了头上的树枝。父亲讲到这个细节时辅以动作，然后，他说，如果腾空慢一秒钟，他的大腿就被野猪撕了。又不知是哪一年，他参加狩猎，对面山头有人朝他喊，过去了，过去了！不久，他眼前的草丛耸动，他朝那开枪，打中了一个人，砂弹把那人的身子打出了许多眼。父亲还说他们打过老虎，那可能是乡村的最后一只老虎了吧？因为此后，我们那一带再也没出现过老虎。

父亲就是带着对打猎无限美好的记忆来到我生活的城市的。那时候，弟妹们都工作了，我的儿子正上幼儿园。星期天，我们问父亲，你想去哪玩？我们陪你去。父亲竟说他想去动物园。于是，我们浩浩荡荡地出发了。动物园在西郊，绿树掩映。有关动物园，我曾写过一篇《前往二十二世纪的西郊动物园》，那是一篇忧心忡忡的文字：到 22 世纪，我们城市里的动物园，就会变成动物纪念馆了，因为很多动物、很多物种，会不断地消失。但眼前，虽然我们无法看到老虎啸聚山林的雄风，但它膘肥体壮，正过着休闲的园居生活；还有表演艺术大师大象，正饶有兴趣地表演着踢球；还有鳄鱼，在阳光下半睁半闭着眼睛，好像沉浸在另外一个世界。对于动物园，儿子来过很多次了，他感兴趣的只有大象表演，而父亲，却一直在掩饰着自己内心的激动。他走在我们的前面，似乎带着我们乱走一气，我知道父亲一定在找着什么？黄猄！！父亲惊呼！我们顺着父亲的目光，看到了铁笼里几只黄色的动物，它们还长了角，像鹿角一样好看的角。这是我第一次看到黄猄，原来它是一种温顺美丽的动物，它的眼神像驴那样单纯、透明，让人类能够从中看到自己的污浊。父亲贴近栏杆，像看到老朋友那样，长久地看着黄猄，但他的目光却是复杂的。我们还看到了野猪、老虎、竹鼠、狐狸……看到每一种动物，父亲都惊喜地叫着它们的名字，并说他曾猎获过它们。但渐渐地，他的声音由最初的兴奋变成了沉默。父亲是一个猎人，他曾亲手剿灭过多少动物啊？它们是他的敌人，还是他的朋友？现在，父亲只能在动物园里看到它们了。无敌的人类，当他们剿灭了动物，最后就只剩下他们自己的时候，大自然对他们的惩罚就是给予他们孤独，这是大自然对人类的警告。但我依然无法从环保主义的立场去审判父亲。环保意识的形成，也许是一个漫长而自觉的过程。在这个自觉的过程中，我们付出了惨痛的代价。

从动物园回来之后，父亲竟陷入深深的失落中，自此后，他再也不跟我们讲打猎的故事了，最后一位乡村猎人，他打猎的故事，最后也要在乡村中消失了。

一个人的乡下

父亲是否想过，拼命地把几个小孩送进学校，结局却是把他自己一个人丢在了乡下。

老屋越来越破烂了，三面是竹篾围起来的篱笆，四处漏着风。从屋里能清清楚楚地看到太阳、月亮、星星，一年四季从竹篾上走过，那么明亮、孤单。冬天，风能透过篱笆吹到屋里来，人虽坐在火塘边，但脊梁却冷得一阵阵发麻。更要命的是，唯一的一面土墙，已裂开了几个大口子，由于日晒雨淋，不时地往下掉泥巴。加上排水不畅，薄薄的墙脚被雨水浸得又松又软，整面墙随时都可能坍塌下来。偏偏那时候，小弟小妹都还在读书呢，每年两次开学，我和大弟的积蓄就都花进去了，根本没有多余的钱建房子。父亲安慰我们说，不要紧的，只要你们都能读书，都能工作，我住破房子也甘心。

但一下大雨，我和大弟就都把心提了起来，因为老父亲的床，刚好就在那危墙下面。我们急忙把电话打到村里，半晌，父亲喘着气在电话那端回话了。父亲说，墙能撑得住的，我已经打了几根顶柱了，估计是倒不了的。父亲说的是估计，我们的心还是无法放下，我们说，要不下大雨的时候，你就去别人家住吧，这样我们就能放心了，就能睡得着觉了。父亲说，好的，下大雨我就去阿飞家住。阿飞家是村里跟我们家最亲的一家人，因为我母亲和他母亲是从同一个地方嫁过来的。三十年来，两家人虽不是亲戚，却一直像亲戚一样相处。

春节到了，我和大弟从外乡回家。我们站在屋前，看着那栋半是篱笆、半是土墙，半盖茅草、半盖瓦片的全村最破烂的老屋，心里盘算着它还能撑多久。它摇摇欲坠，看来很难能撑得过下个雨季了。

必须建新房，借钱！

父亲也不得不同意这个决定。其实，父亲的心里就一直有着新房梦，几年前他曾说过，等你们都读完书了，都工作了，我们盖一栋三层的小楼，一层我住，二三层你们回来时住。当时父亲说完，我就想，等我们都工作了，那还要多长的时间啊，那时小妹才读小学，至少还要10年的时间。但现在，才过去五年啊，房子却快撑不住了。父亲说，那就打三层的基础，先建一层吧。我们让父亲做个预算，水泥多少，砖多少，还有请别人建房子也要花钱的啊，先不管了，哪怕先欠着。

然后我们分头去借钱。我跟作家东西借了5000元，这是当时我借的最大的一笔钱了。上一次借钱是好几年前，大弟考上了中专，我跟自己工作的那所乡下中学财务借了800元。我的工资只有168元，为了还那800元钱，我节衣缩食过了差不多一年。这一次，我对东西说，东老师啊，我跟你借这笔钱，不知哪时才能还得起。东老师说，拿去吧，拿去吧。

房屋终于动工了，共和村的覃叔说，我去给你们建房子吧，不用你们付钱。他心里惦记着1958年建水库时，没有蚊帐被窝，是父亲把他这个十多岁的孩子，拉进自己的蚊帐被窝里的。

我们不时地打电话询问建房的进展。有一次通话父亲说，在倒地梁了。倒地梁花了好长一段时间啊，我问父亲，能不能买红砖？用红砖建房，住多久心里都踏实。父亲在电话那头跟我算起账来，一块红砖比水泥砖贵多少分钱，换成红砖要增加多少多少。我无奈地说，那就按原计划，用水泥砖吧。

墙终于砌到屋檐下了，这回是父亲打电话过来。父亲问，要不要倒板啊？倒板，就成一间平房了。父亲心里还没放下他的平房梦。我说，倒板要多少钱啊，父亲说，至少3000元。我说，那就不倒吧，等将来有钱了，把上面几层砖拆了，同样可以倒板盖楼啊。

终于，房子建好了，但四米宽、四米高的大门，再也拿不出钱来装了。不仅拿不出钱，而且还欠着1000多元的水泥砖钱和1000多元的劳务费呢。父亲说，房都建好了，门还能愁死人不成？于是，他动手用从旧房拆来的木板，钉了个简易的门。

终于可以进新房了，我们心里别提多高兴了，虽然它只是两间灰扑扑的水泥砖瓦房，虽然它有着一个难看的门，但我们再也不用担心它会在一个下雨的夜晚倒下来，压住我们的父亲了，我们的心终于可以放下来了。

但住进新房，我们才想起，弟妹都去上学了，平时家里就父亲一个人啊。一个人做饭，一个人吃；一个人睡觉，一个人给自己暖被子；一个人干活，没有人给他帮忙；甚至，没有人跟他说话，要说，只好去串门了。我跟父亲说，爸，你给我们找个后妈吧。弟妹附和，是啊，找个后妈。父亲却说，不找，怕后妈心毒，对你们不好。我们说，那就找一个心不毒的啊。父亲说，那再等等，等日子再好一些吧。

再等等，又等了两年，小弟也工作了，三个人送小妹读书，再也不成什么问题了。父亲真的找了一个善良的寡妇。她比父亲小十多岁，有五个女儿。

但人家在犹豫啊，父亲说，我们家三个子女都在外面工作，她担心你们真能对她好吗？而且她的女儿们也舍不得她离家。我说，不用担心，我们支持你们。

春节快到了，我、两个弟弟、一个妹妹，还有我的妻子，还有大弟的女朋友，还有小弟的女朋友，我们一行七人浩浩荡荡地开拔到30公里外的那个小村。我们的借口是，邀请她过来过年。其实，是诚心地邀请她过来，做我们的后妈。

从小就缺乏母爱的小妹，一见到她就挎住她的胳膊，脸上笑得多甜啊。在小妹的脸上，我看到小时候课本里蝌蚪找到妈妈的那种幸福！

我们终于有后妈了，但是她还是过不来。她的女儿嫁人的嫁人，还没嫁的都在外乡打工，家里就丢下一个外孙，还有几亩田地。孩子要有人带啊，田地也不能丢荒，于是，父亲和她，不是那个跑这边住几天，帮帮这边干干农活，就是这个跑那边几天，帮帮带外孙。即便不住在一起，父亲的心里有了一份牵挂，我们也觉得挺幸福的。

前几年，我租住着单位的房子，一家三口算是有了栖身之地了，我对父亲说，闷了，你就出来住一阵吧。父亲说，好。忙完农活，父亲把家里的猪呀、鸡呀，等等，交代给乡亲们，就锁上门骑着老单车去了县城。从县城，先去大弟工作的宜州市乡下卫生院，住了一阵，才坐车从宜州到南宁来。我和专程从钦州赶过来的小弟，陪着父亲玩了两天，小弟就赶回去了。白天，我和妻子要上班，儿子在幼儿园，中午都没法回家，我们就教父亲用煤气灶、微波炉、热水器，开防盗门，父亲不耐烦地说，中午我到楼下吃粉，你们不用管我的。有一天回家，父亲气鼓鼓地坐在屋子里，嚷嚷着要回乡下去。原来，他在开门的时候，把钥匙拧断了，不仅钥匙断了，程序也乱了，是妻子找来开锁匠，把门打开的。没有谁责怪父亲，我跟父亲说，两道门，明天你就锁一道好啦。但父亲执意回去，在城里他实在是待不住了。

父亲转了一圈，又回到他的乡下。父亲在电话里说，住在城里实在是没有意思，不认识什么人，整天就对着那电视机，心里闷得慌。不像在村里，一村都是熟悉的人，想进哪家进哪家。还有，山上有他种的几十棵果树、几十丛竹子，地里有庄稼，每天去打理它们，他心里踏实、高兴。

我很好，你们放心好啦，父亲说。

从此，我们也习惯着父亲一个人在乡下生活了。

父亲在乡下生活，成了城里孩子每天的牵挂。

黄土路

黄土路，原名黄焕光，壮族，1970 年生于广西巴马瑶族自治县赐福村，先后就读于河池学院数学系、广西师大中文系研究生班、鲁迅文学院第七届高研班。现供职于河池学院，为中国作家协会会员。著有小说集《醉客旅馆》，散文集《谁都不出声》《翻出来晒晒》及诗集《慢了零点一秒的春天》等。

我的乡村 | 黄土路

没有谁赐福乡村

二月的时候，风有些凉，但阴郁的天空在黄昏的时候竟空阔起来，天边透过一抹使人深感意外的阳光，这使天边的那抹云竟有些鲜亮的色彩。父亲说，看来，天要晴了。

我和父亲坐在火塘边。父亲抽着水烟筒。我从城里给父亲买了香烟，但父亲还是习惯把每支烟搓散，放在水烟筒的嘴上。父亲一手扶着水烟筒，另一只手从火塘里捡了根红红的小火棒点着，水烟筒就咕噜咕噜地响了起来。这声音我太熟悉了，20年前，母亲撇下父亲、我和三个弟妹撒手西去，这声音就开始在黑夜里翻滚，咕噜咕噜地。有时候，我半夜醒来，听着老鼠吱吱吱地咬着木箱，又听着夜虫唧唧的鸣叫，它们单调、神秘，让我感到乡村的静谧和黑夜的漫长。而父亲水烟筒的咕噜声，无休无止，响得让我心烦意乱。我知道，这声音就是父亲的苦闷和烦恼，在无尽的漆黑的夜里，这声音也许也是一种无奈的倾诉。现在，这声音经过岁月的淘洗，显得平静柔和多了。

我记得有些夜晚，父亲会拿上猎枪摸出门去，我的心便整夜整夜地悬了起来。父亲会在山道上碰到野猫，他把电筒套在枪筒上，电筒的光照在野猫的眼里，野猫整个就呆住了。父亲往往借这个机会瞄准、射击。父亲是个神枪手，他能把从河对岸木棉树上起飞的鸟儿一枪打下来，打那些发呆的野猫就更不在话下了。那是1986还是1987年，我迷迷糊糊地听到门轴吱呀的一声，悬着的心才放了下来。这时再听父亲咕噜咕噜的水烟筒的声音，就显得亲切多了……

我和父亲有一句没一句地说着村庄的事情，回忆着过往的岁月。屋后，梁家老牛粗重的鼻息和挂在牛脖子上竹梆的声音，在不经意的时候，断断续续地传来。对于村庄的历史，我是问过父亲好多次的，父亲也说过很多次了，但有些事情，我似乎永远都不会记住，就像上次，父亲跟我谈起那家多次被土匪打劫，最后从对面坡上搬到村里居住的故事，这次我又问父亲。父亲把水烟筒搁在地上，把开始有些灰白的脑袋从一堆烟雾里抬起来，眼睛眯成了一条缝，浸在一种久远的回忆里。父亲说一阵话抽一阵水烟，在父亲的回忆里，那些遥远的岁月又回来了，它似乎在门外伸手可及的地方……不知怎的，我突然跟父亲说起了等我退休后回到村里来居住的想法。我不知道这样说会不会让父亲高兴一些，但这是我内心真实的想法。

第二天果然是个大晴天，阳光透过东面土坡上的矮树，照在村庄斑驳的瓦楞和颓败的土墙上。由于逆光，整个村庄就显得灰蒙蒙的。在这种朦胧而耀眼的光线里，人们已经忙碌开了。父亲正和弟弟张罗着杀年猪。屋前临时搭起的火灶里，干柴火烧得正旺，锅里的水已开始冒出一阵阵白气来。父亲在村里四处寻找能动刀的人。村里的年轻人都到南丹打工去了，最远的到了广东，因此能动刀子的人少之又少。最后，动刀子的人还是找来了，他挽着袖子，眼睛定定地注视着前方。突然，他操起刀，扑向早已缚了四蹄的猪，一阵猪的号叫便歇斯底里地响了起来。

在他们最忙碌的时候，我起床了。我拿着塑料水瓢，站在门前的空地上刷牙，拿洗脸帕就着拧开的水龙头里哗啦啦流淌出来的泉水洗脸。泉水清澈，透着一种清凉，脸上的睡意便被荡涤得干干净净。站在那里，我感觉自己干扰了他们取水，便抄起相机，准备到村里去转悠。出门的时候，父亲瞥了我一眼，但他早已习惯于我的游手好闲了。在他眼中，我已成了一名四体不勤的闲人。

其实，从小时候起我就有过一段漫长的吃苦耐劳的经历。长得比水桶略高的时候，我挑着水桶去给五保户——我堂伯挑水。去的时候，水桶咣当咣当地磕在村道上，回来的时候，半桶水摇摇晃晃，淋湿了村道。中途不会把扁担从这边肩膀换到那边肩膀，就干脆在路边找块略平的草地，把水桶放下来休息。路过的村里人看见了，便夸上几句，这时我便得意地告诉他们，我这是给堂伯挑的呢。

打柴火是我最喜欢的事情。一钻进后坡的森林，就像进了乐园。清晨群鸟和鸣，林子便被吵得热热闹闹的。临近中午，林子里静下来了，便常听到几只孤单的鸟，在你一声我一声、长一声短一声地"说着话"，让你分不清他们是恋人还是亲人，但那种应和，是你能从心里感应得到的。在你的灵魂随着鸟鸣在林子里游动的时候，蝉儿枯燥的声音突然响起了，先是一声两声，接着响成了一片，破坏了那种和谐美好的氛围。我对蝉儿素无好感，有时候会轻轻地踅过去，用两指从后面把它捏住，有时甚至把它翅膀折了，丢到风里。直到有一天，在书本里看到，蝉的鸣叫是经过很多年在地下的炼狱后才换来的，我心里才对这大自然的噪音制造者有了一丝的敬意。

森林里有许多野果，记得最高的一种果树，壮话的名字叫果牙的，村里人都是捡掉在地上的吃。但有时候我们还是尝试着爬上去。爬到树上，倾斜的森林、在大风中舞蹈的树都被踩在脚下了。但对于乡村的孩子来说，爬得再高，谁又能看到自己的将来呢？等在森林里玩累了，我们开始砍柴火，砍那些枯树和朽木。森林里有不少枯树和捡不完的朽木，半天就可以捡得很大的一捆了，大得需要两个人合抱。柴火不用挑也不用扛，在捆扎的时候，在前面留出几尺长的一截，把它扛在肩上，就能把一大捆柴火从坡地上拖下来。拖到平地，实在拖不动了，就慢慢地拖，一直拖到老屋边，呼的一声把它丢下。

还去收桐果。爬上桐果树，用竹竿把桐果一颗颗地打到地上，这活倒是十分轻松有趣。风吹过来，人和果树一起迎风摇曳，那种感觉真是十分美好。常常还能听到村里的后生哥和妹仔在桐果树上唱情歌，真是像歌里唱的那样，这边唱来那边和呢。收桐果时候，我最怕的是一种长着角刺的青色的虫，它常常躲在叶子的后面，不小心被它的角刺刺到，便会烙下一条虫状的印子，有触电般的疼痛和麻辣。现在，在家乡的山山岭岭间，桐果树渐渐地少了。桐果树本是一种很滥生滥长的树，开花的时候，漫山遍野的白色的花。但很多年前，家乡县城的桐油厂倒闭，收桐果这种劳动，也就早早地退出乡村的记忆了。

放牛是每个乡村孩子成长的必修课。排到我家放牛时，我站在村口一喊：放牛啰！家家户户便打开牛栏，把牛赶到村口的大榕树下，待牛都到齐了，我便把牛往山上的牧场赶。牛挤挤挨挨地在小道上走，我便用牛鞭抽打落后的牛。都说牛皮厚，任你使劲地抽，它也只是向前蹿一两步，这时便需要你有足够的耐心了。照例是先到半山腰的一个水塘里游一下水，滚一下泥，然后再把它们赶到山谷里。牛在山谷里，挂在牛脖子上的竹梆声会不时地传来，告诉你它们的位置，这时候你只要守住谷口就行了。牛在山谷里吃草，放牛的便有很多事情可做。勤快的孩子会捡些柴火，晚上扛在肩上带回家，顽皮的甚至约上村里的其他孩子，在灌木丛里玩打仗的游戏。有时候，我躺在木棉树下睡着了，被对面山上尖厉的声音喊醒，才发现有几头牛越过谷口，跑到山脚下的玉米地去了。

我在 14 岁的时候竟学会了犁地。犁地是农村的重活，一般由成年男子来完成。我很小的时候，常跟在母亲的身后去田间地头劳动。母亲告诉我，怎样拉住牛绳，对牛喊"咦——"或者喊"百百"，可以控制住牛的方向，怎样扶犁才能让犁犁得深些。开始的时候，我抖一下牛绳，犁线总是走得歪歪斜斜的，犁过去的地方还是杂草丛生的，于是只好转回头重新犁。学会犁地后，我觉得农村里的活我基本都会了。按照村里的规矩，往后再稍大点，就可以结婚生子，重复父辈的生活。唯一没想到的是，我高中毕业后竟考上了一所大学，人生由此改变。我想，我不干农活就是从上大学之后开始的。那时候弟弟妹妹也已长大，成了干农活的好手。除了假期帮打打谷子，收收玉米，能不干的活我一般都躲到一边去，内心对农活的厌倦，就像一个吃腻了肥肉的人，一看见肥肉就要掉过头去。渐渐地，我就成了父亲眼中四体不勤的人。

我在村西走走停停，查看着人们屋旁搁置的犁、风谷机，丢弃的老磨，正在风雨中朽去的马车……善飞家旁边的篱笆上，晒着他的两个孩子的花绿绿的衣服，与篱笆古旧的颜色及藩篱上长出的翠绿的树叶，相映成趣。在村里，人们晒衣服是不用衣架的，要么搭一根竹竿，要么就直接把衣服晒在篱笆上，衣服就这样简简单单地、从容地沐浴在阳光里。不像在城里，即使你的衣服正晒在阳光里，你总感觉阳光晒不到它们。我站在篱笆前待了很久，拍了不少照片。然后不自觉地从村西的小道溜出了村庄。

不到半个时辰，我竟爬到对面的石山上来了。站在这里鸟瞰村庄，村庄就显得愈发的小了。在一片浩大的森林的边缘，它显得有些孤单。幸好，周围密密麻麻的果树把它簇拥在怀里，这才让人感觉到一种温情。果树有黄皮果树、枇杷树，还有在冬天落了叶的木瓜树。此时，正是枇杷树落花结果的时节，再过一两个月，桃树和李树也要开花了。而这时最扎眼的却是屋后几棵硕大无朋的榕树。在南方，有榕树的地方就有村庄。榕树可能是我们小村最古老的风物了，有几百年？还是一千年？没有谁知道。它们硕大得需要好几个人才能合抱的身躯，让每一个人都显得渺小。我们的小村才有一百多年的历史，想来，这些榕树才是这片土地真正的主人呢，我们的先人不过是后来的"闯入者"。每个假期，我总爱在榕树下徘徊，长着连理枝的那棵最大的榕树，是我心里最留恋的。我想，在村后的森林日益锐减的时候，这些榕树，还在抚慰着我怀乡的心灵……

我的目光最后还是定格在村东头，除了几幢新楼老屋，那里竟是残垣断壁。有的是建了新楼，老屋的残垣断壁还在；有的是因儿女在县城里工作，全家把自己的"泥腿子"洗净了，迁到城里，过起城里人的生活；还有的嫌风水不好，搬到了别处。被丢弃的旧屋，因无人居住，缺少人气，很快就坍塌了。在黄墙、灰瓦、绿树的宁静祥和的氛围里，这些残垣断壁倒是令人伤感的异样存在。这个原先有着二十多户、一百多口人的小村庄，如今只剩下十几户人家了。我的目光移过村东头的枫树，看到东面山坡上的青草，正渐渐地漫进村庄，人迹罕至的村道显得有些荒芜。也许有一天，这个名叫利达的村庄，最终会从人们的视线里消失！我举起相机，心里突然跳出这奇怪的想法。没有谁赐福的乡村，它就像一棵树，有生长和繁荣的时期，也会有枯萎的一天的。

这样想着，我已走到赐福湖边了。湖面上，阳光下灰蒙蒙的薄雾正在散去，来往摆渡的木船，早已摇起咿咿呀呀的木桨。往返的机动驳船，正从远方开来，撞开河水，使摆渡的木船，在碧波中不住地荡漾起来。那浪与浪的冲撞，让人感觉这湖面似乎很难平静下来。

2006年春天，这个突然晴和起来的日子，我抄着相机，在老家的村庄、森林和湖边走走停停，春天湖边翠绿的青草使我浮想联翩，心里却不曾想过，有一天它们会成了一个朋友书里的配图。

感谢于兰的《乡村物语》，它使我的村庄活在了一本书里！

让更多的人看到火车

父亲生活在山地，到现在都没看到过火车。父亲到我生活的城市来了，我带他去火车站。火车在火车站里，隔着售票大厅、候车室和站台，父亲看不到它。我想，买张火车票好啦，我们可以坐到最近的那个站，然后返回。父亲实在想不到自己要去哪，他坚决反对我们花这份冤枉钱……然后父亲回乡下去了，他跟乡亲们讲火车。火车很长，一节一节的，这谁都知道。父亲跟乡亲谈得最多的是火车站。火车站比家乡的汽车站大得多了，足足有1000倍。看着火车站前广场和进站口排起的长队，父亲就知道火车有多大了，它足足有我们看到的汽车的1000倍。父亲再次动用1000这个数字，在父亲看来，这是一个很大的数字。记得数年前，我告诉父亲，我的工资有1000元了，父亲很满足地抽着水烟筒，很快乡亲们都知道我的工资有1000元了。乡亲们花的钱都是一元一元的，而我，每个月竟有1000元，他们认为我过上了幸福的生活。

我决定制造一列火车，让它在山地奔跑，让更多的人看到它。我估计要花上20万元。我自己有980元，我的朋友子建答应出199020元。我想，用它来造一列木头火车足够了。

火车会从村西最远的六毛岭开来，经过我们村后，开到村东最远的江良垌。它刚好要沿着盘阳河的西岸行驶十里地。盘阳河大家都知道了，被称为长寿河。

我要先铺好"铁轨"。对不起，虽然它是木头做的，但我还得把它叫作"铁轨"。乡亲们看到两排长长的木头铺在地上，中间是一排排间距相等的枕木，他们会说，这不是木梯吗？我们从没见过这么长的木梯，把它竖起来，顺着它爬上去，可以到天上去摘月亮了。我告诉他们，这不是木梯，是"铁轨"，它是用来跑火车的。现在乡亲们终于知道我要做什么了，这就是造火车。他们兴奋地从四面八方赶来，要帮助我造火车。我从他们当中挑选了十个木匠和十个铁匠，在电影厂美工的带领下，帮我造火车。木匠负责锯木头，刨木板；铁匠负责钉钉子，把它组合成一节节车厢，车厢会有真正的火车的车厢那么大。我还让他们配合起来做火车的轮子。真正的火车的轮子比马车的轮子稍小一些，不过，不管我怎么费劲地向乡亲们解释，他们就是不相信，他们觉得真正的火车的轮子一定比马车的车轮要大上两倍。我们争吵了两天，结果还是相持不下，于是我打电话去给子建。子建说，那就依乡亲们的吧。

现在，火车造好了，因为轮子比真正的火车大上两倍，它显得很高大。其实我知道，它是世界上最高的火车了。面对这庞然大物，乡亲们还是不太相信它就是火车，因为它除了车头装着五台发动机，其他竟是木头做的。于是我把乡亲们劝回家里去，我告诉他们，明天起来，他们就会看到真正的火车了。乡亲们将信将疑，他们回到家中，生火做饭，很快，家家户户升起了炊烟。趁着这当儿，我和电影厂的美工，还有他的几个助手，很快就忙碌起来。我们按真正的火车的样子，动手给火车上油漆。我们还给"铁轨"涂上钢铁的颜色。明天，当太阳升起的时候，它就会在太阳下闪着铮亮的光了。

我们还给火车装上一个大喇叭。当火车启动的时候，喇叭里就会发出一声长长的"呜——"声，没有那"呜——"声，火车还能叫作火车吗？坐上火车，村人们还将听到火车和铁轨轻轻地撞击的声音——咔嚓咔嚓、咣当咣当……这些声音，是电影厂的美工在真正的火车上采的样。

美丽的火车终于站在我的面前，它一共 12 节。我亲爱的火车呀，明天天亮的时候，你就带着村里人去村东干农活，去村西摘猪菜吧。他们会摘回几车皮的猪菜。他们把猪菜煮成香喷喷的潲，让村里的猪吃上几天也吃不完。

故乡的草味

我和妻子去上班，儿子去幼儿园，中午都待在各自的地方，家里便丢下父亲一人。父亲是前几天刚从弟弟家过来的。忙完田地里的农活后，父亲抬头看着日渐高远的天空，突然想起了远在他乡的几个儿女，于是便把家门锁了，把家里的猪呀，鸡呀，鸭呀，等等，交代给乡亲们，便骑着个老自行车去了县城，从县城搭着车去了我大弟的家。父亲在大弟家待的时间较长，也许因为那里也算是乡下，闲着的时候，有几个和他一样衣着粗糙的老人，一起下一种名叫老虎棋的棋。他们还在场院里烧了一堆火，在冷空气南下的日子里，围着这堆火抵御着寒冷。这堆火也吸引了整个院子里的人，下班的医生和护士，来住的医院职工的亲戚，他们和老人们围在一起，院子里暖融融的。父亲在那里找到了自己的乐趣，那就是劈柴。短短的一段时间里，他竟把院里的一棵枯树劈成一堆柴火。围着那堆火闲聊的人们，无不称赞父亲劈柴的手艺精湛，这使父亲脸上绽满了笑容。然而，没等那堆柴火烧完，父亲忽然对大弟和大弟女朋友说，他想去南宁看他的大儿子和孙子。说完父亲便收拾行李，不顾大弟和大弟女朋友的挽留，搭车直奔我住的城市。大弟无奈，急忙给我打电话。我问大弟父亲穿的衣服够吗？大弟说够的。我的心才放了下来。

父亲离开故乡的时候是秋天，到达我居住的城市时已是冬天了。我记得父亲第一次到我居住的城市来看我时也是冬天。我领着他从车站回来，在穿过马路时，他紧紧地跟在我的身后，面对来来往往的汽车感到手足无措，似乎脱离了我的呵护就会被车流冲走。他的无助使我很惊讶。在我的印象中，父亲是一个多么强大的父亲啊。他年轻的时候是一个猎人，一个拥有强健身体、傲人枪法、善于奔跑的猎人。但在这个与乡村截然不同的城市里，父亲多么像一个天外来客，显得十分茫然。那次带他去动物园，我依稀记得他在动物园里看见野生动物们的兴奋。他指着关在笼子里的动物们说：老虎、野猪、黄猄、野猫……以前我都打过啊，现在再也打不到它们了。说完黯然神伤！现在，父亲一个人在乡下，默默地种植着青菜、玉米和稻谷，再也没有野猪来拱谁家的庄稼地了，再也没有野猫掠过乡村的夜色了。他就像无敌的人类，在剿灭了野生动物之后自食着与大自然为敌造成的后果，那就是孤独！

父亲来了之后，我和特意从钦州赶来看父亲的小弟一起，带着他和我儿子去江滨公园玩了一天，第二天便各自上班去了。上班前，我和妻子特意教父亲使用家里的煤气灶、微波炉、热水器，还特意带他开了两次防盗门。父亲对这些东西似乎提不起兴趣，也没学习的耐心。他不耐烦地说，到中午的时候我到楼下吃一碗粉就成了，你们不用管我的。楼下确实有不少粉店和快餐店，父亲这样说，我们就放心了。

两天下来似乎无事。晚上回来我们总是要问父亲白天是怎样度过的，父亲便说他出大门后，往左或者往右，到了哪里哪里，在哪吃了什么，等等。于是我的眼里出现了父亲蹲在一个不知名的小巷里，吃着他一直喜欢吃的粽子和糍粑的情景。父亲喜欢这些食物，我也曾非常喜欢这些食物，不过现在，我的胃口已经变了。

第三天一个朋友从百色来，我们相约到古城路去吃火锅。我正在赴约的路上，手机忽然响了。电话是妻子打来的，她十分焦急地说，我们家的门打不开了。打不开的原因是，父亲在开门的时候，把钥匙扭断了，不仅扭断了钥匙，而且门锁的程序也乱了。我一边叫妻子不要着急，找个锁匠来试试，一边打转方向往家赶。我赶到家时，门前的台阶上，依次站着我的父亲、妻子和儿子，而锁匠正拿着工具鼓捣着门。才几分钟，门便被打开了。我从锁匠手里接过钥匙，交回给父亲，告诉他明天只锁里面一道门就可以了，但父亲怎么也不接钥匙，他有些沮丧地说，明天无论如何我都要回去了。我总感觉父亲说的是气话，不知是在生锁的气还是生他自己的。这使我哭笑不得。临睡前，我决定和父亲好好地谈一谈，让他留下来。这时父亲说话的口气已十分平静了，他告诉我，其实他感到我们几个子女对他都挺好的，只是他出来已经太久，他心里太牵挂家里的猪呀，鸡呀，鸭呀，等等，而且也不好把它们交代给乡亲们太久啊。见父亲去意已定，我只好转换话题，和父亲聊聊村里的近况。说起村里的人和事，父亲的脸上浮起了笑意。

第二天中午，我一下班就往家里赶。在楼下的商店里，我为父亲买了一大袋东西：蛋黄派、牛奶、水果……我知道，买再多的东西，也难以弥补我们把父亲一个人丢在乡下生活的遗憾。当天下午2时40分，一辆开往故乡的快巴从北大客运中心带走了我的父亲。

从车站回来，我急忙赶一篇为报纸写的关于"文学与草根"的文章。不知怎的，我的脑子老是跑题，出现父亲的身影。父亲年轻时粗暴，现在岁月正渐渐磨去他身上的锐气，使他变得沉默和消瘦。在他身上，你再也看不到当年的意气风发了。这些年支撑着他的，也许只是残存的森林气息，漫山遍野的青草气味，扬花的稻花芳香。写到这里的时候，我刚为自己工作的杂志编湖北作家陈应松的小说《牧歌》，当猎王再也猎不到森林里的动物的时候，他的猎枪只能作为装饰品卖给城里来的客人了。我想陈应松之所以在近年迅速为文坛所关注，原因正是他找到了神农架这片神奇的土地上散发出来的东西。也许这就是评论家们所说的草根性吧。一说到草根，我只想到小时候嚼着它时那咸咸甜甜的味道，那是每一个咀嚼过的人一辈子也难以忘怀的。说一个拙劣的比喻：如果我是一片已移植到城里的草儿的话，父亲就是我的草根。他永远与那片土地紧紧相连。

我忽然记起，父亲也是写过诗的。我不知道那是不是诗，反正父亲用粉笔把它们分行写在老家木屋的木板墙上，每行七个字，每首四行、八行或者更多。那些词不搭意的、像民歌又像古诗的东西，曾使我感到诧异。我第一次见到它们是在河池师专（今河池学院）读书时回家的某个寒假。我看到我家的木板上、每一扇木门上，差不多都写满了字。那时候，母亲已去世好些年了，我、两个弟弟和一个妹妹都在学校里读书，所有的经济来源都是父亲。那时我刚学写诗，在父亲——一个猎人的分行的文字里，我读到的是一个人在黑夜里苦苦挣扎的悲凉。

那是一棵草在寒风里瑟瑟发抖的悲凉。

我的小学

我伫立在盘阳河边的一块爬满红薯藤的地边，那是 1995 年的夏天。我伫立的地方曾经是我的小学，一棵苦楝树曾经守护着它。几棵当年我们亲手种下的桃树此时正结满青果。红薯地里，一畦凸起的土坯曾经是我小学的墙。

山区的小学便如此像山里人的某种人生，易于枯萎和迁徙。但我的小学依稀可辨。

我六岁进入这所名叫"利达"的小学。距此20年后我在城市的角落里四处走动，发现很多人用"利达"这两个字来命名他们的商店和公司，但他们当中一定没有人知道世界上有个名叫"利达"的村庄，也曾经有一所名叫"利达"的小学。六岁的我背着一个红色的书包走在通往这所小学的路上，路边是长得很繁密的杉木林。杉木林的后面是山区的一片片玉米地，生长着一茬茬的玉米。记得我第一次去上学的时候，成熟的玉米已被砍伐，新翻的地里正长出新的玉米苗，我觉得我当时的心情一定像那玉米苗，被顺着山谷吹拂的风吹得左右飘舞。

学校就在走出杉木林后的坡下。走出杉木林后，从坡上可以看见两间草房。走在乡村的路上你很容易看见这样的小学，里面有一两个农村教师和二三十个学生。他们年轻、单纯，脸上沾满了泥土和灰尘。而在大都市里，很多人都不知道世上还有一所所这样贫穷的小学。

我的小学除了两间土屋外还有一块平地，平地两头分别扎着两根木柱，木柱上钉着几块木板，安着一个大铁圈，这是我们的篮球架。我曾在篮球架下抬头仰望，篮球架高耸入云，高不可攀。而多年以后我又经过很多乡村小学，篮球架并不像我童年时候见到的那样，它们又矮又小，伸手便可触及篮筐。我想在童年仰望时同样感到高不可攀的还有那根由竹竿做成的旗杆，旗杆上的旗帜迎风飘舞。

新的篮球架在30多名小学生和3位教师一年多的使用后，木板渐渐脱落，最后只剩下四根光秃秃的木头留在风中。上课的时候，可以看到一两只不明身份的小鸟落在上面叽喳欢叫。

失去篮球架后的孩子们开始爬在教室的木窗上玩一种名叫"点头"的游戏。他们用一只手隔开对方打来的手，用另一只手去拍打对方的脑袋，被打中脑袋的孩子将作为失败者退出游戏。在现在的乡村和城市你再也看不到这样的游戏，它早已随着陀螺、毽子等淡出新一代儿童的童年，取而代之的是电子游戏机、布娃娃和手机。因此我怀念我童年时代的游戏，尽管在游戏中我是最早退出游戏的孩子。游戏持续到三年级的时候，由于孩子的增多，学校在两间教室的外面又盖了一间可容纳五六张桌子的小教室。教室的墙是用树枝搭好架后，挂上和着泥水的稻草做成的。泥水干后，人不小心靠上去，衣服上便沾满泥巴。由于墙单薄，而且容易脱落，几场雨以后，地上便掉满了坍塌下来的泥巴和稻草。于是在一个劳动的下午，十余个孩子对这一堵墙做了清除。

我记得那堵墙被清除以后骤然明亮起来。在光亮里一群孩子的脸又红又脏。上课的时候，阳光开始直接地照在我们的脸上，而教室旁边的甘蔗也长得青翠欲滴。一个下雨的日子，雨粒迎风飘进了我们的教室，在桌子上打出斑驳的水渍，溅湿了我们的书本、头发和衣裤。又一个刮风下雨的日子，风把一根根甘蔗吹倒，倚在我们的书桌上，而甘蔗地里的水，则涌进了教室。我对小学的记忆便这样飘满了雨水，也倚靠着成熟诱人的甘蔗。那甘蔗后来被砍伐，整齐地堆在学校的操场上。这时候孩子们的脸上都洋溢着过节般的欢乐，他们啃着分得的一小节甘蔗，在操场边燃起火堆烧烤玉米。而更多的甘蔗则被一位名叫潘世忠的老师带着我们推向集市，以此换取我们一学期的书费和学费。这是我的小学里最美好的事情。

据父亲说，他的小学并不在这里，而是在村里的一座仓库里。父亲在那里读书并获得高小文化。后来为了便于邻村的孩子上学，学校才搬到三个村庄之间的这块空地。由于多年失修，现在也已千疮百孔，风雨飘摇。在学校放学，孩子和老师都离开教室之后，猪狗和小鸡便从敞开的门次第进入教室。小鸡在地上觅食，在桌椅上悠闲地散步，留下一枚枚小巧的爪痕。而猪狗们则把这里当作是娱乐的好去处，在墙角蹭落一地黄泥。这为以后埋下了祸根。在一个淫雨霏霏的早晨，孩子们蹦蹦跳跳地赶往学校准备早读，发现教室的墙已经倒塌。一群孩子和两三个老师围着废墟呆呆地伫立，雨丝沾在他们头发和土布衣襟上，沁凉而无奈。

由于没有教室，30 多个孩子开始去 5 公里外的赐福小学上学。为了要赶早读，天未亮便点着火把沿着弯弯曲曲的山道去学校。我就是在赐福小学读完小学后才考上初中的。

若干年以后，红水河上的第一个大电站——岩滩电站第一台机组蓄水发电，蓄起的水沿着盘阳河缓缓而上，淹没了许多村庄和田野，形成了一个美丽的湖面。赐福小学原址也被淹没在碧绿光滑的水面之下。有几次坐船我还路过了原先的这所小学的上空。

盘阳河的两岸新建了两所学校，教室都是漂亮的两层楼房，一所叫作赐福小学，另一所代替原来的利达小学，由于邻近江良屯，被称为江良小学。我的妹妹则背着书包进入了江良小学。

1995 年夏天我路过这所被三座大山包围的临河的小学，一面红旗正迎风飘舞，教室里传来山区孩子们稚嫩的读书声。我沿着乡路继续往山里走，我的小学的地里，红薯苗正长得青翠欲滴，在阳光下闪着彩色的釉光。

我的一生

——一位百岁老人说

黄土路

有一天，我突然想，死亡对我来说，会是一件怎样的事情？

自从 60 岁以后，儿女们就给我准备了第一副棺材。那时候，我突然发现，人一老，死亡似乎离自己就近了，你不知道哪一天，从门前的一棵树后面会闪出一张面孔，那是一张死神的脸。或者扶着拐杖走在路上，突然被一根树枝绊倒，再也爬不起来。我也许就是这样走的，离开这个村庄，去山坡上人们留给我的那一块巴掌大的荒地。这样想，坐在棺材上，我的心里是有些焦虑的。当他们给我换第二副棺材的时候，我知道那日子也许真的不远了。有一天夜里，我在睡梦中听到一阵锣鼓的声音，几个面目模糊的人抬着棺材走进了村里，我急忙起身，穿上儿孙们给我备的寿衣，静静地等待他们敲我的门，但那次他们却抬走了隔壁的老宽。在老宽儿女们一阵阵的哭声中，我暗暗想，自己对于死亡的期待真的太焦急，活着，真得有一种耐心呢。

现在，我的棺材已经换了五副了。五副棺材，有三副是被虫子咬掉的，坐在棺材上，我时常听见它们咬嚼的声音，它们在与死神争夺我的棺材呢，最终它们胜利了；还有两副，给村里去世的人救急。当人们把它从这屋里抬出去的时候，我的心突然就空了，好像他们抬走的是我的老伴。好在人们很快给我打了一副新的。现在的这副棺材，闻起来有一股木头的清香呢。

如今我头发全白了，我儿子的头发也是。如果我没有记错，今年他也有85岁了，走路蹒跚，说话磕磕巴巴的。我从山上捡柴回来，远远地看见几个穿着白衬衣的人围着他，叽里呱啦地说着什么，而他急切地分辩着，满脸通红。看到这个情形，我就气不打一处来。我向前正要训斥他，告诉他任何时候都不能那么性急，那几个人却向我围过来。原来他们要找的人是我，他们要采访我们村里的几位百岁老人，却误把我儿子当成我了。从那以后，村里陌生人就渐渐多起来了。人们不再把我住的这个村庄叫巴盘或者弄劳，而是叫它长寿村。他们也不把门前这条河叫盘阳河了，而是叫长寿河。可不管他们怎么叫，在我心目中，这个村还是这个村，尽管以前的茅草房都变成现在两三层甚至五六层的楼房，许许多多的外地人来了走，走了来，有的甚至在村里一住就是半年，但我还是喜欢叫它弄劳或者巴盘，只有这样叫它，我才觉得它是我的村庄。而这条河呢，也还是这条河，还是小时候我们光着屁股在里面游泳的那条河。每次看到现在的孩子们光着屁股在水里扑腾，我总是想起我小时候，那是很遥远很遥远的过去了，远到光绪年间，那是一百年前了。

总有人向我打探百岁的经历。他们当中，有日本人，有县里搞长寿研究的，也有游客。怎么说呢，其实我的一生平淡至极。我十岁的时候就开始上山砍柴了，给村里放牛，再后来犁田耕地。我喜欢村前的木棉，每当木棉花开的时候，我就知道又到了播种的季节了。这时候我总感觉土地也在骚动，等着你翻开那一层土呢。

我其实还是一个胆小的人，这辈子最大的冒险是15岁的时候离家出走。从小我就对门前的盘阳河充满好奇，它从哪里流出来的，又要流到哪里去？每年冬天，总有许多鸟儿翻过前边的山坳，在村边的榕树上栖息，然后又向着山的那边飞去。它们叽叽喳喳地吵个不停，却没有谁告诉我答案。于是玉米黄熟的时候，我第一次上路了。我向西走，翻过了几座山，发现盘阳河其实是从一个溶洞里流出来的，当地的人们把这个溶洞叫作百魔洞，壮话就是出水的岩洞的意思。百魔洞就是盘阳河的源头。我顺着洞口往里走，这个洞有三层，我打着火把在里面攀爬了半天，心怦怦地跳着，当看到远处的一点亮光时，我流泪了，那是一种在黑暗里穿行得太久了的人，看见阳光时的那种激动。现在百魔洞已开发成风景区了，有一天我的孙女非要带我去重游那个溶洞。洞里打着灯光，五颜六色的，一个个大石柱被装饰得挺好看的，我一恍惚，以为自己来到了天堂。我知道这再也不是以前我来过的那个溶洞了。

我第二次出走在几天之后，我把牛牵出村庄，拴在村边的草坡上，然后就沿着河边向着下游的方向出发。我原以为走上半天，就能走到盘阳河的尽头，哪知道我走啊走啊，走了两天，才到一个名叫赐福的地方。赐福人告诉我，还要走很远的路程，才到盘阳河汇入红水河的地方。我一路走走停停，高兴的时候唱几句山歌，饿了摘树上的野果，渴了喝河水或者路边的泉水——现在这些泉水被开发成了矿泉水。那时我就知道，这些水，是天下最甜的水。

走到红水河后，我又沿着红水河向下游走了两天。我第一次看见了大船，它冒着气，发出奇怪的吼声。我一路看着大船，一路看着河岸高大的木棉，根须垂到地上的榕树，田里忙碌的人们。但走着走着，我突然心慌起来，害怕找不到回家的路。

那次回来，我被做木匠的父亲吊起来打了两天。后来我才明白，父亲之所以打我，是因为他太爱我了。我出走的时候，他以为我被山里的野猪或者老虎吃掉了，或者掉到河里，顺水漂走了。我还能回来，对他来说是一件多么高兴的事情啊，他用暴打我的方式，发泄着他的快乐。从此后，我再也没有走出过这个村庄了。

那次出走倒成了我这辈子最值得炫耀的事情，每天下地回来，村里的孩子们总要围住我，让我讲外面的故事，于是我给他们讲大船，讲我路过的一个很大的村镇，讲从人们嘴里听到的稀奇古怪的事情。后来听我讲外面世界的孩子越来越少了，孩子们去到村里的学堂，他们从书本里知道了比红水河更远的地方。前两天，我的曾孙女，她拿着两个奇怪的东西在我面前晃着，问我知道那是什么吗？我眯着眼睛看了半天，看不出那是什么。曾孙女说，那是奥特曼，还有怪兽。我想我是越来越不明白这个世界了。我不明白什么叫小分子水，不明白什么叫地磁辐射，不明白空气负氧离子，他们说这是我们长寿的原因。在我看来，不过是这里的山、这里的水，比别处多些灵气罢了。还有人说我们的长寿，得益于那些玉米、火麻，还有自己酿制的米酒。在我看来，也没有什么稀奇的，一方水土养一方人嘛。

我今年 125 岁了。当那些背着背包的年轻人走过门前的吊桥来到我的面前，听我说我 125 岁时，他们的嘴巴张得圆圆的，我心里感到无比的欣慰。我的儿媳，一个小个子的勤劳女人，她给他们讲我有五副棺材的故事，他们都兴奋起来了。他们说，老爷爷（这个称呼让我想起屋后那棵老榕树），你可以摸摸我们的脑袋吗？于是我笑眯眯地一一摸了摸他们的脑袋，用壮话祝他们长命百岁。如果我没有看错，他们的头发五颜六色，有的还卷着。他们又说，老爷爷，我们能跟你照张相吗？他们蹲着围在我身边，脸上洋溢着笑容。他们会给我一些小红包，开始我很不习惯，后来我明白了，这是他们对我的尊敬和祝福。现在我渐渐习惯了照相机"咔嚓咔嚓"的声音了，我的墙上挂满了人们从各地寄回来的合影，它们来自比红水河更远的地方。我现在知道了什么叫世界，这就是天下。

自从明白活着要有耐心之后，我变得越来越有耐心了。我耐心地回答人们问我的千奇百怪的问题，然后他们把我的话记在本子里。有的还问起我年轻时的事情，怎么说呢，这都是过去的事情了，他们希望我就在那条远去的时间的河流里，不时地打捞点什么，来满足他们的好奇心。我听见他们打着电话，在电话里兴奋地对着什么人说，我在世界长寿之乡巴马呢，对，长寿村……我知道，他们又记不住我们村庄的名字了。

没有人的时候，我一个人坐在门前的木椅上，看着河水潺潺地流着；鸭子在河面上划水，不时把脑袋伸到水里觅食；吊桥不时晃动，子孙后代们牵着牛，背着背篓，到地里去忙活了；不时有汽车停在对面的河岸上，河岸上又出现许多背着包的人们。

我开始打起盹来，阳光照在我的身上，我的身子热乎乎的，感觉自己变得轻飘起来。这时如果谁在我肩上轻轻地拍一下，我就会起身，跟着他走了。

我知道，我的一生就这样过去了。

如果再有人问我怎么活到125岁的，我就会说，我的一生，其实是闻着阳光那淡淡的味道来，又闻着阳光那淡淡的味道走的。

只有阳光，才是永恒不变的。

我的故乡叫平乐 | 黄小芬

故乡平乐，壮语意为平坦而宽广。对于我而言，故乡是我们的根，我们的魂，故乡的一山一水、一草一木、一廊一桥，都承载着游子的乡情记忆，乡音、美食、民居、小桥等均勾起游子淡淡的乡愁。在我心中，故乡既近在咫尺，又远在天涯。说近是因为时刻思念故乡，故乡在心中，在眼前；说远是因为故乡距离工作的地方遥远，以及因为思念急于想见到故乡而又未能见之的遥远。

故乡神奇而美丽，和谐而温馨。故乡有着深厚的人文底蕴，又有自身独特的乡土味道。故乡走过悠悠的艰苦岁月，如今迎来蓬勃发展的机遇。在乡村振兴背景下，与其他乡村年轻人外出务工而出现空心村不同，村里的年轻人各找各的门路，留在乡村发展，上可孝敬老人，下可照看孩子，一村人其乐融融，整个乡村充满着生机和活力。

故乡美丽而幸福

故乡平乐依山傍水，坐北朝南的居住格局体现了先人的智慧，后有靠山可以抵挡冬天的北风。山不仅为人们挡风，还为人们提供各种水果、蔬菜，以及为稻作生产提供化肥。前有河流既满足生产生活用水需求，又可在炎炎夏日为故乡降温。

建筑是乡村聚落的中心，家乡建筑由民居、土地庙等组成。民居是村落的中心，民居的布局表现出村落的地理环境和文化特点。由于故乡气候潮湿，土地稀少，因此，民居建在半山腰上，又由于空间狭窄，因此户与户之间挨得很近，这也方便人们走动，如小孩子经常端着饭碗从这家走到那家，发现哪家有好吃的菜就分享几口，食物美味中藏着邻里暖暖的幸福。

故乡的民居建在半山腰上，人们常常问我，为什么你们的房子建在半山腰上，而不是建在平地上。我常常思考这个问题，是呀，如果把房子建在平地上，就不用受着挑水和粮食上坡下坡的苦了。可是故乡八山一水一分田，如果村落建在平地里，村里可以耕种的田地就变少了，在生产力水平低下的年代，人们的生活变得更加艰难，所以人们为了节省土地，保住良田，勤劳智慧的人们把民居建在半山腰上。干栏式建筑不仅防潮，所占空间也小。干栏式建筑以木瓦结构或者石瓦结构为主，山上有木材和石头，可以就地取材。

为了防潮、防猛兽，人们把牛、羊、猪、鸡等放在一层，二层住人，家家户户均有晒台。每到收获季节，晒台散发出阵阵稻香。傍晚时分，村里人忙着收晒台的谷子，收拾干净后，晒台便是人们交流的地方。小孩子们一起玩耍，大人们集中一家晒台，谈论各家庄稼收成。老人们摇着扇子认真地聆听山歌，时不时来几句山歌抒发情感。每到中秋节，晒台更是热闹，人们拿出鸡肉、柚子、月饼等美味食物祭拜月神，月亮升到高空时，家家户户一起拜月赏月，分享美食。因此，晒台既是晾晒粮食的地方，也是村里人休闲交流之地。

村子里聚族而居，户与户之间相隔较近，也有乡民搬到空旷的地方建房，但是住一段时间后，人们又搬回原地。问其原因，人们还是习惯走家串户、聊聊家常的生活方式。家乡人开朗乐观，有什么不愉快的事情，都到邻居家诉说，心情便得以放松。人是群居动物，最害怕的就是孤独。人们喜欢聚居在一起，一起分忧，共同分享喜悦，享受邻里互相帮助的安全感和幸福感。

故乡平乐的四周种植着各种竹子，竹子根系发达，保持了村落水土，又为村民提供各种鲜嫩的竹笋。我小时候经常摘回一些小竹笋，去皮、洗净、切块后装到干净的瓶子里，用水浸泡，密封几天后打开瓶盖便可闻到独特的香味。每到夏天，用浸泡的竹笋与红薯叶炒着吃，那是难以忘怀的童年美味。竹子在乡村有多种用途，可以加工成细条，编织各类席子、箩筐、簸箕、鸡鸭笼等；可以劈成长条，制作成竹藤椅、竹桌子和菜园护栏。此外，竹条也可以做绳子，是人们捆绑甘蔗、柴火的必备之物。

除了竹子，故乡的房前屋后还种植各种水果，如枇杷、黄皮果、木瓜、柚子、番石榴等，每到夏季，果香四溢。大人们爬上树，摘下水果，分享给老人和小孩。村里土地庙旁还有一片树林，被人们视为神圣之地。因此树木禁止砍伐，这是壮族朴素的生态观，这片原始的树林，保持了村落清新的空气。

原始森林下就是土地庙了，土地庙是人们祈求平安的地方，也是村民"打平伙"和交流生产生活的地方。"打平伙"是乡亲们最喜爱的一种聚餐活动。每当过年过节，或者农闲时节，人们常常每户出几十元，一起买一头本地猪到土地庙前聚餐，交流生产生活，分享各种信息，吃不完的平均分回家。由于猪是原生态养殖，因此将猪的各个部位统一放在大锅煮出的肉汤清甜，肉味鲜美，令人回味无穷。

故乡的山环着水，水绕着山，山为家乡遮风挡雨，水为家乡孕育万物。

故乡的水系很发达，主要有小河、小溪、瀑布和山泉。有一条清清的小河，每天清晨，村里的媳妇们忙着在河边洗衣服，村里的鸭、鹅在河里高唱着歌，宁静的山村随即变得沸腾。每当养鸭人赶着鸭子到河里，小孩子最开心的莫过于在水里或者河边的草丛捡到鸭蛋。河水灌溉大片农田，养育着家乡儿女。在艰苦的岁月里，小河为人们提供美味的鱼虾、河螺。小时候，村里生活比较贫困，每当过年过节，人们用泥沙把水流平缓而且较深的拐弯处拦起来，然后排出水，待到河水干一些便摸鱼、分鱼，全村人你一条我一条地分，兴高采烈地过节。为了让来年继续有鱼吃，等到水清时，人们把小鱼、小虾放回河里。如今，富裕起来的乡亲不再去河里捞鱼，集体捞鱼的情景成为过去，河里各种鱼虾又多起来。

乡亲们爱干净，取水和洗菜的地方在溪水上游，洗衣服的地方在下游。清晨，年轻的媳妇们挑着水桶，拿着葫芦瓢舀着清澈甘甜的溪水，供一家人饮用。傍晚时分，从地里干活回来的人们摘回野菜或者自家种植的蔬菜，提着篮子来到小溪边洗菜。每当月亮高挂，劳动了一天的人们陆陆续续来到河边洗澡，男的在上游，女的在下游，互不干扰。河水洗走了人们身上的汗水，给人们带来清凉的惬意，让人们身心得到放松，从而忘记了劳累和烦恼。

小河安静时宛若贤淑的女子，静静地流向远方。河边垂柳依依，竹子苍翠。碧蓝的河水宛如一条玉带，蜿蜒在绿油油的稻田间。夏天，山洪暴发，小河变成滔滔大河。人们不敢相信昔日安静的小河如此汹涌，一片片稻田瞬间被洪水淹没，每当这时，人们只能打着雨伞眼巴巴地看着自家稻田被淹没，看着汹涌的洪水，既担忧又惊恐。有一年，伯父一早就去犁田，突然山洪暴发，他被洪水围住了，眼看着四周被水淹没，情况十分危急。人们发现后，组织水性好的年轻人冲过汹涌的洪水，把绳子递给他，他再把绳子系在腰上，由年轻人带着慢慢移动，最后在众人的帮助下上到了岸边。如今，河的两岸修建了河堤，洪水泛滥成为历史，人们终于不用为自家稻田被洪水淹没而担忧，可以静静地欣赏着河流两岸的美景。

故乡有一条瀑布，人们上山劳作总要驻足于瀑布旁，呼吸新鲜空气，把甘甜的水装进瓶子里留着喝，劳作回来也总喜欢在瀑布旁休息，瀑布边溅起清凉的水珠，给人们拂去倦意。从山里回来的人们把担子放在一边，开始谈论收成，直到傍晚，才依依不舍地离去。

水是生命之源，故乡的水养育着父老乡亲，滋润着每个日子，因此乡亲们小心翼翼地呵护着水源。与其他地方的村落不同，故乡的山上主要种植杉木、松树和油茶树，禁止种植桉树。每年春节大年初一，人们都争先恐后地来到小溪旁，喝着新年水，村民认为新年水是最干净的，喝下去，人会变得更加聪明伶俐。故乡的水不仅养人，也滋养大山。

故乡有野猪林、陇恩、囊莱等山，山上植物繁茂，一到春天，金银花、野菊花、稔子花等，便漫山遍野地开。乡亲们喜欢采摘金银花、野菊花，晒干后，冲泡茶水喝，既清凉解渴，又生津润喉、消炎止痛。野猪林山，因相传古时常有野猪出没而得名。春天，春雨过后，山上便到处冒出鲜嫩的竹笋，黄花的清香扑鼻而来。夏天，山林郁郁葱葱，活泼可爱的松鼠在树上跳来跳去，野鸡、野鸭也出来觅食。盛夏，山上的稔子果、野番石榴、野芭蕉等野果成熟了，香气四溢。最有特色的是一片片染红了山谷的野草莓，每当这时，小孩子们兴高采烈地跑到山上用芭蕉叶或者旱藕叶，把摘下的草莓打包，带回与家人、邻居分享。

无论是野猪林、陇恩还是囊莱山，夏天都会有野蘑菇，其中最受人们喜爱的当属长在枫树上的蘑菇。枫树叶是壮家制作五色糯米饭的染料，枫树叶有着淡淡的清香，长在枫树上的蘑菇也散发独有的香味，与南瓜苗一起煮汤，味道异常鲜美。秋天，被霜打过的枫树叶变红，为绿色的大山涂上异彩。冬天，山上的油茶果开裂了，一颗颗油亮的果实掉到地上，人们拿着箩筐去捡，看着一筐筐油茶果，脸上露出了幸福的微笑。劳作一年的牛，入冬就轻松了，村里人把牛放到山里，孩子们拿着锄头、铲子去挖山上的野淮山，把挖回来的野淮山放到滚烫的火灰上一烤，香甜的气息便氤氲整个堂屋。

故乡的河流、小溪、瀑布、大山与民居构成了一幅山水墨画。山上的森林涵养了水源，水源灌溉稻田，稻谷养育了人们，人们保护森林，森林给人们提供水源，如此循环，呈现出人与自然和谐相处的美丽图景。"天人合一"是古人追求的目标，人类关爱自然，自然也馈赠人类丰富的食物。只有爱护自然，人类与自然才可以和谐共生，因此，是乡亲们朴素的生态观成就了今天的绿水青山。

乡亲们总是把自然馈赠的食物和自己辛勤种植出来的水果、蔬菜，加上肉类做成各种美食。在我小的时候，尽管乡亲们并不富裕，但是依然可以把各种食物弄得有滋有味。

芝麻红薯叶，家乡的一道特色菜。过去，由于生活困难，人们常常把饲养的鸡鸭、猪等拿到集市上销售，卖到的钱用于购买生活用品、农具，或花在人情来往、学费等上面。为了补充营养，乡亲们常常把简单的食物加工成丰富多样的美食。例如红薯叶就有多种做法，人们常常把西红柿与红薯叶一起煮着吃，酸笋与红薯叶炒着吃，等等。但最有名的是芝麻红薯叶，人们把芝麻炒熟，磨得细细的，待红薯叶炒到七分熟时，把芝麻粉倒进菜锅里与红薯叶一起翻炒，片刻后香喷喷的一道菜就可以出锅了。

猫豆糖粽子。乡亲们在自家院子或者是地里种植黑色或者白色的猫豆。猫豆与其他豆类不同，村民认为，猫豆不可直接食用，需要去毒处理后方可食用。因此，猫豆糖粽子的制作需要经过较为繁杂的过程。通常，先煮沸去皮，三次冷水浸泡，三次清洗去毒后方可食用。人们把去毒后的猫豆磨成细粉，用糯米粉和匀，然后揉成椭圆形的团子，在团子中间放一块长条猪肉，把揉好的团子放到芭蕉叶上，与家乡种植的香糯一起煮。味道香甜，软糯，这是猫豆糖粽特有的味道，用其他豆类是做不出如此美味的。因此，猫豆糖粽子是送给亲戚朋友的佳礼。村里的老人说，如果没有吃上猫豆糖粽子，就好像没有过节似的。春节来的贵客、回娘家的儿女对一般的回礼通常会拒绝，但唯独对猫豆糖粽子不会拒绝。

胃部是有记忆的，家乡的味道总是念念不忘，猫豆糖粽子是许多外出游子的乡情记忆，也是对亲人关爱的感恩。乡亲们为了出门在外的儿女或者是亲戚，他们不怕制作程序的复杂烦琐，而是怀着一颗与亲人分享甜蜜的心，累并快乐着。

木薯粑粑。过去，家家户户都种植木薯，主要是用来喂猪，余下的出售。然而，勤劳智慧的乡亲却把木薯加工成各种粑粑，让生活充满着乐趣并富有滋味。

与猫豆一样，木薯也有毒，人们把皮去掉，泡到水里去毒，之后晒干，磨成粉。煮粥时，放一些木薯粉，粥黏黏的，耐饿。尤其到夏天，木薯粥放凉后，配上酸菜、萝卜干或者加上一些红糖，爽滑可口。除了煮粥，就是把木薯粉做成各种木薯粑粑了。人们常常把干木薯粉加水，和匀，包上韭菜、豆角、竹笋等各种馅，然后摊平煎着吃，韧性十足。小时候哥哥不小心吃了尚未去毒的木薯粉，出现呕吐、昏迷等中毒症状，后来幸亏邻居家的伯母拿来一瓶自家熬制的红糖水，给哥哥喝下去，哥哥才得救。因此每当我们吃木薯，母亲都要提起此事，警示我们吃木薯一定要去毒。我时刻记住母亲的话。食物中的味道包含着亲人的味道，也包含着暖暖的乡情。

糯玉米三角粑粑。糯玉米是家乡的主食，糯玉米成熟的季节就是乡亲们品尝糯玉米三角粑粑的时候。把鲜嫩的糯玉米磨好，用芭蕉叶或者粽叶包成三角，加上豆角、木耳馅或者花生芝麻馅，蒸煮一个小时左右便可。每次外出，奶奶总是不辞劳苦地为我们做很多的糯玉米粑粑。闻着清香的粽叶或者芭蕉叶，看着金黄的三角粑粑，品尝甜糯的味道，那是一件十分幸福的事情。

故乡的美食丰富多样，过去，乡亲们的生活并不富裕，但能够乐在其中，在苦中作乐，美食便是人们乐观的源泉。制作美食体现出人们的耐心和工匠精神，即便是最为普通的南瓜苗，也可以做成不同的、精致的菜肴。因此，孩子从小不挑食，这为健康的体魄打下基础。面对肉类的匮乏，生活的困难，人们没有唉声叹气，而是把简单的生活过得有声有色。每当隔壁邻居打糍粑，大家都会过去帮忙，一起分享甜蜜。

故乡风景秀丽迷人，各色美食让人回味。故乡的人们是幸福、甜蜜的。乡亲们热爱自然，享受着自然的馈赠。饮食体现出人们对生活充满着热爱和信心，饮食蕴含着人们丰富的养生智慧，同时包含着浓浓的亲情和邻里互助的感情。可谓是舌尖上的美味，味蕾上的乡情。

乡亲善良而坚韧

清晨，母亲们总是轻轻地唤孩子们起床。老年人总是甜甜叫唤着"我的儿呀""我的孙呀"……无比亲切与温暖。乡亲们认为，人从花中来，又回花中去，循环往复。每一个孩子都是一朵花，花朵娇嫩，父母要细心呵护好花朵。若是打骂孩子，孩子受惊，便容易生病，因此乡亲们很少打骂孩子。若是谁家打了孩子，人们看到后便极力阻止。因此，家乡父慈子孝，家庭氛围十分浓郁。父母赶集，总给孩子买些好吃的回来；父母参加宴席，总不忘记打包回去给孩子；家里杀鸡宰鸭，鸡鸭腿除了留给自家年幼的孩子，剩余的还送给亲戚年幼的孩子，亲子爱幼的氛围十分温馨。

在日常生活中，父母教育孩子为人处世的道理，特别是教育孩子尊老、爱老、孝老。大家都尊崇"家有一老，如有一宝"的传统观念。清晨，晚辈为长辈端洗漱水，拿脸巾；吃饭时，晚辈为长辈打饭，双手递送筷子，为老人夹菜；若是家里杀鸡杀鸭，要留鸡肝鸭肝给长辈，村民认为，老人通常牙齿不好，留住鸡肝鸭肝，是对老人的尊重，也意为老人是家中的心肝宝贝。嫁出去的女儿要经常回家给父母补粮，买好吃而有营养的东西；父母命中缺粮，儿子要为父母举行补粮添寿仪式，给父母心理上的抚慰。

孝是道德之本，人们不仅关爱自家的老人，也关爱其他家的老人。路上见到老人挑重物，晚辈为老人换肩，或者帮挑一程。人们常说壮族人性格温和，为人善良，但是很少探究其原因。长期以来，父母的关爱和呵护形成了壮族人温和的性格。而孝是人与动物之分，人与文明之联。喜爱孩子是人的天性，俗语说"虎毒不食子"，爱孩子是人的天性，而孝敬父母体现人类的文明。壮族人的孝不是一味迁就父母的愚孝，而是在相互关爱、相互尊重中，体味着亲情。故乡的孝文化超越了小家的孝，达到了"老吾老以及人之老"的大孝。长期的孝德教育，形成了壮族人与人为善的优秀品格。

乡亲们是坚韧的。乡亲们除了教育孩子伦理道德，还教育孩子生产生活技能，培养孩子自力更生的能力和坚韧的品格。小时候经常听父亲讲故事，其中有一则故事令我难忘。故事讲述了两兄妹不小心在山里迷路了，他们找不到爸爸妈妈，但是哥哥安慰妹妹说不要慌张，要等爸爸妈妈回来找他们。他们等呀等，等不到爸爸妈妈，后来躲到山洞里面去。到了山洞，他们又饿又累，天黑时，妹妹十分害怕，哥哥安慰说，不怕，我们总会等来爸爸妈妈的。他们靠着喝山洞的水，靠着顽强坚忍的意志，在山洞过了六天六夜，第七天，他们终于等来了爸爸妈妈。人们以此故事来教育孩子面对困难不可退缩，要顽强地坚持下去。

故乡在设长村和巴廖村之间，孩子们无论到哪里上学，都比较遥远。每天天还没有亮，孩子们就早早起床，炒着剩饭当早餐。上学要翻过三座山，需要走三四公里的山路。每到冬季，露水把孩子们的鞋子打湿了，可是孩子们没有退缩，依然前行。学校上晚自习时，孩子们点着火把照亮上学的路，正是这样的坚持，培养了孩子们坚韧的品格。

相比于其他村落，三面环水的故乡也被称为"小台湾"，远看像一座清水环绕的小岛。水养育了乡亲们，但是洪水暴发时，也给村民带来诸多不便。家乡小桥是连接故乡和外界之桥，过去，由于资金缺乏，村民们常常用木头、泥沙建起小桥。每当洪水过后，桥体被汹涌的洪水冲走。村民们要靠人挑、马驮、背扛经过一公里左右的泥泞的乡村小路，然后蹚过湍急的河流，才到大路。虽然生活比较艰辛，但是人们从不抱怨，总是想着各种办法改变困境。小桥建了又塌，塌了又建。前几年，村里得到县里的支持，在村民们的努力下，终于把桥建好，把路修好，艰难的日子成为过去。蹚过小河的已经不是往日的自行车，而是私家车。

在艰苦的环境中，人们没有退缩，经过生活的磨炼，每个人就像是勇敢的斗士，与困难斗争。每个人生活都不容易，平乐屯人就是靠着一股韧劲，不断克服困难，形成了善良、坚韧的品格。

乡亲勤奋而团结

乡亲们是勤奋团结的。在故乡，人们常说"开叉的双手能刨出黄金"，每天天刚亮，家家户户便飘着各种粥的香味。人们喝粥，把剩余的粥装到饭盒里，就下地干活了，夜幕降临时，人们才陆陆续续回家。村里无论男女老少，都下地干活，做力所能及的事情。邻居家的伯母五十几岁了，依然跟着年轻人上山下地，日出而作，日落而息，挑着上百斤的担子，健步如飞在乡村小道上。如果谁家不下地干活，看到整个村子空荡荡的，就会心慌。在村里，人们比较谁家最勤奋，常常从他们家的庄稼长势来加以判断，正可谓人勤春来早。因此，没有一个人敢怠慢。就这样，靠着辛勤的双手，人们的生活不断发展变化，故乡旧貌换新颜。

从村子里到大路，有一段羊肠小道，每逢下雨，道路泥泞，加上道路窄小，拖拉机通不过，无论是把农产品拿到集市上出售，还是从县城运回化肥、建筑材料，人们只能在大路边卸下，然后通过马驮、肩挑、人扛过河，再经过村里蜿蜒曲折的小道。这过程，通常都是邻里兄弟姐妹主动前来帮忙，在有说有笑中完成。

乡亲们是团结奋进的。每当村里谁家有红白喜事或遇到困难，人们总是不请自来。在长期的生活中，人们形成了互帮互助的良好氛围，例如人们集体轮流放牛，一起兴修水利，长期共同劳动形成了团结互助的氛围。农忙时节，人们总是你帮我家，我帮你家，一起完成各项农事，在农村称之为互工。无论是插秧还是收割，都很繁重枯燥，因此，人们互相帮工，聚在一起劳动，有说有笑，有时候还对起歌来。许多青年男女就是通过帮亲戚朋友做农事，在对歌中交流，从而结为伴侣。俗语说人多好种田，在长期的生产生活中，人们通过相互帮助，结成了团结向上的村落共同体。

在过去生活困难的情况下，生病在所难免。面对常见病，村民们通常尝试各种中草药，从而掌握了各种常见病的治疗方法，而各种疑难杂症的治疗，则有祖传的方法。在村里，不得不提起一对夫妇。女方通过祖传，掌握刮痧术，村里凡是有发痧的，她有求必应，即便在深夜，只要有人去求医，她便立刻赶到。不仅是本村人，其他村落的村民来请也是如此，从来不计较报酬。男方则掌握了治疗各种脓疮的秘方，他也是有求必应。伯父之前在部队待过，退伍回家后，自学中草药，也常常有人求他取药，他从来不计报酬地帮助病人配药。就这样，人们在互相帮助中，体会到人间的大爱，在帮助别人过程中，因获得他人肯定而体会到自身的价值，感受到人间的温情。

前几年，家里因为宅基地的事情与叔叔家产生了矛盾，争吵过后，两家人和好如初。宅基地是哥哥的，我问哥哥究竟是什么原因产生了矛盾又是怎么做才实现了最后和好。哥哥说因为沟通产生了矛盾，化解矛盾是因为我们主动和好、心怀感恩、不斤斤计较。当年，在我们最困难的时候，叔叔家帮助过我们，小时候由于家里兄弟姐妹多，家里拥挤，每到放假，总是去叔叔家住，如今，我们都长大成人了，要学会感恩。针对这件事情，嫂子说，无论产生什么矛盾，割舍不断的是亲情，世界之大，谁又是我们亲戚呢，所以亲情、团结至关重要。她的一番话令我感动。在日常生活中，乡亲们矛盾摩擦在所难免，但是人们不记仇，吵架过后主动和好。正是这样，村落一直保持团结和谐。

故乡富于生机和活力

故乡与其他村落一样，在改革发展中，有冷色，也有暖色。受到外来文化的影响，尽管村里发生一些不愉快的事情，但是人们从一些不愉快的经历中，更加珍惜今天的生活，乡村朝着积极健康的方向发展。人们朝气蓬勃，故乡富于生机和活力。在改革开放浪潮中，许多年轻人为了改变生活，到发达城市务工，在广西少数民族地区，许多乡村出现空心化现象。故乡的年轻人也曾经向往外面的世界，他们怀着梦想到广州、深圳等发达地区。但是由于语言不通，缺乏技术与知识，工资不高。乡亲们认为外面打工除去吃住开销，一年下来也没能攒多少钱，还不能照顾家里的老人和孩子。因此，外出务工的人们纷纷回到故乡，他们有着改变故乡的愿望和对亲情的渴望。他们勇于面对现实，回到故乡，担起发展故乡和照顾老人、孩子的重任。乡亲们借助巴马发展旅游的契机，到县城做小买卖，就这样，一个带着一个到县城寻找发展机会。不到县城发展的乡民，也在故乡找到了出路。如此，人们既可以改变生活，又可以照顾老人和孩子。乡亲在改变自身生活的同时，也推动了乡村的发展。村里的堂哥外出务工几年，攒得积蓄后，回到家乡发展养殖业。也有出去十几年后，回到家乡投资基础设施建设的。每天清晨，村民们开着电动车、私家车、三轮车从村里出发，傍晚时候，村里又恢复了生机活力。一些在外面的乡贤退休后，回到家乡，积极带领村里的小孩、妇女跳舞，不断丰富乡村的文化生活。近年来村里的子女教育也发生了很大的变化，重男轻女的现象逐渐得到改变，村里考上大学的女孩逐渐增多。

家乡的人们是善良、坚韧、乐观的，面对故乡土地稀少，发展落后的状况，他们积极寻找发展路子，主动承担起家庭责任和发展乡村的责任。故乡的人们是有忧患意识的，他们看到了外出务工对子女教育和父母养老的消极影响，认识到孩子教育和孝敬父母的重要性，因此在艰苦的环境中寻找生路。通过乡亲们的努力，如今的故乡发生了很大的变化，旧貌换新颜，人们盖起了新房子，部分乡民还买了私家车，昔日的农田变成了工厂，乡亲们对未来充满信心。

有人说贫困使巴马人长寿，然而，故乡生活困难的年代，国内许多乡村也处在贫困时期。改革开放后，乡亲们怀着对美好生活的强烈渴望，他们勤奋、团结、坚韧，在土地稀少的情况下，寻找出路，努力改变生活。如今，乡亲们走上了小康之路。长寿与贫困没有必然的联系，最重要的是人们积极乐观的生活态度，坚韧不拔、不断改变生活的精神，对自己、家人、社会和自然的爱惜之心。

在此，以一首小诗描述自己的家乡。

我的故乡叫平乐

我的故乡叫平乐，

壮语意为平坦而广阔。

平乐，过去的你是杂草丛生的荒野，

还是炊烟袅袅的村落？

不，都不是。

你是熙熙攘攘的集市（历史上的平乐是集市）。

你是和谐美丽的家园。

你四周环水，"小岛"是你的又名。

你有一条诉说忧欢的小河，

你有一条流淌着故事的小溪，

故事里有乡亲温柔似水的幸福，有家乡源源不断的憧憬。

你还有一条瀑布，

洗涤村民的劳累，

"嘀嗒"家乡的欢乐。

故乡的小桥呀，却是多难而坚韧，

建了又塌，塌了又建，

总不妨碍把我们引向远方。

小时候，我总是在想，

夏日的洪水如此汹涌，

让小小的我，如何蹚过家乡的河流？

平乐曲折蜿蜒的道路，如此漫长，

让小小的我，如何走出理想的大道？

平乐的大山，如此高大，

让小小的我，如何看到外面的世界？

小时候的我，很想飞，

总是觉得平乐束缚住自己的翅膀。

长大后，平乐的一山一水，一草一木，

让我魂牵梦萦。

父母的殷殷期盼，

兄弟的暖暖关爱，

姐妹的绵绵思念，

成了游子挥之不去的乡愁！

那山，那水，那河，那桥，那炊烟，那微笑……

总在我的心田，熟悉依旧。

我爱你，爱我的故乡平乐！

新时代新发展，旧貌换新颜，

顶天立地的平乐人，

一定把你建设成为人人向往的地方，

全村的男女老少，如同你的名字，

永远平安快乐！

黄小芬

黄小芬，壮族，博士，广西民族师范学院讲师。

见龙在田 | 杨 合

自巴马县城往西，过巴定村再行 30 余里，就到达一个叫"龙田"的村庄。这个村庄很特别，我之所以把它列入笔下的抒情对象，不排除期间夹杂的个人感情因素，关键还是其实力和影响力。

我故乡的名字叫龙凤，与龙田村一山之隔，相距不过三里。因为龙田的名声大，在河池境内，甚至在广西境内，好多上了年纪的人，对龙田都耳熟能详。所以，当有人问我，你老家在哪里？我说，龙田。问话的人就会发出"哦"的一声。很多时候，龙田这个名字总是让大多数人先是一惊，然后是数声赞叹。在龙田周围还有几个村庄，诸如我们龙凤村，还有交乐、同合、龙甲等，与龙田连成一片，同为燕洞镇管辖，因语言风俗、地形地貌相同，被外界称为"龙田片"，也称为"五弄片"。正因为受龙田村名气的影响，几个村的人与我一样，在向外人介绍自己的出处时，嘴上都不自觉地吐出：龙田。当然，这样做的原因，不是我们想提升好的出处换来一份荣光，而是避免别人过多地追问。

龙田，这名字从何而来？问了一些人，都说不出名堂。偶见《周易》里边有"见龙在田，利见大人"句，便想：这村庄的创始人，村名灵感是不是从"见龙在田"而来？

"见龙在田，利见大人"的意思是龙出现在田间，有利于大德之人出来治事。见龙在田了，那么意味着一个胸怀大志的人，已经崭露头角。这样不仅寓意好，而且有文化渊源，还会增添许多神秘感。犬子刚满七岁那年，还读小学一年级的他也热爱上了龙田。之前每次回乡，我都会带他到龙田村集市上吃米粉，龙田米粉独有的味道，让小子赞不绝口。似乎米粉的好味道一直萦绕在他的脑海一般，他便把"龙田"二字带回班上说给他的同学听。他的一位同学竟然语出惊人：你说的龙田啊，好像是龙在耕田。我听了儿子回家后的复述，非常震惊，想不到龆年稚齿之龄，也能说出这样发聩之语。

那一刻，我只好无语。说起龙田，情绪就有些复杂。从感情因素上来说，龙田是我祖母、母亲的家乡，她们都是从龙田嫁到龙凤的，而且我还在龙田中学读了三年书。

但真正想想，心中之所以存在着对龙田的赞誉之情，应该是她的实力，是她的优美景色打动了我。

龙田村因为没有河流，按照我们头脑中固有的"山清水秀"模式，应该说是与风景无缘的。但这样的思维，会把泰山、黄山等名山淹没。龙田的优势恰恰也在于山和石头。龙田的山大致可分为三类。第一类是高大的石山，延绵在村庄的周围。第二类是土山，在村庄之外，种满了各种经济林木，还有一片属于次原始的水源森林。第三类就是生长在田地里的一根根犹如石柱、石帽一样的孤独山体。这是最为奇特的山，也是让我最为惊叹的山。

这些小山，它们的海拔高度在 50 米左右，东一根、西一顶，在一大片的天地间耸立着、静卧着，峭壁成片，草木葱茏。其中，有两座山已经镌刻在我大脑中的记事本里，让我每每翻读起来，都会醉心。我家在龙田村往东南的方向有一块旱地。旱地对面，有一座孤独的小山，与之面对的一侧，是一块宽阔平坦、雪白光洁、高大宏伟的石壁。小的时候，我偶尔会跟随大人去地里种玉米、收玉米，种或收的间隙，我经常会直起腰，朝着对面的石壁大喊：我——累——了。很快，对面的石壁便回音：我——累——了，我——累——了……浑厚的回音在旷野中持续着，让人振奋。我便心安理得地停止劳作，在大人无可奈何的目光中小憩片刻。后来，读到"壁立千仞，无欲则刚"的句子时，我心中那座"壁立千仞"的参照物，就是我曾经时而与之对话的石壁。多少年过去了，那座我在心里把它叫作"回音山"的山体，依然以孤傲雄伟、通情达理的姿态感动着我。我记事本里的另一座山，则是龙田初中校园后的山。有人说，好学校就是一座好靠山。其实，学校本身也需要"靠山"。这座靠山，个子不高，但山体稍大。生长着各种树木，有大得不可合抱者，有亭亭如盖者，也有虬龙盘枝者，就连绝壁的石隙都生长着树木。晚饭之后，这座山成了同学们最好的乐园。

龙田的山石，还有一绝，那就是石林。在龙田初中后山的不远处，有一片石林，因为面积太小，看点不多，只够我们不时一望。但在龙田村庄的东北方向，公路两侧却有两片石林，一片归属龙田村，另一片归属我的家乡龙凤村，但统称龙田石林，这是石林的最密集处。这两片石林面积有两三百亩。我到过云南的路南石林，那里的石林从高处远眺，从低处近观，皆让人称奇。其实，龙田石林与路南石林的主要游览区李子箐石林的游览面积相当。关键一点，龙田石林同样纵横交错，造型各异，气势磅礴。远近的石峰形态千秋，有似奔牛者，有如玉兔者，还有像母鸡孵蛋者，可谓一步一景，目不暇接，令人赞叹不已。七岁小孩所言的"龙在耕田"，也正好形容这一支支石峰，犹如一条条石龙，躬耕于田亩间。只是，龙田石林目前仍潜藏于深闺，让多少路过者有遗珠之憾。

再想想，龙田之好，其实还在于其人的勤劳，在于龙田人创造的"龙田精神"。

"见龙在田，利见大人"在历史上有很多相对应的典故。龙田并没有出现"利见大人"的例子，但是龙田人集体创造出的"龙田精神"，则是另一种"利见大人"的解读。从20世纪70年代末，在原本就是九分石头一分土的龙田，人们为了解决耕地不足，曾经联合龙凤村，在两村交接的石山区，炸石头、填洼地，辛苦一年多，也才造出二三十亩贫瘠土地。龙田人便测算，在石上每造出一亩地，要用7000个劳动工日，工期长，投工量又大，算来算去，非常不合算。当时，200 余户居民居住在仅有的土山、田地间，占去了好田好地，严重制约了粮食生产。灵机一动的龙田人，就主动到石山区开辟出一片平地，然后在平地上建新村。石山片区怪石嶙峋，条件恶劣，龙田人就炸石头、填凹坑、铺街道、建房子。从 1975 年冬开始，龙田男女老少齐上阵，大干苦干，日夜奋战，到 1978 年底，便在一片乱石岗上建成四排崭新的两层楼房，够全村 16 个生产队 262 户 1462 人搬迁入住。一排一排的新楼房，全是用石头裹着石灰浆、砂石建成，美观大方，经久耐用。每间楼房前，立有两根石柱，柱与柱之间形成拱门，拱门后建有廊檐，如骑楼一般，可供行人自由穿行。从外立足而观，只见新村式样古典，恢宏大气，让人动容。在建造过程中，龙田人不怕流血，不怕苦累，风雨无阻，一年时间，就先后削平 8 座小山，填平 20 余道深沟，搬掉上百万立方米岩石，让昔日乱石嶙峋石山区变成了新式村庄，还让九分石头一分土的村庄腾出两百多亩土地。按照现在的说法，当时的龙田，算是率先实施了"生态移民"。在建设龙田新村时，我的堂舅陆鸿参，身体壮实，力大无比，他挑起的每一担石头，重量都在 150 公斤以上，大家便传开"陆鸿参，挑担三百三"。时任龙田大队党支书的向元佐带头苦干、埋首奉献，头部负伤被缝了 113 针，曾经当选为自治区党委第四届、第五届委员，名声响亮。而其中还有三位村民为此付出了生命的代价。因此，拼命的龙田人创造出了一种"人敢拼命，山河听令"的精神，被人誉为"龙田精神"。为此，当时广西境内曾流行"北学大寨，南学龙田"的呼声，一度把龙田推到大寨的高度。龙田人民的这一创举，在当时的社会上反响巨大、影响广远；事迹被《广西日报》等新闻媒体广泛报道，中央代表团、自治区党政领导曾到工地视察指导，全国各地如云南文山州、贵州兴义地区等先后派代表前来参观，参观人数达 73000 人次。龙田成了广西"农业学大寨"的一面旗帜。1975 年龙田村党支部书记向元佐出席全国农业学大寨会议，因为龙田村的龙头带动作用，1976 年巴马瑶族自治县被评为全国"农业学大寨先进县"。那时期，前来龙田参观学习的人络绎不绝，这让身在一旁的龙凤村人很是羡慕。晚龙田一年，1978 年，在没有任何外力扶持的情况下，我们龙凤村自力更生、艰苦奋斗，也开始建新村。当时 27 岁的父亲是建新村的副指挥长，他记得建新村的口号就是"北学大寨，南学龙田"，从口号内容可见龙田的示范魅力有多大。我想，"利见大人"，在龙田人的眼前，不是出现哪一个"大人"，这个"大人"是一个群体。而且这个群体的精神还慢慢散射到周围的几个村庄，使龙田精神逐步放大，名声传到很多角落。我们龙凤村，后来建起了比龙田还要有气势的新村。时至今日，看着故乡的新颜，我还真的要感谢龙田精神。

后来，在龙田村，逐步建起了中学、小学、卫生院、农贸市场、粮所、供销社、农村信用社、邮政储蓄所等，店铺栉比，商贸繁荣，熙攘非凡。如今，旅游开发也一度被县里提上议事日程。龙田人，整个五弄片的人，都在期待而且也相信这里的石林，如原始森林一样抢眼留人。

在我的故乡，有一种植物，与昙花同科，开出的花朵也与昙花类似，我们叫它观音莲，也叫龙骨花、霸王花。龙骨花，全身都是宝，药用价值高，食用健康养生功效也很好，如今种植龙骨花已成为一大产业，五弄片区成为全县龙骨花的产业基地，龙骨花产品远销海内外。最令人钦佩的是龙骨花顽强的生命力和拼命的精神，只需要一点缝隙，少量的泥土，就能在石头上生长、蔓延、蓬勃，然后盛开出洁如金玉、如梦如幻、惊世骇俗的花朵。

这种精神，颇似龙田人骨子里的顽强与坚韧，仿佛"龙田精神"的参照物，仿佛龙田人的象征物，只要有一点点土，只要有一处立锥之地，便能盛开出美丽的花。

杨 合 ....

杨合，广西巴马人，广西作协会员，鲁迅文学院西南作家班学员。《河池日报》总编辑。曾在《散文选刊》《广西文学》等刊物上发表文学作品，著有小说集《云烟过眼》。

翻过岩松坳 | 陆寿青

翻过岩松坳,走向远方,思念却在夜里越坳回来。

——题记

从家乡出发

小学一二年级,学校和我家之间就隔着一围栏菜园,近在咫尺。每到上课,琅琅书声此起彼伏,如和风细雨般飘进我们家,书香四溢。

其实所谓的学校就是一间简陋的小教室,里面隔成两半,一边用来上课,另一边是老师的床铺和办公桌。

学校的老师跟我家有点沾亲带故,我叫他大表哥。因为近水楼台,加上有这层关系,还未到上学的年龄,我就把学校当幼儿园,大孩子们在前面上课时,我就一个人在后面玩。

等到我七岁正式上学,大表哥却远走高飞,到县城当老师去了。因为年纪小,那时大表哥长得怎么样,我一点记忆都没有。倒是他离开时,给我们家留下一把缺了半边角的锅铲,让我记忆犹新。那时,坐在火塘边看奶奶炒菜,她时不时就会说:"孙啊,这把锅铲是你大表哥送给我们的,将来你要努力读书,争取像他一样当个老师!"就这样,在我幼小而懵懂的心里，大表哥就是那把锅铲，那把锅铲就是大表哥，都是知识的象征，干部的模样，形象高大而丰满。

一年级期末考试，尽管我成绩优异，却不给升级。那时读书，升级不看成绩看身高。测试的办法很简单，开学时，老师逐个把我们叫到跟前，让我们伸手举过头顶，左手摸右耳，右手摸左耳，够得着的升级，够不着的留级。我个子小，自然够不着。就这样，小学一年级我念了两年，这也是我读书生涯中唯一的一次留级。

因为成绩好，老师就让我当学习委员，协助他收作业，又因为我家近学校来得早，于是让我每天清晨和每天下午负责帮他敲钟。

所谓的"钟"其实就是一面锅盖般的铁盘。"当……当……当……"清脆的钟声一响，就是到上学的时间了。那时候，整个村子五六十户人家都没一个钟表，学校的钟声就像半夜鸡叫，是人们晨起劳作和下午出工的固定闹铃。

学校的面钟悬挂在教室门外的屋檐下，太高，我敲不着，老师专门找来一根棍子，将用抹布包住的特制敲棍牢牢绑上，以方便我敲钟。我把敲钟当成是老师赐予的一份奖赏，干劲十足，每天都早早来到学校，得意扬扬地敲。那段纯净而久远的年月里，悦耳的钟声仿佛一首动听的歌，越过房顶，越过村庄，越过山丘，一遍遍地回响在寂静的山间……现在想起来，那是一幅多么动人的画面啊！

感谢我的启蒙老师——陆福华老师。或许正是他的无心插柳，不知不觉就将我引上了知识改变命运的人生之路。

老师还让我们这些听话的孩子一起监督那些吊儿郎当的学生。有个叫"卷毛"的小伙伴厌学，几乎天天迟到。有一天上午，太阳老高了还不见他露脸，老师即命我们几个同学去找人。带着老师布置的光荣任务，冒着毛毛细雨，我们像小八路一样，直奔"卷毛"家。那时，大人们早已外出劳动，"卷毛"家门虚掩着，我们猜这瞌睡虫肯定还赖在床上做美梦，于是蹑手蹑脚地走近床边，猛然掀起蚊帐往里一看，乖乖，宝宝睡得正香呢！大家对个眼神，你抓脚，我抓头，他抓手，硬生生把"卷毛"从床上拖起，要将他抬到学校向老师请功。"卷毛"哇哇大哭，像泥鳅一样用力挣脱开来，连跑带爬拼命往河边逃，窜进草丛中藏匿，死也不肯出来。劝学行动以失败告终。

牛不吃草强按头——无用。"卷毛"读完二年级就辍学在家，小鬼当家，十五六岁就娶了媳妇，不久就当了父亲。岁月如歌，如今每想起当年的逃学趣事，"卷毛"依旧懊悔不已，叹息连连，端起酒杯将往事一饮而尽。

三四年级的时候，我们要到两公里外一个叫那乱教学点的学校上课。那是一段充满野趣的上学之旅——夏天，道路两边，漫山遍野，山花烂漫，到处是野果，有稔子、野草莓、悬钩子等。每天放学，我们一边采果吃，一边往回走，草丛中，歌声、叫喊声此起彼伏，满山坡的欢乐来回荡漾——那是一段无忧无虑的童年时光。

五年级的时候，中心小学距离家里大约有七公里山路。为了不迟到，每天清晨，鸡鸣拂晓，有时天还没亮，我们就像探险者一样，举着火把出门。走着走着，不断地有其他村的同伴汇入到山路上来，三五成群的队伍在杂草丛生、崎岖不平的道路上若隐若现，那道流动风景线就是我们这些农村少年艰难求学的缩影。

小时胆怯，最怕有鬼。偏偏这七公里上学路上，到处都是鬼门关，有新坟旧墓，有沟壑丛林，有流传各种勾魂传说的幽谷。其中有一处山坳，树高草茂，荆棘丛生，胆小者从不敢单独路过。听大人们说，鬼怕火。于是每天黎明，我们每人都举着火把，勇往直前地穿行在崎岖的山路上。心中无邪，鬼也让路。年少的我们，为了求学求知，成了深山老林里一群最无畏无惧的人。

13岁那年暑假的一个夜晚，明月当空，繁星闪烁，蛙声阵阵。我光着膀子躺在门前的晒坪凉席上纳凉，仰望苍穹漫无目的地数星星。冷不防，几岁大的弟弟爬到我身上，突然朝我脸上猛撒了一泡尿。我翻身爬起，正想教训弟弟一番，谁知这时，教我们五年级语文的罗荣光老师忽然到访。

"你小考分数线上了那桃乡初中，后天去体检。"原来，罗老师是报喜来了。那年头还没有义务教育，考上乡里的初中也不容易。父亲听说我考上了中学，眉开眼笑，赶紧张罗起来，招呼老师喝酒。

那年夏天，告别童年，我穿着到处是补丁的土布衣，挑着米袋，带着一只木箱子，怀着梦想和对外面世界的好奇，从家乡那兰屯出发，翻越了村前那座高高的山冈，从此，少年的人生之路再也不回头……

翻过坳口不回头

我家住在桂西北一个叫那兰的山旮旯里。交通不便，再加上地处河池与百色交界处，山高路远，所以在许多人看来，那鬼地方是名副其实的"县尾"。

多少年来，公路和我们家之间，就那样硬生生地横亘着一座名叫"岩松"的高山。走出山外，买卖赶集，此乃华山一条道。吃尽苦头的乡亲们为此常常这样"将"自家娃仔：能翻过岩松坳不回头，那才叫有本事。

我是我们村里的第一个大学生，用乡亲们的话说，也是第一个翻过岩松坳不回头的人。初中—高中—大学—工作，20多年来，家乡离我越来越远。但无论我走到哪里，巍巍的岩松坳永远是我命运中的一道坎。寒来暑往，跋涉途中，大蛇蜈蚣、野猪野鸡，这些森林草丛中的生灵常常出现在我的视线里。而夏日的黄蜂甚至还曾一路"追杀"，把我蜇个遍体鳞伤。坚韧不拔、吃苦耐劳、意志坚定，我身上的这些品格就是伟岸的岩松坳多年来练就我的一笔宝贵财富。

那年夏天，为了筹到学费，父亲和我一前一后地挑着刚从山上剥来的树皮，翻越岩松坳拿到街上去卖。那时我刚初中毕业，营养不良，身体还没长开，一米五三五四的个头，扛着七八十斤重的东西，顶着炎炎烈日，最后累倒在了半山腰。看着父亲越走越远的身影，我羞愧不已。父亲见状，回头大喊：娃仔你挺住，我到坳口再回来帮你！看着父亲挑着重担往前狂奔，我只恨自己为何长不大。上上下下，那天为了折回来帮我，父亲等于翻了两趟岩松坳！跟在父亲身后，我暗下决心，一定要混出个人样来！

高高的岩松坳就这样让人望而却步。我们村里曾经发生这么一出笑话：有一年春节，一个在外打工的年轻人好不容易哄女朋友回家，岂料刚爬到岩松坳半山腰，女孩就哭闹着往回跑，一去不复返。这个故事至今仍在流传。但每提及它，乡亲们感叹的同时，更多的则是无奈与心酸。

正是有了这位兄弟的前车之鉴，当年我带妻子回家请酒时，还真煞费了一番苦心。临行前几天，我加班加点给妻子打预防针，极尽描述回家路途的种种艰辛，让她做足心理准备。"从公路边走到我家，手脚并用翻山越岭，最少也要四个小时。"妻子沉默，最后无奈地说："那有什么办法？嫁鸡随鸡，嫁狗随狗，谁让我的命这么苦？"我苦笑，心里忐忑不安。

运动鞋、运动裤、水、汗巾、拐棍——出发前，看着她一副全副武装的架势，我很是感动。

那天中午，弟妹们牵着两匹马，翻过岩松坳早早赶到到公路边等候。没有婚车，没有鲜花，用一根草绳绑住裤脚，跟着马屁股，妻子就随"迎亲队"往岩松坳进发了。

山连山，坡连坡，一路走走笑笑，马儿不时仰天长啸。那天的岩松坳上，翠松颔首，鸟语花香，彩蝶纷飞，到处荡漾着幸福的笑声。

妻子最终没有当"逃跑的新娘"，还说岩松坳并非想象中的难走，才走了两个多小时。我大松了一口气，庆幸这个城里的姑娘并未嫌弃我这个苦水里泡大的农民儿子，庆幸自己找到了一位可与之患难与共的兰心蕙质的女孩。

家，是一个温暖的窝。无论我翻过岩松坳走多远，我都要回头。这不，这些年来，这个被我骗到山沟沟里的女子，始终与我患难与共，同舟共济，一次又一次与我翻越岩松坳，一次又一次与我奔波在回家的路上。

如今，村级公路已修通到我家门口，人们出入往来，再也不用翻岩松坳，这座山坡留给我的记忆已成永恒。

再见，岩松坳！想念你们，家乡的亲人！

关于老宅的随风往事

我们家搬离老宅住进新屋已有十几年了。这些年，我常常梦回故乡，可梦境里的景况却一直跟老宅有关，仿佛我们不曾搬走过。

岁月荏苒，历经风霜。老宅无声地记录历史，装满了回忆。我们在那里出生、成长，在那里哭，在那里笑，在那里感受苦难，在那里憧憬未来……周公解梦说，梦见老宅，是因为太想家。这对于一个像我这样恋家的人，该是一份恰当的注解吧。

一

一堵篱笆一堵砖，两堵烂泥墙，半边茅草半边瓦——在我 20 岁之前，这就是我家的基本构架。冬天，挡不住凛冽寒风；夏天，遮不住狂风暴雨。那时候家对我们来说，是那样的破败、飘摇和无奈。

据父亲讲述，其实我们家祖上也曾经阔气过，残留下来的那堵砌工精致且留有枪眼的百年火砖墙就是有力的例证。只是到了我的曾祖辈，由于懒惰又好赌，到处变卖家产，最后竟落到了只剩一堵砖墙的悲惨境地。

1949 年，全国人民正迎接解放，可我那不争气的爷爷一闭眼就走了，那年我父亲才 4 岁，我姑姑刚几个月大还在襁褓里。30 岁就守寡，苦命的奶奶一个人拉扯着一对年幼的儿女，开始了漫漫的煎熬人生。

小孩多劳力少，分田到户之前，家里一直过着缺吃少穿的饥荒日子。吃都不饱，想有一个暖窝，谈何容易？

好在年少不知愁滋味，贫寒中的我也有无穷无尽的欢乐童年。那时候每到夏天，蜜蜂就会来到我们家的竹篱笆上安家做窝，屋子里里外外，蜜蜂上下翻飞，进进出出，成了村里一道独特的风景。现在想来，那时，这些小精灵估计是把我们家的篱笆墙当作一片森林了。

就是这些可爱的小蜜蜂，给我增添了许多有趣而难忘的童年记忆。那时，趁着大人外出做工，我常把伙伴们招呼到家里来玩游戏、捉蜜蜂、掏蜂窝。隔三岔五，不时有人被蜇，哭喊着跑回家。大人知道后，也没怎么怨骂我们。整个夏天，我家里便成了伙伴们掏蜂窝游戏的乐园。

燕子也特爱我们家。印象中共有两窝燕子到我家做窝，春天一来，燕子飞进飞出，没多久，一窝窝小燕子就咿咿呀呀地嗷嗷待哺了，春燕呢喃，好一幅春意盎然的动人景象。

"燕子进家是有福的。"父亲不止一次对我说。是啊，其实贫穷和富有，有时不过是一念之间、一种感觉。现在想起来，真的感谢那座生命中的篱笆房，是它伴随着我度过了难忘的童年，也带给了我一笔弥足珍贵的精神财富。

二

一出新房梦，一段励志史。因为那间破烂的篱笆茅房，我们一家都很自卑；也因为这间篱笆茅房，练就了我们一家人坚韧的品格和自强不息的精神。

为了尽早告别篱笆房，我们一家人经过反复商量，最终决定自己动手，烧砖制瓦。

选黏土、拌红泥、晾泥采泥、打砖制瓦、晒砖晒瓦、砍柴、请人扛柴、搬砖瓦进窑、烧制封窑——传统的砖瓦烧制，需要体力、技术，更需要毅力。这对只有父亲一个强劳力的我们家来说，实在是一项过于艰巨的大工程。

然而就是这样一个似近却远的新房梦，带给了我们一家无穷的动力。

"喔、喔、喔……"才上小学的我，就学会了和大人们一起，吆喝着牛，围着泥坑搅拌泥浆。父亲在打砖时，我就在他一旁当助手，采泥，晒砖晾瓦，一样样干得有模有样。上山扛柴火，一趟又一趟，汗流浃背，柔嫩的肩膀甚至磨破出血。可为了新房梦,我就浑身来劲。

奋战了两年,砖瓦总算烧制出窑了。因为要供我上学,没钱建房子,父亲只好把出窑的砖瓦堆在家背后的一块空地上。那几年,看到左邻右舍不断建新房,我只好爬到自家的砖堆上,傻愣愣地憧憬新房的模样……

穷日子过久了,人就会心慌。

我永远忘不了初一那年暑假的那次遭遇。那天中午,烈日当空,我刚上床准备午睡,忽然听到家门前有人在叫卖雪条。仔细一听,卖雪条的"小老板"原来是隔壁村的初中同学阿朵。

"买雪条啰,买雪条啰……"阿朵大声叫喊,一声高过一声。

我像鸵鸟一样埋头装睡。心想,要是阿朵知道这篱笆茅房就是我家,那该怎么办?

哪壶不开提哪壶。偏巧此时,放牛时间到了。

"放牛啦,放牛啦……这懒仔,怎么喊都不应的?给我起来放牛啦!"不前不后,正当我苦寻对策时,奶奶扯着大嗓门,冲着我一遍遍地叫嚷。

躲也躲不开了,我一骨碌爬起来,气鼓鼓地冲着奶奶吼:"叫什么叫,你自己不会放啊?!"奶奶一脸惊愕,不明所以。

……

"原来你家就在这里呀?!"看到我羞怯怯地从屋里走出来,阿朵大吃一惊。

"是啊。"我假装镇定地说。

阿朵大方地送给我们家每人一根雪条。第一次吃上雪条,弟妹们乐不可支。记忆中,这是我这辈子吃过最甜的一根雪条了。回想起来,那份冰爽,至今依然沁人心脾。

时值农历六月,正是青黄不接,没有大米,我煮了一锅玉米糊,又到隔壁家借了两勺油煮了个瓜苗汤,算是款待阿朵。

都是农村的苦孩子,因为这一难忘的经历,我和阿朵成了好朋友。

阿朵初中毕业后就回家务农，娶妻生子。这些年回老家，得空我常叫阿朵前来叙旧。每次喝酒，重提当年这个心酸而难忘的故事，哥俩便不由得举杯，开怀大笑，一饮而尽。这是后话。

三

我的家乡叫那兰屯。土话中，"兰"是一种十分坚硬的土，"那兰"就是建立在坚硬的土质上的一座村庄的意思。其实严格来说，我们村庄所谓的"兰"就是那么一小脉。而这一小脉的中心点就是我家地基周围的那一片。所以有时候我总觉得，"那兰"这个名字似乎专门是为我家而起的。

上初中，读高中，因为没钱，我家那间建在"兰"上的篱笆房依旧老模样，摇摇欲坠，却又顽强地坚守着。

群山环绕，高高的岩松坳横亘在跟前，挡住了我们整个村庄的朝向，也阻断了乡亲们一个又一个梦想。也正因为"风水不好"，在我之前，有着数百人的那兰屯，祖祖辈辈居然从未有人考出去！

望着巍巍的岩松坳，奶奶曾一遍又一遍地对我说："孙子啊，咱家住篱笆房不要紧，你要真有本事，要成人上人，就翻过岩松坳，山那边的世界才是好风光，你一定要努力啊！"

我祖上从未有人上过学堂，斗大一个字不识一筐。在求学的路上，奶奶的这番叮咛一直萦绕我耳边，激励我前行。

那些年，高高的岩松坳上，常常有一少年，顶着酷暑严寒，背着一个米袋，一边吹着口哨，一边步履坚定地奔走在上学的路上。

那个追梦少年，就是我。

从村里到乡里读初中，从乡里到县城上高中，从县城考上省城的大学，身后的家乡离我越来越远。

从县城拿到大学录取通知书回家的那一天，爬到岩松坳坳口，我忽然发现，山脚下的家乡，仿佛一幅画，是那样的迷人，让人眷恋。

"孙子啊，咱住了这么多年的篱笆房，值了。"奶奶拿着我的录取通知书，激动得潸然泪下。那一刻，抬头环视，我忽然觉得，我们家虽然寒酸，可它并不丑，它是那样的挺拔和坚韧。

四

梦了无数个轮回，大一的那年寒假，我们家终于推倒了篱笆房，砌起了砖墙。遗憾的是，因为没有相机，我们没能给它拍下一张照片。篱笆房的模样从此永远保存在了我们家每一个人的记忆里。

我结婚的时候，特地回老家办了一次简单的农村酒席。而最难忘也最有意思的，就是那间"装修"别致的洞房。

那时候为了我们结婚，家里专门腾出了一间卧室，用我从单位带回的旧报纸一张张糊着——因陋就简，这就是我们当地农村当时最时髦的洞房了。

当时，我和妻子同在桂西北的一家报社供职。仔细看着糊在洞房四周的报纸，偶尔还看到报纸上有自己的文字。简陋而新奇，妻子也不禁莞尔而笑。因为这，后来我还曾写了一篇记叙散文，标题就叫"纸糊的洞房"。也因为这，不知多少次被故友们打趣而频频举杯。这是后话。

五

老宅终于成了一道风景。那是 2007 年。这一年，因为蔗区的机耕路横穿过我们村庄，所以村里不少人家都到路边建房。就这样，我们家也告别了老宅，搬到了公路边。

仿佛一夜之间，村里楼房林立，彻底告别了瓦房时代。唯有我家的老宅，依然保留在原地，原封不动。就这样，和当初的篱笆房一样，犹如一个轮回，老宅就像一座历史博物馆，又成了村里一道独特的风景。

因为不舍，头两年，父亲晚上还一直在老宅睡。他说，那里是他的根。

而我每次回老家，也不由自主回老宅看看，这里瞄瞄，那里转转，当然也没忘了老墙上的那口枪眼，蹲下身来往外看，看着走道上或熟悉或陌生的乡亲走来走去。

隔壁家的婶婶见我回家，逗着笑："既然这般不舍和眷恋，干脆搬回来住吧。你们家搬走了，我这心里也空落落的。"

家和家乡，永远是一种挥之不去的情结。无论你走多远多久，它都驻留在你心中。你离开久时，它会轻声地呼唤你；你烦恼无助时，它会轻柔地抚慰你；你春风得意时，它会分享你的快乐。

风吹雨打，老宅一天比一天破败。但庆幸的是，它依旧伫立在那里。只要它在那里，那里就是我永远的家。

陆寿青

陆寿青，壮族，现供职于广西法治日报社。

怀念我住过花落的山村 | 黄一峰

"人间四月芳菲尽,山寺桃花始盛开。"四月初,桃花染红了长寿村绿色的向阳坡道,穿过都市的钢筋和水泥,我回到了故乡——巴马瑶族自治县巴盘屯长寿村。

这是距县城 20 公里开外的小小村落,却因聚居着众多的寿星而闻名于世。我不是哲人,也不是医学家,不过是这座小村落的一名过客,我对这里的长寿现象没有过多的研究,但在这片神奇的土地上,我感受到那恬淡、自然、宁静、古朴、和谐,令人心醉。

这里依山傍水,错落有序的村舍沿着盘阳河依水而建。站在斑驳的古桥上举目望去,满目葱郁,河边葳蕤的树木掩蔽了沿岸房屋,透过茂密的树丛,一些屋檐若隐若现,绿色便成了这座村庄的天然屏障,村庄仿佛羞涩的少女含而不露。村后,充满雄性气概的狮子山上,生长着一些很有风骨的植物,给人一种这样或那样的联想,磅礴大气的山峦如同睡醒的雄狮守护着这片净土。

透过纯净的河水,我可以清楚地看到卵石的斑纹和鱼儿的嬉戏,没有人轻易去打扰这些天地之精灵。你看,这湾河水多像平铺的天幕,不知流经了多少个春秋,也不知承载了我祖先多少如烟往事。站在母亲河边,我的思绪一片一片随波逐流,仿佛一个一个梦幻被带到远方。

走进村子，如同走进远古的桃花源，满目花树扑面而来。

一朵桃花，又一朵桃花。那种热烈的姿态，那种婀娜的身段，总让人浮想联翩。

而哪一朵是神灵许诺为我盛开的呢？其实，只需半朵宁馨的瘦瓣，就足以让我骚动不安的灵魂安静下来，每一朵、每一枝都是开得那么完美，那么和谐，那么了无遗憾，让我因深深的自卑而不忍靠近又不忍远离。

村姑就是故乡一道独特的风景，天然去雕饰的清纯，就像迎面而来的朵朵桃花，那种风韵让我联想到天使，联想到我以神话和冰雪创造的爱人。春风写在脸上，她们从一幅画中袅袅如修竹般向我走来，又婷婷如莲荷般走向另一幅画中。她们步步生莲，她们燕语莺声，成为值得我永远以花朵和诗歌供奉的女神。这些女神用勤劳的双手点燃着我故乡的炊烟，她们传承着祖先善良仁爱的禀赋，去认真抒写着长命百岁的生命传奇。

在故乡，我从一只蝴蝶的翅膀上，最先读到了春天的信息，漫步村间小道，我用灵魂去感受鸟儿的啁啾以及蜻蜓和蝴蝶扇动的翅膀。我知道，我生命中的空白，又将注入许多新鲜的内容。

这是我一生中最乐意与自然保持密切联系的时刻，一种最质朴最绚丽的歌唱，正在布谷鸟的内心深处自由酝酿。早已被机械取代而靠在墙边的木犁，在向我诉说着故乡的沧桑世事，诉说着向苍天作揖、向大地鞠躬的虔诚写意，这种动容的姿势足以让人仰视一生。

在故乡，很多上了年纪的亲人们，把劳作当作一种乐趣，七八十岁的年纪了，动作仍然敏捷得让人难以置信，但他们只是劳筋骨而不苦心志，老人们的劳动是自由地、自主地参加，没有谁会强迫他们，其心情是平和的，甚至是愉快的。有的百岁老人仍然耳聪目明，你可以轻声细语地跟他们交谈，绣花针在她们手中一样能运用自如。这是我的亲人，是天地赐予的人间祥瑞，他们把勤劳和质朴倾注到子孙的血液里，让这古老的乡村生生不息，让勤俭持家的古老遗训万古不朽。

不必探听他们遥远的身世、文化背景，甚至母语，依我浅薄的学识，我是无法解释这种长寿的生命现象的，我也不知道他们还能活多久，但我知道，他们年过百岁的生命仿佛还在正午时光。

入夜，临河的窗子打开，灯影透过河边的树叶，与河水交融在一起，白白的亮亮的，河畔温馨静谧得让人心颤，偶有微风吹过，就像田野响起一串串风铃，一切是这样的悠远而缥缈。坐在屋檐下让人情思悠远，有关故乡的点点滴滴从记忆和现实深处铺展开来。

长寿村位于被称作长寿河的盘阳河中游。盘阳河发源于凤山县境内，沿岸青山耸立，绿树成荫，流经喀斯特地貌区，使得河水里富含多种对人体有益的微量元素，河水的负氧离子的含量比其他地区河水高许多倍。河水便是天然的矿泉水。长寿村沿河方圆百余里无工业污染，植被覆盖率高达 96% 以上，空气中负氧离子含量很高。也就是说盘阳河其实是一条长寿之"命河"，长寿村位于此河中段，得天独厚的自然环境，造就了众多寿星。

长寿村特殊的自然环境，生产出的食物，如珍珠玉米、黑饭豆、红饭豆、火麻、苦麻菜、红薯、黄豆等，都是乡亲们的主要食品。

在故乡，让人回味无穷的美食便是一种学名为穗唇鲃的鱼类，乡亲们称之为油鱼，是母亲河里的特殊鱼种，它们只生活在长寿村上下游约 10 公里的河段，离开这一水域很难生长繁殖，其富含不饱和脂肪酸和人体必需的氨基酸，营养价值极高，被乡亲们称为"水下人参"，不必刻意去描述其美味，单凭"一家煎油鱼，全村共闻香"的说法就让人垂涎三尺。

除了自然的恩赐，生活在这里的乡亲们健康长寿，还与他们的寡欲、友善、仁爱、劳作有关。他们日出而作日落而息，喝着自酿的米酒，吃着粗茶淡饭，几乎与世无争，没有太多的欲望和对生活过多的要求；他们友爱互助，和谐相处，全村人就如同一家人，使得人人心情舒畅，这对身心健康大有益处。

长寿村人口不多，不过五百来人，尊师重教的传统，使得这个小村庄在

20世纪80年代成为全县远近闻名的教师村，平均每10户人家就有一位从事教育工作。进入90年代，长寿村又成为有名的"秀才村"，每5户人家就出一名大学生，这让乡亲们感到无比的骄傲和自豪。由于知名度越来越高，来自五湖四海的上百"候鸟人"来到村里定居，他们都把长寿村当作第二故乡了。

清晨，山影、轻岚、水光和那若远若近的鸟鸣，让人似乎是在一个童话故事里长眠。水墨一般的缥缈和油画一般的凝重，让那些黑夜里曾照亮过我的文字变得黯淡，眉上馥郁的乡愁，次第疯长。

面对故乡，我如同阅读一部深沉的长篇史书，跋涉的双脚虽已长满厚重的苔藓，留不住似水光阴，一缕一缕地，风一样扫荡着我缱绻的双鬓。而生于斯，长于斯，命中注定，生死之间，冷暖之间，天地之间，我握着一个小小的地名，在故乡，一夜就如整整一生。外面的世界很远很远，外面的世界很近很近，有时走了几十年还是原地踏步，有时刚抬脚却已远离家门，也许，一生能有这一份美好的记忆，已是我一生的福分！

这就是我梦萦魂牵的故乡吗？是的，是岁月漫染的故乡，春雨浸润的故乡，秋风吹亮的故乡，暖暖的乡风一吹，亲情的烈酒香飘十里，未及家门，已是醉了，还有许许多多的温婉，需要用整整一生去品味，但我会铭记：

一句方言喊出的乳名，叫回忆。

一声乳名唤醒的回忆，叫乡愁！

黄一峰

黄一峰，壮族，巴马瑶族自治县巴盘屯人。作家，诗人。现任广西某媒体副总编辑。

故里弄怀 | 杨荣来

　　唐代诗人李中《送人南游》云"早思归故里，华发等闲生"，古代交通工具落后，离开家乡，动辄月余甚至几年乃返，思乡之情浓烈。我与故乡空间距离不远，已通高速，容易往返，不存在日夜思念。但随年岁的增长，故乡的过去，时常萦绕脑海，挥之不去，这大概就是乡愁吧。

　　我的故乡，巴马县一个小山村，有一个相当浪漫的大名，叫弄怀。在巴马，叫弄怀的村庄，西山乡、巴马镇介莫村还各有一个。为了区别，自报家门时，通常称"板设弄怀"，因为隔壁是板设屯，原来归盘阳大队，后来公社大队改革，恢复乡镇村名称，盘阳大队改盘阳村，随后一分为二：盘阳村、法福村，弄怀屯归法福村。现在介绍自己家乡时，一般又说"法福弄怀"。在广西，名叫弄怀的较有名的应该是凭祥市的弄怀，是经国务院批准设立的边民互市点。我到那里参观考察时，除了羡慕人家的边贸繁荣，还多了一份亲切感。

　　仅看名字，故乡村名倒有几分诗意，向别人介绍故里，还有一点自豪。可一旦你弄清"弄"的含义及弄怀屯的历史，就会是另一番感受了。"弄"其实就是山字头的峯，不常用，通常用"弄"。在山区，四面环山的地方，多称"弄××或××弄"。如大化的七百弄，就有七百个弄组成的意思。标准或典型的弄是真正的四面环山，没有出口，形如锅底，出入须爬山。大化七百弄就有这么一个弄，很奇特，他们安一个很霸气的名字：世界第一弄。

我故乡弄怀没那么典型，公路还可以穿村而过，但整体看也是四面环山，只是多个缺口，可能是当年劈山开路开出的缺口。弄怀屯地处石山与土坡交界带，一边是石山山脉，一边是土坡山脉。据说，这种地形宜居，阴阳交合，地磁理想，负氧离子高，著名的长寿村——巴盘屯就是处于这样的地形地貌。可惜我屯不像巴盘屯那样有河流居中穿过。地势比较低，小时候曾听风水先生说，这里群山环绕，村居蚂地，形如如来掌，走不出什么人才。后来，陆陆续续有些子弟考上大学、外出公干，还有官居一定职位的，现在村民可以有理由认定当年那个风水先生是冒牌的。

虽然事实已破了弄怀人跳不出蚂地的说法，但部分村民至今仍未停息调侃弄怀风水。邻居有一位同龄亲戚，平时爱看些闲书，去广东打工多年，交往一些"民间高手"，年节回村爱"指点江山"。有一年春节，他拉我去观测风水并说，我们村正向的山，左低右高，所以多是女人当家，男人怕老婆。左方的山脉，有几座山峰凸出，形如一掌之指头，高低不一，他指指点点说，从山势可以看出，兄弟姐妹中，老大做成事、吃得开，但老二强势，多是他说了算。还举谁谁家为例一一佐证，为凸显真实，他还强调我家就是这样，言之凿凿，我无以辩驳，也无意辩驳，只好一笑了之。

不管如何调侃，我屯还算宜居的。先人选择此处定居，自然有一定道理。从村头往深处走，是几百亩群山环绕的耕地，号称弄怀小平原，一股山泉从西山乡百力屯山脚涌出，形成一条弯弯曲曲的小溪，一直流向我屯村尾的溶洞，全长三四里，溪水清澈见底，水温是切肤的凉，我就在这条溪沟瞎扑腾中学会游泳的，它是我们小时候的乐园。可惜现在溪水几乎断流了，可能是盘阳河水位下降的原因，我屯与盘阳河甲篆段隔一个大山脉，溪流应该是盘阳河浸透多重溶洞后，从大山脉的这一面山脚冒出的，小溪与大河共进退，同涨同消。

　　我屯取水的溶洞暗河却从不断流，取水口在一个岩洞口，水是从地下浸透过一层石沙和岩石才冒上来的，在岩洞口形成小水池。肩挑手提的年代，村民就在这里取水。因为经过石沙与岩石的过滤，水清凉甘甜。小时候这条取水的路上留下我无数的脚印，虽然在农村取水活多是女人干的，当年好新娘的标准就有勤挑水这一条，但我是家中老大，经常要帮父母干活。我妈是织布能手，她不仅织布，而且是种棉、纺纱、种植和制作蓝靛、织布染布一条龙的好手。其中，制作蓝靛和染布工序用水最多，制作期间，几乎每天需挑十几担水，当时我家的水桶是木制水桶，很重，挑得我肩膀起泡。我个子矮是纯正遗传的，但后来我常跟我妈开玩笑：我个矮可能是小时候挑水太多造成的。挑水很累，可乡亲们也会苦中作乐，酷夏炎热，岩洞口清凉，挑水间隙，村民们还不忘忙里偷闲地逗留在岩洞口纳凉、闲聊。取水的小路两旁是茂密的刺楠竹竹林，竹子枝丫盘根错节，遮阴避光，风儿吹过，枝丫摇曳，发出不同音调的响声。在不同时段走过，在不同心态的人耳中，听到不同的音质，有的享受到的是美妙乐曲，有的则感到阴森恐怖，确实，太早或天黑独自去挑水，是有点胆寒的。路的一侧是河床或叫溪沟，四周也长满了刺楠竹和甜竹，更多的甜竹则在山边和半山腰种植或野生。都是竹子，两者还是有区别的，刺楠竹粗壮、强硬，竹笋清苦，甜竹多苗条、柔顺，竹笋甘甜，我们的先辈可能更喜欢长得婀娜多姿、笋子又甘甜的甜竹，所以用其取村名，壮话叫"弄肥 fai"，翻译成汉话就叫弄怀。取水的小路平坦地带是泥土路，有坡度的则砌上石板，碰上挑水高峰，成群结队，摇摇晃晃，水洒湿路面，偶尔有人打滑，连人带桶翻滚在地，又引来一阵哄然大笑。如果人没受伤，桶没摔坏，原本该有的同情又化为调侃与笑谈。如今，由于实施农村饮水安全工程，自来水已进家入户，村民不再经受挑水之苦了。

　　村中相对固定的闲聊、聚会场所是村南的大榕树下。虽不知其年岁，但很明显，榕树老了，既枝叶繁茂又挂满藤须，是屯里的活文物，见证了无数的人来人往、兴衰荣辱，真可谓"历尽沧桑心不老，枝头新绿报春光"。树根盘根错节，延伸方圆几十米，露在地面的自然成了我们的条凳和沙发，树根裹挟的石块，是稳固的牌桌和棋盘。旁边有个长方形的池塘，是村里放养鸭子的地方。家家户户的鸭子，为了辨认，约定俗成地添加各种标志，有在不同部位剪毛的、有在不同部位上色的，五花八门，五彩缤纷。每天早上，家家户户放飞鸭子，鸭帮从四面八方飞奔池塘，蔚为壮观。傍晚时分、闲暇时节，村民自觉聚拢榕树下，大人们或谈天论地，或棋盘厮杀，小孩子在池塘边，用小石子、小木条驱赶鸭子，鸭帮忽聚拢忽散开，忽左飞忽右奔，鸭子振翅声、惊叫声、小孩子的嬉闹声，响彻村庄。这幅热闹而温馨的农家乐图景至今依然历历在目！

以前的村庄也仿照古城池，四周建有护村屏障，我屯虽然没有规整的护村墙，但房屋及各家各户菜地的分布自然形成一个大轮廓，空当处种上各种刺藤，全屯只留几处出入口，既防盗又防牲畜乱跑。小时候亲眼看见一次抓贼行动。有一户家主半夜起来发现一个人影进了牛栏，他本能地喊一声：有贼！立即引起连锁反应，"抓贼"之声响彻夜空，村民迅速起来，点灯、打火把，自觉结对寻贼，有经验的村民已自觉赶到出入口拦截。小偷惊吓得四处逃窜，无路可走，束手就擒，几个村民将其扭送大队。现在，人口增加，村容扩大，已无刺藤环绕，四通八达，却极少有偷盗事件发生。

所说宜居，当然不仅是自然环境好，人文环境也很好。我屯村民团结，民风淳朴，有事商量办，家有喜事，近亲自觉帮忙，其他邻里则要正式邀请。哪家有白事，村民不请自来，全村出动。人口不多，现在也就 70 户左右，三百来人，多是黄姓，两大谱系，代表的辈分分别是"仲、焕、文、章"和"尤、谋、甫、必"，俗称黄初一、黄初二。所以，春节期间自然形成黄初一在初一请客、黄初二在初二请客的习俗，席间免不了拼酒、划拳猜码。请客当天，主人总想要客人醉酒，组织己方队伍使出浑身解数劝酒、斗酒，以把客人灌倒为荣。经过一整天的折腾，双方都有醉倒的，各式各样、多姿多彩的醉态，惹得大家捧腹大笑，典型的就传为一年的笑柄。醉者家属自然要责怪的，但如果没有恶意羞辱、严重口角，也不结怨。这样的春节重头戏年年上演，大家开开心心地过了一年又一年。如今农家餐桌上菜肴丰盛了，饮具时髦了，饮酒方式上有人开始提议改"喝"为"品"了，似乎接轨了，但又少了一点温馨与热闹。我渴望乡村的发展进步，也无法忘怀过去过年的味道与氛围。

当年，弄怀屯的生产条件相当恶劣，实力和规模在整个大队都是最差的，号召开展社会主义生产竞赛的时候，我屯只能去找人口最少的文屯协商结对竞赛。小时候上学，与外屯同学吵架，人家塞一句"弄场人多见木叶少见天"，我们往往语塞，很是受辱。全大队只有我们用玉米上交公粮，在今天看来，这事不值一提，但在当年，那区别可大了。

其实玉米是好东西，在当年更实用，它经得饿。吃法更灵活，煮嫩玉米、烧烤玉米，哪时都受欢迎。只是不知从何时起，人们人为地把它和稻谷的区别赋予复杂的"文化"内涵。其实在那年月，面对成堆的玉米、丰收的景象，村民照样兴奋与自豪，一挑挑玉米往家搬、一车车玉米往家拉，脸上洋溢的也是幸福的笑容。收割季节，村里草场堆满了小山似的苞谷，有时直接在地里堆放，黄灿灿的玉米堆成的山包，在我们眼里那就是一座金山。有一首70年代诗作，很能描绘出那时我屯收割时节的景象，诗云："谷堆堆得圆又圆，社员堆谷上了天，撕片白云揩揩汗，凑上太阳吸袋烟。"晚上分粮时段，山村沸腾了。先是会计忙碌地计算，当时是按两大因素分粮，基本口粮（即按人口）和工分，基本口粮是相对稳定的，工分则是动态的，工分多则分得多。从傍晚到天黑是焦急等待阶段，分配数据出来后，先确定负责搭配的若干人选，即负责装筐过磅的人，一般是轮流做，这些人算劳动要记工分的，有时数量太大质量又特别好，就由大家推荐公认的比较正直的人选负责搭配。接着就进入热闹的具体分粮阶段，各家各户按抽签先后排队领粮。当时全屯有36户人家，由于收获的粮食较多，抽到36号的可能要排到后半夜，去抽签的人少不了家里人的数落。这时候互助精神自发体现了，人手少，运力不足的就需要他人帮忙，有些是亲戚间、有些是邻里间、有些则是排队号相隔较远的家庭间相互帮忙。男女老少按力气大小自觉分工，打火把、照电筒、挑担、推车、呼儿唤女把门开开，人声鼎沸、灯火通明，好不热闹！虽然也是力气活，可面对收获、看到成果，大半年的辛劳值得了，脸上洋溢的是幸福的笑容。

当年这种幸福的感觉是短暂的，随后的系列工序都是重活、精细活，晾晒、脱粒、储存，每一步骤都需付出艰辛。晒不干会霉变，一切徒劳；储存不严密，老鼠帮忙消化。脱粒更辛苦，徒手，顶多借助苞谷秆，特别是上交公粮，一家一年需上交好几百斤玉米粒，为脱几百斤玉米粒，双手不知道起了多少个血泡。那时，盘阳大队坡脑小队有个瞎子哥，他有一个脱粒工具，它是一根方形木棒，中间挖个小方框，在方框稍靠外下沿插一根指头粗细的钢筋，钢筋上头整成扁平。脱粒时，左手抓稳工具上方，右手抓玉米棒，扁平的钢筋头从上往下戳，玉米就脱粒了。瞎子哥就靠这把简易工具提高了工效。我屯很多人家邀请他上门帮工。或许眼瞎的缘故，他精力特别集中、手臂特别有力，很少休息，效率高，有时一天可脱粒玉米高达三四百斤。他又幽默，相当受欢迎。有时有好心主家劝他提前收工，说，天黑了，你该回家了。他悠悠地回你一句：白天黑夜与我何干？干活时他时不时讲讲笑话，把大家逗乐，村民都喜欢到请他帮工的人家里与他干活，如拿自家的玉米到请他帮工的人家里与他一起脱粒，图个热闹，这活干得就相对开心快乐了。

农村实施家庭联产承包责任制改革后，生产方式多元了，收入来源更广了，旱地与水田曾经作为"弄（大石山区）"和"板（平原地区）"的标志，已不是决定"弄"与"板"生活水平差距的关键因素。现在有些风景独特、生态完好的"弄"反而更好开发，乡村风貌改变更好、生活水平提高更快。随着时代的变迁，弄怀屯也是楼房林立，村容整洁，生活水平提高了，村民的精神面貌也有了很大改观，显得更祥和，更自信了。当年，因为地处"镇尾""村尾"之故，容易被忽略。近年来，政府注重协调发展，弄怀屯屯内道路硬化、饮水安全工程建设、篮球场建设、过村公路两旁绿化美化等，都得到县镇资金及驻村干部的大力支持。前两年，弄怀屯也跟风举办"女儿回家"活动，外嫁的女儿们相邀回家与乡亲们欢聚，论古今、叙家常、谈感慨、祝幸福，还不忘道出感谢党委政府关怀、父老乡亲牵挂的真实心声。我偶尔回去与乡亲们推杯换盏、叙旧谈心，大家都喜欢跟我谈论巴马的发展前景或县主要领导的魄力，更关心涉及本乡镇本村屯的政策落实和项目实施。言语间，少了过去的怨气与自卑，多了现在的坦荡与自信；谈吐中，流露出的是积极向上、积极向善的良好心态。作为游子，我也有外嫁女及乡亲们一样的心态，庆幸故乡的变化，坚信故乡的明天会更好。

杨荣来

杨荣来，壮族，广西巴马人，现任河池市人大教科文卫委主任委员。系广西作家协会会员、中专教育讲师。曾在《广西文学》《河池文学》《河池日报》等发表文学作品、理论文章。

家住巴马 | 罗伏龙

　　经常外出远行，与陌生的朋友碰面交谈，寒暄之后，对方往往问我家居何处。我答："家住巴马。"对方立即现出惊讶和羡慕的神色，随口道："啊，巴马！世界长寿之乡呵，世界级的呀……"

　　听了对方的话，难免"受宠若惊"，为他的"过奖"而赧颜了。但心里却有几分自豪，暗自高兴巴马这个小山城如今竟然与世界"接轨"以致名扬四海，更为自己是寿乡巴马的居民而庆幸。

　　屈指算来，我从外乡来到巴马谋生，在县城一所学校授业已将近40年。刚来时，有过深居闭塞边远山区的寂寞与彷徨，亦有暂住一阵的打算。后来渐渐目睹巴马的变迁发展而兴奋鼓舞，便有扎根巴马的意念了。几十年过去，现在说说家住巴马的感觉，亦是颇有意义的话题。

　　记得初来乍到之时，巴马城内主要街道只有那么两条。一条是贯穿东西的从县政府到巴马中学的文化街，另一条是从县公安局到旧车站的北南走向的新兴街。街道两边的房舍有的是泥墙黑瓦，有的是砖木互搭，参差不齐且显得十分破旧。城中就那么一栋两层的百货大楼，一家公私合营的饭店，一家东方红旅社。每天开往南宁、金城江、百色的班车就只有那么一趟，而且乘客寥寥无几。小小山城人气不旺，商机不浓，街道冷落，白天也少人走，不时有拉货的牛车马车走过，撒下一些零落的粪便。

因此，有人戏言："巴马两条街，一条马屎街，一条牛粪路。"晚上，街道路灯昏暗更显寂寞，小小山城犹如高龄的老人昏昏欲睡、默默等待黎明的曙光……

黎明终于迎来了霞光灿烂的早晨。20 世纪 90 年代初，国际自然医学学会会长森下敬一先生到巴马考察，发现巴马山好水好人长寿，不禁惊叹："巴马是上天遗落人间的一片净土。" 1991 年 11 月 1 日在东京召开的国际自然医学学会第十三届会议上，他向世界宣布：中国巴马为"世界长寿之乡"。一时间，巴马就如埋没于深山老林几千年的一块瑰宝露出地面闪闪发光，令世人惊奇向往。从此，巴马步入了发展的快车道，特别是 2013 年 7 月广西壮族自治区党委、人民政府将巴马定为长寿养生国际旅游区，列为全区重点打造的三大国际旅游目的地之一后，海内外各方众多人士慕名而来寻胜探秘，人气商机空前兴旺，城容市貌、民居房舍大大改观。狭窄的老街道已经加宽修直，昔日低矮的民房已被一座座琼楼雅舍取代，而新修的寿乡大道、四十米大道、城南大道更加宽畅辉煌耀眼。沿街两边高楼林立，楼前张挂着五花八门的电子招牌，闪耀五颜六色的光彩，招牌下要么是高档的宾馆酒店，要么是货多人挤的大超市，要么是五花八门的店铺。街道上车水马龙，红绿灯耀人眼目……这一切，确实是今非昔比，似梦非梦，市民们就在这如诗如画的山城享受生活的乐趣，我也为成为他们当中的一员而高兴。三十年河东，三十年河西，我终于在这寿乡的宝地扎下根来，而且拥有自己的小楼。这一切，似乎是上天有意安排我今生与"长寿"结缘，家住巴马，三生有幸啊！

巴马，处处是绿色的氧吧。我的小楼坐落于小城北郊的麒麟山下，山上树木葱茏，四季翠微盈窗，春意盎然。书斋外面是阳台，临台眺望，入目是云蒸霞蔚、连绵起伏的青山，莽莽苍苍的怡情写意。山，拥抱着我；我，依偎着山。朝朝暮暮，日起日落，春夏秋冬，我全在寿乡的山城度过。我是地道的寿乡人。寿乡的山水，时时在我的眼里，我的心中，我时时在寿乡的怀抱中……

　　寿乡的日子淡泊而宁静，不需振聋发聩的钟声催人披星戴月，只有小楼窗外枝头流泻的鸟鸣仙乐般唤醒你的晓梦，让你觉得"一日之计在于晨"，精神振奋地去迎接黎明的曙光。于是，掩门出户，徜徉于小楼后的松林，呼吸林间清新的空气，五脏六腑吐故纳新，顿时酣畅淋漓，倍感投身大自然怀抱中无限的温馨与亲切。这里的世界充满和谐与生机，蕴藏着宁静与安详。一株株拔地参天的松树挤挤挨挨却不互相排斥，枝柯交错，亲密无间。各自择地而生，无论根基土壤肥瘦厚薄，均随遇而安，无怨于自己的土地。谁也不会跑，谁也不会走。一辈子安分守己，自己寻找养分，自己追求阳光。互相之间，谁也不打谁的坏主意，谁都不怀钩心斗角的邪念，而是各自构建自己的生活世界，生枝抽叶，默默地为大地献上一片绿荫。

　　林间丝丝缕缕的晨雾多情而缠绵。她无拘无束地轻吻你的面颊，甚至钻襟入怀，亲切惬意。而林间此时流泻着婉丽的鸟鸣，给人无比的欢欣。各种飞鸟，知名的或不知名的，自由自在放纵歌喉。或低沉，或高亢，或婉转，或悠扬，或曲高和寡，互不干涉。没有谁指挥谁，没有谁强求谁，均可畅所欲言，自成曲调。这一切，是那么和谐无间，浑然天成。这是寿乡大自然特有的恩赐，令人不得不惊讶这世界的完美，感到家居巴马，得天独厚！

　　夏日午间，烈日似火，走入松林，却是清凉的极境。松树高擎绿伞，为大地遮阴避暑，缕缕山风悄悄地送来阵阵清凉。这时，捧一本诗集，倚坐松树下，在绵绵蝉声中慢慢地咀嚼诗中的韵味，便不知不觉地走进了林间的美梦——这大概是家住巴马的寿乡人才有的美梦！

　　美梦，成就了我家住巴马的现实。随着时间的推移，我也得了"老巴马"的雅称，与城内的市民一样，自有一种同是"老巴马"的情感认同，早晚走街串巷，低头不见抬头见，一张张熟悉微笑的面孔，不需问名道姓，一声"阿公""阿婆""伯伯""叔叔""大哥""大姐""阿弟""阿妹"的称呼，距离便立即拉近，问路办事便顺利无碍。要是到菜市走走，你会看到摊主那朴实憨厚的笑脸，他们大多是乡下来的农夫农妇。他们会热情地向你介绍用农家肥栽培，毫无化肥熏染的瓜果菜类，一旦交易，绝不短斤少两，有的甚至还给你增斤添两，以表示对你光顾其摊点的感谢。这种亲和的交易，不仅让你得到货真价实的欣慰，而且更感受到寿乡人的纯朴友善与真诚。

因为这份友善与真诚，所以我交了许多乡下的农民朋友，这使我家住巴马的生活增添许多田园的乐趣。一位家住善屯姓卢的农友经常邀约我到他家做客。善屯位于巴马甲篆镇盘阳河边，背靠连绵起伏的大山，山上林木郁郁葱葱，山前一马平川，盘阳河水萦绕其间，滋润沿岸田园阡陌，四季稻熟果香。四五十户农家就地依山傍水而居，一座座红墙碧瓦的农家小院掩映在绿榕翠竹之中，院内窗前，藤萝绕墙攀篱花吐艳，鸡叫鸟鸣声相闻……

善屯离巴马县城仅 15 分钟车程。记得我第一次赴约，农友卢兄早已在村屯前的路口等候，见面寒暄之后，他先带我做一次垄亩之行，步阡陌绕田庄，跨水渠穿果林，时值盛夏，赏稻花禾浪，沐田野清风。他边走边介绍他春夏秋冬的耕耘劳作，话语中总掩饰不住丰收的喜悦。走到村屯边一个崖壁前，卢兄停下脚步微笑说："先掬一把泉水洗脸解渴吧。"原来这是一眼山泉，从崖脚的石缝里汩汩涌出，形成一汪清潭碧水，恰似一面明镜映照山村的田园风光。卢兄说这一带的村屯，屯屯都有泉水涌出，而且长年不断，冬暖夏凉，水质清甜，随便冷饮无碍，用来洗脸，肌肤滋润白嫩，更利健康，延年益寿。有位游人曾有一首诗这么赞叹："灵泉喷涌润山庄，四季如春百卉香。村绕清流风舞柳，屯临碧水凤栖篁。人沾玉露多增寿，日沐甘霖益健康。难得天然神福地，江南此处是仙乡。"我走近泉边，掬起一把泉水抹一抹脸，呀，好清凉，忍不住又掬起一把，一饮而尽，顿觉五脏无比清爽而整个人精神振奋，情不自禁惊叫："好甜！"立即引起泉边水草中一阵蛙声的回应，大有"稻花香里说丰年，听取蛙声一片"的田园韵味……

走到村屯中央，就走进了极其幽静的境界。两棵几百年树龄的榕树如两张大伞覆盖一片广场。时值黄昏，榕树下十来张大理石圆桌围坐不少男女老少，他们有的玩扑克，有的下象棋，有的吹笛弹唱，有的飞针绣花，各得其所，怡然自得。"将军！"突然一声叫喊，全场皆惊，只见榕树下那张摆棋盘的石桌边站起一位五十来岁模样的男子，双手捧起一只大酒杯恭敬地对面的棋友得意地说："多谢你让我一盘，敬你，干完这杯。"在场的人立即欢呼助兴："干了！干了！"那位"受奖"的棋友在欢呼声中接过"奖杯"，毫不犹豫地干完并爽朗地连说："好酒！好酒！"我好奇地走到这位"颁奖"的男子面前说："阿叔，你的棋艺真厉害呀！"旁边的人立即插嘴："你看错人了，他今年93了，叫他太公差不多。""呵，真是有眼不识泰山了。"我不好意思地回答。又是一阵欢呼，村子里荡漾着村民们休闲愉悦的笑声……

在欢呼声中，卢兄带我走进他家厅堂的宴席。席上摆满美味佳肴：油鱼、豆腐圆、白切土鸡、烤土鸭、木耳、香菇、红薯、南瓜、豌豆、火麻汤等，大盘小盘，都是用自家种养收获的家禽、蔬菜制作的农家菜肴，而油鱼则是盘阳河难得的特产，素有"水中人参"之称。如此丰盛的宴席，可见主人待客之盛情了。十多位邻居也被卢兄邀来赴宴，彼此称兄道弟，互相让座，热热闹闹集聚一堂。以歌代言，是这里的习俗，宴会一开始，主人举起杯唱起开宴歌："昨夜梦见牡丹开，今朝贵客登门来。待客没有好茶饭，只有自家土茅台。"在座众人立即响应，伴随声声欢呼纷纷举杯开饮。接着，卢兄又倒了满满一杯酒向我敬来，唱道："盘阳河水泡杂粮，酿成美酒小杯装。敬给客人尝一口，好解劳渴益健康。"我因不胜酒力，难免犹豫，卢兄笑眯眯地又唱道："美酒装在白瓷杯，酒到面前你莫推，今天有缘来相会，人生相逢能几回？"主人这般深情厚谊使我感动得毫无顾忌地一饮而尽，也使得在座的农友们一阵欢呼助兴。于是，大家无拘无束，清谈漫饮，友谊在一次次交杯中传递，感情在农友们一句句山歌声中飞扬升华，渐渐地，我便陶醉在巴马寿乡农家的酒香歌海里，陶醉在农友们浓浓的情意中……

乡下的农友以歌代言，城里的文友却往往吟诗联情。山区小县巴马的人口才 20 万，但其文学氛围十分浓郁，一个小小的巴马县竟然有《寿乡》《今日巴马》《盘阳河》三家报刊，有城内麒麟山下几百米的碑林长廊，这些都为文人墨客们提供了文学创作的园地。因此，我在这园地中结识了众多文朋诗友，大家经常聚会交流，以诗连心抒情，一首首诗词倾注对寿乡巴马天地人和的赞美。在巴马 60 周年县庆来临之际，诗友们更是激情澎湃，写下了不少吟咏巴马寿乡巨变的佳篇，这里略录几首：

> 六十春秋岂等闲？寿乡巴马换新颜。
>
> 茅房陋舍无踪影，秃岭荒坡变果园。
>
> 寨寨三通连四海，家家四有越千年。
>
> 人居幽境桃源地，自在安康笑语喧。
>
> 注：四有，即有地、有房、有电器、有存款。

> 瑶山巨变史无前，如画山川色彩妍。
>
> 水绕田庄浇硕果，车奔坦道载丰年。
>
> 堂前电视荧屏闪，屋外垂杨鸟语喧。
>
> 处处笙歌欣共庆，百家漫舞颂尧天。
>
> （冯禄：《巴马60年县庆感赋》二首）

> 六旬自治绩辉煌，僻地瑶乡誉远扬。
>
> 旧舍穷庐成旧梦，新楼富寨展新装。
>
> 豪车进户无稀罕，贵客留村已见常。
>
> 国策党恩如玉露，小康迈步志高昂。
>
> （陆宗合：《六旬自治回眸》）

> 昔迁万里似飘蓬，罄竹难书虎豹凶。

日化坚冰春浩荡，民承大印世昌隆。

瑶山路敞琼楼美，铜鼓声喧画境宏。

遥向京都呼碧昊，盘河千载水朝东。

（罗文秀：《巴马自治感怀》）

巴马风光胜桃源，幽居清静少尘烟。

山泉四处喷灵水，玉露常年育寿仙。

人迈稀龄无老态，翁活百岁保童颜。

村村寨寨多彭祖，对弈休闲乐百年。

（伏龙：《巴马风光胜桃源》）

…………

　　浓郁的文学氛围，促进寿乡巴马文化的发展，使巴马成为"中国书法之乡"和"少数民族作家创作基地"。文学艺术陶冶人的情操，让人弃陋脱俗，精神高雅。家住巴马，日常在翰墨飘香中生活，自得高雅的情趣，能不心旷神怡？

　　高雅的情趣自然促进精神文明蔚然成风。精神文明者自有其文明的生活方式，当你走进巴马小城居民的夜生活，就会感受到寿乡人文明高雅的生活乐趣。

　　夜幕中的山城似乎笼罩在五彩缤纷的梦中。大街小巷闪烁的霓虹灯扑朔迷离，映照山城居民们的休闲生活：服装店的试衣镜映照出帅男靓女穿戴高档服装的笑脸，茶馆里荡漾着茶民们谈论实现小康生活的笑声。这时，城中的寿乡广场更是灯火辉煌，人头攒动，笑语喧腾。广场上空回荡着欢快的舞曲，似乎传导一种情趣的感应，使各年龄段的人呼朋引伴自由组合成老、中、青的舞群，即使你是初来乍到的陌生人，只要你临场观光，就会有人微笑伸出手来热情牵你入群翩翩起舞。人随曲舞，歌助人欢，个个笑脸相迎，人人舞姿优美。歌如潮，笑如浪。歌潮笑浪中，释放生活的浪漫与轻松，轻快的舞步抖落了白天的劳累踏出了幸福生活的节奏，老年人焕发青春的活力，青年人陶醉于生活的甜蜜……

夜如梦，舞如画，山城人乐在如画如梦的旋律中——

听！树荫下的歌台传来了男女的对唱：

> 盘阳河水绿悠悠，鱼儿成群结伴游。
>
> 今晚歌仙来相会，请妹出台放歌喉。

这边唱来那边和：

> 结伴游来结伴游，阿哥你先带个头。
>
> 小康路上手挽手，共圆美梦争上游。

真情，在悦耳的歌声中传递，美梦，在小康路上追逐！

山城的圆梦曲在向人们奏响——

看！广场中心高竖的电子大屏幕，在播放山城的新闻：巴马财税收入 60 年增长 3000 倍；打响"长寿养生"世界级品牌；加快推进巴马长寿养生国际旅游区核心建设；金城江至百色高速路已经开通；巴马加快特色产业发展步伐；巴马"四驱联动"优化养老事业……一则则巴马新闻频频入耳，一幅幅寿乡发展的图景，让人鼓舞，促人奋进，去追求一个个美好的梦。

寿乡的梦太多太美，说不尽，道不完，家住巴马，能不自豪？

家住巴马，巴马已成为我心中五彩缤纷的画，一旦离她远走，画面的色彩更加艳丽而魂牵梦萦。我游览过国内外许多优美的景区，也为那里的景色赞叹不已，但总觉得那里有些景点人为雕琢痕迹太重，而我家住的巴马虽然地处边远山区，却处处是自然天成、古朴优雅的画面。因此，促使我这"老巴马"迅速做起"回家"的梦。这梦，凝成我一首抒情的诗《乐在巴马寿乡吟》：

> 家住巴马好养身，乐山乐水乐天伦。
>
> 和谐相处人情重，礼尚外来民俗纯。

四季红花镶雅舍，常年绿树绕新村。

风清气爽烟尘净，自得延年万寿春。

有一位远道而来的桂林老同学陈君到巴马来观光，我带他游了水晶宫、百魔洞、百鸟岩、赐福湖以及儒礼山庄和善屯田园风光，他大发感慨，留下一首《巴马漫游吟》：

妙水奇山到处寻，此间风物自天成。

苍松翠柏环村舍，野岭清泉入画屏。

丹桂红榴花斗艳，莺歌燕舞凤和鸣。

寿乡自有桃源境，赏景何须在桂林。

巴马，确实是上天遗落人间的一片净土，山清、水秀、人和、天高气爽，是养生的福地。我每次外出到桂林、南宁等地与老同学、老朋友会面，他们总不无惊讶地说："那么多年不见，罗兄还是老样子，一点不显得老啊，有什么养生秘诀呀？"

我笑而不答，其实，巴马的山，巴马的水，已经代我回答。

罗伏龙

罗伏龙，壮族，广西凤山县人，巴马民族师范学校校长，特级教师，南京中山文学院客座教授，中国散文学会创作中心创作员、中华诗词学会会员、广西作家协会会员。至今已公开出版的有散文集《山情水韵》《爱的回音》《春华秋实》《天高地阔》《罗伏龙散文选》和诗集《罗伏龙诗词选》《卧龙宫诗词选》《伏龙诗吟》《人生步履》等，并被中国当代作家代表作陈列馆及中山文学院当代艺术家作品陈列馆收藏。2010 年被广西壮族自治区人民政府授予"八桂名师"荣誉称号。

弥漫在卡雅上空的眷恋 | 潘莹宇

　　直至此时此刻，我依然固执地认为，卡雅屯就是电影《宝贵的秘密》（原名《撒谎的村庄》）里的火卖村，火卖村就是世界长寿之乡——巴马瑶族自治县的卡雅屯。虽然我明明知道原著作者、编剧，我的同乡凡一平先生是土生土长的都安人，他的老家就在红水河畔一个叫上岭的山村里，与巴马有着同饮一江水的情谊。在他的小说《撒谎的村庄》里这样描写其老家，"到处都是这样的村庄——四面环山，山坡匍匐着松落的石头，石头缝和石头上长着青草和苔藓，像是粗粝的、结着菜垢的锅面。山底是松散的房屋和肤浅的土地。房屋冒出炊烟，像是锅底还在温热的玉米窝头。土地长着庄稼，主要是玉米，其次是红薯、木薯和黄豆，它们露在浅土上，像是铺在一个巨大囤仓底部的粮食。在每一块地的地头，都长有树。最多也是最高的是木棉树，它有着粗糙乃至丑陋的躯干，却能绽放着最鲜红、硕大、美丽的花朵……"可是，在寻找与他的小说、剧本相吻合的场景和环境拍摄电影时，他一眼认定了巴马的卡雅屯，认定这个"宛如一口锅的村庄"就是蓝宝贵、韦美秀和十几个、几十个番瑶娃娃命运的悲怆和飞扬之地。当我一遍又一遍在为蓝宝贵的忧伤疼痛和执着坚守所沉郁钦佩时，心中更加坚信，如果世界上真的有一个"撒谎的村庄"，那么，唯有卡雅屯才能够承载得起这一份悲情与韧劲。

"撒谎的村庄"名叫火卖村，为什么叫火卖村，也许同凡一平儿童和少年时木棉树的记忆有关。在他的老家那里，每一块地头都长有树，最多的就是木棉树，高高大大地擎立着，浑身裹满粗糙开裂、疙疙瘩瘩的皮层，却在每年的四五月份开满火红艳丽、硕大无朋的花朵，像一束束的火炬，在空中点燃、闪烁……那股撼人心魂的感动和冲击，让你禁不住生出手舞足蹈的冲动，同时也会莫名地热泪盈盈。在桂西北，这种纵情燃烧和有花无果的树，这种被称为沾染着红七军战士热血的英雄树，它像战士一样守护村寨，像英雄一样生生死死，像红土地一样缄默不言……成为红水河沿岸壮瑶儿女一生的崇敬！火卖，火卖，该不是"火"被出卖了？或者是，出卖很热烈的意思？

那一天，在踩点的路上，凡一平突然被两块怪异的大石头吸引住，他独自下车，钻过那两块相互抵触的石头形成的洞穴，眼前豁然开朗，四周是重重大山围成的弄场，山风呼呼，禾苗苗长，山脚地头，木棉树正如火炬一般燃烧，温情地守护着一幢幢古老的木楼，"阡陌交通，鸡犬相闻"，有地又有田，稻谷正在扬花中……凡一平惊呆了：这不正是我们寻找了十几天都没有找到的村寨吗？

卡雅——火卖，火卖——卡雅！

瞬息间，仿佛时空交错，岁月如梭，这个名叫卡雅的山弄，以它朴实的身姿、浓郁的风情、醇厚的乡土，镶入了电影《宝贵的秘密》，走进了第一届澳门国际电影节，载入了中国的电影史。我不知道，那一刻，古老朴素原生态的卡雅屯，是不是代替了凡一平那已经被钢筋水泥和现代文明充塞了的村庄，那少儿的故乡记忆，是不是像挂在山间的白雾，弥漫心头！

卡雅屯是巴马瑶族自治县东山乡长洞村一个番瑶山寨，距县城60多公里。在这片典型的喀斯特地貌地区，连绵不绝的大石山就是这里的霸主，把卡雅屯围成一个倒挂着的深深的铁锅，丢落在石海之中，几近绝地。锅底，一条小坳口又把卡雅屯分成东西两半，大的就叫大卡雅，有着20多户人家；小的叫小卡雅，有10多户人家。据说，300多年前，卡雅屯并没有坳口相隔，整个屯子就是一个弄场。一天夜里，屯子南北两头那两座形似金鸡的大山，"鸡头"突然同时垮塌，硬生生地把卡雅屯拦成东西两半。精通术数的老辈告诫后人，这两座山是两只金鸡的化形，它们一胞所生，原本和睦相处、相伴成长，可是，长大后却经不起世俗私利的诱惑，相互纷争，争权夺利，最后大打出手，一直打斗了七七四十九天，最终两败俱伤，"鸡头"断裂……卡雅屯的后人从此以此为戒，不唯利，不相争，崇尚和谐，与人为善！

崎岖的山路阻挡山民的脚步，悬崖陡峭让外来的人望而生畏，卡雅屯因祸得福，成为番瑶避世逃乱的世外桃源。弄场里，虽然石山嶙峋，土少地薄，但与其他大石山区相比，却有天壤之别，这里的高山深弄里、石缝间，都长满了古老茂密的乔木或郁郁葱葱的杂树灌木，即便是珍稀的国家二级保护树种金丝李，在这里也不鲜见罕有，甚至不少的树龄还在百年以上；而一株株高大敦实的木棉树，更是像一个个沧桑的老者，守着依山而立的一幢幢古老的吊脚楼，守护着星点散落的弄场里的密洛陀子孙生息繁衍……

番瑶是布努瑶支系中的一个分支。相传，布努瑶创世始母密洛陀创造了天地、治理好山河之后，开始造人类。密洛陀用米饭造人类，米饭变成酒；密洛陀用泥土造人类，泥土变成缸坛等陶器；密洛陀用石头造人类，石头变成一对石娃；密洛陀用铁造人类，铁变成三对"桑硬小神"；最后，密洛陀用蜂蜡造人类，终于造出四男四女。"树大分枝杈，竹多另迁泥"，长大后，密洛陀就让他们男女配对"各自去当家，各自去一方"。《密洛陀》古歌记叙，分家的那一天，鸡叫第一遍，老大一对马上起来，带走笔墨纸张，骑着马到大平原去读书写字，当皇称帝于世，成为大汉族；鸡叫第二遍，老二一对醒过来，带走秤杆和扁担，到盐场去贩盐，他们成为地方汉族；鸡叫第三遍，老三一对也醒了，带着谷米种子，牵牛扛犁到平地去耕种水田，他们成为壮族；老小一对最爱哥哥和姐姐，前一晚熬夜帮哥哥姐姐收拾行李做早饭，三更才睡，天亮才醒，哥哥姐姐全不见，家什家当被拿光，哭问密洛陀怎么办？密洛陀送他们稷子、黍子、火麻种子、镰刀、猪娃、种羊，让他们到山区去刀耕火种,自立家业,他们成为布努瑶。由此山中再无别人交朋结友,兄妹寻寻觅觅三年,依然没有找到配偶,就要求相互婚配,得到密洛陀恩准,遂结为夫妇,成为布努瑶始祖、始祖母,布努瑶尊称他们为"高一昌""孟一秋",意为第一代祖公、第一代祖母。布努两兄妹成亲后,不久相继生下布努瑶蓝、罗、韦、蒙四姓的始祖公——蓝德木、罗德元、韦德兴、蒙德旺。后来,罗姓与蒙姓的子女办婚礼,铜鼓敲了三天三夜,结果被官家认为超过他们的礼仪,于是派人前来攻打瑶寨。四姓人家提前得到消息,生怕硬拼会遭灭族之祸,遂巧布疑阵,然后举家出逃,一路向南,一路颠簸,渡过红水河,进入今都安县域。他们举着火把穿过黑洞洞的光隆岩,走过澄江河峡谷……当他们走到高岭三合响水关时,发现关前是一片平坦坦的田畴,霎时惊慌失措,以为又走到官家的地域,急忙掉头往回走,又沿着国隆村、九顿村、林堂……重新穿过光隆岩,最后来到现今的下坳镇板旺村古勇屯,然后转上高山密林之中,来到被他们称为"欸鼎"的巨石前。他们爬上"欸鼎"举目四望,眼前是一片莽莽林海,山高坡陡,渺无人烟,估计已经远离官家势力范围,四家人决定分头择地居住。于是,他们杀母猪,围坐在用石头砌成的名为"欸达"的石桌石凳上聚宴,然后各奔东西,各自在深山里定居。《都安县志》曾经用这样两句话来描述布努瑶居住的特点——入山唯恐不高,进林唯怕不密!但是,随着四姓人家的不断繁衍壮大,子子孙孙也不再拘泥于都安一隅,逐渐地沿着都阳山脉,向大化、东兰、巴马迁移,据说至今已生活了近40代人……而流落巴马的那一支系,则自称番瑶。

卡雅屯是典型的番瑶聚居地。全屯40多户人家,全部是瑶族同胞,他们居住在一幢幢依山而建的吊脚楼里,种苞谷、喝小米酒、抽旱烟、套画眉鸟、敲铜鼓、唱情歌、祭密洛陀……过着日出而作、日落而息的古朴生活。无为与不争,自然与清净,虽然让卡雅人失去了不少的世俗财富和名利,但也成就了卡雅屯的和谐与美丽,绿树成荫、鸟鸣清脆、炊烟袅袅、欢声笑语……在卡雅屯,每户人家家里的人口都不下于10人,基本上都是五世同堂，甚至六世同堂。就在《宝贵的秘密》拍摄地——小卡雅，100 多人口，80 岁以上的就有近 40 人，其中百岁以上的达 6 人，最高寿的已经有 112 岁……福禄寿齐全。

2007 年 6 月，随着由导演王浩一、编剧凡一平、女主角江一燕、男主角祖峰等 60 多人组成的《宝贵的秘密》（当时名为《撒谎的村庄》）摄制组的进入，卡雅屯的时空立即交错，斗转星移，一场凄美的动人故事徐徐拉开帷幕——

1977 年，全国恢复高考，青年照相师蓝宝贵没有听好友兼放映员苏放的劝告去参加高考，而是挂着照相机走村串寨进山弄，去为村民服务。在一个叫火卖的番瑶山寨里，他被郁郁寡欢的姑娘韦美秀吸引住了，特别是那双忧戚的明眸、粗壮的长辫和婀娜的身姿……让宝贵的青春一阵骚动。

美秀邀请宝贵去家里给瘫痪的高龄爷爷照相，宝贵高兴地尾随而去。因为天黑又下大雨，当晚，宝贵在秀美家喝酒吃饭并住了下来。夜里，宝贵听到美秀伤心的哭声，他偷偷地透过竹篾窥视着单衣薄裤坐在床沿的美秀，心里一阵慌乱，结果被美秀发现了。半夜，当宝贵路过美秀房间时，房门打开了，两个年轻人在山村静谧中偷吃了禁果。

第二天，宝贵离开火卖村，临走时给美秀拍了一张照片。回到县城，宝贵将照片洗了出来。捧着美秀靓照，宝贵对着那青春甜美的身姿阵阵发呆，却被苏放看到了，苏放告诉宝贵，他考上北京师范大学，即将离开这里，宝贵愣神了，就在这时，苏放抢走了美秀的照片。苏放上大学去了，受着刺激，宝贵也进学校补习功课，备战高考。

一天，宝贵想到应该去给火卖村送照片了，但是，他刚到村口，就被村民抓住了，扭送到美秀家中，原来美秀自杀未遂，原因是美秀未婚先孕。在村长等人的逼问下，宝贵承认了自己和美秀的事情，形势所逼，他同意上门入赘。新婚之夜，宝贵很不开心，怀疑美秀肚子里的孩子不是自己的。便冲着剪掉辫子的美秀发火，质问美秀那一晚她是不是已经不是姑娘了，美秀也不解释，只是一个劲儿地哭。宝贵心软了，不再提这件事情。就在两个人开始过着甜蜜的夫妻生活时，北京大学的录取通知书送到火卖村，宝贵被录取了。美秀还有几个月就要生产了，可是，上大学特别是上北京大学的机会又是那么的难得，两个相亲相爱的年轻人只能依依不舍地分离。

宝贵答应美秀，到了北京会经常给她写信。但是，到了学校，宝贵一方面忙于学业，另一方面学校花花绿绿的世界也惹得他心神不定。更为要命的是，他发现自己对一个叫吴欢的同学产生好感，而这个姑娘又主动追求他，两个人心照不宣。宿舍里，当宝贵拿起笔要给美秀写信时，却被窗外吴欢青春洋溢的身影搅得思潮起伏。最后，仅仅写下"一切安好，请勿挂念"八个字就把信寄出了。短短这几个字却给美秀带来莫大的欢喜，她看着宝贵潇洒、飘逸的字迹，心中充满了爱和力量。

宝贵的学习生活有趣而充实，但是火卖村的一封电报让他自责不已，连夜赶回家。原来，美秀早产生命垂危，回到家中，宝贵见到两个刚刚出生的龙凤胎孩子，以及因大出血而昏迷不醒的美秀，心痛无比。美秀回光返照，她一直努力想跟宝贵说些什么，但是，都被村长岔开话题，直到闭上眼睛离开人世都无法把她心中的秘密告诉宝贵。宝贵给这对龙凤胎分别取名韦龙、韦凤，并向学校提出休学申请，以便留在家中处理后事、抚育孩子。

山村里唯一的老师走了，休学在家的宝贵暂时担当起了教师的职位，为村里解决有学校没老师的难题。

博学的宝贵讲课生动，不仅村里的孩子爱听，连大人也喜欢来蹭课，山寨又飘起琅琅书声和童真欢笑。一晃几个月过去了，宝贵的休学也到期，村长也催促他返回北京好好念书。然而，几个月的朝夕相处，让他舍不得火卖村和孩子们。当宝贵踏上班车，村长从车窗丢进来的全村人为他凑上的路费，让他感动不已。当他在县文教局了解到山村并未到来新老师时，毅然从尽力考取的北京大学退了学，重返火卖村，继续拾回教鞭。宝贵决定利用自己的文化和声音，让更多的孩子插上知识的翅膀，代替他去完成大学梦。

　　吴欢一直恋念着这个朴实好学的同学，假期，她千里迢迢来到火卖村，送来他们在长城上合影的照片。但是，阴差阳错，宝贵没有见到吴欢，他回到火卖村家中，只看到吴欢留下的合影，为了孩子，他把痛苦深深地埋在心底。

　　关于美秀的死因，宝贵从村人嘴中知道的版本是：村里的一头大公牛莫名地受惊，疯一样地四处冲撞，美秀正在田里除草，不幸被撞倒了，导致早产大出血……可是，几年之后，公牛主人家的孩子一句无心之言，却把自家公牛含冤受屈的事泄露了：他家的牛并没有撞过美秀。宝贵惊住了，他立即找到村长，追问美秀的真正死因。村长也不忍心再欺骗宝贵，他告诉宝贵，美秀并不是因为被牛撞而早产，而是足月分娩的；但在分娩时难产，不幸大出血而死；孩子也不是宝贵的亲生骨肉，他们的亲生父亲是放映员苏放。愤怒的宝贵怎么也接受不了这个现实，自己含辛茹苦养育多年的孩子竟然不是自己的，而自己视为亲人的瑶胞们竟然合起伙来编造谎言欺骗他……宝贵伤心失望至极，几乎要失去理智做出极端举动来。

　　此时，苏放已经留校任教并结婚了。宝贵想到两个可怜的孩子已经失去了母亲，如果再失去父亲，以后怎么办？他决定搭上自己的一生，继续扮演孩子的父亲，并让村长发誓，继续守住这个秘密，保证孩子不受一点伤害，能够和其他同龄人一样，快乐成长。曾经，宝贵也曾给苏放写好信，打算告诉他美秀和孩子的事情。但是，当他准备把信投入邮筒那一刻，他又放弃了，把信收藏起来。

　　在20年一人一校的教学生涯里，在满面扑鼻的粉笔灰围困中，宝贵不幸染上严重的肺病，而且越来越严重，整个人都佝偻不成形。一天，他和村长两人像两只猴子一样，爬上学校后面的小山头，蹲在石头上看新来的女教师带着孩子们玩耍时，一场有趣的对话展开了：村长问他，你曾经对孩子们说过你去看了毛主席、坐过了飞机，是真的吗？宝贵笑了，他说，我只是来不及去看毛主席，来不及去坐飞机。是啊，如果宝贵没有选择留下来，凭着北京大学这块招牌，他的人生辉煌可想而知。但是，他成全了火卖村的孩子们，点燃自己的生命，用自己的牺牲，铺就了孩子们走出大山的金光大道……宝贵最后叮嘱村长，假如他死了，让村长把真相告诉孩子们，让他们去找亲生父亲……

不久，宝贵走完了他悲壮、执着、善良的一生。村长把真相告诉了孩子们……当苏放收到韦龙寄去的父亲宝贵以前写给他的那封信时，这个游戏人生的浪子流下了愧疚的泪水，他也乘坐飞机赶回那个他留下罪祸的山村……

故事到此戛然而止，电影没有反映什么时代愚昧、黑暗，也没有撕心裂肺的悲情，更没有热情洋溢的歌颂，整个影片就像一条涓涓细流，娓娓诉说命运的无常，人的力量的渺小，唯有善良、宽恕和仁爱，才会给这个世界带来生生不息和活着的力量，就像卡雅村的那道山梁、那片吊脚楼、那缕清风、那一棵棵木棉树……

电影《宝贵的秘密》是幸运的，因为它遇上了卡雅屯；卡雅屯也是幸运的，因为它遇上了一个非凡的编剧凡一平；我也是幸运的，作为一个在巴马生活了四年、把巴马当作自己第二故乡的20世纪师范生，因为《宝贵的秘密》，因为蓝宝贵，更因为卡雅屯，我又找到了回家的路。

正如女主角江一燕对卡雅屯的孩子们所说的那样："如果有一天你们走出了大山，不管在哪里，一定不要忘记这片青山绿水，因为这里非常美丽。"

潘莹宇

潘莹宇，壮族，出生于桂西北农村。现供职于政协都安瑶族自治县委员会。系鲁迅文学院第十四届中青年作家高级研讨班学员。著有诗集《灵魂与家园》、小说集《跨越门槛的一种姿势》，另有长篇报告文学《石头开花——都安扶贫三十年见证》（与人合著）；曾获首届《上海文学》文学新人大赛短篇小说新人奖佳作奖、第六届壮族文学奖。

灵岐源头公爱村 | 宣正明

那社乡公爱村，位于灵岐河源头，村庄依着灵岐河呈 3 字形排列，山环水抱，卧虎藏龙。

这里曾是历史上的古马场。就在村头神泉岭的山脚下，有一个四面环山的小盆地，这里正是古代军马场之地。清代道光《万冈县志》记载，由于灵岐河源头水源充足，牧草茂盛，这里曾经是太平天国翼王石达开部的军马场，古时那战马嘶腾、旌旗猎猎、战鼓阵阵的场景仿佛就在眼前。

这个村为什么叫"公爱"村，这个名字还非常有讲究。由于灵岐河的发源地正位于这里，古人有"仁者乐山，智者乐水"之说，而一条河的源头正是山水交汇之处。中国道教有"山管人丁水管财"之说，公爱村正是位于这块山川秀美的风水宝地。因此，这里历史上乃兵家争夺之地。据《巴马县志》记载，公爱村民国 24 年（1935 年）归万冈县，1951 年又划归凤山县，到 1956 年则又划到巴马县，由于大家都爱这块风水宝地，所以这个村庄就取名为"公爱"村，其村委会则根据村名叫公爱村委会。

公爱村物华天宝，人杰地灵。据清光绪《河池州志》记载，清咸丰二年（1852 年）当地壮族首领卢顶、卢扶彬组织反清农民军"大胜堂"，在村头神泉岭下安营扎寨。至清咸丰九年（1859 年），太平天国翼王石达开部将领赖裕新带兵前来会合，并在此建立军马场训练农民起义军。至次年，太平天国将领石镇吉率领起义军再来此合兵一处。太平天国失败后，壮族首领黄正武带领"大胜堂"农民军在此地坚守了近50年，直到黄正武去世。至今，全村80%都姓黄，均为壮族。为了纪念"大胜堂"各首领，当地壮族在军营地旧址建了一座神庙，每到纪念日，当地村民汇聚于此举行隆重的纪念活动，已成为该村及当地壮族的一种民俗活动。

灵岐河，是珠江水系西江干流红水河段一级支流，又名清水河，发源于广西壮族自治区巴马瑶族自治县那社乡公爱村神泉岭，流经巴马、田阳、田东等县，于大化瑶族自治县的古龙村注入红水河。沿途汇入农荷支流、班龙支流、朔良支流、龙坡支流、那练支流、百敏支流、巴鲁支流、符桃支流、百琴支流、灵龙支流，全长168公里，流域面积1709平方公里。

灵岐河源头风景如画，山川秀美，清代庆远知府李彦章有诗为证："灵岐源头古马场，神泉飞瀑挂前川；热带丛林蝴蝶谷，天湖映月好风光。"其中描写了灵岐源头两处绝妙风景，其一曰：神泉飞瀑。神泉喷涌自石壁，万股汇入九重溪；一泻十丈落碧潭，飞瀑如布猿猴嬉。其二曰：天湖映月。一湖碧水悬山巅，晨笼弯月挂天边；左岸草丛立白鹭，右岸浅滩冒荷莲。

灵岐河又名清水河，顾名思义其河水清澈如镜。走进灵岐河的源头——神泉岭，到处都是潺潺流水声，那一股股明亮的泉水在山涧哗哗地流淌，捧一口含在嘴里清纯甘甜，故名"神泉岭"。在神泉岭下，除神泉飞瀑外，还有飞豹潭瀑布、三叠潭瀑布、观景台瀑布、仙人掌瀑布、红军潭瀑布、峡口瀑布、老虎潭瀑布等众多流泉瀑布，其中红军潭瀑布因百色起义时张云逸、韦拔群带领起义军在此打游击而得名。

李白古诗"日照香炉生紫烟，遥看瀑布挂前川。飞流直下三千尺，疑是银河落九天"。这首诗虽然是写庐山瀑布的，但这里神泉岭下的瀑布绝不亚于庐山瀑布。其特别之处是你远远就听到轰鸣声但是看不见瀑布，只有走到潭边靠在崖壁处才能看到飞瀑在20米高处向下喷涌。由于飞瀑很急，长年累月将山体切割成一个斜面大口子。更为奇特的是人可以顺着瀑布攀爬上去，上面则是一个个造型各异的瀑布群，让你眼花缭乱，美不胜收。

灵岐河源头的最美风景当属热带雨林，位于坡冷山海拔的最高地带，其内有两条热带雨林从山涧延伸至山顶：一条位于蝴蝶谷入口 500 米处，一直通到天湖，全长 10 公里；另一条顺神泉岭溪流从天湖通到金银湖，全长 5 公里。这两处热带雨林沿线地形复杂多样，沿途有"老虎嘴"，有"狗熊窝"等惊险刺激地段，也有"枫树坪""芭蕉林"等特色林地。从散布岩石小山的低地平原，到溪流纵横的高山峡谷，地貌造就了形态万千的雨林景观。在森林中，静静的池水、奔腾的小溪、飞泻的瀑布到处都是；参天的大树、缠绕的藤萝、繁茂的花草交织成一座座绿色迷宫。这里的热带雨林景观如果开发得当，将成为继云南西双版纳热带雨林、海南呀诺达热带雨林景观后，中国第三块特色热带雨林景观，也是广西唯一的原始热带雨林自然景观。

灵岐河源头的蝴蝶谷，是巴马的一绝。蝴蝶谷位于灵岐源景区公爱乡村公路入口至景区盆地约两公里处，两侧环山森林茂盛，中间谷底贯穿一条溪流，谷内潺潺流水、景色宜人、自然生长着成千上万只蝴蝶，随处可见色彩斑斓的蝴蝶在谷间翩翩起舞，在这里你可以感受到大自然的无穷魅力。

天湖是坐落在坡冷山顶端的一个自然湖泊，海拔超过 900 米，曾经是广西历史上第一高湖。天湖面积大约为 100 亩，呈半月形，就像是挂在天边的一轮弯月。在天湖的下方是坡冷山和神泉岭，两山相连处有一个自然拗口，过去这里是一个自然石坝，20 世纪 60 年代学大寨开荒造地，将这个天然石坝挖开，将天湖的水放干，把天湖变成了稻田。在天湖的下方，还有另一座小湖，就是位于神泉岭下的金银湖。这上下双湖像嵌在灵岐河源头的两颗绿色明珠，如果开发成旅游景点，无疑会让你体验到灵岐河源头姊妹湖游泳、垂钓、划船等水上休闲项目的无穷乐趣。

据《河池州志》记载，明代地理学家、旅行家徐霞客曾于明崇祯十一年（1638 年）入州境考察，其"访神泉岭，探鬼岩，涉兰江，登鲤鱼关"。由于神泉岭是二景汇聚的地方，又是灵岐河的源头，故其慕名首先来到此地先睹为快。

灵岐河源头还有一绝，那就是由于这里的特殊小区域地磁气候环境而生长的被誉为植物活化石的国家一级保护植物龙骨风。景区内还生长着各种中药材，有珍奇药材野生石斛、金线莲等，达180多种。

处在灵岐河源头的公爱村，世世代代居住着壮族人家。这个村受灵岐河源头之水的恩惠，人才辈出，小小村庄有大学教授、工程师、各级公务员等，大学生更是数不胜数，真正是人杰地灵。家在河边的公爱村中年妇女黄丽珠，小名叫"的姑"，既美丽又善良，是壮族山歌的传承人。她可以因时因景即时编歌词，用山歌表达各种意思。她创作的《夫妻离婚可怜娃》壮族山歌，从去年开始便在网上热传。黄丽珠不但山歌唱得好，还心灵手巧。她曾经独自一人创办山茶油加工厂，她还将一种猫豆经过提炼加工，变成为带有地方特色粽子的粽心，味道醇香鲜美。她的弟弟黄小海早在去年初，就在全县第一个购买并使用无人机进行农业田间施肥、施药和林地播种。这个小小村庄村民开拓创新的意识，远超过其他地方的农民。

灵岐河源头的公爱村，给你以遐想，给你以憧憬。在周末或者节假日不妨带上你的家人，做一次"美丽乡村"假日游，在公爱村穿行热带雨林，探飞泉，逛蝴蝶谷，再在村里品农家菜，喝巧手"的姑"亲手酿的醇香米酒，体验乡村文化，陶醉于自然美景中，无疑是人生一大特殊享受。

宣正明

宣正明，海南师范大学教授、海南省民族医药养生保健研究会秘书长。

古城味道 │ 十 月

一

有古城路的地方就应该有古城吧。

巴马县城有一条古城路，20 米宽，200 米长，不长不宽，刚好够两头的人相望相闻。当地人叫老街。南北走向，南头一拐就是新建路。从字面上就知道一老一新相接。从北头炊烟深处出发，向南走去，通向遥远。

沿着古城路走，看不到古城。

古城变化太快，承载着历史与渊源、民俗与地貌的老街老房，已经坍塌、消失……古城路周边都是繁华的景象，没有废墟，没有瓦砾。想要努力寻找远去的古城，最终也只能回到乡愁深处，去探寻那些能够唤醒记忆的味道。

翻开县志，开篇有载："秦始皇三十三年（前 214 年）秦统一岭南，置南海、桂林、象郡，今巴马县境隶属桂林郡。""汉初，今巴马县境隶属南越国，元鼎六年（前 111 年）南越国灭，汉将其地分置南海、苍梧、郁林、合浦、交趾、九真、日南、珠崖、儋耳九郡，今巴马境地属郁林郡增食县。"

据此，即可把这个小城，追溯到秦汉。

只是那时的小城不叫小城，也不叫巴马，人称

"蛮地"，人烟稀少，道路闭塞，与古城沾不上边儿。

然而，偏远之地，往往有非常之观。汉始，巴马的母亲河盘阳河就有名了。以盘阳河为界，河以北属定周县地（治所在今河池市宜州区），河以南属增食县地（治所在今百色市田阳区），同隶高州郁林郡。地处偏僻，归属多有变异。也因地理环境特殊，多为兵家争相占据。直到北宋大观元年（1107年）才开始在此境内置羁縻文州思阳县（治所在今巴马盘阳村），南部置羁縻上隆州（治所在今巴马燕洞）。"嘉靖七年（1528年），在巴马境内设置岜马、篆甲、万冈土巡检司，这是境内设置地方行政机构之始。"即便盘阳河已盘踞在当时统治者的心目中，可是因为地偏也没有成为中心城池。

以河为界，两岸就是彼此。没事的时候叫友好邻邦，有事的时候就是敌我，稍有不慎就引来战争，因此，遮挡风雨和战火的城池是必不可少的。石头垒起的城墙，把风雨遮挡在外，而战火烙印的伤痕，都被风吹雨打消逝去了。或许两岸城墙内，一边可能是田州府的一个后院，另一边可能是庆远府的一处小院落，没事的时候可以闲庭信步、遛马闲散。一旦有事，也就是驻兵放马，这时盘阳河的南北两岸就不那么赏心悦目了。

除非有谁就此安居落脚，自立门户，以自己为中心，傲立群伦，领袖群伦，就是中心城池了。然而，至今这里没有这样野蛮的人或者有野心的人，故而空间上的城池，也就很难安居在此。至于时间上的古城嘛，只要有人居住，时间一久，房子一老，就是老房，老房一多就是古城，而门前的街道就是老街，或者古城路。

可是不管是空间上还是时间上，里边发生过的故事，谁都无法完整追述，时间的残酷竟如此淋漓，空间的偏远竟如此旷远。

二

　　差不多一千年前的边塞了，谁能守住一幢完整的老屋，留住一条完整的巷子？一条老巷子就仿佛一城的食道，所有的食物都通过这里，南来北往的人都经此，把所有生发于此的气息传向远方。古城路、文化街、解放街是巴马最老的街道了。人们对这些老街的记忆，也多因此而起。好多年了，人们只能反复回味古城路的蛋酒、豆腐脑、凉粉之味，解放街的油团、手打饼之香。它们是正餐之外最为惹人的小吃，最适合待在古城路或者老街了。

　　以前到过巴马的朋友会问，巴马还有蛋酒吗？远离巴马的游子自然也特别怀念。似乎都在担心那些源自乡土的味道会随着老街的嬗变而淡远。

　　我有时会想，如今的蛋酒和当年的酒到底有什么关系。动荡年代里的街巷，酒香自然也是动荡不安的。那年月，能够有一处山坳躲藏着，还可以那么坦然地冒烟，溢出酒香，哪怕有时还掺杂着硝烟，也算是一种奢侈了。好像现在的好多人，在每个周末从城市跑到乡下躲着一两天的汽车尾气和市井的喧嚣。这么一想，边远与偏僻似乎有一些怡然自得的东西回到内心。

　　还想到盘阳村廷旧屯的文昌阁以及文昌阁周边出土的陶片，还有燕洞云盘山上出土的铜印、瓷片，它们在老街巷口里交易的某个货物，盛过那个年代某个酒坊的酒，溢过那个年代的香气。当然啦，还有那个年代里与之有关的人和事。瓦氏夫人守护田州疆域、守护巴马的故事时常有人提起；加桥山练兵场、跑马道依然保持那个姿势；岑猛将军驻守疆域、作战马鞍山的故事也一直流传。盘阳河界碑还在守望那段历史，证明自然河流之外的另一种河流。

　　除此，走在古城路上，还有什么能够让人感受到巴马的古味。至少现在已经无法看到。

眼前展现的构筑，很难让人们分辨出历史与现实的维度。时间空间之神速嬗变，怎样才能寻找到现实与历史的维系。常常，人们都在用自己的眼睛、耳朵，还有鼻子，感受那些记忆里浓浓的乡愁。因而，各种回忆就从时空穿越而来。

"啃楼湾喽（壮语意为吃甜酒喽）？"

"啃油团喽？"

"啃巴夫喽（壮语意为吃水圆喽）？"

"啃饼喽？"

走过古城路，听到这样的声音，也就闻到了古香美味，也就看到古城路两旁摆放的木桌，还有木桌上摆放的诸多特色美食。那些成型的特色食品，多以圆形体现，比如糯米油团、手打饼（福寿饼）、水圆、豆腐圆、豆腐脑等，有点小富态、小静美。

1983年，百年不遇的大雪就在那年落下。大雪里，老巴马的瓦砾显得特别黝黑。清代时修建的一两间瓦房显得十分脆弱而寒酸，再过几天就有人说房子坍塌了。20世纪80年代周末的傍晚，走在古城路上，常常会有一股淡淡的清香穿破现代的卡拉OK音响的声音而来。有时是油条的味道，有时是甜酒的味道，有时是油纸伞的味道。更多的时候是很多种味道的交会与合集。它们慢慢地从巷子里溢出，不急不躁地飘散到大街上，然后被人们遇到。当时，我只觉得它们是物质的味道，是那个贫乏岁月里填补物质生命的营养。我的反应自然是流口水，还有深深的呼吸。偶尔遇到相识的人，问吃了没，要不要啃个油团，或者吃一碗豆腐脑、一两块手打饼，感觉是一种极为亲切温暖的礼遇。会有成双结对的情侣走出舞厅，静坐在小吃摊前，慢慢地消磨休闲的时光。

我每个周六都要从学校回来，经过古城路，回到文化街头的姨妈家改善一下生活。饿了，买个手打饼充饥，吃不上的，偷偷地瞄上几眼，也会有一种幸福感盈怀，也感觉有一些快意。某个周末会吃饺子，有时吃鸡蛋面，有时吃榨粉，还有粽子、糍粑，算是那个时代最富足的生活。有时我会溜进国营饭店，吃上一根油条、一个油饼，山茶油香轻轻浮动，整个巷子都散发着小吃的香味。

有时，我待在古城路的一户人家里，一边看着周末电视剧，一边咀嚼馒头，老街的气息就渐渐地簇拥过来。再后来，古城的老瓦房也变了模样，庆幸的是，那些小吃的味道依然保留着特色，迄今还能让人们找到回去的路。

三

老巴马之老在古城路，在文化街。

具体说来，在老房子、手工作坊、传统特色小吃。

至于解放街，应该是 1949 年之后的叫法了，不咋的老。

古城路，与文化街对接成"丁"字形，共同承接着历史人文。古城的味道多在这里生发。老房子，老在砖瓦，在木板门，在木牌坊，在骑楼。其多为一两层的砖瓦木骑楼结构，简洁大方，特点是人行道上有遮风挡雨的天篷。南方雨多、湿度大，说不准雨什么时候就下，出街购物散步，没有准备好帽伞，有天篷就不必担心了。骑楼门前有两三根火砖砌成的方形柱子，柱子至大门墙面的空间就是两米宽左右的人行道，亦是住户人家平常休闲活动和孩子嬉戏的场所。这种住房颇能彰显出主人开放包容的精神风貌与休闲散淡的市井格调。在 20 世纪 80 年代，骑楼结构是巴马街道的主要建筑样式，木板门、木牌坊是巴马街道门面的主流风格。极少有两层以上的楼房。两层以上的那些可以称之为楼的房子，多是巴马瑶族自治县成立之后的新生事物。

文化街其实也是老街，冠以文化之名的街道，自然是蕴含文化的味道。

巴马民族师范学校、巴马教师进修学校、巴马中学、巴马职业中学、巴马城厢小学等学校都在这里落地生根。有的建县之前，就先在这里立足，以文化的旗帜扎根这里的，比如巴马高中、巴马民族师范学校。此外，刻章的老爷爷、画像的民间艺人、卖旧连环画的人等，都可以在文化街里找到。

街上摆着各种木板摊、木桌摊，还有木手推车。有的当街放下窗板，支上一个马鞍架子，就是店铺，即可摆放各种特色小吃，后来还有果酸制品。最吸引人眼球的景象应该是雕章刻字的摊点，再是打铁制作刀具的手工作坊。当街就是一张老掉牙的老凳古桌，有的在靠背上雕着篆体字福寿，看样式与年代，应该属于明清时的玩意儿。在文化街，一位老人，戴着眼镜，时常在阳光灿烂的时候，为乡村村民雕刻印章，有时也雕刻书法印章，雕刻着自己的时光。木质印章的材质有柚子树、油茶树、香樟树等。好几个周末，我都在雕刻店里发呆，看老人雕刻印章，一刀一式，都那么引人注目。我弄书法作品的时候，第一个印章就是文化街里那位老爷爷刻制的柚木印章。后来，爷爷去了，老房也变成了新楼房，刻章摊点没了，多了一间书店和租书屋。

路过古城路与解放街的交叉路口，总有一股熟悉的清香味道沁人心脾。深深地吸了一口气，哦，明白了。是甜酒，油团，还有豆腐脑、手工打饼。这是古城巴马特有的味道。

如果让我去翻阅老巴马的"胃"，从中挑选最珍藏的味道，我会任性地选择两样东西：甜酒、豆腐脑。因为它们价廉物美，营养丰富，普通民众都可以享用，还能够登上大雅之堂。甜酒与豆腐脑，既可充饥饱肚，也可作为休闲小吃，一边慢条斯理地品尝一边闲聊，于休闲自得中，也就慢慢地品味出老巴马的味道来。如果约上几个朋友，来到巴马古城，围着一个小食摊，边品边欣赏摊主的手艺，也是颇有趣味与情调的。

甜酒与豆腐脑的食材简单，但手工就相对繁杂一些，而且要认真细致。

是否认真细致，决定着甜酒和豆腐脑制作的成败。甜酒煮老了，不滑嫩，不清爽，煮不到点则腥膻；豆腐脑呢，关键在黄豆的选择、研磨和石膏的用量，尤其是石膏，多了质地硬粗，少了不结块。最高的境界是结而不硬，结而不老。豆腐脑就是这样，看似白而有形，放到嘴里则滑爽如水。

甜酒，就是将糯米蒸熟拌上酒曲再发酵而成的。煮时加上一些红糖水煮沸即可。如加上鸡蛋同煮，就叫蛋酒。严格说来，这不是真正意义的酒，仅有酒的清香，因为度数几乎为零。若加上一些姜末，那香味就更浓一些。同样，一个地方发展之火需要足够资源之薪，而传统人文薪火作为灵魂之本底，任何时候都不能淡漠了去。

古城特有的香味还不时勾起人们对家乡的回忆，记得奶奶每年都给我们做手工打饼，饼模板有几个，有福、寿字的模子，也有太阳、星星造型的模子。福寿饼一般是给老人吃的，有着祝寿祝福的意味；而太阳、星星饼是给小孩吃的，有着温暖关怀下一代和对后代寄予厚望的意蕴。奶奶在爷爷的生日时都要做一回手工打饼，给爷爷祝寿，也给儿孙尝新。突然好想吃奶奶做的饼，用爱和温暖打制的饼，香远到今天，直叫人时常怀念。

2016 年，巴马建县 60 周年了。古城路水泥路变成了柏油路。小城更加热闹繁华，车水马龙。走在繁荣热闹的街市，反而容易令人的思绪回到过去，寻找古城和老街。

也就是这年之初，当长寿养生国际旅游区中心城市的构想浮出，小城的人们既无限惊喜兴奋，又浮想联翩。小城之山水，似乎于顷刻间一点一滴地扩大起来。瓦氏夫人练兵驻守的加桥山似乎耸了耸肩膀；唐代诗人罗隐曾游、岑猛将军曾于此叱咤风云的邕马山，也有了新的展望；明代叫笑狮岩的母鸡山，叫鸣凤岭的公鸡山，似乎也绽放了更多笑靥，拂过了愉悦的欢歌；瓦氏夫人庙所在地的定金山，桂西碑林林立的麒麟山，镇岗楼雄居的罗旁山，罗隐坐化的加米山……越来越多的人前去游览玩味。

唉！小城八大景都有些许好传说、好故事值得一说，故事的味道或许与老街的酒香有着一定的关联……

六十一甲子，对于一个以长寿著名的小县而言，正当年轻。然而，此时此刻，并不能阻隔思想的翻越，到60年以前甚至更遥远的年代，那时的巴马，是个什么样子，是什么样的味道。无论回头是旧是老是古，也不管它是小是陋是蛮，那也是它的曾经。突然间要回眸，竟然有那么多事物无法感知，找不到回去的路径。在浩瀚的历史长河里，我们寥若晨星。

十 月

十月，原名谭文胜，壮族，广西作家协会会员，西部散文学会会员，河池作家协会理事，著有散文诗集《审视与谛听》《面对一株芦苇起舞》。

旋转的村庄 | 王 卓

　　村庄破旧而毫无生气，就连偶尔出现在村中的狗，也是伏在地上，脖子缩着，头微微抬起，不哼不哈地看着来往的人或者其他动物。

　　狗不叫的村庄似乎没有什么值得留恋的记忆。

　　然而，爷爷却说，狗不叫，是因为熟悉来来往往的人。或者在狗的眼里，来来往往的人都面善心善。

　　狗只对恶人叫，不跟善良的人作对。

　　因为爷爷的这番话，我记忆中的村庄就成了爷爷的村庄了。关于村庄的记忆，全和爷爷有关。

　　其实，我跟爷爷生活在一起的时间不过五年。我五岁的时候，爷爷就离开人间的村庄，到一个叫"西方"的世界去了。但是，就是这五年，爷爷却永远留在我的记忆当中，影响着我的一生。

　　而爷爷对我的影响，和陀螺有关。我很小的时候，爷爷就跟我讲关于陀螺的故事。

　　爷爷说，陀螺在这个叫拉力的村庄出现的时候就存在了。那应该是几百年前的事情。那个时候，村庄其实就几户人家，村前村后都是参天的古树，古树构成了只存在于老人们嘴里的原始森林。

　　有森林就一定有野兽出没，有野兽出没就必定有猎人。从山西太原逃难或者流浪或者因其他原因而到拉力这个地方落脚的我的爷爷的爷爷的爷爷，就是这个地方的第一代猎人。他们那时还没有猎枪，甚至刀剑、长矛也没有。狗也没有。那个时候的狗还归属兽类，是猎人的猎物之一。他们对付野兽的工具，就是随手可得的石块和石子。有时候，从地上捡起一块石头，对准野兽就扔出去。有时候，捡起石头之后，还用一根绳子绑着，就像后来我们在电视上看到的田径比赛中的链球一样，借着绳子的力量，把石头甩出去。这种方法，可以把石头甩得更远，对于狩猎跑得快的小动物效果很好。

我的爷爷和我，已无法想象我们的先人是如何做到依靠石头猎取野兽了，但我们却没有理由否认古人为了生存而练就的今天已失传的绝技曾经客观地存在过。

爷爷说，上几辈打猎用的石头，就是后来陀螺的雏形。为了把生存的技能传给后人，村子里的孩童从会走路起，就开始练习用石头打击目标。这个时候，石头已逐渐从纯粹的狩猎工具演化为孩童的玩具。

孩童玩耍，安全第一。整天拿着石头打来打去，肯定不安全。而且石头的韧性有限，打不了几下就都碎了。于是，他们想到了木头，把木头锯成十厘米高的一截，就这样既安全又耐用的木桩陀螺替代了石陀螺。

我的先人显然是一群充满智慧的群体。当他们发现当初狩猎的工具变成可以娱乐和强身健体的工具时，进一步改良成为他们的下一个目标。他们发现木桩陀螺容易被击倒，而且趣味性单调，不利于孩童们的技能培训。于是，经过探索和实验，他们把木桩陀螺改成了旋转陀螺。

至此，陀螺完成了三个阶段的演变：从石头到木桩再到旋转陀螺。

后来，原始森林消失了，大大小小的野兽也消失了。但陀螺却还在，只是不再是狩猎的工具。在时代的演变中，陀螺成了一种带有娱乐功能的民间竞技项目。当然，还有图腾的内涵。爷爷给我第一枚陀螺的时候，就是这样说的。在此之后，爷爷就开始教我如何打陀螺，如何把陀螺打得好，打得准。

打陀螺并不是一件容易的事，要打得好打得准就更难了。想想就知道，一根绳子绑着陀螺，然后对着在地上旋转的陀螺打击出去，不仅要求击中对方的陀螺，最好是把对方的陀螺打死。我一直弄不明白这其中运用了什么样的科学道理才能够做到这些。我是在不知所以然的情况下，接受了爷爷的训练的。学了一年多，到我六七岁的时候，已经能够进行一对一的对抗了。虽然无法把对方的陀螺打死，基本击中是没有问题的了。我每击中对方的陀螺一次，爷爷就在一旁高兴地鼓励着我。看到爷爷高兴的样子，我也很高兴。至今我依然清楚地记得，在爷爷去世之前的那些日子，只要一有时间，爷爷都会教我打陀螺。于是，我知道了打陀螺的规则以及种种形式、技法。

从形式上来讲，打陀螺有两种形式。一是光打，就是不用绳子。这种形式的打法，首先得在地上画出一个梯形，一般分为五层。一层和一层之间的距离大约一米。打陀螺的时候，一方先把陀螺倒过来放在第一层的基线上，另一方就手抓陀螺，对着一米外的地上的陀螺瞄准，然后打出去，能够把对方的陀螺击出梯形之外，就算打击一方赢，否则算输。如果打击的一方赢了，另一方就把陀螺放在第二层的基线上。打击一方一直赢就一直打，一直打到对方的陀螺被放置在梯形的最顶端。如果打击方在某一层输了，就轮到对方打击陀螺了。这种方式的打法，可以一对一对抗，也可以多对多对抗。不过，这种打法一般都是小孩子玩的多，大人是不玩这种的。大概是这种玩法比较简单，缺乏技术含量的原因。但我长大以后，回想当初玩过的这种死打方式，认为这是最为接近先人的打法的。因为，这和手中拿一块石头打击前方目标是一样的，难道这不就是先人用石头当工具进行狩猎的方式吗？

第二种打陀螺的方式就比较复杂了。其复杂性主要体现在技法的运用和对抗方式上。打陀螺的时候，先放陀螺的一方用陀螺绳把陀螺一圈圈地圈紧之后，右手执陀螺，先是往左前方抬起右手，然后往右下方使劲把陀螺甩出去，这样，陀螺就会在地上飞速地旋转起来。而打击的一方同样右手执着用陀螺绳圈好的陀螺，往右后方高高举起，对准地上旋转的陀螺打击出去。能否击中对方的陀螺，关键的方法，就是打击人和对方的陀螺的距离是否准确。而这个距离，是由圈陀螺的绳子决定的。因此，打陀螺的人一定要清楚自己用的陀螺绳的长度，然后结合自己的身高，把握好打击的距离。至于能否把对方的陀螺打死，这要看打击方的力度和打击的方位了。如果打击方不能把对方的陀螺打死，那就得看打击方的陀螺落地之后旋转的时间和对方被打击后的陀螺旋转的时间长短了，谁的陀螺先倒下，谁就输了这一局。

这种形式的打法，如果是三对三以上的对抗，特别是四对四以上的对抗，决定输赢的方式最为复杂，其复杂程度，至今我都无法用准确的文字进行描述。不过，发生在我爷爷身上的故事，也许可以充分地说明问题。爷爷告诉我，在他 18 岁那年的春节，附近一个村庄的青年小伙组了一个五人的陀螺队，来到我们村比赛。因为在这之前，双方比赛过几次，附近村的人全都输了。这一年春节，他们放话说不打输拉力绝不回头。为了表示他们赢的决心，队员们都自行带着足够吃三天的粽子过来，他们的意思很明确，就是要在三天内打输我们屯。

比赛从大年初一上午开始。通过抽签，对方先放陀螺，我们屯先打击。结果双方打了正好三天，对方一直没有拿到打击权，只能老老实实地放了三天的陀螺。最后，对方只好认输。从那之后，他们再也不敢找我们屯打陀螺了。也正因为这次比赛，我们屯当时的陀螺队队长，也就是我的爷爷获得了"陀螺王"的称号。一百多年之后的今天，我堂哥王仕贵家还保存着当时这场"恶战"的记录文本。这本早已发黄的小本子，还记录着陀螺的制作工艺、规则和各种打法。

爷爷已经去世好多年了。但村里打陀螺的传统一直持续到 20 世纪 90 年代。后来，因为村里的青壮年纷纷为了谋生而外出打工赚钱，打陀螺的人越来越少，最后就再没有人打了。一直到 2019 年春节，当村里讨论春节期间的文化活动的时候，打陀螺被提了出来，并得到全村村民的赞同。于是，2019 年春节期间，消失了 30 多年的打陀螺又在拉力屯上演。虽然只打了一天，但整个村庄因此恢复了"旋转"的姿态，多了几许传统文化的气息，多了几许活力与生气。

　　这个时候，我想起了爷爷对我说的话。他说："人生其实就像陀螺，必须不停地旋转起来才有活力与生气。不然，就是木头一节。"长大之后的我，记住了爷爷的话，为了实现人生的理想、目标，不停地旋转起来，从一名中学教师到党政机关秘书，再到作家、媒体工作者。对每份职业、每个岗位，我都不敢怠慢，内心始终坚守职业道德的底线，尽心尽力，尽职尽责，唯恐停止下来，变成一节无用的木头。至今，我不敢对自己作出怎么样的评价，但至少我可以说，我是一枚陀螺，一枚旋转的陀螺，而且会一直旋转下去……

王　卓

王卓，壮族，广西壮族自治区党委宣传部第四届签约作家。现供职于河池日报社。

故乡情韵 | 罗文秀

　　拉盘，我的故乡，永远是我灵魂的港湾。

　　在回忆中，在睡梦里，那苍穹下的青峰、椿林下的木寮、夕阳下的炊烟、悬崖下的小路，还有那啾啾鸟鸣、凄凄蝉唱……总是清晰地浮现在眼前，萦绕在耳边，以她那桃源般的美丽、牧歌式的情调，抚慰着漂泊山外的寻梦之人。

　　这里，地处巴马西部，隶属于所略乡尚勤村。山高壑深，丛林茂密，风清气爽，四季如春。故乡之美摄人心魄，入心入诗，我的诗集，咏景首律即是《故乡》：

　　　万仞高崖嵌古松，峰峦屏立傲苍穹。
　　　谷幽夏入山风爽，林茂春游兴味浓。
　　　岩上秋闻猿啸厉，村头冬见蕊舒红。
　　　炊烟蝉韵鬙年景，城里千番现梦中。

一

　　拉盘是瑶寨，瑶风瑶韵就像一坛老酒，历久弥香。出生在这里，印象中留给我最初的一幕是这样的：

　　那时约莫两岁，半夜突然被母亲摇醒，母亲把我抱下床后让我坐在楼板上，接着，嘴里塞进来一块猪肝。朦胧的灯光下看见家里来了好多人，声音嘈杂。原来，众人在山中围猎，将近傍晚时打到了一头野猪。瑶家的风俗是"上山打猎，见者有份"。

野猪在我家煮食，虽非猎者，同样是人人有份的。

那是 20 世纪 50 年代，着一身蓝靛染的土布服装，头缠蓝靛染的土布长巾，肩上扛着一支打猎用的长铳，腰间挂着牛角做的火药罐——这，就是瑶家成年男子的标配。

出猎前，必须祭神。

拉盘寨子西头有一片社林，林木擎天，有的大树得有几个大人才能合抱过来。里面阴森森的，有个石砌的小庙。这片林子就是神的领地，平时是不允许任何人进入的。除夕那天，由寨中长老组织，每家每户派一个人带着酒肉，大家一起来到里面祈福求安。老人们经常说，山上禽兽是神的尤物，打猎必先祭神，否则，会将人看成猎物开枪。

一只煮熟的肥鸡，三杯香醇的米酒，几炷升烟的高香，老巫师念念有词，猎手虔诚合掌礼拜，整个仪式肃穆而庄严。

我不知道祭词的全部意义，但有一点十分明确，不可轻易砍树、打猎、杀生。

二

那猎枪，除了打猎之外，喜庆仪式也少不了。

记得大哥结婚那天，新娘随着幽咽的唢呐声出现在房前不远处时，早已在门前夹道排成两队的几十位枪手，枪口向上，依次扣动扳机：

轰！轰！轰！……

那枪口，火光一闪，白烟冒出。余音在大山中回响，浓烈的硝味在扩散。排枪全响过后，新娘和送亲的队伍从两排枪手中间穿过。这是瑶家最高的礼宾之仪。

一进大门，鞭炮热烈地响起来，美妙的山歌唱起来，激情的唢呐吹起来，巫师高声诵经，主家高声劝酒，孩童大胆嬉闹，呛人的硝烟在屋中弥漫。喧腾、放纵，让喜庆的气氛达到了高潮。

现在别说城里，就是瑶乡农村，哪里还能看到这样的场景啊！

总觉得，瑶家传统的婚仪自有独特的魅力，那是老祖宗千百年精心剪裁留下的一朵文化奇葩，是民族的符号、民族的魂，因此，很想能让人们知道她曾经存在，记住她那自然清纯的面容。

我在参与《瑶族通史》资料采集和主笔编撰《布努瑶社会历史》《巴马瑶族历史与文化》等文史工作中，诸如此类的故事情节都回荡我的脑际，尽可能原汁原味地把它们记录下来。

2018年，我受本县文化馆之邀，和几个瑶族学者一起挖掘瑶族非物质文化遗产，筛选项目参加市级展示，瑶族嫁女片段浓缩在《努努祝冬帕》短短五分钟的节目中，在河池市铜鼓山歌艺术节上产生了轰动，获得了非物质文化遗产民俗类二等奖和文化遗产挖掘二等奖。当天，其情难抑，以《努努祝冬帕非遗展示获奖》为题，速成一韵：

> 唢呐山歌曲绕庄，别亲一跪语含伤。
>
> 青烟柔袅人更户，红伞高擎女嫁郎。
>
> 巫诵古经童饰子，首缠乌帕众喧堂。
>
> 衣缀彩缀瑶风盛，台下掀澜悦此飨。

三

朝花夕拾，童年时候的拉盘永远保持着独特的鲜味。在现代城市文化大餐的拼盘中尽管色彩斑斓，品种繁多，但总觉得还是缺少了什么，那隽永的韵味只有出现在深山里，停留在心灵的隐秘之处。

还记得，20世纪60年代初拉盘有了学校，木架草顶，门口还有个小小的操场。春节期间，大抵是女抛毽子，男斗陀螺，抛毽子在屋中，斗陀螺在操场。垂髫之年，我就爱上打陀螺这一民族体育活动。初一早晨，天未大亮就推门而出，呼喊着奔向赛场。小伙伴们闻声而动，陆陆续续汇集到这里。天亮后，大人们也忍不住诱惑，纷纷加入。

守方陀螺在地上呼呼旋转，攻方大吼一声"嗨！"便将手上的陀螺对准地上转动的陀螺狠狠抛出，将对方击飞停转而自己的陀螺仍在转动则为得胜，否则为败；败者转放陀螺，胜者攻击陀螺。如此反复。有时下雨，有人请吃，总是不为所动。绕陀螺的长绳断了，换上一条，新衣服沾满了黄泥，照打不误。

年轻小伙子停赛，一般是看见外村的妹子走亲戚来了。

屋里抛毽子，发出啪啪的响声。有女对女抛，也有男女对抛。男女结对的，多是一对情人，一边抛一边暗送秋波，情浓语柔：

"接啊……"

"接啊……"

…………

多个自制的鸡毛毽子旋转着，在年轻人围成的人圈中间抛出一个个令人眩目的弧线，乍一看，恰似牛郎织女银河相会的鹊桥。

那时，姑娘们发梳单辫，辫梢系着色彩斑斓的绒线和银链，银链一端连着一支银簪和一把小木梳，发辫、银链环绕头上，梳插脑后，簪插额边。那头巾较长，末端留有丝穗，在头上左右对折后分垂两端于肩上，巾头飘荡着细柔的丝绦。她们手戴空心银镯，脚穿绣花布鞋，上装开边扣，扣为扁圆铜质或银质，下着宽筒裤，衣裤边缘饰以花花绿绿的锦条，十分显眼。

抛毽子时，带多个空心银镯的玉手会发出银饰互击的叮当之声，十分悦耳。

抛累了，将意中人引到家里，一群年轻人围桌而坐，面前摆着酒菜，男女一对一，以歌传情。细话歌，柔婉而缠绵，瑶家独有，如歌如话，似幽溪出岫，似和风轻拂，在对方心里荡起阵阵涟漪。此时，男女相依，无拘无束，边歌边饮，颊生彤云；而情到深处，泪眼汪汪，双方暗通款曲，意守终身。

我是孩童，又是学生，那时对缠绵悱恻的山歌内涵一概不知。在瑶族地区，十一二岁就开始学歌，平时有空就练唱，在山上、在地里，总能听到情窦初开的少男少女忙活时还自个儿沉醉其中，浅唱低吟。

四

也许是体弱多病的原因，小时候我没有像其他伙伴那样被父母逼着干活。放学后，经常一个人跑到寨子北边的斜坡，在一块突兀的形如大象的巨石上爬着玩。

巨石有个传说：我们祖上来到拉盘之前这里已有一户人家，家里有个人品很坏的小伙子，他到外地偷偷把人家的姑娘骗来做老婆。听到姑娘的家人要到这里寻找后，这家人编了一只大猪笼把姑娘塞了进去，还用破布堵住了她的嘴巴，然后，抬到东边坳口，在岩珊天坑的悬崖峭壁上吊了三天三夜。可怜的姑娘又冷又饿，又惊又怕，叫又叫不出声，她的怨气惊动了上苍，一块巨石从天而降，将这一家连人带房反复碾压，然后，滚上北坡，停在路边陡峭之处。传说归传说，但它能够时时警示后人：恶有恶报，世人当心。

小时候，我经常看见寨中老人指着石头训导儿孙："莫做坏事，否则大石惩罚。"

儿时，我喜欢故事，认为巨石有灵，每次到此总要默念一番，表示心中有悟，善念常存。

其实，众人不把这块巨石叫"石"而叫"山"，叫"秤砣山"。石头顶上一撮泥土也没有，光溜溜的，可是，竟神奇般长起一株似藤非藤、似树非树的植物，而且相当繁茂。叶子坚硬且有点脆，发达的根须散布开来，紧黏着石头，想扯起来还不那么容易。令人惊奇的是还长年结果，果似秤砣，未熟时皮青色，成熟后褐色。熟果手撕，露出褐瓤的同时飘出淡淡的软香，食之，甜味独特，难以言诉，余香满口，神爽心舒。

五

碰到圩日，放学后，我总喜欢去到东边的岩珊坳口玩一阵。同学大多没有我的闲情，可放学后，他们也到坳口，割马草、采猪菜、打柴火，等待赶圩归来的父母。

人到坳口，前面脚下是幽深的岩珊天坑，身后隔一个小峒就是拉盘。左侧，岩陀峰峭崖屏竖，古松兀立；右侧，无名小山怪石嶙峋，林木稀疏，而小山的一侧紧邻后龙峒——一个没有村庄而曾被国家地图标注的巨型陷谷。

站在坳口一块平的巨石东望，清风飐飐，群山越远越低，天地豁然开朗。童年有梦，我的梦，在这里涂着七彩霞光，随着蓝天下的悠悠白云，越过千沟万壑，越过重峦叠嶂，在烟雾迷茫的远方徜徉。

同伴们和我不同，他们只是等待脚下天坑的石壁小路传来赶集人归来说话的杂乱回音，等待杂乱的回音过后父亲挑着竹箩或者母亲背着竹篓出现在坳口下的小道上，穿过坳口石砌的古老城门，来到自己面前，父母因为自己完成了一捆柴、一捆马草或者一篓喂猪用的野菜，伸出粗糙的手，赏一个薄薄的煎粑、一团多色的糯饭或者一颗又香又甜的水果糖。

我是从岩珊坳口走出大山的。当初，梦曾经被霾雾笼罩而彷徨的那些日子，不知多少个落日黄昏，我孑然一身，在晚风的轻拂下，在凄蝉的暮曲中，望着溟蒙远方，悠悠遐想。我的诗《忆岩珊坳口》道出了自己的情怀：

> 路上危崖景慑魂，烟浮绿嶂壑幽深。
>
> 俯观古道穿林过，仰见苍松傍日伸。
>
> 孤雁遥迁前度梦，群楼长锁此时心。
>
> 入城酬愿怀桑梓，情寄高天一缕云。

六

在岩珊坳口，一览众山小，不仅眼前的天宽地阔给人带来莫名的愉悦，还会感受到后龙峒那宏大气魄带来的巨大震撼和冲击。

在无名小山，可以看到后龙峒的全貌。

这是一个令人惊叹的陷谷，除了西边一个通往拉盘的豁口外，其余都是刀劈斧削般的陡壁悬崖。崖壁直上直下，雄奇壮美。几处崖壁，还有怪石嶙峋的溶洞。陷谷里边，中间是上百亩的平台地，靠近悬崖的是苍翠茂密的森林。亿万年的演化，大自然的鬼斧神工创出了深藏在大山中的这一惊世杰作。

小时候，每到假期，后龙峒是我常来的地方。我的任务是看猴子，保丰收。

悬崖顶上绵延着大片的树林，那是猕猴的领地。峒中玉米结棒后要是无人看守，它们会成群结队顺崖缝而下，欢叫着，掰下玉米棒，咬咬几口，扔！再掰，咬咬几口，又扔！吃就吃了，也不会珍惜。若不看守，几天工夫，大片玉米就会颗粒无收。

我一到后龙峒，大多时间就在西边一个较浅的山洞里，烧一堆火，烤嫩玉米当餐。见不见猴，总是不时呼喝几声，以作警示，猴子听到声音，也就不敢下峒来。

除了守猴，有时还和小伙伴们合作钓蜂。

抓住一支蟋蟀缚在细竹竿上，将竹竿伸到芭蕉花前，采花的大马蜂弃花啖虫后，轻轻收竿；早先拔下母鸡的一撮绒毛连上细丝线，丝线一端设个套，竹竿将马蜂移到面前时，线套套住蜂腰，拧紧丝套，待马蜂分到半只蟋蟀后，放开手来让它飞。大家紧盯着上钩的小生灵，欢呼着：

看好啊！看白绒毛，别眨眼睛！别眨眼睛！……

白绒毛消失的地方，必是马蜂窝的所在。有鼎锅大，晚上给它一把火，将蠕蠕而动的蜂蛹带回家里炒了一起会餐。若只有拳头大或饭碗大，还留着，折下树枝卷成一团，在蜂窝下插个标，标明蜂窝已经有主。这是习俗，后来者会自觉遵守，不贪便宜。

变成城里人后，后龙峒总是牵着我的魂。每次回到老家，总喜欢一个人去到豁口，静静怀旧。于是，一首《后龙峒》进入了我的诗集：

青嶂崔嵬上九重，岚烟缥缈树葱茏。

谷深午露凉蹊畔，景异山花艳暮冬。

崖竖高屏惊造化，岩穿奇洞览仙宫。

天涯羁旅情难了，游子归来醉后龙。

七

其实，在故乡，除了后龙峒，非村落曾被国家地图标注的，还有西边的岩美岗。

岩美岗距拉盘寨 2.5 公里左右，也是一个坳口。方圆数十里的喀斯特地貌地区，这是通向外界最大的山口。坳口两边，高山耸立，在几十里外的土坡丘陵区望过来，就像天地间一个敞开的大门，令人惊叹不已。而站在坳口西望，不仅一览众山小，而且在晴天的傍晚还会看到"苍山如海残阳如血"的景象，让人陶醉在诗画一样幽美恬淡的意境之中。

每年清明，回老家扫墓经过这里时，虽非傍晚，我都要遐想冥思，将记忆中的零碎片段拾起，用五彩丝线连缀起来，挂在灵魂的高处，静静地，漫品着蕴含的沧桑。

八

我的故乡，风景如此之美，人情更是浓厚。我 16 岁参加工作，24 岁离开乡下到城里，每次回到老家竟都变成了客人，这家请完到那家。自然地，醇厚的旧味飘进了《回乡感赋》这一诗作：

> 石径逶迤翠莽间，四围峦嶂欲摩天。
>
> 蝉鸣高树幽情重，霞染青峰瑞霭绵。
>
> 晨采山蔬寻旧味，暮斟家酿忆髫年。
>
> 众亲夜话无眠意，桑梓梦萦魂亦牵。

九

可是啊，时间的磨轮，在风中雨中，在暗夜中烈日中，在晨曦中霞光中，悠悠转动，磨轮下的一切久而久之多是面目全非，难保旧容。一个甲子，我目睹了拉盘变迁的过程。

那茅草盖顶的传统木寮变成了石墙瓦房，石墙瓦房又变成了钢筋水泥楼房或平房；岩珊崖壁上的小路，变成马驮路后又变成了三轮摩托车来往的屯级公路……

而且，想不到的是，自己魂牵梦萦的故乡早已是人去房空、独留一片惆怅了。

岩美岗下，乡道旁边，河百高速公路的东侧，一处土坡上矗立着80多栋新楼的岩良新村，乡亲们就住在这里。

冷寂了十几年，拉盘满目苍凉：楼房尤在，石屋已非。但见梁朽榫松，藤蔓满墙，地碎落瓦，青苔覆阶。去年秋天回到拉盘老屋，感触良深，于是吟成一首《故寮抒怀》：

峰峦秋暮尚葱茏，猴上高崖唤古榕。

阶满苍苔蹊久废，梁缠青蔓榫长松。

天光透瓦斜千缕，夏雨淋瓯蓄一泓。

断壁残垣归旧页，新笺焕彩看城中。

十

其实，新笺焕彩，我打算不只在城中。有个梦想，在我的心中潜滋暗长。

我与巴马当代第一寿星、130岁的罗妈政同族，寿星生前就生活在与拉盘一山之隔的冉西寨。从秤砣山往上走再穿过一个小峒，总共不过10多分钟。我们拉盘，20世纪六七十年代也有三个寿星级老人，他们都能活到90多岁。无疑，这里是养生的好地方。

听母亲说，20世纪90年代初，有几个身材高大金发碧眼的外国人来访冉西太婆妈政，途经岩珊坳口时，停下来，对着群山哇啦哇啦大声乱叫，还竖起了大拇指，兴奋得像孩子一般，有个人还架起一台"机器"慢慢地摇。见到母亲头发已泛霜花，竟还能背着满满一篓猪粪平稳地走在凹凸不平的山路上，惊奇不已。

　　我想，一定是大自然在碧苍之下舒展的巨型山水画幅征服了他们。在本县从政的大女儿和在北京读博的小女儿游览过一些名山大川，也算是有些见识了，可到岩珊坳口，也觉得这里自有一番天地，感叹"闺房深锁地偏僻，天生丽质人不知"。

　　我想，老家那些旧屋修缮一番，把那些候鸟人引到这里养生，扑克象棋玩腻后，打陀螺、抛毽子、看猕猴；岩珊坳口建起观景亭、放歌台，成为他们陶情山野的地方。

　　而后龙峒，打造成旅游景点。溶洞自不必说，数里的崖壁精选精刻文人雅士的诗词作品、政界名流的题词美书、社会流传的名言警句……自然与人文，绿叶配红花，然后，申报吉尼斯世界纪录，唱响华夏，名越五洲。

　　梦，应该是美的，应该充满着玫瑰色，还要散发着幽兰一样的气息。

　　可是，我还能做什么？年逾花甲，已是心有余而力不足了，一介书生，无法把这纯朴的村姑装扮，让她那自然清丽的本色更进一步升华，惊艳世人。他乡作故乡，瑶乡老儒能做的只有用一支退去光彩的老笔，效颦古今去国怀乡的名人雅士，笨拙地揭开现代城市彩色幕布掩盖着的一泓情感之泉，让她的纯净通过《秋中有寄》展示在亲爱的读者面前：

　　　　　　　寻梦当年别故乡，离枝一叶顺风扬。

　　　　　　　千方楼竖霓灯灿，九昊云飞桂蕊香。

　　　　　　　月下清吟谁解意？灯前苦忆我倾觞。

　　　　　　　微醺情越摩天岭，短律书成泪两行。

罗文秀

罗文秀，瑶族，系广西诗词学会会员，河池诗词学会副会长，巴马职业教育中心退休教师。

那力村 ｜ 来　去

　　我爷爷出生在重屯，我爸爸出生在石湾村，我们兄弟姐妹出生在那力村。按农村习惯，说我同属于三个村的人，没有人不认可的。从感情上看，我对三个村都难分轻重，它们都给予我血脉之情、血肉之爱，打心里对三个村心怀感恩。但细细想来，对我人生起决定作用的，还是那力村。

　　我在那力村出生、长大，我认识村里的每一个人，熟悉村里的每一条路。更重要的是，这个村的山水、田地养活了我家人，让我家结束了两代人的漂泊，正式安定下来。

　　那力村沿着山体呈带状分布。大约是 20 世纪 50 年代末，一条可通行汽车的大路就在那力村中穿过了。山里村庄，有这么大的一条路，是极为罕见的。那力村之所以有这条路，是因为村东的山头有铁矿石，有金刚木和整个山坡的芒萁草。这三样东西在山上一起居住了亿万年，从来没有过交集。直到 20 世纪 50 年代末，全国刮起大炼钢铁之风，那力村头的这三样东西才走上了历史舞台，成为整个巴马瑶族自治县的焦点。刹那间，挖矿石、打火坑、砍树木、割芒草，那力村的村里和村头的山坡一派热火朝天的景象。人们首先在村头一个山坡上打好一个个用于炼钢的火坑，也不知道当时的坑是怎么打的，结构、原理如何也无从得知。几十年后我们看到遗留下来的火坑，只是简单的一个土坑，有圆形的、有方形的，大多是两米左右的宽度或直径，深度多为一米五左右，也不知道这样的坑当年是如何烧得起火，如何炼得了钢的。这些简单得不能再简单的坑，从山左到山右，从山底到山顶，密密麻麻，到处都是，以致过后我们上山砍柴，经常掉到坑里。人们在打坑的同时，挖矿也在大力进行。据说人们把一块块、一堆堆铁矿石往坑里放，用砍来的金刚木和芒萁草日夜不停地烧。也不知这种烧炼法炼出了多少钢铁，反正就因为这项动用全县之力的工程，那力村一度成为全县的焦点，并且因此有了一条能通行大卡车的道路。

这条路没有路名，我们只用"大路"来称呼。大路起于和省道相连的坡底，沿着山势蜿蜒上爬，贯穿整个那力村的耕作区和村庄，绕过烧炼钢铁的山坡，直通一个很大的山泉口，和相邻的林地村连在一起。就连山体复杂、陡峭、汽车开不上去的矿山，也拓宽了路面，方便人们挑矿石。大路的尽头，发散出几条小路，通向艾圩、乙圩等乡村。整条大路弯弯曲曲的，有三公里左右，犹如一条游龙，游动在村的怀抱中。

据说当年烧炼钢铁是失败的，山林也遭受破坏，但那力村还是因为这个浩大的工程修建了这条大路。那力，壮语就是"田地"的意思。村子取名那力，那可是有底气的。村子能用"那力"来作为名字，其田地之多就可想而知了。虽然所修的大路没有在炼铁工业上发挥真正的作用，但是却大大有利于拥有大片田地的那力村发展农业。

大路伸向山中，沿途就有不少田地，一条条从大路分散出去的小路，直指一片片重要的耕作区。那力村的人，每天有大部分的人通过这条路进出山里。早上，天还没亮，人们或扛着犁头、牵着牛，或拿着镰刀、挑着筐，三三两两地结队进山。到了收工的时候，又一个一个地从山里出来，沿着大路回家。不管男女老少，山里的活只要力所能及，他们都会往山里跑。在山里，大人干大活，小孩就干小活。我不到 10 岁的时候，已是山里的常客了。有一次，是八九岁的时候吧，反正记得是刚上学不久，爸爸带我进山。走了两三里的大路后，从一条小路分岔进山了，爬了两个坳，蹚了两条小溪，来到山的腹地。那里有一块很好的草地，是平时人们从各自家的地里出来时，集中休息的地方。爸爸已在前一天准备好了一根大人大腿一般粗的干树桩。这种大树桩，拿回家用斧头劈开，就是上好的柴火。爸爸把我带到木桩前，让我试着扛在肩上。我一试，并不觉得重。爸爸就让我扛着这根木桩自己先回家，他还要在山里干大活。他叮嘱我，累的时候就放下木桩，在路边休息。

爸爸看我走了一会就一头插进深山里去了，我一个人扛着木桩，迈开步，顺着山路往回走。蹚过两条小溪，我停下来休息了一下；翻过两个山坳，我又停下来休息了一下。沿途碰上进山的人，他们都会和我打个招呼，问我累不累。我说不累，他们就若无其事地从我的身边过去了。其实我已觉得木桩越来越重了，自己的身体也越来越累了。再过不远就到大路了，到大路就等于到家了。然而最后这段小路似乎很长，我把木桩从左肩换到右肩，从右肩换到左肩，如此换了好多次，都没走到大路。好不容易来到了大路，我把木桩从肩下丢下来，一屁股坐在地上。这一坐就不想起来了，这木桩太重了，我想休息个够再回家。这时，有一个30多岁的妇人从大路的另一头走来。我虽然不认识，但一看就知道是邻村的人。她来到我面前，问我一个人在这里干什么。我说刚进山打柴回来。她看了看我身边的木桩，就说："来吧，我帮你扛。"我刚想拒绝，她已把木桩扛在了肩上。我只好站起来，跟在她后面。山村里的人，要么同一座山放牛，要么同一片田野耕作，基本上是认识的。但由于我还是小孩子，少上山下水，这个年轻的妇人不认识我。她一边走一边问我是哪家的孩子。这就问出了在我家乡流行了很多年的笑话。在我们老家，孩子是不能叫长辈的名字的。所以那位妇人这么问我时，我就回答说："我是我家的孩子。"她一愣，就又问："你是谁的孩子？"我说："我是我爸的孩子。"她只好再改了问法："你爸爸是谁？"我回答道："我爸爸是我爸爸。"如此反复地问，我就是不敢说出我爸爸的名字。我记得她笑得用手擦了眼泪，但我不觉得有什么好笑。她干脆不想知道答案了，而是不停地问我，听我不停地回答她。现在想来，她把我们的一问一答当乐趣了。我们就这么一问一答地来到了村头，她才从村头的村里人那里知道了我是谁家的孩子。她把我们的对话和村里人说了，村里人也跟着笑起来。我还是不觉得好笑，我只是很感激她帮我把木桩扛了回来。

后来，我也知道了她原来是我们大队驻地民安街上的人，嫁到林地村，那天她是在回娘家路上遇到我的。从林地村到民安街上，那力村的大路是必经之路。在这条大路上，演绎了一个"我是我爸的孩子"的经典故事。这个故事和这句话，在我们那一带，流传了很多年。

大路方便人们进山劳动，也同样方便人们走出村子，直通大队（村部）、乡、县里。特别是田地里生产出来的物资，是要到集市去出卖，或者交换其他商品的。那力村的大米和玉米，在县里出了名。城里的人，或者是缺少田地而需要买粮食的人，每个圩日，总是在集市里等待那力村的人。只要见到那力村的人挑着担子出现，他们就会围上来，很少讨价还价，就把粮食买了。除了这些直接需要粮食下锅的人，最喜欢那力村粮食的就是粮所的人了。每年到了向国库上缴粮食的时候，粮所的人就会把完成任务的希望寄予那力村。上缴粮食是以人均田地数为单位的，那力村的人均数相对要多些，所以是理所当然的纳税大村。

上缴粮食多在晚造收割之后，这时候天已转凉，少风雨，谷物收回来后容易晒干。人们把晒干的稻谷，一担一担地挑上大路，成群结队地到三四里之外的粮所缴粮纳税。那一群连着一群，一队连着一队的挑粮队伍，成为大路上独特的风景。直到 21 世纪初，国家取消了农业税，农民不再上缴粮食，大路上才没有了挑粮缴税的队伍。在征农业税的年代里，只要我在家，都参与到挑粮缴税的队伍中。

我家七口人，每人每年要缴 15 公斤稻谷，总共 105 公斤。所以，每次缴粮时，我们家要么三个人挑粮，一次缴清，要么分几次去。每年缴粮，多是爸爸和大姐二姐去，如果我在家，我就代替大姐或二姐。因为是大路，所以挑粮不用费很大的劲，加上，爸爸和姐姐总是挑重担，分担给我的也就不多了。我总是能跟上他们的步伐，一口气就挑到粮所。我们家的稻谷都是晒得干透的，也没有瘪谷，一过秤就能入库。而有一些人家，因为谷子不够干，或者瘪谷太多，就会被扣下，要么挑回家，要么就在粮所的晒场上重新翻晒，重新用风车风掉瘪谷，直到合格了才能入库。

我家的稻谷从来没有重新翻晒或风瘪谷的经历，都是因为爸爸的严格要求。有一年，我们在傍晚时才去缴粮，我和姐姐把稻谷过秤、登记、进仓后，天色已黑了下来。我和姐姐从粮仓里出来，爸爸不知到哪去了。我们找了一阵，也没见到他。我们于是自己回家了，可是回到家里，妈妈说爸爸还没回来。我们一家觉得很奇怪，不知道爸爸到哪儿去了。直到要入睡了，爸爸才回到家。原来在我和姐姐往粮仓挑粮食时，爸爸被粮所的一个工作人员拉去吃饭了，并且喝了酒。这可是闻所未闻的事。除了参加村里或村外的一些集体活动，爸爸很少以个人身份在外和人吃饭，平时更是滴酒不沾。这一次，居然和国家干部一起吃饭，并且喝了酒，连妈妈都觉得陌生了。爸爸见到我们惊愕的样子，就笑呵呵地说了一堆话。

原来那个粮所的新任所长和爸爸在年轻时就很熟了，同一个大队的人，低头不见抬头见，很早就认识了。在那力村大炼钢铁前一年，他们作为大队抽调的精兵强将，一起参与修建大路，那条充满激情的道路，挥洒着他们的笑声和汗水。后来，他们曾经作为大队的劳动能手，在大队的耙田比赛中同场竞技。虽然两人技术不相上下，但因为爸爸来自有历史问题的石湾村，所以，爸爸没被推举参加公社的劳动技能竞赛，他的对手却通过全公社的比赛成为劳动标兵，再经过多年的锻炼，一步步成了工人、干部，最后调回我们大队粮所任所长。不过两人并没有因此而生疏，反而打心底里互相敬佩。那天爸爸带我和姐姐去缴粮，所长已早早看到了爸爸，他安排其他工作人员过秤、登记，便私下把爸爸叫回宿舍了。当时我和姐姐正忙着把谷子往仓库里搬，爸爸没来得及和我们说，就被老朋友连拖带拉地请走了。

那力村

　　爸爸说那晚所长和他说了好多话，其中有一个话题说了很多。所长说，他非常高兴能回粮所工作，因为这里不仅是他的家乡，还是全公社乃至全县征粮工作最容易的地方，特别是那力村，田地多，道路宽，是生产大村，是缴税大村。所长和爸爸举起酒杯说，当年我们为大炼钢铁修建大路，却成为农业发展的康庄大道啊！席间所长还专门给爸爸敬酒，说他早就翻看了往年的缴粮记录，发现我们家完成任务年年都是优秀，他很感动，希望爸爸继续支持粮所的征粮工作，带动全村上缴优质的粮食，为国家贡献力量。爸爸对老朋友说，缴粮当然要缴好粮啦，如果晒不干，堆在仓库里会霉烂的，那样的话，整个仓库的谷子都会跟着变坏。所长一听，就仰起脖子，把酒干了。

　　爸爸从粮所出来时，虽然不是深夜，但天色已黑透了，爸爸是摸着黑回家的。不过，走这样的夜路，对整个那力村的人来说都是习以为常的。只要天上有星星，人们就能凭借星光依稀认出道路来，哪怕是打雷下雨的夜晚，人们也能在闪电的瞬间光明中辨认路面，能通过泥土和草皮来判断路该怎么走。无论如何，只要双脚踏上这条大路，那力村的人闭上眼睛也能回到家。

　　那力村的大路安安静静地和村里相连了20多年，直到80年代中后期，才又一次热闹起来，重新走上历史舞台。那时候，为了建设国家级的重大水利工程岩滩水电站，要修一条连通巴马县城与水电站的公路。无论是从地理环境考量，还是从原有的基建基础来考虑，那力村都是这条重要道路的最佳节点。于是，不到两年时间，繁忙的机械和工人就以那力村为起点，以原有的大路为基础，劈山岭，架高桥，修好了一条30多公里的公路直达岩滩水电站，然后再从岩滩出发，经过近100公里后，到达新成立的大化瑶族自治县县城。这样，巴马和大化两县，就以这条名为大（化）巴（马）公路的道路为纽带，紧紧地联系在一起了。这条公路不仅给那力村带来了新活力，还把艾圩、乙圩、羌圩、岩滩等几个人口密集的乡村连起来了，特别是艾圩，更是结束了历代不通公路的历史。那力村，也因此成为山里人通向县城的咽喉。

在大巴公路修建之前的 80 年代初,那力村改称那力屯了。村,成为更高一级的行政区划级别的称呼,比如那力屯所属的民安村。可是,我还是觉得叫那力村亲切,于是我很少叫那力屯,而是叫那力村。当然,民安大队也改叫民安村了。大巴公路一建成,整个民安村就更热闹了。不知从什么年代开始,每年的农历三月二十三日,民安村就有一个自发而成的独特节日,叫"二三敢泵"。"二三敢泵"是个山歌节,是民安村独有的。这一天,全县的年轻人集中在民安街上对歌、游玩。民安街上装不下全县的年轻人,他们就往周边的几个村屯溢流出来。那力村紧挨民安街上,又有大路相通,所以就成了"二三敢泵"的重要附属区域。在那力村头的大路边、小山坡、小树林,经常成为年轻人对唱山歌、幽会的地方。

山歌对唱,男女双方一般是两个人。当然,每方三四个人一起唱也未尝不可,而情到深处的男女,就会单独在一个地方卿卿我我地对唱了。对唱的双方,可相距四五米,也可隔路对唱。无论远近,都让对方能听得清歌声。

有一年"二三敢泵",在那力村头的公路上,上演了一场至今还令人津津乐道的对歌。开始时,从乙圩来的几个女青年,坐在那力村公路边的草地上,既是休息,也是在等人对歌吧。附近村的几个男青年在有两三百米之外的河对岸看到了,就发出了对歌邀请。当然,邀请也是用山歌唱出来的。女方听了一会,觉得男方歌有诚意,且有水平,于是回应了,答应对歌。男方一听,就跨过小河,向女方靠近。每靠近一段距离,就停下来对一次。这也是双方能不能进一步对唱的表现。如果双方觉得对方很值得进一步对唱,他们就会一步一步地缩短距离;如果觉得没必要唱下去了,就不再靠近了。那一次我见到他们越对越兴起,最后就坐到了一起。那时山里人不会说汉话,山歌都是用壮话唱的。所以至今,我都无法用山歌格律把那些山歌翻译过来,只知道那些歌意。男方唱的大概意思是:今早出门我看到桃花开了,原来今天注定要遇到阿妹。女方回唱的意思是:阿哥看到的桃花姓什么?是不是现在认错了花朵?……最后,他们就通过山歌相约在某一天的圩日再见。至于过后他们是不是真的见面，那便不得而知了。

这一次对歌，可算是一个经典。双方从午后一直唱到晚上，几小时不曾间断。当时他们离我家不远，我妈妈就想把他们请到家里来唱，但他们没有接受妈妈的邀请。他们是怕给我家添负担，于是委婉地说他们在野外唱歌才顺畅、自由，所以还是在外面唱的好。妈妈只好作罢，因为妈妈也是过来人，她以前唱山歌也是在外面唱的。客人不进家，妈妈就给他们送吃的。农历三月，我们壮家有的是五色糯米饭和红鸡蛋。妈妈用芭蕉叶包了几包五色糯米饭，再煮了几个鸡蛋，还专门把鸡蛋染红了，再送到他们面前。他们也不客气，就坐在一起吃饭。这些场景，在那个年代是经常看到的。吃东西时坐到一起，吃完后就又分开几米远，再对歌。那天，几个对歌的人吃过饭，就给妈妈唱起了感谢歌。那几句山歌，后来经过人们传唱，我记得非常清楚，歌意是：那力村是个有情有义的地方，所以老天爷才让我们在这里相遇对歌。这几句山歌，既感激妈妈送饭之恩，又表达他们的相遇之缘，一歌两意，听歌的人发出赞叹的笑声。孩子们不听山歌，却伴着歌声穿梭在人群里，追逐、嬉闹。直到夜幕降临，对歌的人才依依不舍地散了，听歌的人也才依依不舍地散了。空旷的公路上，只留下山歌声在久久回荡。

如今，山歌在40岁以上的人身上就停止了流动，不再往年轻一代传下去了。40岁以下的人，会唱山歌的已是凤毛麟角。能听到山歌的，只在某些活动搭起来的歌台上，或者在山歌微信群里。在野外，再也找不到一驻足、席地而坐就能对唱山歌的人了。连接巴马和大化两县的公路，几经改建，虽然越平坦畅顺了，但依旧没有了山歌声，取而代之的是繁忙的车辆。特别是正在开建的贺（州）巴（马）高速建成后，人们的生活节奏就会更大地提高了，到时候，歌声会不会被呼啸的车声彻底淹没了呢？

贺巴高速连接贺州和巴马两个旅游热点，在那力村设有出入口，那力村又因此成为焦点。根据规划，连接高速出口的大路不再穿村而过，而是从村子下面开辟新路。如今，其他路段的施工还在进行，但从那力村到县城的大道已修成通车了。这段取名民安大道的双向八车道，将那力村的交通推到了顶峰。

说实在话，高速公路的开通，对那力村本身并没有带来直接的积极意义。不过，那力村并没有因此反对或抵制高速公路的建设，在征地和拆迁上，最先与相关部门达成了协议。该路段的施工建设也因此在整个建设中成为样板，那力村示范作用，意义非同一般。人们不仅懂得那力地理空间之广大，也由此知道那力精神领域之宽阔与大度。

高速公路建设，除了占用那力村大量的土地外，还要征用那力村的山头来开采石料。其中要征用的一个山头，形状非常像一只鸟的嘴巴，叫鸟嘴山。鸟嘴山下，有一条清澈的小溪淙淙流淌，随着落差的变换发出不同的声音，一忽儿哗哗地响，一忽儿叮叮咚咚地叫，一忽儿却悄无声息。小溪的两边，是一大片属于那力村的耕地，平整而肥沃。在这大片肥沃的耕地中，有两块地是属于我家的，是我家出产粮食的重要地块之一。小时候，农忙时节，我表哥表姐经常来帮我家干活。每次来到地里，表哥和表姐都发出惊叹：这里的地太肥沃了，不用施肥玉米都长得这么大个！确实，那一片土地就是那力村重要的玉米产区之一。我家地多，如果稍不抓紧时间耕种，就会有种不完的可能。所以，爸爸妈妈每年都选上好的地来先种粮食。鸟嘴山下的这两块地，虽然离家比较远，但每年爸爸妈妈总是最先耕种。

我和弟弟自小就上学，上了中学后就寄宿学校了，田地里的活多由大姐二姐和小妹操劳。她们通常在天不亮时就被妈妈叫醒，摸着黑向地里进发。大姐二姐，作为主力在家里劳动了十几年，直到她们出嫁成家，才渐渐地退出了家里的劳动。家里的主力就变成了比我小三岁的妹妹。妹妹接过大姐二姐的担子，成为爸爸妈妈最得力的助手。牵牛去犁田耙地，本来是男人做的重活，可是爸爸一忙起别的时候，会时不时叫大姐二姐来犁地。大姐二姐不在家了，这活就交到了妹妹的身上。由于长期跟着爸爸妈妈和大姐二姐，妹妹不到15岁就会牵着牛去犁田耙地了。所以大姐二姐一走，妹妹很顺手地接了班，和爸爸妈妈"两头黑"地在地里劳作。对于"两头黑"，大姐二姐还在家时就对妈妈提出过抗议。她们宁愿"晚黑"得再"黑"一些，也不想"晨黑"，因为她们太怕眯着眼睛出门，摸黑进山了。可是妈妈一通"道理"，说如果等天亮了才进山，到山里太阳就开始晒人了，那样做工会很累，干不了什么活的。大姐二姐一听，确实是这个理，于是就只好听从了。妹妹当然也把大姐二姐的"听从"接了下来，只要妈妈来个"半夜鸡叫"，她就会打开牛栏，扛着犁头，和我们家那头老黄牛进山了。

那时家里没钟表，判定天色只有看星辰运行情况或听公鸡打鸣。有一次，天色不明，星辰不现，而家里的公鸡也不知道吃错了什么药，打鸣的规律也乱了。妈妈在迷糊中醒来，连忙叫醒妹妹，说天快亮了，快出门。妹妹迷糊着眼，胡乱地吃了几口妈妈准备好的早餐，就出门了。她要比妈妈早一点到地里把前一天已翻好的地起好垄，等妈妈把家里的活整理好了，再带上种子去播种。妹妹一个人，摸着黑走在静悄悄的路上，连夜鸟都不叫一声。她觉得身上有一股凉意，特别是途中，有一个地方刚下葬一个从山崖上摔下来死亡的邻村人，妹妹心里直打鼓。她一路上不停地呵斥着老黄牛，分散对周围环境的注意力。家里的老黄牛也知情达意，不紧不慢地陪着妹妹。路过刚葬人的新坟旁，妹妹把身子靠近老黄牛，几乎贴着老黄牛的脸。老黄牛时不时伸出暖乎乎的舌头来舔一下妹妹，呼出暖乎乎的气，消除妹妹的恐惧。就这样，妹妹背着20多斤的犁头，四五里路都没有歇过一步，提心吊胆地一口气来到了地里。她在夜色中放下肩膀上的犁头，坐在地上哇哇地哭了出来。除了一路上的恐惧，令她委屈痛哭的，还有因为她发觉，离天亮起码还有一个觉头。她想倒在地上睡一觉，可是地里的泥土发出一阵阵芬芳的气息，让她睡不着。她收住哭声，坐在老黄牛的身边等待天亮。天蒙蒙亮时，她给老黄牛套上犁，开始在地里起垄。她刚把犁头插进地里，妈妈就到了。妈妈看着妹妹瘦小的背影，真想上去把她抱在怀里，让她撒一次娇，可是老黄牛已把妹妹和犁头拉到了地的另一头。一条笔直的、深浅适中的垄已起好了。鸟嘴山上的鸟也叽叽喳喳地叫了起来。

　　这两块地承载了我家的梦想，所以高速公路要征用鸟嘴山做采石场的消息传来时，我们家是反对的。我家三姐妹虽然都已嫁出去各自成家了，但她们也不支持征用山头。特别是二姐，她是嫁在本村的，所以她在鸟嘴山下也有一大块上好的耕地。那鸟嘴山一炸开，沉睡亿万年的石头一旦醒过来，代替它们沉睡的，将是被它们深埋的土地。公路建设部门也深知这是个大问题，所以就想方设法和村民沟通。他们也许是通过走访，知道只要打开我家这个突破口，问题就会解决了。事实上，我家确实是刀子口豆腐心的人家。并且我也深深地知道，高速公路的建设虽然是对那力村本身造成了损失，但它的建设，是在国家战略层次上的，一旦开通，巴马将与桂中、桂东地区快速连接，并接上广东高速路网。这对于闭塞的巴马山城而言，意义是十分重大的。退一步来说，这条高速公路的开通，对我们常年在广东务工的人，也是缩短了故乡的距离、亲情的距离。所以，瞅住我回家探亲的机会，石材开采商和村里一位有亲戚关系的队干找上门来了。当得知他们来找我，在鸟嘴山下有耕地的村里人，还有一些看热闹的人，也跟到我家里。不用说客套话，我把耕地的实况和开发商说了，并且要求他们确保条约的履行，即公路建设完毕，不再开采石材时，必须清理现场碎石，把耕地的耕作条件恢复到原样。这是他们在未找我之前就已自先写在协议书里的条款，所以我有必要着重谈这一条。虽然这个难度非常大，因为一座山炸下来所掩埋的耕地，想要恢复原样，那是不可能的，但既然他们已自先在协议书里这么写，这也正是村民最需要的，所以我就按协议书说的和他们说定了。开采商也对着协议书保证，他们一定能做得到，并且答应只要签约成功，立刻把征地补偿款打给村民。接下来，我也对村里人开导了这条高速公路的意义，希望大家支持公路建设部门，把协议签了。说着，我就在协议书上签了名。二姐见了，也当场让我代签了她的那块地。其他村民于是也一个一个地把名字写在协议书上。也许他们还听不明白我说的大道理，但他们质朴的心依然没有太多的算计。就是这些质朴的心，让高速公路建设中的一个大难题，由一块难啃的骨头变成了一块香滑的豆腐。

采石商和队干如释重负般地走了，刚刚签完名的人也不再纠结了，也似乎完成了一项压在心底里的重要的工作。除了几个有事要忙的人，其他的都留下来和我吃饭，聊家常。当然，聊得最多的还是村里的路。他们从最初的穿村大路聊到岩滩建设公路，聊到大巴二级公路，再聊到即将开通的高速公路。在他们的眼里，那力村似乎都是与公路有没完没了的关系。他们甚至开玩笑说，会不会有一天，飞机场也开到那力村来呢？

由于常年在外，我对这条贺巴高速公路的具体走向不是很明白。那些在网上公布的线路图不过是标注大方向而已，至于穿过哪座山，跨过哪条河，经过哪个村庄，我是无法知道的。从乡亲们的聊天中，我才知道，这条高速，竟然都途经重屯、石湾、那力三个与我生命息息相关的村庄。我的血脉居然和一条高速公路交融在了一起。这对我来说，是不是一个天意呢？我看了看挂在墙上的爸爸的遗像，似乎要从他那里得到答案。爸爸没有对我说什么，只是对我微微地笑着。

来　去

来去，原名黄忠发，壮族，巴马民安人，现居广东佛山，广东省作协会员，佛山市文学院副院长，长期从事地方志、年鉴编辑工作。

房屋志 | 来 去

　　爸爸55岁那一年，修建了他一生中最具标志性的房屋。

　　房屋是砖瓦结构，一共三间，它依山而建，前面是空旷的田野，两条小河从田野的远处缓缓流来，然后汇在一起，再从田野的另一头悄悄隐去。入住这间新房屋时，爸爸掩抑不住满脸的兴奋，全身上下都洋溢着幸福。他和妈妈对搬进屋里的每一件家什都非常认真对待，总想给它们在新屋里找个最适合的位置来摆设。好像只有这样，才对得起那些长期没有地方摆设而放在露天中日晒雨淋的物品似的。

　　在修建这间砖瓦房之前，爸爸和妈妈已经修建过五次房屋了。那些房屋都是在我没出生之前修建的。除了最后一次搬离的那一处，其他四处房屋的具体位置我并不知晓。在那我不知晓位置的四处房屋里，爸爸度过了他风雨飘摇的半个人生。我多次无意间从村里长辈们的闲聊中得知，爸爸娶了妈妈之后，才正式有了自己的小房屋。因为在那之前，爸爸没有固定的住处，一会儿是在爷爷那里住，一会儿在叔公那里吃，又一会儿到堂舅公那里搭铺。娶了妈妈之后，爸爸从山上割来茅草，借靠着一个乡亲的墙壁，搭起了一个茅草房。当时，和妈妈住进了属于自己的小天地，爸爸才算真正地拥有了家。从那以后，爸爸随着居住的需要，一次又一次地换着位置修建他的茅屋。爸爸在不停地修房之中，和妈妈携着手，风一程雨一程地营造他们的人生。我们兄弟姐妹几个就是在他们不停地搬家和跋涉中，一个一个地在茅屋里出生的。

不停地迁址建屋，对于爸爸来说，虽然很辛苦，但却是他一生中难以磨灭的酸涩和幸福之旅。爸爸是奶奶在一个山洞里生下来的。除了一堆杂草，爸爸来到人间第一眼看到的，就是满眼的石头。当时洞口正刮着凛冽的寒风，呼呼地响，之间还杂着一些枯叶和草絮飞进洞里来。就是那呼呼的寒风，让奶奶落下了病根，所以没等到爸爸会叫她一声妈，就撒手西去了。最无可奈何的是，当时正值壮年的爷爷因为生活贫困而续不了弦，只好到邻村的一户人家去入赘了。也不知是什么原因，爷爷没带走爸爸。爸爸因此成了真正意义上的孤儿，从小就过着吃百家饭的生活。他那孤苦伶仃的身影，常常在村里的夜色中飘忽不定。所以，相对于北风凛冽的山洞，拥有一间自己双手搭建起来的茅屋，并且能在自己搭建的茅屋里生儿育女，对爸爸来说不能不说是幸福。

然而，茅屋毕竟是茅屋，它不能抵挡寒冷对爸爸的夹击。一个寒冬腊月的夜晚，爸爸挡在门口撕心裂肺地呼叫着，用尽所有的力气和寒风搏斗，企图把寒冷阻止在门外。可是，爸爸的用尽力气也抵挡不过寒风的咆哮，所有的努力终究归于无奈，他的第一个儿子还是在妈妈的怀里随风而去了。接下来的几年中，又有两个女儿在茅屋里降生不久之后就匆匆地走了。爸爸的悲痛不言而喻，自己修建的茅屋竟然成为三个儿女从天界到人间所停留的一个小站而已。而三个儿女的匆匆人生，都是和奶奶一样，被寒冷带走的。所以，在一个又一个的悲痛过程中，爸爸意识到，寒冷依旧是他最大的威胁。面对这样的威胁，爸爸没有退缩，或者屈服，他继续用他的脊梁顶起他的家。最后借助分田到户带来的转机，在自家的责任田里打滚几年后，爸爸终于把茅屋变成了一间更坚实更温暖的砖瓦房。

这个砖瓦房对爸爸来说，在他一生中具有代表性的高度。在拉拉扯扯的生活中，爸爸居然能一块砖一片瓦地让一间砖瓦房在村子里众多的茅草屋中脱颖而出，这在日出而作日落而息的山村里已是非凡的创举。然而，爸爸的双手并没有止于这个砖瓦房，他的双手仍然紧紧地跟着他的目光，不分昼夜地在家里进进出出，为打造一个更丰美的家奔忙着。

爸爸亲手盖起了砖瓦房，并不是要我们在里面安稳地度过一生，相反，他却非常强烈地要我们离开它。而要离开这个房子，就得有离开的方法。爸爸的方法，就是把我们推上了上学读书之路。爸爸的这个举动令村里的人感到惊奇，甚至在心底里讥笑爸爸不知天高地厚。但是爸爸却用他冷峻的目光，穿透风雨，瞄准他的目标，送我们出发。

其实，供两个儿子读书，爸爸力不从心的感觉常常一不小心就会暴露出来。每次一听到学校要收什么什么费的消息，爸爸和妈妈就会手忙脚乱一番，他们要么是把刚开始长膘的猪卖了，要么到山里转来转去，捣一窝蜂蛹或挖几根野淮山到城里去卖，凑钱让我们带去学校。我上高三那年，弟弟正上初二。那年田里的光景不好，家里没什么底子。所以，两个学校的缴费通知书，像两座大山一样，从我们家的屋顶压下来。开学前两天的晚上，我和弟弟听见爸爸和妈妈在低声地商量。爸爸说："把家里的母牛卖了。"妈妈说："把牛崽卖了就行了吧，没了母牛，犁田耙地怎么办？"爸爸说："牛崽还太小，不值钱。"妈妈沉默着不说话。爸爸也沉默了一下，才缓缓地安慰妈妈说："就一年而已，明年牛崽就可以拉犁了。"妈妈看了看爸爸一眼，说："去和学校说一说，学费缓点交行不行？反正不会少他们的。"爸爸说："我去说过一次，不行的。"妈妈说："哪有一说就能说得通的？再去多说两次，说不定能行呢。"妈妈还试图避免卖掉耕牛。爸爸吸了一口气，然后轻轻地说："去求多两次，也许真能缓的，可是那样的话，我们的儿子在学校就没有念书的底气了。"妈妈听了，再也没有说话。第二天，我们家那头和爸爸风雨相伴的老黄牛，被一个牛贩子用一根粗壮的麻绳牵走了。对我们家田间地头已十分熟悉的老黄牛，被拉走时还三步一回头地望着爸爸，望着在牛栏里"哞哞"的小牛崽。

我和弟弟各自拿着学费到学校去了。我到学校待了两天后，就带着没有缴上去的学费回家了。想不到我刚前脚踏进家门，弟弟后脚就跟了进来。我们四目相对，就心照不宣地一起往柴房走去。我还没说话，弟弟却先说了。他说："哥，明年你就要考大学了，我再读书的话一定会影响到你，还是我退学吧，这样你能好好上学。"我说："不行，要退是我退，我好歹都是上高中了，能出去找工作了，你还小，在家帮不上什么忙，再说你初中都没读完，什么都不懂。"我们就这样争了起来，争了好一会儿也没争出个结果。突然，我们身后响了一个声音道："好吧，你们都不用去上学了，让我去吧。"我和弟弟吓了一大跳，原来爸爸已经站在我们身后好一会儿了。我们连气都不敢出，呆呆地望着爸爸。爸爸也没再说什么，只是对着茫茫的田野大口大口地吸烟。爸爸的话，爸爸的神态，让我和弟弟放弃了争吵。从此，我们就算一步三摇地在求学路上艰难跋涉，也不再轻言弃学。

爸爸万万没有料到，等我们念完书出来后，国家已彻底取消了分配工作的制度。在突变的就业制度中，学生、学校和社会还没有相互磨合，很多学生一出学校就失业了。而这个时候，爸爸当年盖起的砖瓦房，也由于年久失修而岌岌可危。雨水已经能够毫不费力地从房顶上的瓦片间落到家里的床上，老鼠们更是和寒风结伴，在墙洞里肆意地奔跑、尖叫。看着我们失业，看着曾经引以为傲的砖瓦房破败不堪，爸爸的精神没有了一丝光华。特别是那些当初讥笑爸爸送我们进学校的人，更认定了爸爸当初的行为简直是个疯子之举。面对这样的黑暗和打击，已是古稀之年的爸爸再也没有力量挺起他的脊梁来支撑他的家了。他摇摇欲坠，只能用双手紧紧地抓住已经干瘦无力的年纪，任由日子拖拉着他向前走，几乎不作挣扎。

爸爸是被意想不到的黑暗和干枯的年纪吓晕了，竟然忘记了我们身上流的是他的血。流着爸爸的血的我们，是不会被困难吓倒的，并且能在逆境中不屈不挠地奋斗。果然，在经过几年的社会洗礼和打磨之后，我和弟弟在离开爸爸 1000 公里之外的一个沿海城市站稳了脚跟，并且很快就把爸爸的那个砖瓦房打掉了，在原址上建起了一座三层的楼房。这个楼房是不必要爸爸亲自劳动他的双手了，但在人们的眼里，爸爸才是它的真正的建造者。

建房子那年，爸爸已是 75 岁的老人了，他已挑不起担。建房的人全部是我们请的工人，无须爸爸动手。可是，爸爸还是分分秒秒地在现场，他的手东摸摸，西摸摸，一会儿搬一块砖，一会儿给石灰池加点水。总之，他就那么无时无刻地转来转去，似乎要把自己融到那些建筑材料里一样。请来建房的人中，有一个年轻的工人觉得爸爸在现场会影响他们做工，并且不安全。有一次他忍不住对爸爸说："你去休息吧，别在这里乱走，不安全……"可是他的话还没说完，就被他的师傅制止了，他对年轻工人和几个拍档说："老人家有这一天不容易，让他转吧。"几个工人听了，似乎明白了老师傅的意思。于是，后来任凭爸爸怎么转来转去，怎么动这动那，都不说他了，爸爸对他们做工有妨碍时，他们也小心地绕过爸爸。两个月不到，新房子终于建好了，里里外外都做了装修。对我们来说，房子虽不是什么好房子，但爸爸却把它当成宫殿一样来看，天天拿着扫帚，从楼上扫到楼下，从屋里扫到屋外，不放过一粒尘埃，把房子侍候得干干净净的。他甚至时不时跑到三四里外的对面山坡，远远看着新房子紧紧地背靠着绵长的山脉，安稳地立在村头。

看着家里的境况经历了个咸鱼翻身的神话，爸爸犹如在梦中游历了一番。特别是我们又相继在大都市里成家安居后，标志着爸爸的根扎进了时代的新土壤中。从一个寒风呼啸的山洞里，到把根枝延伸到处处洋溢着现代化气息的都市，爸爸成就了他一生中最完美的大手笔。

坡月，远吗 | 十 月

远，不是因为地理空间之远，而是近在眼前却心不领神不会；近，不是因为身居其中，而是心领神会。在这里，人的周身都是通道，空气、水、地磁自由穿过，交流着身体里的气息，把体内的污浊荡涤。在这里，人与自然亲，人与人近……

——题记

一

太阳落坡月上山——接连不断。

这是一句歇后语，也是我未到坡月前对坡月地理空间和物候时间的一种假想。

想象中，"坡月"是这样一个村子，躲在山坡高处，坡连着坡，月朗星稀，天远地偏。

足及后，才发现坡月偏得幽静，远得清凉，模样倒不生分，还有那么一点儿距离之美。

这感觉缘自1992年那个多雨的夏天，我们一行七人，下乡到平洞，为赶到勤兰，不得不冒雨辗转坡月。从一个叫坡林的地方出发，穿过坎坷不平的山道，经卡超、过了卡，连滚带爬到坡月。

一路，挟风带雨的云雾俯拾树梢，晶莹的雨点散落到头顶身上，一撮撮凉意加剧行进的孤寂。

143

沿路爬山梁、穿丛林，虽没有山石坠落的担心，却因为雨中行得艰难，目光无暇顾及周边景致，以致一路满是落寞。因此，抵达坡月时，心情豁然开朗。

雨中的坡月，山色空蒙，烟笼雾锁，乍是苍老、清净。看不清村庄全貌，盘阳河奔腾的声息，强烈地冲击着耳际，反衬出村庄的静谧。小村、古桥、流水，古朴、简淡、安然。古石桥苍老、孤单，横亘数百年，坚守一种姿势，仿佛守候一个羁旅。桥头站立一棵古榕，与古桥相伴，同候远方佳人，撑着一把雨伞，款款而来。浪漫的联想，并不能带来多少轻松与欢愉。相反，苍老、清凉的古驿站之感迎面袭来，我仿佛听到了瘦马走过的声音，还看到了挥手道别的景致，李叔同《送别》的歌词雀跃心田，随之而来的还有困顿与饥肠辘辘。

伫立桥头，心已走远。河面的水汽，让人想到炊烟，加速饥饿。此时我感觉浑身都张着觅食的小嘴，像雏燕期待食物，亦如长满渴望充饥的眼眸。而真正的眼眸，再好的风景也会视而不见了。我们像一群寻食的狼群，四顾茫然。亦如寻找驿站和出路的羁旅，没有马匹相随，只有落寞逼近。徘徊一阵，我们搜索冒着炊烟的小巷和村落。进到村子，所见的多是农家房屋，行人稀少。省道当街道，坑坑洼洼。车辆稀稀落落，空寂得乏味，冷寂得吓人。雨水与泥土混合散发的腥味，一波一波地撞击着鼻腔。我和同事找到集市，坐在一个"一"字排开的米粉摊上，叫上了鱼仔粉，狼吞虎咽，特别鲜美。集市的亭子是一排盖着瓦砾的木架构筑物，雨水滴答在屋顶和马路上，溅起点点水花。因为不是街日，加上雨天，集市十分冷清。即使如此，累苦之后，还能避雨吃粉，备感阔绰与快活。

东西下肚，话匣打开，坡月的一些小故事，开始在雨夜中活跃。摊主说，古时，坡月是一个驿站，会有人马留宿，次日再奔走他乡。因此，坡月的这个集市很久以前就存在。如今，三天一街，一天热闹两天安静，一天摆摊两天下地，亦农亦商的生产生活已有些模样。整个巴马，除了龙田村，就是坡

坡月，远吗

月村了。一到街日，巴马、凤山、田阳、凌云、乐业等地的小商小贩就涌入这里，如果不是雨天，亭子之外的省道也成了街市，会有农人在路的两边摆卖土特产。村头是牛马交易点，算是山里人的劳动力市场。为了买到一匹好马，有人不惜请相马师傅专门物色。在山里，牛马是最出色的劳力，是农耕文明最具说服力的群体，农家富庶旺盛的象征。有了它们，不担心荒芜与饥饿。而坡月，一个小村落，有着它们，意味着人与村落会有更多的交集。有了交集，村落兴旺就会有时。

今日不是街日，集市边的小巷空洞无物，钻进去，没什么声息，周边的房屋不完整，屋顶预留着空间和向往。完整的部分是深褐色的瓦砾，老式的农家瓦屋，炊烟从瓦缝中溢出，像人们饱食后打的饱嗝，偶尔传来一两声潮湿的鸡鸣。一些农家门前，晾晒渔网，有的网上还滞留着水藻和鱼鳞。集市斜对面的屋檐下，老人悠闲自在地削玉米，黄澄澄的玉米粒泛着暖意。两个小孩在玩小石子，用一颗小石子向另一颗小石子打去，不中，再打，石子相碰时发出轻细的脆响。刹那间，他们手下的轻松与休闲，竟令我的心震了一下，周身洋溢着一些惬意。好一幅晴耕雨读的农业文明景致。

再往里，是通往百魔洞的小道，泥泞得很。越过几间屋子，便看到一岸道，这是村民与河流交流的便道，男人们下河撒网捕鱼、女人们下河浣衣的河口，也是人们下水游泳的地方。沿岸是密密匝匝的竹子，网一般护卫着河岸，也护卫着岸边人家。如果河水不暴躁，真想跳下，洗却一路的劳顿，扰乱"一片月"，激起"捣衣声"。然而，此时月亮躲在高坡上，捣衣声呢，也得待在天晴之后。只好把戏水的意想，洒在停靠在岸边的竹筏上。

坡月有小集市，有盘阳河、古石桥、洞穴，看似寂寥却饱含着意蕴与希冀，充满着期待和向往。只是无法确知在什么时候，它们将发生什么样的变化，或许这就是当下与未来的距离。

那一夜，宿坡月，没看到月亮，只听到泉水奔涌的轰鸣。

二

关于"坡月"的含义，问了几个村民，他们也说不准到底是什么意思，查阅巴马地名集也找不到答案。继续追问，有好几个版本。有的说是山坡下一个小集市，有的说是坡连着坡的山窝窝，就是没有人提到月亮。后来有人说到了月亮，还是因为一个山洞。说是在山洞天坑里往苍穹瞭望，能够看到明月高照，美若仙境。说的山洞就是百魔洞。还有的说躺在岸边古榕树上，听地下泉水涌，聆渔夫撑着木筏划过水面的声响，颇具韵味。说的水是盘阳河。

老实巴交的农家人乐意谈洞言水，而且说得如此传神，此洞斯水一定不错。

在坡月，背靠山坡，面朝河水，山里藏洞，山脚涌水。巴马母亲河——盘阳河于此洞开三个口子，喷涌而出，而后时而潜入地下，时而浮出地面，像调皮的孩子。百魔洞，洞上加洞，洞中有洞，洞内歧路多，游程可达万米。洞中有天窗，洞边有曲折小路可攀缘而上登临"天窗"。洞中景物随季度变幻：盛夏，洞顶岩泉下渗，滴答作响，从洞中溢出的泉水与潜流到此的盘阳河伏流在洞中交汇，泾渭分明；秋冬，洞内潆流碧潭，回清倒影；春季，洞内洞外繁花似锦，鸟鸣泉唱，交相辉映。而洞内那些千奇百怪的钟乳石，在洞中散发着水雾，显得奇峻诡丽、变幻莫测。诡也，奇哉。

山水于此出神入化，必然引人前来探秘猎奇。

1987 年，中英岩溶地质专家组成联合探穴队，对百魔洞进行为期九天的探险考察，被洞内具有独特性、典型性、稀有性的扁状钙化堆积物以及多层溶洞立体分布遗迹、巨型穴珠遗迹和河流连续穿洞遗迹所震惊，一致认为该洞集天下岩洞之美于一身，遂将其赞为"天下第一洞"。从此，坡月因百魔洞声名鹊起。

因为百魔洞，我再次来到坡月，那是 1993 年。我和环保办同志一行四人在洞中行走，小心翼翼，步步惊心。密密麻麻的钟乳石，千奇百怪，形神兼备。我为大自然神奇造化和鬼斧神工而惊叹之余，也因大自然如此的慷慨与恩典倍感幸福。与之相比，人类所谓的巧夺天工，只能是夸张的词语了，同时也暴露出人类在大自然面前心虚与愚笨的一面。大自然把如此壮美的东西放到坡月，不用太久，坡月就不会如此清静了。

那一夜，宿于临水农家，睡得很沉。只是坡月的秋月特别明亮撩人，凌晨五时醒来，夜洒一坡月光，我误为晨曦，睡都不安了，便痴望着窗外的月光出神。突然想起坡月这名，到底是谁起的，难道就因此而得，是不是太诗意了。六点钟的时候，村姑早起担水的声音开始穿窗而来，随之而来的还有渔夫撒网的水声。于是，迅速起床，打开房门，来到河边。哗！河面泛着晨雾，像轻纱笼罩，几只白鹭徐徐飞翔岸边，加上撒网的渔夫、挑水的姑娘，仿佛一幅精美的秋晨图画。

我无意成了这幅画中的元素，这一次算是靠近了坡月。

好像也是那年，因有集市，坡月成为全县第一个着手规划的村镇。然而规划的主题是集市和村庄建设，旅游景观规划并没有作为主题和重点来进行。当地人对村镇规划建设的期待就是市场、交易、赚钱，改变贫困落后面貌。一位村中老人告诉我，坡月堪称"巴马小香港"，除了生意人、商贩，还有一些游手好闲的人也聚集于此。听这番话，我有些惊讶。专门进行村镇规划的同志，把一个小村落当作集镇来进行规划，应该说也算是长远的啦。然而，当时人们满脑子谋划的都是农业、商业，服务业是鲜有的，旅游业嘛只是简单提到。百魔洞在人们的眼里，只是一个自然溶洞，顶多就是一个奇怪一点、好玩一点的洞；盘阳河呢，也只是一条河，一条可以为农业生产、农家生活提供水源的河流。人们并没有发现其旅游观光的更多价值。至今想起，此种观念实在落后，但也有着一种持重味道。

什么贫穷、落后、偏远？究其原因，归根结底就是理念和观念问题。观念的封闭、思路的狭窄、眼界的短小，都把一切希冀阻挡在大山之外，自个儿在狭小的天地还自得其乐地落后。以封闭狭窄的理念规划理想目标，怎么能够指导长远和未来？

观念落后，一个地方的规划还没建设就落后了，规划一落地建设就是破坏了！人类小看大自然的时候，大自然也在小看着人类。人类对大自然不敬，大自然也会对人类不敬。人类繁衍生息的第一法则就是学会与大自然友好相处。

三

别有洞天处，山水待人来。让坡月不再偏远的，是山，是水，是洞，还有许多因为这山这水这洞从四面八方来到这里的人。大概是2008年开始吧，坡月如磁铁一般，吸引游人蜂拥而至，"候鸟人"接踵而来，络绎不绝。坡月从此着了魔似的变化。

这磁力和百魔洞有关，和山坡有关，和空气有关，和盘阳河有关，和月亮有关……

挨着百魔洞，就挨着无限风光，一年四季有享不尽的清风明月、负氧离子、地磁，这些被吸引而来栖居的人，人们称为"候鸟人"。他们成为另一道风景，流动着，在坡月，在洞中，在路上，也在水边，熙熙攘攘。

百魔洞流出来的水，清澈可鉴，冬暖夏凉。一出地面就盘阳而去，成为盘阳河。洞整日面水，亮底色，展身姿。水边和石缝里特立独行的榕树，仿佛绝色女子，站在 T 台上，毫无轻佻地摆弄身姿。和百魔洞、盘阳河水、负氧离子、地磁、远红外线等一起，组成看得见或看不见的风景，让每个来到坡月的人贴心贴肺，没有距离感。

有一群这样的人，提着水桶水壶，到洞口去汲水，他们神化了百魔洞里流出来的泉水。晨起第一课就是汲水，讲水和长寿养生的故事。然后到洞里吐纳吸氧，有的打坐，有的起舞，有的做操，讲负氧离子与长寿养生的故事。还有这样的一群人，徜徉在盘阳河岸上，有的挥剑，有的练拳，以各式各样的动作靠近山水，与自然交流。

地磁、负氧离子、远红外线等，这些我们肉眼根本无法看到的东西，却无时无刻不在调协着人体的机能，让人感受到生命躯体的存在。

很多人来到这里，都有一种感悟："来到这里，才感到什么叫沁人肺腑和沁人心脾。"

空气、水和地磁，让人感觉到全身毛孔张开着，把体内的污浊荡涤得干干净净。坡月的魅力，除了百魔洞和盘阳河水，还有一些无形的魔力，那就是这些看不到的吸引力和神秘的磁力。不少人注意到当地除了特殊的山水地理环境，现代楼群紧裹下的根本与真实：长寿老人的生活起居的简朴、素淡、自然，为人的和蔼、仁爱、忠厚、朴实，心态的平和、豁达、乐观、开朗。

来到这里栖居养生的"候鸟人"，把自己在这里养生的体验告诉给自己的同事、朋友和亲人，他们的同事、朋友和亲人，然后一传十，十传百，坡月因此就越来越魔幻起来。他们来了，在水边山边租着农家房子住，每天进出百魔洞和徜徉盘阳河边养生，给自己换气、提神。

常听到人们讲关于巴马的故事，高血压、糖尿病、痛风、心血管疾病等病痛，在这里待上一段日子就神奇地好了。对这些神奇的事，人们总觉得玄乎其玄，看不见摸不着的。有专家从自然医学、地磁学、负氧离子学、小分子水学等方面分析。不过，我自己有一种更直观、形象、简单的想法，就是置换。在大都市里生活的人群，他们来到这里，脱离了长期呼吸的污浊空气和饮用的劣质水源，取而代之的是巴马高含负离子的空气和纯净的小分子团水，久而久之，精气神肯定就不一样了。

有专家说巴马无论地面、溶洞，还是长寿群体，都是大自然中最具有魔力的魔术师——水的杰作。这水，得益于特殊的地质结构、特殊的矿产资源。而这里的负氧离子呢，被称为空气中的"维生素"和"长寿素"，也有一些得益于水与岩石的冲击。还有其他气候资源，各有各的说法。

我自个儿肤浅地思考：脱离了俗气，就有诗意；置换了蚀气，就有精气。人大体就是那么回事，靠着气血运行存活的。由此建构人的精气神。这是老祖宗的中医气血学。气清血净，则生命健康。空气、水、地磁、阳光等自然存在物，因其特殊的地理环境，造就了它们的独特品质。栖居于这样富于个性和品质的环境之中，人不被感染也说不过去。正是这样的机理，"候鸟人"就多了，坡月就拥挤了。

有人作过粗略的统计，每年大概有数万人次的"候鸟人"栖居坡月。多是慕名前来的，大都对养生感兴趣，再就对百魔洞的魔力神往。"百魔"虽源自壮语"泉水口"的意思，但因洞之神奇魔幻，人们都认同百魔的汉语用意。在百魔洞口，我看到几十位老人，南腔北调，他们穿着黄绸体育运动服，早晨打水和操练太极拳，傍晚伴着河水唱歌起舞。还有的坐在榕树下，讨论养生心得。

在坡月街头大榕树下，我寻思坡月除了山水，到底还有什么可以观瞻的地方。一位老人告诉我，当地有一个寺庙和一块古匾。寺庙叫武圣寺，就在村里，只让男人不给女进。据说武圣寺是纪念关公的寺庙，坡月人尤其是生意人大多崇尚关公，称之武圣人、财神，常常香火萦绕。古匾雕刻有"誉重一乡"四个大字，我好奇于到底是谁何德何能，名望如此之高，故当即前去探访。古匾珍藏在黄焕福家中，上书有"誉重一乡"四个正楷大字。是清朝光绪十九年（1893 年）十一月，广西全省提督学政赵以炯受朝廷之命，为当时的武生杨茂宣所题写。赵以炯，贵阳花溪青岩人。清光绪五年（1879 年）中举人，光绪十二年（1886 年）成进士，参加殿试获一甲第一名，成为贵州省状元及第，夺魁天下的第一人。光绪十七年（1891 年）年任广西提督学政。提督学政，是由朝廷委派到各省主持院试，并督察各地学官的官员。中国古代设官分职，有文、武两途之分，也有文武合一，文武并进。清代文武科举，皆始于童试，继而乡试、会试，终于殿试。通过各级考试者，相应取得文武生员、举人、进士出身。武举童试亦分为县试、府试、院试三级，外场试弓马、技勇，内场试策论、《武经》，三级考试合格取进者，得名武生员，简称武生，俗名武秀才。由此可知，坡月人杨茂宣当时接受此匾时是个武秀才，其内场理论知识考试与外场技能比拼均赛过群雄。这让我对坡月颇有几分景仰。

一直在想，武圣寺与武秀才有没有关联，但没有谁能够具体地告诉我，我也没能深入探访，不能妄言。但从其精神基质与内核来看，觉得不是一点联系都没有。在动荡不安的岁月，需要武秀才来保家卫民。在和平的年代，需要战士守护安宁。然而，在家国和谐安宁的环境里，人类如何控制自身的欲望，守护内心的那份节制、自律，确保人与自然的友好、人与社会的和谐、人与人的友善，这太重要了。

如今的坡月，旅游业、商业、旅馆餐饮业等第三产业蓬勃发展。我们也看到了每个人面容里的喜悦与荣光，同样也看到其他的一些东西也正在变得让人有些不自在与难以揣摩。

四

如今的坡月村已经不是传统意义上的村了，"候鸟人"越来越多，房子越建越高大，人口密度不亚于一座城市。

人挤，楼房跟着挤，空气应该也会拥挤的吧，但人还是络绎不绝地挤进来。然后，盘阳河咆哮着怒吼着，源源不断地给他们输氧。

"候鸟人"和游客奔着百魔洞和盘阳河而来，房地产商奔着"候鸟人"和游客而来。人多了，就有人动心思要建楼房，有的租住，有的买住，有的不租不卖就是建，建做什么，还是给人住。人多，大自然也就不那么自由了。

百魔洞周围的"候鸟人"聚集起来越多，越吸引大集团前来投资，学校、医院、邮政、银行等基础设施逐步完善，给这里带来了前所未有的发展机遇，为坡月的宜居性增加了不少分值。然而，增加的部分一旦不能很好地尊崇大自然、顺应大自然，那后来的减分必定会越来越多。

现在的坡月，楼房越来越多，爱怎么长就怎么长，随意里裹着现代，率性中夹着冲劲，越长越高，欲与山坡试比高，可是呀，千万别缺少自己。说心里话，人们是不太欣赏如此张扬的成长态度，就像不太欣赏一个没有气质个性的人。其实高与矮都不是评价一个地方好坏的标准，关键是它要长成什么样子，长得像不像它应有的样子。在坡月，房子应与山坡、月亮相呼应，与百魔洞、盘阳河相匹配，与古桥、流水相协调，与前来旅居养生的"候鸟人"需要相适应。

建一幢房子，内心只有地块的面貌和房子的模样，至于房子的周边环境、所处的地理位置与周边的关系，都没有进行系统地考虑，这样的房子肯定非常别扭。楼与楼相挨相亲，自然没了足够的空间，没有足够空中之氧。城市的拥堵，商业气息的浓厚，没多少闲散的时间，因此"候鸟人"一年的时间里，把更多的时间留在乡村里，待在千万里之外的百魔洞中，行走在勾起他们乡愁记忆的盘阳河边。人类花费巨资给自己构筑安乐窝，最终只用来寄宿，证明自己是一个客旅。所谓的安乐，还是回到大自然当中寻找与感受。而他们，又有多少对大自然表现出足够的虔诚与敬畏。

不尊重自然，一切成长都不会文明和谐。只把山水当作陪衬，甚至都不把山水放在眼里，那种成长必然不会太久长。即使大自然暂时让人亲近了，但最终会渐渐地想跟人们道别，或者即使不道别也不给人们那么好的脸色看了。人们越想跟自然的东西套近乎，自然越默不作声，甚至跟人们摆摆手。人们不满足于用眼睛欣赏，要用更多的钢筋、水泥、楼房等自然之外的东西加入其中的时候，大自然就不高兴了。人们想从自然里索取的东西太多，作出了太多不友好的举动，给大自然施加了太多的附属物，大自然就会转脸而去。

自然界里，每株小草、每块石头、每一滴水、每一只飞禽走兽，都是生命，它们都有表情，有态度，有想法。你不在乎它们，它们自然也不会在乎你。

坡月，远吗

　　从第一次到坡月的那年算起，迄今有 20 多年了。不久，也不远。可是坡月的变化出乎意料地快。现在去坡月，不是因为饥饿寻找吃的，而是为了寻找原始自然的呼吸，搜寻那个屋顶的瓦砾，还有那个静谧得快泌出诗意的村落，那一轮高悬苍穹的朗月，想走进去，找到当年的自己；再就是，进到百魔洞里，一来大饱眼福，二来大饱肺福，感受生命的气息与力量。如果还有可能，我愿意爬到屋顶瓦片上，和自然候鸟一起栖息，不怕炊烟，也不怕喧嚣，想待多久就待多久，鸟鸣心间。不是雨天的时候，月亮当空，有感诗兴，那坡月，便近在心中。

美丽宜居的达西屯 | 陆荣斌

一

那是上天遗落人间的一片净土，有着一个让人浮想联翩的名字——达西。

达西，看到这两个字会使你禁不住想问，那会不会是和一个名字叫作"西"的壮族姑娘有关？然而，谁知道呢！但她却如倾国倾城的美女一般让许多人不远千里慕名而来，甚至流连忘返……

达西屯，位于广西巴马瑶族自治县那桃乡平林村西北角，距离县城 12 公里，地处盘阳河下游南岸，与"惟仁者寿"的敢烟屯长寿文化源景区仅有一山之隔，与巴马镇赐福湖景区山水相依。全屯共有 36 户人家，总人口 150 人，区域面积约 1.5 平方公里，人均耕地面积 0.53 亩。农作物以玉米、水稻为主，经济作物有木薯、甘蔗等。达西屯处于丘陵和石山交错区，属亚热带季风气候区，年平均气温 20.4℃，相对湿度 78%，冬天没有特别冷的天气，夏天也没有难耐的酷暑，昼夜温差很小。

达西屯是一个以宗亲聚居的屯落，全屯居民都是汉族，姓李。达西屯李氏祖宗早先从广西南宁市西乡塘儒礼坡迁移而来。据达西屯族芳亭碑文记载，达西屯李氏是唐太宗李世民第 25 代孙李珠五子（金、木、水、火、土）之火德公及土德公的后裔。火德公 1206 年生于闽宁化石壁村，历任宋代节度使、关内侯等职。钟、王、伍、陈四大夫人育文龙、文凤、朝文、朝中植、朝美五子。火德公之曾孙千八郎曾在山东青州府为官，千八郎之曾孙李子佺元末明初南下征战南宁府（1368—1370），勋晋千户长，留守南宁宣化。解甲归田后定居可村（今南宁石西朗可），生仁甫、义甫二子。仁甫崇尚儒教，创业西乡三图一冬（位于左右江交汇处之三江口下游5公里牛扼滩下、郁江南岸河谷平原铜锣地，今南宁市西乡塘区老口水利枢纽坝址），取名"儒礼"。历15代，火德公之22代孙明泰祖携善儒、善传二子于清乾隆年间从儒礼坡移居现今的巴马县那桃乡平林村，善儒开辟达西，善传聚居坡葛，至今已200余年。

200余年间，达西屯人安居于这块美丽的土地，繁衍生息。晨起听百鸟啾啾，泉水潺潺；晚归看倦鸟飞还，日落西山。后来，善儒祖的后裔与儒礼祖村宗亲失却联络逾百十年，直到丙戌年（2007年）才在南宁寻得宗亲。第二年春天，儒礼祖村一行数十人来到达西屯与众族亲相会，看到达西屯群山环绕，奇峰迭起，青松翠竹，霜枫映红，清泉喷涌，湖光粼粼，景色迷人。聚居者乡音朗朗，民风民俗依然如斯，清雅而悠闲自得，恍若世外桃源。那时候正值巴马被列为"世界长寿之乡"，名闻天下，养生旅游业方兴未艾。儒礼祖村李尚先、习成、艺武（皆火德公之29代孙）欣然筹资，又得到友人孙崇教、孙振沛的鼎力加盟，又会合平林村坡葛屯李汉松（火德公之27代孙）、儒礼祖村李氏女婿李金华、苏振色，一起带领达西屯众族亲共建养生旅游度假村，并美其名曰"儒礼桃花源"。

二

达西屯居民虽是汉族，但在长期的居住过程中，与壮族的民风民俗逐渐融合。在节庆礼俗、人生礼俗、婚礼礼俗、丧事礼俗等方面，并无太大的差别。不过，最值得一提的是，在达西屯也有着一种奇特的习俗——补粮和备棺。

在巴马民间有这样的流传：人活过一轮"甲子"（即60年）以后，身体就会经常出现这样或那样的小毛病，这时候，子女们总会为老人的健康寿命问题而担忧，却不知所措。于是，为了让老人能安享晚年，子女们就请来道公或巫婆"坐禁"上天问"乜老"，要求给其父母延长寿命。"乜老"会告诉老人的子女们，老人出生时下放给他（她）的粮食他（她）已经吃得差不多了，生命即将终结。此时，就要用百家的米给他（她）补上就能长寿了。于是，子女们就请族上的亲戚们拿米、钱请道公择吉日为老人补粮。补粮可每年补一次，也可三年补一次，或者视健康情况而定。

从表面上看，补粮习俗虽然不免掺杂一些迷信色彩，但本质上，补粮和长寿有着密切的关系。百善孝为先。补粮就是和谐团结的表现，因为给一个老人补粮，是一件牵扯着宗族、亲家，甚至全屯人的孝事活动。它是一种子女孝敬父母的行为，是一种为老人祈求延寿的心愿。通过补粮，让老人看到子女们为他（她）的健康长寿所做的努力，让他们在心理上得到某种安慰，精神"粮食"得到真正的补充，坚信自己能延年益寿。补粮，在老人心中存有有病心不惧、无病心欢畅的念头，对安然养生起到了一定的心理暗示作用。

补粮时，要请道公选择吉日举行隆重的仪式。仪式上，子女儿孙们把准备好的粮食、物品放到补粮桌上，道公用寿咒把子女儿孙们献来的米、钱和延寿的意愿信息传度给受粮者，让其增粮增寿。同时，子女儿孙们都会唱送寿歌祝福老人身体健康、延年益寿。

送寿歌唱到："对那云来最十努，昙尼送寿介部结；送寿给爹君给乜，给铁安设千年寿。给铁寿来君寿代，千年万代否忧愁；对那云来最十努，昙尼送寿介部结。寿冷肥告肉彩驾，寿冷边达果肥树；送寿给爹君给乜，给铁安设千年寿。"这首用壮话唱的送寿歌，翻译成汉语言后，大意是："亲人面前妹开声，今唱送寿给老人；送寿给娘和给爹，安泰千年不老松。给他送寿常健在，千年万代不忧心；亲人面前妹开声，今唱送寿给老人。寿像高山擎天柱，寿像湖边千年榕；送寿给娘和给爹，安泰千年不老松。"

在有60岁以上老人的人家，不仅要给老人补粮，还要给老人备棺。所以，有 60 岁以上老人的人家，家中的堂屋或门侧一般都会置放着一副寿方（棺材）。这是家里的儿孙为家中的老人准备的，可以看作是晚辈们对老人尊敬和爱戴的信物，是晚辈们对老人健康长寿的一种祈祷和祝愿。

一般认为，这种备棺习俗有三层含义：一是子女们为老人解除后顾之忧；二是说明老人的子女有孝心，想老人之所想；三是辟邪。在老人们看来，上了年纪以后，就逐渐看淡了生死，只求死后有一副寿方能够栖身长眠。儿孙们为了消除老人的后顾之忧，使其能安享晚年，往往在老人的要求下请棺材木匠来家里制作寿方。老人天天看到为自己置备的寿方，习以为常，会常常忘却生死，逐渐形成了一种豁达、乐观的心境。在人们的意识里，寿方是一种吉祥物，寓意"官"和"财"，是一种良好的兆头。把寿方放置家中，毫无阴森、恐怖、不祥的感觉，反而使家人赢得亲朋邻里的尊敬。它可以向人们彰显，这是一个和睦的家庭，长幼有序，子女恪守孝道，家道兴隆，人丁安康。

达西屯人居住的房屋主要有土木结构的半干栏式建筑和砖混结构的平顶房。不论是哪种形式的建筑，都是依略有坡度的山脚而建，每座民居都力求做到通风、透光，房前屋后种有荔枝、龙眼、枇杷、芭蕉、板栗、番石榴等果树，同时也种有楠竹、凤尾竹等竹子。

达西屯的半干栏式建筑是达西人的祖屋，已有一百多年的历史，清一色的土木结构，墙体是用当地掺杂有微小颗粒的土坡上的土夯筑的，密实坚固，经得起风吹雨打。屋顶是用达西人自己烧制的瓦片遮盖着。为防止瓦片在风吹雨打时移位乃至脱落，屋脊上通常会压着一排火砖。正面的屋檐下，在每间房的隔墙位置，立着一根根木头，用以支撑伸出墙体的雕梁。屋檐的前端，钉有一块约 30 厘米宽的木板，用来遮挡风雨。这些半干栏式建筑一般都是两层三间式，上层住人，下层圈养牲畜或堆放诸如玉米秸、稻草、农具之类的杂物，中间用厚厚的木板隔着。在堂屋的两头，有房子唯一的两扇门——前后门。前门可以容许两个人进出而不必侧身，后门则比前门略小。从地面走上正门的阶梯是用一块块方形山石垒砌而成，两边设有木质的栏杆。在堂屋的正中央，两扇门的中间，用木板完全隔开，只在左边留着来往于前后门的通道。隔开的木板上，设有放置祖宗神位的神龛。堂屋的左右两间，是家里人的房间，通常每间屋子设有两个房间。两个房间只有一扇门进入，要进入最里面的房间，必须经过外面的房间。半干栏式房屋的窗户总是显得很小，固定有五根方形木头，每根木头的间距比一个成年人的拳头略小。而下层通常是没有窗户的，只设有门。这门不像上层的门那般有厚重的门板，只有五根可以活动的圆形木头，且每根木头的间距比成年人的拳头略大。这些可以活动的圆形木头，在把牲畜赶进屋里或放出来时，可以从门槛上的大青石板的凹槽里移开，过后再移回去。在离这扇门没几步路的正门阶梯下，有一根约一米七高的石柱子。据说，这根石柱子是达西屯祖上某位祖先拴马用的。关于这位祖先，达西屯没有人能说出个所以然来，只听说是清朝时候的武举人，当过官。这块石柱子的顶端本来是平整的，后来为了在上面方便架竹竿晒衣服，就凿了一个凹槽。

半干栏式建筑很好地体现了达西屯等无数南方先民的智慧。它们的存在，让居者安乐、平和。

当时间来到 20 世纪末，地处偏僻的达西屯人也开始学着外面世界的建筑样式，陆续建起一座座如鸽子笼般的砖混结构平顶房。它们的建筑格局，完全仿照了现代建筑的样式。门窗变得更大气，采光、透风效果达到了最佳理想状态。砖混结构平顶房的窗户一般都安装铝合金玻璃窗，门主要是涂有各色油漆的实木门和防盗钢铁门。砖混结构变得更加坚固，更加趋向于现今生活的需要了。依然不变的是堂屋正中央的墙上，必定设有安放神龛的位置。

在达西屯，可以吃到的特色美食，最令人垂涎欲滴的莫过于被誉为"巴马三宝"的香猪、油鱼和火麻了。巴马香猪是一种稀有的肉猪品种，也是世界上体形最小的猪种，由野猪驯化而成。因其体形小巧玲珑，毛色黑白相间，又叫"冬瓜猪""芭蕉猪""两头乌"。这种猪因为是野地放养，群体自由觅食，专门以菜、叶、根、果等为食，因此脂肪少，瘦肉多，且肉质细密嫩滑，骨头酥软，皮薄肉脆，味道鲜美，营养丰富。香猪肉可以白切，也可以烤，还可以腌制成腊肉，等等。据说，巴马香猪的饲养历史非常悠久，早在宋代就已作为贡品进贡皇室。如今，它更是成为每一个到巴马乃至达西屯旅游的人都想品尝的一道美味佳肴。油鱼是产自巴马盘阳河的一种鱼类，享有"水下人参"的美誉。因其全身脂肪丰富，文火煎煮时，无须往锅里放油，鱼身就会煎出油来，故被称为油鱼。油鱼是一种喜欢群栖的鱼类，个头较小，最多也不过 50 克。鱼刺也极细小，完全可以和鱼肉一起细嚼下咽。油鱼虽油却不腻，味道鲜嫩、甘甜、醇香，营养价值较高。关于火麻，当地人有句谚语："天天吃火麻，活到九十八。"由此可以看出，火麻在当地人的食谱中是必不可少的。以火麻为原材料，可以做出美味可口的"火麻豆腐""火麻菜汤""火麻粥""火麻油"等。这些食品含有大量的微量元素和丰富的不饱和低脂肪酸，据说，巴马当地人的长寿与他们常年吃火麻食品是密切相关的。

达西的风物远不仅于此，它们共同构成了达西屯美丽迷人的风情，让世人为之着迷，为之沉醉，为之惊叹。

三

置身达西屯，举目所望，除了晴朗天气或阴雨天气时天空的颜色，我能看到的，也只有绿色、蓝色、白色和黄色。绿色的是山峰和树木，蓝色的是湖水，白色和黄色的是充满现代气息的小洋楼和古朴简约的老民居。我能感受到的，也只有静谧、悠闲和自得。我和陪我同行的在乡政府工作的姚兄弟已不忍心大声说话，只悠然地徜徉于那些洁净平坦的水泥小径、鹅卵石小径，听风吹过树梢，鸟鸣于绿叶中。偶尔，会有三三两两的游人从身边悄然而过。不知不觉间，我们路过了那些掩映于绿树丛中的半干栏式老民居。透过稀疏的树影，同行的姚兄弟看见三位老人坐在一座老民居的门口聊天，就建议我过去走走看看，顺便和老人们聊一下。三位老人看见我和姚兄弟走过去，都停住了话头，个个笑容可掬地望着我们。看见我举起相机对着他们，其中一个较年轻的奶奶用壮话对我说，照吧照吧，帮我们老人家照几张吧！她的壮话我是能听懂的，因为口音的差异，我怕他们听不懂我的壮话，就学着他们的口音和他们攀谈起来。

从聊天中得知，较年轻的老奶奶是来串门聊天的，她今年85岁了。较年长的一位老爷爷和老奶奶是这家的主人，一个91岁，一个94岁。看上去，身体都还很硬朗，而且非常健谈。我问他们这老房子里是否还住着其他人，老爷爷告诉我，除了他们两老，已经没人住了，儿孙们都建有新房并搬过去住了。他们舍不得离开老屋，说是住着泥瓦房习惯了，不习惯那些平顶房。老爷爷继而笑呵呵地问我，你是读过书的人，你知道吃什么药能长寿吗？我笑着摇摇头，随后却还一副什么都知道的样子，说，多锻炼，多吃玉米粥，还要保持乐观豁达的心态。老爷爷说，你说的这些，这辈子我都是这么过来的，我就是想知道有什么药能让人吃了长寿。老爷爷说完这句话，又忍不住哈哈哈地笑起来。我说，阿公，看你这体格，活到百岁完全没问题，哪还需要什么不老药哦。老爷爷依旧笑呵呵的，似乎很执拗，说，我不仅要活到100岁，还要活得更长久呢！这时，那个较年轻的奶奶对着他插过话来，他可不想死呢！我觉得有些不可思议，都说人活到60岁以后就看淡生死了，这位老爷爷都91岁了怎么还怕死呢？较年轻的奶奶似乎看出了我的疑惑，接着说，不要说他，我们也都想活百岁百十岁呢！你看看我们屯子现在这么好，生活过得这么舒适自在。哪像从前，人们一出门走的都是泥巴路，住的都是老旧的泥房，房前屋后还到处是牛粪，我们老人家出个门走走都怕摔倒。年轻人常年都在外头打工谋生，在家种这点田地哪能填饱肚子。现在好了，屯子里的路都铺上水泥了，也建起了一座座漂亮的平房，屯子里的青壮年劳力都回村里打工挣钱了。

屯子里的青壮年劳力都回村里打工挣钱了！从老奶奶嘴里吐出的这句话透出了多少自豪和满足。是的，达西屯的年轻人不用出远门就能在家门口打工挣钱，这得益于全屯老少集体讨论决定，引进原籍南宁市西乡塘区儒礼村的李氏客商，紧抓巴马长寿休闲养生旅游风生水起的良机，以屯内优美的生态环境资源为资本，采取"公司＋农户"的模式，以村民集资、招商引资及投工投劳等方式建设儒礼桃花源度假村。

在达西屯一队李队长的家门口，我们见到了儒礼桃花源度假村的负责人李总。当被问起在建设儒礼桃花源度假新村过程中的一些做法时，李总说，简单地讲，也不外乎 12 个字——依靠村民、因地制宜、合理规划。你看看这些地板砖、这些水泥路、这些树木，都是我们公司出资购买材料，然后由村民投工投劳铺设、种植的。我们在进行新村建设时，非常注意对原有生态的保护和利用。比如那些草坪，很多都是原有的植被，我们只不过是在原有的基础上补种一些草坪，使其显得更平坦，更美观。那些大树，都是原先就生长在那里的，我们只是在空地上、小路旁适当地种些桂花树、桃花、朱槿之类的树木。你再看看眼前的这个池子，这里原本是杂草丛生的洼地，为了使这个环境更显优美，我们就通过人工开凿，把它建成这样一个大池子，并在上面建了亭台廊榭，分别给它们起名"族芳亭"和"信步廊"。

我这才注意到，这里的房前屋后，铺设着一块块火砖；在小径两旁，绿草如茵，大树枝丫伸展，绿叶葳蕤，小树整整齐齐，井然有序。水泥或鹅卵石铺就的小径纵横交错，串联着屯子里的每一户人家，每一处景观。通过一个水循环系统保持水质鲜活的水池泛起阵阵涟漪，而建于其上的"族芳亭"和"信步廊"里，有游客在轻声聊天。

问起池子旁边的半干栏房和农家小院，李总说，我们本着修旧如旧的原则，把半干栏房从里到外进行了翻修，使其充分保持原有的样貌。因为全屯的人都建有新房子了，除了有两位老人舍不得离开，这种半干栏式的老房子就没人住了。我们尊重老人的选择，除了老人还在住的那间，其他的就利用其原有的空间来做一个书院和棋牌室。在这个书院里，藏有 2000 余册各类书籍，上百幅书画作品，供本屯的青少年及来此度假养生的游客阅读。棋牌室则让来此度假养生的游人休闲娱乐，体验与众不同的居家养生模式。

在达西屯，被改造利用的，不仅仅是那些曾经日渐破败的半干栏房和农家小院，还有离半干栏房不远处山脚下的一个天然溶洞、屯子前面一片年年受涝的农田，以及山脚下喷涌着汩汩清澈泉水的泉眼。

山脚下的天然溶洞又叫琅嬛府洞府。洞内宽敞平展，面积约500平方米。通过改造，洞厅洁净、清爽、幽静，进入洞府犹如进入一处仙界洞府、一个硕大的空调府厅。洞内气温常年保持在19至21摄氏度，冬暖夏凉，且溶洞内负氧离子含量颇高。可用于承接会议，举办民族民俗歌舞表演。

屯子前面一片年年受涝的农田，被改造成一个面积约0.075平方公里的湖泊，接纳屯子西边淼莎泉流出的水，因其形似一朵苞待放的牡丹花而取名天香湖。天香湖被淼莎泉注满后，水会自动从湖东边地势略低的堤坝流出。由于人为造就的落差，构成了一处可供游人观赏、拍照的小瀑布。天香湖畔建有廊亭楼榭300多平方米，专供游人小憩。湖的东岸，有一片高大的枫树林，每当时值深秋，坐在廊亭楼榭里，观赏湖对岸山坡上红枫树映入水中，绚丽多彩。这时，湖面的景色已如一朵绽放的牡丹花。春天，湖两岸绿柳成荫，桃花朵朵，亭台水榭，相得益彰。在下雨天，亦可静观雨落天香湖，聆听雨打芭蕉的天籁，享受别样的韵致。

在离小瀑布不远处的山脚下，也有一股喷涌着汩汩清澈泉水的泉眼。那是达西屯人日常饮用水的水源地。村民为了保证泉眼的纯净，特地在泉眼的出口处建起了一个几米见方的方形水池，并围有护栏，还在池子上方搭着一张防晒网，以免周围树木的枯叶落入池中，污染水源。早些年，达西屯人的日常饮用水都是靠肩挑水桶来这股泉眼取水。如今，一根粗大的水管深入池子，连着水泵，为全屯人的日常用水提供了保障。

天香湖溢出的水和泉眼流出的水向东流去。在这之下，建有一个露天泉水游泳场。人们根据泳池水位的不同深度，把泳池分为儿童区、成人区和深水区。因为游泳池以淼莎泉泉水为水源，泉水清凉舒爽，人在水中游，很是惬意自在。

除此之外，达西屯人还依山形地势，利用空闲宅基地新建旅馆等设施，很好地完成了村容村貌改造，如供电供水、排洪排污、道路硬化等基础设施建设，建成了养生休闲酒店、养生田园观光区、桃花源怡心餐厅、多功能体育馆、户外养生体验区等。同时，充分利用桂林市委、市人民政府对口帮扶资金 200 万元，完成了 34 户立面装修、配备垃圾桶和安装路灯等。

屯子的面貌焕然一新以后，全屯村民通过商议，制定清洁卫生公约，落实"门前三包"责任，建垃圾池，配备人力三轮车和垃圾桶，一起清理陈年垃圾，协助景区保洁员对屯内进行清洁，并定期清运垃圾。全屯村民逐渐养成了干净整洁的卫生习惯。

走在屯子里，我遇见了一位套着一件橘黄色背心的老伯。我私下想，他应该是这屯子里的保洁员。上前询问，果然是。他告诉我，全村有 6 个保洁员，全都是和他一样的 60 岁以上的老人。景区每个月给他们每人 600 元的保洁费，让他们负责清理屯内及景区每天所产生的果皮、纸屑、烟头、塑料袋、废弃物等垃圾。他们每天八点半之前，必须在各自的责任管理区按时进行清理，不能隔日打扫，并把清理的垃圾运到存放地点。而且，六个人分成三组，轮流负责屯内及景区每天的保洁工作，保证屯内及景区道路石边、花带周边、雨污水口处、死角旮旯等的干净整洁，保证屯内及景区时刻没有乱丢塑料袋、堆丢漏扫、污水漫溢、乱倒垃圾的现象出现。

2013 年以来，达西屯先后荣获"广西乡村旅游四星级景区""广西首届最美乡村""河池市十佳乡村旅游点""河池市旅游开发扶贫示范点"等荣誉称号。

四

陪我同行的李汉松老人说："达西屯又叫儒礼桃花源，不是因为种有大片的桃树，而是因为环境，因为这优雅静谧的环境，和陶渊明笔下的武陵桃花源非常相似。作为一个达西人，是很幸福的。"

我知道，李老说的意思。他所说的不仅仅是指达西人生活在这样一个幽静、干净的环境里是幸福的，还指达西屯的青壮年劳力不用走出屯子，就能实现家门口就业的理想。

在儒礼桃花源度假新村初步建成以后，往年外出务工的达西屯青壮年劳力便陆续返回屯子，在屯内的旅游公司就业，人均年工资达 15000 元，每年人均收入超过 8000 元。目前，达西屯全部的青壮年劳力几乎都在家门口就业。达西屯人不仅享受着不出屯子就能就业的便利，还能享受到其他的福利。每年中秋节，公司都会买一盒月饼送给屯子里的每家每户，并送给每个员工。因为每家每户都有两个以上的家庭成员在公司上班，实际上每个家庭至少收到公司慰问的三盒月饼。每年的中秋节，达西人根本就不用自己买月饼。重阳节，在公司的大力支持下，达西屯会举行敬老座谈会，为全屯长者统一祝寿，使长幼有序，家庭和睦，邻里和谐。每年，公司还会从一年的盈利中拿出 10 到 20 万，资助上学的孩子，给老人交养老保险等。

春季桃花盛开，花香阵阵；夏季浓荫蔽日，凉爽宜人；秋季红枫闪耀，色彩斑斓；冬季气候适宜，温暖如春。一年四季景色皆美的达西屯具有得天独厚的人文环境和旅游资源，是避暑纳凉，养生度假的好去处。每年，来达西屯养生度假的外乡人络绎不绝。走在达西屯的小路上，会不时遇见操着不同口音的外乡人。他们悠然自得，尽情感受着达西屯的山光水色，鸟语花香，俨然忘记了自己是一个外乡人。

也许，在他们的心里，也已经把自己当作达西人了吧。

在族芳亭，我遇见这样一对老夫妇。那时候，夫妇俩正在亭子里的长凳上坐着。我走过去，和他们攀谈起来。

"老爷爷，您打哪儿来啊？"

"我来自江苏南京。"

"敢问您贵姓啊？"

"我姓马，戎马生涯的马。大名叫玉鑫，金玉良言的玉，三个金字叠在一起的鑫。"老人担心我听不懂他的话，就很详细地跟我说出了他姓名中的每个字。很显然，老人是一个很健谈的人，他的老伴笑容可掬地坐在他的旁边，安静地看着我俩聊天。他还告诉我，他本是北京人，在南京工作，主要从事微波无线电能的科学实验，退休后就一直在南京生活。

"你俩来达西屯多长时间了啊？"

"五天。"老人伸出了一只张开的手掌。

"计划待多长时间呢？"

"十天。"

"哦！"

"本来打算住久一些的，可我们是跟团来的，身不由己啊。"

"你喜欢这里吗？"

"喜欢啊！这里山好水好人好空气好，比我们在大城市好多了。"

"您高寿啊？"

"八十了，我老伴也八十了。我们都八十了，要是再年轻十岁，我们真想在这常住下去。现在身体不如从前了，不敢让孩子太担心，所以只能随团来回了。"

"你们还会来吗？"

"我们还会来！这里挺好！住着挺舒服。能在这里生活，是一件挺幸福的事。"

我感到讶然，没想到老人竟会说出和李汉松老人同样意思的话来。也许，这是很多达西人甚至是来过达西屯的外乡人的共同心声。在他们心里，达西是那么美。而事实也是如此，达西很美，很宜居，是很多人心中的桃花源。

陆荣斌 ....

陆荣斌，壮族，广西作家协会会员，现供职于大化瑶族自治县委宣传部。

仁善至寿敢烟屯 | 黄好谋　韦绍荣

　　那桃乡平林村敢烟屯，距县城 10 公里，从县城至景区车程 15 分钟左右。"敢烟"地名是从壮话音译而来。"敢"，壮语意为"山洞"；"烟"，是山洞周边常年有烟雾缭绕，且有荷木生长。这里山坡平缓，田野宽阔，土地肥沃，乃一派田园风光美景。因为一个人，因为一块匾，因为村风民风，这里成为巴马的"仁寿文化源"，成为人们探访长寿文化、体验长寿文化的一个文化体验旅游景区。

一

　　清光绪戊戌年（1898 年）11 月，今巴马瑶族自治县那桃乡平林村敢烟屯的寿星邓诚才（他在给祖母及父母立的墓碑上自称为邓成才），收到一块由光绪皇帝旨令广西提督来造办的"惟仁者寿"牌匾。这块牌匾的字由当时任广西学政的浙江省桐乡县（今桐乡市）人冯金鉴手书。冯金鉴是当时享誉中国的楷书名家，他的楷书字帖现仍是文物拍卖品市场的高价品。

　　这块作为仁寿山庄——敢烟屯镇庄之宝的"惟仁者寿"的牌匾，从 1898 年至今的 120 余年时间里，福泽着仁寿山庄——敢烟屯的一代又一代的人们。

当年，被光绪皇帝授予"惟仁者寿"的寿星邓诚才，他的"仁"体现在两个方面：首先是他的大"仁"。为捍卫国家和民族的尊严，邓诚才几度应召上前线抵御外敌，70多岁了仍应召上前线。作为军中最年长的战士，他带头冲锋陷阵，令全体将士以他为榜样和标杆，振奋民族自尊心，提振自身的勇气，同仇敌忾。清军于1885年在镇南关（今友谊关）大败法军，取得镇南关大捷。二是他的小"仁"。他还乡复农后，看到乡亲们仅靠种粮无以维生的生活现状后，毅然用自己的俸银从外面引进甘蔗种植和榨糖技术，走发展高收入经济作物富民的途径，使敢烟屯的百姓逐渐走向了比较好的生活道路。同时他通过选拔邻近各县的武术尖子来维护地方安宁。这些善举，看似平凡实则伟大。他的大"仁"与诸多小"仁"的聚和，在这位八九十岁的老人身上体现出来的"仁"，足以使他成为当时泱泱中华大国的模范。

当时的光绪皇帝因戊戌变法的失败，被慈禧囚禁并剥夺了行政大权，变成了傀儡，根本无心去关心一切事务。但是，当广西提督冯子材在邓诚才的事迹材料上签了字，并上报朝廷，慈禧批签后转给光绪皇帝，光绪皇帝看完邓诚才的事迹后大为感动。于是光绪帝提振精神，在凄惨的境遇中勇担起作为一国之主的责任和担当，把邓诚才的事迹作为特例，真正从心底认真地思考为如此勇敢的老战士、老好人的牌匾命名的问题，最后钦定为"惟仁者寿"。这恐怕也是光绪皇帝被囚禁、被夺权后，真正地在内心深处行使皇权的唯一一次了。

邓诚才心中有"仁"，仁善之心使他在坚守原则底线的基础上依然能保持宽容豁达的心态，更使他的生命机能在正能量心态的统领下得以进行最好的新陈代谢，促成了他长寿的奇象。他在接受"惟仁者寿"牌匾时已是80多岁奔90岁的高龄。受匾后，他仍活了40来年，到126岁时才去世。

邓诚才的"仁"和"寿"，成了敢烟屯后人效法的标杆。

二

邓诚才在敢烟屯开了仁德至寿的先例后，敢烟屯的仁德故事至今一直在不断地演绎着。

邓红英，只知道是广东人。据说他年轻时习武，有一身好武艺。娶妻后，在一次为家庭琐事的吵闹中，他失手将妻子打死，因万分懊悔只身离开家乡，四海漂泊。他约于1902年来到乙圩。一天，邓红英在街上漫无目的地游荡，忽听街头传来嘈杂的高声呼喝的声音，邓红英循声走去。原来是有人在设擂台比武。他瞬间兴起，遂登上擂台参与比试，结果连连胜出。正在万分得意之时，忽见一老者从擂台下飘至台上。只几招，老者就把邓红英打下了擂台。

邓红英对老者十分敬佩，交谈中，邓红英知道老者叫邓诚才，已年过百岁。

邓诚才说此次来到乙圩不是为比武而来，而是帮别人治病。邓红英听后，对邓诚才更是尊敬有加。

邓红英和邓诚才接触几天后，见邓诚才不仅年事高，武功高，传统医术也高，而且更高的是邓诚才的仁德之心。

邓诚才的仁德之心令邓红英折服。邓红英因自己失手打死妻子而懊悔不已，因而选择四海漂泊，想在漂泊中忘却自己的过错，但始终办不到。而和邓诚才相处几天后，从邓诚才的一言一行中，邓红英重新找到了做人的根本，那就是从仁心、德心、宽容心、豁达心开始。

于是邓红英把心中一直以来解不开的结向邓诚才和盘托出，并想认邓诚才为干爹，跟干爹重新学着做人。邓诚才乐意地收下了年轻的邓红英为干儿子。

邓红英秉承了干爹邓诚才的仁德之心后，一改暴戾的脾气和心性，以仁德、宽容、豁达之心待人，并学到了邓诚才的武功和医术。此后邓红英不再显露武功，不再和人争强斗狠，不再打打杀杀，专以医术和气功救人治人。

据传，1950年的一天，邓红英挑着一担草药从敢烟屯出发，去巴马街摆卖草药和治病。半路上，邓红英看到一行人哭哭啼啼地向自己走来，走在前头的一个老者怀中抱着一个用白布包着的东西！邓红英知道这里面可能是个小孩。不管是谁，在路上碰到这种事躲是躲不及的。邓红英自从认邓诚才为干爹并学会医术和做人之道后，就时时以助人救人为第一要务。邓红英和这群人打了个照面，问了情况后便亲手解开白布，察看了孩子的容颜后，觉得尚可一救。于是他便运起内功，然后用双掌贴在孩子的后背和前腹上，上下反复推抹。过了一阵子后，孩子悠然醒转！

为了报答邓红英的救命之恩，这户人家特地把猎到的一头野牛送给邓红英作为酬谢。但邓红英坚持推辞，只收下几万元（当时的1万元为现在的1元）作为诊治费。

此后，邓红英的名声在巴马街上疯传开来。来巴马街找邓红英诊病治病的人络绎不绝。特别是不少患上疑难杂症和危重病人，都在邓红英那里药到病除。邓红英成为那个年代巴马的医术奇人。应村民的强烈要求，邓红英在巴马街开了一个中医诊所，因留着飘逸的长胡须，人们尊称他为"剖门医师"（壮话直译）。

虽然邓红英成为那个年代巴马的医术奇人，但他秉承干爹邓诚才怀仁德之心、行仁德之举的做人准则，少收诊治费或不收诊治费。邓红英后来不再娶妻，无儿无女。他晚年时立下遗嘱，把自己一生行医所得的积蓄留给照顾他晚年生活的一位保姆。

邓红英105岁去世，成为敢烟屯又一个"惟仁者寿"的典范。

邓诚才的仁德至寿成了敢烟屯最宝贵的精神财富。自邓诚才留下了诸多互帮互助、乐于助人、为别人排忧解难的事迹后，敢烟屯至今仍在按照邓诚才的教诲生活着。

互帮互助、为别人排忧解难一直是敢烟屯人生活的家常。

20世纪六七十年代，饥饿几乎是每一个人永远忘不掉的记忆。那时敢烟屯那一年中有那么几家人，每到青黄不接之时都被饥饿所困扰。每到这时，屯中尚有粮食的农户就自发地拿出三五筒米送到断粮农户的家中，互帮互助以挨过饥荒时段。

20 世纪 80 年代，分田到户后，有一些老弱病残和缺少劳动力的农户都成为全屯关注的首要对象。每到耕种和收获的时节，大家都自发地先帮这些农户耕种和收割后才干自家的活。这一习俗一直沿袭至今。

仁德之心和仁义之举一直是敢烟屯人做人的最基本的准则。从邓诚才到邓红英再到今天，仁心善举在敢烟屯从来就没有断档过。

邓勇康和邓朝康兄弟俩借改革开放的好时机，勇于闯荡，双双实现了致富的梦想。致富后的兄弟俩更是把仁心善举发挥到了极致。

敢烟屯还未开办农家乐的时候，兄弟俩就捐款，用于修建一个标准的球场，供全屯人开展各种娱乐和体育活动。从捐款建了球场后，兄弟俩就沿着仁心善举的道路一路走了下来。比如屯中或附近村屯有人考上了大学，兄弟俩都会出资捐助这些学子或助其完成学业；村屯上有人病了，筹不到或筹不够上医院治病的钱，兄弟俩都慷慨地解囊相助，还多次用自家的车子亲自把病人免费送到医院，保证病人能及时到医院就医。

兄弟俩的仁心一直永存，善举一直在做下去。

邓福海，这位刚过而立之年的年轻人，更是把仁心和善举长驻心中。17 岁时，高中毕业的他考上了桂林师范学院（今广西师范大学）。因家里太穷，实在拿不出供他上大学的钱，他只好含泪放弃学业，赴广东打工。刚从学校出来的邓福海，个子又瘦又小，找了好多家工厂，老板对他的第一印象都不好，于是都不敢收他。一天，他又到一个工厂去找工作，当时他已身无分文，他不得已哀求管人事的人让他先做一个月的工，只管他吃饭。一个月后如果觉得不中意，他分文不取自动离开工厂。管人事的人把他的情况汇报给了老板。老板想让这个执拗的人知难而退，故意让邓福海去操作一个程序复杂的机器。邓福海上岗后没几天，在没有老师傅的传帮带下，邓福海却能熟练地操作好机器，老板感到意外。此后，老板特地留意起邓福海。

无独有偶。不久，有一个英国的客户来厂里考察并洽谈项目。英国客户在老板的陪同下到生产车间考察，英国客户一路说的全是英语，老板一句也听不懂，更不用说与客户交流了。一行人来到邓福海的工位时，邓福海见英国客户说话时，老板只是一个劲地点头，根本不见老板开口说话。邓福海就和英国客户用英语交流了起来，并且还向英国客户介绍了产品的各种性能和利弊。英国客户大感意外，十分赞赏邓福海，点名要邓福海陪同他在厂内进行全程考察并负责解说。和邓福海一个车间的工人们都对邓福海投来羡慕的目光，老板更是惊诧不已。

于是进厂不久的邓福海被破格调到仓库任仓管兼质检员。邓福海工作认真负责，经从他手上检验后发往英国的 15 车产品或零部件，无一被退货。老板和英国客户给予邓福海很高的评价。但邓福海并未以此为荣，而是更谦虚、更谨慎地做着本职工作。

邓福海在工厂工作期间，用仁善之心做了一件让老板和员工们都终生难忘的事。

老板从外面买来做产品的红铜原料价格较贵，一斤红铜原料进价就要好几十元。老板买进来的红铜数量能生产出多少成品，他本来是心中有数的，但买进来的几批红铜原料生产出的成品老是达不到预期的产量。如果进来的红铜原料生产不出预期数量的产品，那就明摆着要亏本。为此，老板心急如焚，但又百思不得其解。

邓福海急老板之所急，想方设法为老板解开这个谜团。一天，邓福海终于想明白了，于是就和老板说了自己想到的红铜原料莫名失踪的可能。

那天，下班后的员工被要求在公司大门脱下鞋子检查鞋底。果然一些员工的鞋底有机关，藏着红铜原料。原来员工知道红铜在外面卖价高，于是就想办法镂空鞋跟，下班时把一小块红铜原料藏在鞋跟的镂空处。每次带出来一二两红铜，一个月下来就可卖得一两百元。

谜团揭开后，老板万分高兴。就在老板决定报案将偷铜的人绳之以法之时，邓福海却对老板说："能想出这种办法偷红铜的人都是聪明人，可惜他们的聪明用错了地方。念在他们是初犯，而且也还未给工厂造成重大损失。再说他们都是老员工，技术过硬，如果把他们全抓了或开除出厂，一时之间肯定找不出这么多技术娴熟的人来替补，那工厂的损失就会更大。"邓福海建议老板召开一次全厂大会。

在大会上，邓福海向大家表示，将用老板给自己破获谜案的奖赏来偿还红铜失窃造成的损失。他希望大家以后不要把聪明心思花在搞垮老板、搞垮工厂、砸破自己饭碗的事情上；要把聪明才智花在为工厂提高效益上，努力工作，为工厂和工作出谋献策，从而给自己带来好收益。邓福海的这一举动，使老板和全厂工人都大为感动和叹服。

此后，工厂工人都自觉地遵守厂规厂纪，工厂效益逐年转好。

邓福海回到家乡敢烟屯经营管理仁寿乡舍后，有朋友以月薪15000元的高薪聘他到浙江的一个公司上班。但他的奋斗目标是要带领全屯人一起经营好仁寿乡舍，让乡亲们共同走向富裕道路，因此毅然放弃了朋友的高薪聘请。

其实，敢烟屯的仁善故事，在平常生活中十分普遍，以仁善来对待人、对待生活、对待人生，仁善、平和、宽容豁达成了敢烟屯的屯风，并演绎出仁者寿、善者寿、孝者寿的道理。比如邓乜台活了98岁，邓乜标活了96岁，邓荣超了95岁，活到了如此岁数的人，已算作传统意义上的寿翁了。敢烟屯现在的60多户人中，八九十岁的老人比较多。这些老人仍在干着力所能及的家务事或农活，在仁善、平和、宽容、豁达的屯风环境中安然地过着每一天。

仁心和善举在敢烟屯已经根植在每一个人的心中。

新中国成立后，敢烟屯的人们在大小聚会，或在村屯里平常的串门聊天中，话题主要是互相介绍各人思想中对仁善的见解和心得，以及在生活中仁善的表现，或是发现谁又做了好事，等等。

在聚会或串门的交流中，如发现村屯中谁有做坏事的苗头后，大家都自觉地在不同的时间、不同的地点对该人进行规劝和帮助，把损人利己的事情扼杀在萌芽状态。从新中国成立以来，敢烟屯从未有人因违法犯罪而被拘留或坐牢。

三

和巴马当地的许多壮族村寨一样，庙堂文化一直是壮族文化的组成部分。按惯例一年一度或几度的庙会在敢烟屯的土地庙举行，主要目的是宣扬仁心善举，村民往往利用这个时机，宣扬遵纪守法、公平正义，团结和谐，爱国爱家、捍卫民族尊严。据受访者邓高云说，敢烟屯老老小小在庙会中接受的都是正能量教育。

邓高云说，有一年的庙会，一户人家原答应了按原来的市场价供应两头肥猪来办庙会，可是庙会开始的几天前，猪价突然涨了。这户人家想把猪留下来卖给猪贩子，希望多得几十块钱，于是不把猪卖给本屯办庙会。在庙会上，大家一致谴责这户人家的失信行为。

通过有人因干了昧良心、想贪小便宜的事，而后又莫名其妙地反受更大损失的诸多事例的警示，敢烟屯人更敬畏土地神的力量了，更自觉地约束自己了。土地庙又从一个侧面起到了督促众人自觉地维护并遵守公平正义的作用。而敢烟屯村民也用这些故事教育村民要讲诚信，从善如流，不贪小便宜，否则会因小失大、得不偿失。

从邓诚才的仁心善举开始，特别是光绪皇帝赐予邓诚才"惟仁者寿"的牌匾后，仁心善举才能至寿的理念根植于敢烟屯每一个人的心中，成了敢烟屯人为人处世的行为准则。我们相信敢烟屯走在中华民族美德的最根本大道上，能走出越来越好的未来。

黄好谋　韦绍荣

黄好谋，壮族，巴马瑶族自治县西山乡中学退休教师；韦绍荣，瑶族，巴马瑶族自治县西山乡巴纳村弄安屯农民。

乡情何处是平安 | 黄秉战

一

江山遇到诗人就"如此多娇",田园赶上季节就春华秋实,村庄碰触画笔就"小桥流水人家"!用这句带有多个意象的句子来描绘生我养我的故乡——平安屯,无论在空间视角上的实景概括,还是作为一个当地人在时光中流淌的岁月情怀都是贴切的。"村前一曲水,村后万重山"是我魂牵梦萦的家园最真实的写照!抛开个人对与生俱来的乡恋情结,面对此情此景谁不由衷地歌唱"谁不说俺家乡好"!

而今,似乎没有改变的只有村边的几棵古榕,守着已经不再有琅琅书声的村边小学,寂寥地倾听蝉虫"声声地叫着夏天"!撤销办学后的平安小学,空荡荡的操场慢慢被野草侵占,杂草以自然的节奏演绎着春秋与枯荣,破败的校舍任由风吹雨打,几面残存的土墙了无声息地接受孩童远去的事实,"忙趁东风放纸鸢"的热闹场地,换成了村里老年人娱乐的棋牌室。

现在的平安屯是由原来的"平寒屯"更名改称而来。原因要从一起交通事故说起,那是 2009 年 8 月 26 日,一个无证驾驶者违法驾车上路,黄奶鸾奶奶不幸在村口被撞了,时年 103 岁的奶奶不能再续写她长寿的生命传奇。长命百岁的老人不能无疾而终，成为一个村屯史册上永恒的遗憾。老人身后的四代子孙逾百人在悲痛过后心里蒙上一层难以抹去的阴影，全屯乡亲几百人感同身受。由此引起大家对"平寒"两字产生各种联想，大家普遍认为"平寒"与"贫寒"谐音，认为又贫又寒有犯吉之意，故更名为现在的平安屯。村民美好的愿望寓意村庄风调雨顺，万事大吉。这是一起偶发事件，是一个生命个体所无法预料的。但对于整个村庄而言，所有在这片土地上、在这个村庄里生活的人，他们的命运每天不是在"七八颗星天外"的时候出发，就是在"两三点雨山前"时刻归来，用朝朝暮暮的风雨劳作诠释着这片土地的"贫寒"，也用无比坚韧的精神坚信"明天更美好"的到来，所以对于村庄更名为"平安"，我也是百分之百的赞同。祖祖辈辈的人血液里都流淌着泥土的芳香，现在不是归于山土就是在月下屋檐！他们绝大部分的人从生到死，都没有离开过这片土地，也没有离开过这个村庄。今天还生活在阳光下的我们，无论是守望家园还是漂泊在外，身心都住着一个有几百个邻居叫你乳名的村庄，所以"平安"的称呼让我和所有人一样心有相同的祈福。

二

平安屯是我人生起航的地方，现在的我生活在他乡，早晚在职业的疆场忙忙碌碌，人生的远方终归是心灵的故乡。随着父母亲先后驾鹤西去，这些年我回乡的次数相对少了一些。多年追随明月回归村庄，虽然眼前是熟悉的田野、古榕、小路……"青山依旧在"，没有时过境迁之感，但物是人非的失落难免弥漫心头。出生被村庄选择的人，一生对泥土、房子和篱笆等等这些农村风景和农家风物，都有刻骨铭心的情感，很多时候你真的感觉草木有情与你风雨同路，它们在季节里的青绿与枯黄，好像是在感知你的生活冷暖。特别是随着年纪增长，这种感觉愈发强烈，所以我每次回乡都是"归心似箭"，离开时就是"寸步难行"！有一万个理由牵住你，而你迟迟不肯启步离开。2019 年的春节年假，我在故乡一待就待到春雷乍响。

新春伊始，大地万物复苏，我并没有心潮澎湃！

惊蛰时节，站在高处环视村庄，青山不负春绿，村庄周边的田地里杂草吐新芽，没有出现人勤春早、牛哞大地的忙碌景象了。偶有几声燕子的呢喃划破纷纷细雨的长空，整片田野显得更加空旷，村庄显得更加寥落。田地成了不再生长庄稼的田地，放下农具的农民却并没有走出"农门"。青壮年的劳力不知所措地离开家乡，穿梭在城市的大街小巷，欲想通过身体的力量寻找可以让自己挥汗的"田地"，为留守的父母和子女带来心中的"谷物"，无奈又兴奋地成为岁末年初春运人流中最疲惫的一分子。

一个小雨润物细无声的早晨，伴着一阵清脆的鸟鸣，我再次走向村庄周边的田野，像一个外来旅游者有模有样的闲情踏青。我曾无数次地陪着父母亲在这片田野上喘着粗气挥汗如雨，曾在此刻站着的地方多次扶起一株株柔弱的禾苗。草木一春今又绿，边走边望，漫无目的，偶尔弯下腰来折取一枚草叶，好像它要跟我说什么似的。远山云雾升腾，山峰若隐若现，山脚下的盘阳河"春江水暖"烟波浩渺，从山峰到河谷云烟弥漫，恰似电视剧《西游记》里的情景，想象中的天上人间可能就是这个样子吧，一种不搭边的联想油然而生——当年孙悟空腾云驾雾是不是路过这里呢？远处几个沿河相隔不远的村庄，一栋栋楼房也都在云里雾里飘浮着。沿河蜿蜒的马路上车辆川流不息，像是大城市的远郊，看到我再熟悉不过的一线山河，突然有一种莫名的陌生感。平安屯一个近百户农家的村庄经过20世纪八九十年代至今日的发展建设，以前砖木结构的干栏式房子逐步为现代钢筋水泥建筑所取而代之，基本完成升级换代的历史使命，只有少数几户因没有外出务工的劳力或其他特别的原因，一直比较困难，现在还是"黄茅翠草壮人家"，悉知政府为他们计划脱贫改造工作已提上日程，过了不多久全屯都是楼房了。

现在仅剩的几间木屋，低矮又破旧，多有砖木破败现象，基本全是四面通透，以风雨飘摇来形容也不算夸张。这几间木屋零星地插在全屯近百栋四五层的楼房中间，显得很不协调。壮族人传统的房屋建筑，别有风格，如果你没有见过，千万别想象得太好，百度上有足够的图片给你直观的认识。我们这一带房子用料谈不上精致，用料好一些的有四面泥砖，再盖上瓦片，中间的所有立柱、横梁以及用来搭接的方条和板料全部是村后山林里的一些杂木；用料差一些的基本全是木架结构，四周全被竹席包围，有的甚至还盖着茅草。用料差一些的房子每几年就要更换一次草盖和竹席，要么房子就得跟住在屋里的人一样"风里来雨里去"。我们壮家干栏式房子上下用木板分隔为三层，通风良好，利于排烟和吹散臭气。由于房子用料的条件所限，以及生产工具、工艺的原因，所有材料没有严格的标准化，立柱、横梁、隔板基本以"目测同等"为准，特别是用来隔分三层的隔板大小不一、厚薄不同，难以做到平整，局部地方甚至不封板、不隔层，三层之间没有什么隐私，可以说实现透明化。

住在这样的屋子里一般都不会睡得安稳，每个夜晚都要被吵醒很多次，当然不是出现小偷、盗贼的原因了，在村庄里有"柴门不闭户"的安全感。说吵的原因主要是共同生活在屋子里的另一部分"居民"老鼠太多，整夜寻觅粮食，穿墙翻柜，响声不断；住在下边的猪叫鸡鸣，如在耳边响起，让你不得安心；除了自家的畜禽成员吵你，隔壁家的狗吠牛哞让你感觉村庄夜生活充满活力。特别是夏夜里，村边的大片稻田及村中房前屋后零星的小块稻田，时高时低的阵阵蛙声把整个村庄闹得长夜漫漫。青蛙那么卖力的集体联欢，有些时候虽然夜夜"听取蛙声一片"，但也没有迎来稻花香后的"丰年"，但是这些数以万计的青蛙一直是乡村最受欢迎的歌手，它们不知疲倦地歌唱，歌声里一定有风调雨顺、五谷丰登、六畜兴旺之类的美好祝词。虽然房子里里外外是这样的配置标准和生活环境，但我仍在父母的关爱下一直幸福地生活了20年，后来外出求学，也曾断断续续在寒暑假回家乡小住一段时间。合计一算，在我的人生历程中我在砖木构建起来的家里住了近30个年头。21世纪初，我独立工作后有了自己的收入，加上在全家人的共同努力下，我家盖起了钢筋水泥楼房，搬进新家，离开烟熏屎臭的屋子，彻底告别了那个"床头漏雨无干处"但又给我无限温暖与幸福快乐的屋子。我的祖祖辈辈应该住在这样的屋子有几百上千年吧。

现在每一次翻到老屋的照片，我都浮想联翩，似乎还能看到房顶正飘出炊烟，还能听到父母亲在柴火的浓烟中传出咳嗽声，看到自己和几个小伙伴在屋前的枇杷树下顽皮地逗着小鸡，看它啄米呢。如今"小鸡啄米"的那个位置停泊着我的小车，20年前被砍伐的枇杷树早已灰飞烟灭了。房子旁边的稻田已建起一幢五层的楼房，不知曾在夏夜里为我鸣唱的青蛙们能不能找到可以尽力抒情的田野！

老家干栏结构的房子是典型的巴马壮家风格的民居建筑，我个人认为它应该是一笔文化遗产，它繁杂的工艺让人叹为观止。随着老一代人的故去，几乎没有后来人能够掌握和运用传统工艺建造干栏结构的房子了，现在仅存的几间又矮又黑的房子，它们正承载着整个村庄最后的记忆，它残破的篱墙到处是一个个风洞，好像是一张张大嘴巴，在无声地诉说曾经为主人遮风挡雨的岁月。

有时候我想象着时光倒流，看到邻居们全住着这样的房子，整个村庄全部是这样的房子，每个房子都从瓦际间飘起袅袅炊烟，一群久违的麻雀叽叽喳喳，飞飞落落；抑或是一场山雨下来，每家每户的瓦檐都流下一排雨线，被雨淋湿的大公鸡还在喔喔打鸣……当然，我并不希望时代倒退，回到食不果腹的年月，只是对终生不能忘怀的流年做一次情景再现，再次获得温暖和力量。好比回想一个人，他一生跟你风雨几十年，经历过无数磨难也收获过有限的幸福，现在你珍惜他的成熟与苍老（也许是在怀念），生活在子孙满堂的晚年幸福时光里，但对他的弱小、单纯、一无所有又充满活力的青春年华还是念念不忘，也常常让你在某一个清晨或黄昏穿越时空回到曾经是那么艰苦又充满美好梦想的岁月。事实上那段岁月永远是回不去了，但晨曦和黄昏总有一种力量指引你走向你的童真、你的青春、你的快乐和烦恼的家园。对一个人的念想是因为你们有过相知相爱、同舟共济的美好与磨难，对一个村庄的回想与依恋是因为那里有我的血脉、我的泥土和我的欢笑与泪水。无论是幸福与快乐，还是痛苦与哀愁，故乡都是我生命成长的摇篮。

三

巴马是世界著名的长寿之乡，造就长寿带的盘阳河两岸是喀斯特地形地貌，植被退化比较严重，客观地说两岸的风光称不上旖旎秀美，但是山重水复，总在恰当的某个河湾处出现一个接一个村落，大的有百来户，小的也有二三十户，点缀在大山脚下，所以总在河流邻近村庄的水面出现轻舟推开波浪"渔歌唱晚"的场景。尽管巴马成为长寿之乡是多种因素共同作用下形成的，但盘阳河的作用是功不可没的，这一说法让两岸为数众多的长寿老人为我们证明吧。

在被喻为"上帝遗落在人间的净土"的巴马长寿带上，平安屯正错落在最为中间的地段，是名满天下的长寿村。周边一带集中有巴马山水人文旅游的精华，可以说是科学探秘长寿成因的基因库。流过村边的盘阳河日夜哗啦啦地向远方的客人宣示这里的山水田园之美。从平安屯沿盘阳河上游行走2000米就到称为"天下第一洞"的喀斯特溶洞景观——百魔洞，往下游步行半小时就是著名景点——百鸟岩。周边一小时旅游圈内还有水晶宫、赐福湖、三门海、洞天福地、万寿谷等，几乎囊括了巴马、凤山让游人叹为观止的风景。自己的出生地被认定为"长寿村"，我从内心里感到自豪和得意。

长寿盛名之下的"长寿村"自20世纪以来每年有增无减地成为国内外旅游者的旅游目的地。有相当一部分游客特别是中老年游客甚至在这里买了房子，像候鸟一样根据季节冷暖择时而居，一年内在巴马住几个月，在自己生活或工作的地方住几个月，自由迁徙，被大家称为"候鸟人"，他们把巴马称为他们的第二故乡。这种现象的存在，打破了我们原本平静的村庄，一定程度上让我们不知所措。一方面是我们极其有限、赖以生存的土地要么被主人自动丢荒，要么被出租给商家经营，而主人外出务工找活路；另一方面外地人纷至沓来，一波一波地涌入村庄，做起你的远房亲戚。一进一出，你来我往，大量人口交换式的流动所带来的是新型的劳动方式的改变和人们对生活栖息地的重新选择。但是，村庄热闹的旅游氛围并没有温暖本地居民家庭现实中的清冷。身兼老人的子女和孩子的父母的年轻人，有赡养老人和培养孩子的双重压力，让我的父老乡亲难以像身边的游人一样笑开颜。

平安村里的"候鸟人"，来自天南地北，百行百业都有，基本上离退休者居多。同样是离开家乡远道而来，但因为目的和行为不同，与我身处异地的心情有天壤之别。村里人外出不是务工就是求学，责任和义务双重压身；而住在村里的"候鸟人"则是闲情惬意，以养生为目的，寄情山水，尽情作乐。

据不完全统计，平安村八个自然屯，总人口有2000多人，外出的青壮年劳动力占去了一半，到县城或乡镇就读的孩子又占去了一成，留守的孩童和老年人屈指可数了。一栋栋崭新的楼房住的是与自己无关的异乡人，田陌间是异乡人享受春光的身影，往昔乡间小路向晚归来的牛背少年，如今却在城市的一角像一头牛一样沉默……

作为国际旅游核心区，住在这里的养生群体来自全国各地，他们之中藏龙卧虎，给平安村也带来了丰富的娱乐文化生活，什么戏曲、快板、二人转、评剧、黄梅戏、秦腔、京腔、昆曲、粤剧、川剧、花鼓戏……东西碰撞，南北交融，好不热闹。在长寿村一带不足10千米的河边滩地、街角村尾、田间地头到处是他们表演的舞台。从根子里说长寿之乡是青山绿水，但也是文化沙漠，面对"候鸟人"的文化娱乐生活，我们在感觉尴尬的同时也对他们"羡慕嫉妒"。近些年来，我们一旦遇到民俗节庆，如果举行相关的庆祝活动，舞台上还少不了"候鸟人"的精彩。我们曾经引以为傲的壮族山歌，在历史舞台确实发挥过重要的作用，纯朴的原生态山歌是我们的精神食粮，教会我们热爱土地、勤劳善良、感恩五谷、不畏艰难……但是在 20 世纪八九十年代随着港台流行风的吹来，山歌几乎在一夜之间失声了。能熟练演唱且能登台即兴发挥的那一代姑娘早已远嫁他乡，也把歌声带走了。村里有近 500 人，现在还能喊出两声山歌的人已找不出 10 个，而且年龄都在花甲上下，山歌的传承和发扬出现了青黄不接的现象，找不到乐意去传承和发扬山歌文化的人，山歌在时光流年里似乎没有了"时宜"。

从某种角度和一定意义上来说，沿袭了百年千年的传统习俗，称为传统文化，在一定语境上是我们所眷恋的乡愁。而乡愁啊，往往是在我们改变了自己的传统习惯，直至、甚至消失以后而产生的对过去的人和事所依恋的情感，抑或是我们人生境遇里你不愿其发生偏偏又正在发生的人和事，比如你知道有不愿意说母语的少年，你发现村庄里越来越少的麻雀，你举头望明月回不了故乡的种种情愁。

四

在这个春天里我又要启程离家了，家里一栋五层楼共 20 多间房子的楼房又要人去楼空了！三哥和邻居像往常一样尽可能给我多带一些土酒和腊肉，担心我近期不能回来。但愿飞檐下的一窝燕子，在二月的春风里为我飞剪出一幅图画——村庄错落在河流之边、巴凤公路之旁，村边几棵大榕树繁茂地生长，屋后的大片梯田秧苗绿油油，篱笆墙里的桃花在蒙蒙细雨中羞如邻家小芳的脸，屋檐下坐着几位儿孙绕膝的老人，家家户户楼顶升起的炊烟把悠扬的铜鼓声传向山野……

村庄鼓励你的离开，去寻找生命的"诗和远方"；村庄接纳你的归来，温暖你的漂泊与风霜。我对村庄发生的很多改变感到不舍，理解同情它的落后，甚至爱它的苍白，无论身在哪里，村庄都是我走向明天的力量！人生情归何处？我感觉自己就是一块漂泊的乡土，时时刻刻都可以沿着一条黄土路走向村庄，拥抱乡愁，我就感觉温暖和平安！

  远行的脚步慢慢向前，村口的乡亲慢慢变小，村边的榕树慢慢变小，村庄慢慢变小……背向着家乡渐行渐远，最后消失在大山的转角！我再一次把故园、故人、苦事、乐事……锁在那个遥远的季节。车窗外青山连绵，风景独好，年幼的孩子视而不见，闹着回城市的公园。他们不知道我的行囊里飘着一片山头的云朵，流着一条弯弯曲曲的河水，升起一缕永不熄灭的炊烟！

黄秉战

黄秉战，壮族，20 世纪 70 年代出生，巴马瑶族自治县甲篆镇平安村平安屯人。现居南宁。自由撰稿人，兼从事记者、编辑、文化项目策划工作。

内龙海 | 黄秉战

　　内龙海，不是一片海，是一个山弄，是一个村庄；名称是由壮语音译而来，它与汉语"海"的概念，一滴水的关系都没有。

　　内龙海是甲篆镇仁乡村的一个自然屯。在同一个山窝窝里，一个小陡坡挡住了三户农家与一个有着 20 来户村落的视线，形成一个相对独立的弄场，相对于巴凤公路的远近而言它比外头的 20 来户更"深山"一些，可能是为了便于区分，慢慢地人们就把本是龙海屯组成部分的这几户农家另称为"内龙海屯"。自然，外头那 20 来户就称为"外龙海屯"了，本是同祖同宗的一个家族被一个矮矮的陡坡分割成两个村庄了。

　　人们常用"人海茫茫"来形容人多，也用来比喻人世社会的变化与沧桑，在一定语境和情感中我愿意把内龙海说成一个"海"，一个三户农家的"海"，当然"海"里流动的是漫漫人生和悠悠岁月！我的母亲就出生在这个"海"里。记得我还是光屁股的孩童时代，经常跟随妈妈回娘家。但随着年龄渐渐增长，我外出求学，学有所成后又持续地流浪，回首半生风雨，我有近 40 年时光再没有拜访"外婆的村庄"了。

　　在母亲去世五年之后，也许是冥冥之中对人对事的牵挂和念想，去年夏天（农历七月十二日）我致电给已经搬迁到"外面的世界"（换句话说是搬到"有路有车有人多"的地方）的三表哥杨胜校，希望他带我回一趟内龙海，看看现在它变成什么样子。电话里他异常兴奋，也是特别地眷恋，我们哥俩的志向相投促成了这次难忘的乡愁之旅。

我驱车前往表哥家，一路上寿乡的山光水色随着巴凤公路峰回路转，江山多娇，在一个可以鸟瞰整个仁乡村的观景台前稍作停留，眼前的巴凤公路顺着山势时隐时现。公路的下方零零星星撒落着仁乡村近20个自然屯，它们在这个宽阔的山谷间，依山顺势，高低错落有致，十户一村、五户一屯点缀在一片片梯田之间，相互对望，互为风景，显得零乱又那么自然天成。一年四季，随着山野春华秋实，五谷的交替与收割，整个山谷像一块巨大的调色板，任由春夏秋冬肆意渲染季节的本色。仁乡村丰富的田园色彩造就"风景这边独好"的山乡风貌，吸引越来越多的山水画家和摄像爱好者来到这里描绘和拍摄唯美的诗情画意，仁乡村不可争辩地成为巴马旅游业一张得意的名片，著名的"五彩田园"和"洞天福地"两大景区就在这块"调色板"的腹地。内龙海和外龙海共20多户自20世纪90年代开始陆陆续续搬迁至此，安家乐业，主要原因是这里靠近巴凤公路，再次是他们早晚要耕种的稻田就在这里，生活劳作都比较便利，用一个老乡的话说"搬出来后找老婆容易多了"。但是，此前的搬迁与当下的旅游建设是不存在任何动因关联的，大家在新址生活多年以后，时代机遇才把旅游的春风吹到山谷，所以完全是把家搬到这里后的一个意外收获。

表哥一家就在观景台的下方，我一进屋不作停留，我们换乘摩托车立马开进……

"叭叭叭……"的摩托马达声惊动山谷，我们绕来绕去，沿途经过大大小小的几个村落，在一个急转弯的下方出现一个破败的村庄，表哥停车熄火，说这就是外龙海屯。"哦、哦……"我情不自禁发出几声感叹。由于人去房空，所有的房子都不同程度地坍败了，一派荒凉与寥落。表哥指着眼前的房子说：

"只有两面孤墙的是什么叔的房子，他是第一个搬出去的。

房梁坍塌中间有个大黑洞的是什么哥的房子，他是 2005 年才搬出去的。最右边被滥生的椿树遮挡住的是堂哥的房子。"

……

表哥把每一家每一户说了一遍，虽然他提到的名字我一个人都对不上，但我知道他们曾经在那一栋房子里躲避风雨，煮玉米粥，喂鸡喂牛……往昔常住人口超过百人的外龙海屯现在只剩一户人家坚守这里。表哥说这一家的年轻人也和大家一起搬至仁乡村部了，只有两老舍不得老木屋，不愿离开，子女无奈，也只能跟着照顾了。两位古稀老人和一只黄狗在守望，我不知道他们的身体还能坚持多久，反正每天的日出日落，村庄还有一缕孤烟袅袅升起，该如何表达此刻的心情，除了叹息就是惆怅，但更多的感觉是这栋房子留下来是为了向青山做最后的告别。除了有人烟的房子还算是房子，其他的房子无一例外的是残砖断瓦，燕子和麻雀也都飞走了，只有藤蔓静静地爬满屋檐。

沿着刚修通不久的水泥路走向外龙海，我们在村尾的高地上又停下脚步。这里有一棵古榕，古榕正下方就是一个深不见底的天坑，像一个巨大的嘴巴黑幽幽的让人顿生恐惧，这个高地以古榕树为标志，是内龙海与外龙海的分水岭。站在榕树下面对天坑，右下方是外龙海，左下方是内龙海。村村通的扶贫公路只修过外龙海，就直接绕过内龙海伸延到"山的那一边"的其他村屯，所以我们只能把摩托车留在两位老人的家（原本就是一个家族的人），步行下山进入内龙海。表哥说以前他还住在内龙海，每次走过路过的时候手中总拿一把砍柴刀，对路边的小草、小树进行砍伐修护，保证道路干净清朗，自从 2011 年他最后搬离之后，这条山道几乎再没有人来往了，所以野树、杂草就把路给掩埋了，好在这条路只有几百米。

36 年前我来过内龙海，当时这里有三栋木房子。内龙海是一个长约1000 米，宽约 200 米的山窝窝，地势相对平缓，表哥说可以耕种的土地约有 40 亩，这些土地除了由他们内龙海三户人家耕种，也由外龙海那边部分人家耕种，不过现在大家都不耕种了。记忆里下到盆地最先映入眼帘的是一栋独立的房子，再往下走约 100 米就是两栋"互为邻居"的房子，其中的一栋就是我外婆家。经历过艰苦年月的人都知道，山里虽然人少，但起房子也不敢做"抱团取暖"的邻居，因为早些时候都是茅草房，人们生火做饭，烟火往往随风飘散，火灾时有发生，如果房子挨得太近，一旦一家失火就容易造成全村灰飞烟灭。

原来独立的那一栋房子还在，但屋子里的人早就搬到坡月街上去了。没有人住的"家"已破败不堪，瓦顶上到处是能让阳光、月光直接照入屋里的破洞，围栏用的木板这边少一块，那边少一块，里里外外都是"风烛残年"之态，似乎一片飞来的落叶都可以把它压垮。再往前走，也只剩有一栋木房子，没承想那附近多出了一栋在记忆里没有的用水泥砖建起的小楼房，我急于求证那栋木房子是否是外婆家的。表哥说："那是邻居家的，我们的房子在 1999 年就拆了，当时也是危房，拆下来还能利用一些木材，前面那栋水泥砖房是我当年拆了旧房后建的新房。"

在四面树木葱郁的山窝里，表哥的灰白小楼显得格外醒目，门前一棵高过楼顶的黄皮果树枝繁叶茂，旁边的几棵番桃树也有一层楼那么高，屋后几棵芭蕉树的宽大叶子在夏日的山风里左摇右晃，似乎对久违的主人再次到来表示欢迎和兴奋。

我们走向这个紧闭门窗的三层小楼房，这楼房是按照农业生产劳动和农民生活的需要布局建造的，最下一层是留给鸡猪牛羊住的，如今早已被周边的果树和杂草埋没了，通上二楼的台阶也被绿色的藤蔓植物一层层覆盖，如果表哥不走在前面，我根本不知道走向二楼的台阶在哪里。现在的生产生活已经不靠弄场里的一亩三分地，搬离内龙海后表哥也有两年时间没有回过这里了。我们打开房门，里边还有部分丢弃的家当，一张四方饭桌摆在正堂的中央，桌面放有几个瓷碗和一个陶壶，桌子四边也分别围着几张凳子，好像一家人正准备吃饭似的。不知是表哥有意的安排，以保持这栋房子人畜兴旺，还是无意的摆放应合了现实的场景，反正这栋房子显得不那么清冷。在房间里表哥摸摸这个，摸摸那个，嘴里念念叨叨，好像一什一物都在跟他交流似的。房子并不大，每一层只有三间房，一会儿工夫我就溜达几遍了，印象最深的是三楼他的儿子和女儿这两个房间，地板上都零乱地散落着他们读初中时的一些书籍，墙上都分别张贴20世纪八九十年代港台流行歌手的几张大幅图像。不难想象当年两个人在花样年华的理想是如何把美好的青春与山外的世界联系在一起的，这小小的房间小小的山窝怎么能装得下他们的梦想！

我们爬上房顶的露台，环视整个山谷盆地，想当年3户人家20口人（最多的时候）生活在"山的海洋"里，用"坐井观天"来形容也不算夸张。我低头看着房前杂草疯长的土地，抬头望着眼前的山，转头望着屋后的山……我向狭长空旷的山谷无端地叫喊几声，山谷的阵阵回音宣告苍天不语，大山无言，有一种寂静和窒息之感。

我的呼喊声得到几十米开外另一间木房里的小狗传来一阵阵狗叫声的回应，表哥说那间房子是我们的邻居瑞叔家的，现在住着一个瑶族同胞，他是从西山乡那边过来的，是一个老光棍。瑞叔说反正房子空着也是空着，大家的土地闲着也是闲着，有人住就养有鸡、牛、羊和狗，我们的老家就有生机，不算荒废。我们什么也不要他的，这里的几十亩地他爱怎么弄随他作主了，唯一担心的是他一个人住，如果生病了或者发生什么意外可怎么办。

既然来到这里了，必须和守家的人见见面。正巧瑶族兄弟也在家，见我们到访他喜出望外，热情有加，急忙把几个芭蕉递给我们。我们仨坐在门口聊天，表哥说老屋就在这栋房子前面，宅址现在已成为瑶族兄弟的一块菜地，但还能分辨出房子的大致轮廓，表哥指着空旷的"房子"说他原先睡的方位，大哥、二哥、大姐和小妹分别睡在哪个方位，这里的一切仿佛如昨日。

瑶族兄弟姓韦，今年49岁了，孤身一人在这里饲养一些禽畜，种几亩南瓜和玉米，对自己现在的状况还是比较满意的。他不识字，也不会用手机，看云识天气，每天都"日出而作，日落而息"。他乐呵呵地说："一天保持

（喝）两斤土酒，活一天算一天，做人就是这样了。"到底是置生死于度外，还是对未来感到茫然，瑶族兄弟的乐观与淡然我真的不知究竟，只能像门前的山一样无言。

值得一提的是在内龙海盆地南面山腰上的一口山泉水，无论是多旱的年月流量都很稳定，而且水质清澈，口感甘甜，让人称奇的是这口泉不是从山弄里的低洼处流出来，而是在相对海拔较高的山腰间喷涌而出，泉口周边的树木明显比整个弄场里所有山头的树都长得高大，所以不合理的"水往高处流"一直是关于龙海泉一个美丽的谜。一个天真的臆想在我心里特别美好——这里叫龙海，难道泉水流自"有龙的海"！在山区普遍靠建造水柜汇集天降雨水才能生存的环境下，一旦遇到旱灾，内龙海的这口山泉就是方圆十里八乡绝大部分人畜饮用水的绝对保障，所以如果哪一年遇到水荒，内龙海山弄里就聚集很多打水的人，表哥自己说他最舍不得搬离内龙海的理由是贪恋这口泉水呀！

我们爬到泉口，喝足了泉水，再装几瓶携带下山。返回到表哥的小楼前，我们拍了几张纪念照，表哥说如果像以前那样身边总有几只母鸡"咕咕咕"地唤着一群小鸡围在身边与我们同框，那就更好了！当年用水泥砖修建楼房，目的是子子孙孙不离不弃，想不到没住几年便人去楼空。表哥是最后一个离开内龙海的人，无论是内龙海还是外龙海，整体搬迁至仁乡村部所在地重建家园，从故园到新居虽然只有15公里之遥，但走出这一步，龙海人前前后后用了20年的时间。

历史往往让你无法预料一个时代的戛然而止，时代往往让你无法预料它是以什么方式开创新的未来。交通不便是龙海人往外搬迁的主要原因，可当所有人都搬迁出来以后，通往龙海的公路修通了，而且直通到西山乡。今天走在龙海村口的公路，向左向右都可以通到"罗马"。可是已经搬出深山的龙海人再也回不去了，回首深山岁月的酸甜苦辣，只能往事尘封。

难怪表哥每当与人谈起故居，总情不自禁地说："时间跟我开了一个玩笑，我搬出来了路就通了，真是让人哭笑不得。"

今天我们可以驾驶机动车，经过洞天福地景区门口去到龙海，虽然路小弯多，15公里也用不到半个小时，而36年前我跟妈妈是选择最短的路程，经过百魔洞洞口，穿过百魔屯后徒步爬山，只有5公里的山路我们用了两个多小时，要说那年月的路况条件可以用李宗盛的歌词"往事不愿提起，人生几多风雨"来借喻和想象吧。

这一次我把表哥存留在小楼房里的一个木制水盆带出来，表哥说它是我们祖辈用来洗脸洗脚的一件传家宝，特别是我的妈妈洗得最勤快，所以我把它带出深山永远珍藏。

向晚的阳光拉长了影子，我们缓缓地离开内龙海，长长的山谷里那位瑶族兄弟在最后的房子里升起炊烟，他用一个小小的村庄最温暖的方式与我们作别。再次回到大榕树下，回望山谷里的内龙海，几间房子在绿树之中无影无踪。遥想瑶族兄弟在内龙海过着"一个人的村庄"，外头的外龙海两位老人和一只狗过着"两个人的村庄"！相信每天太阳下山以后，都有一轮蓝蓝的山月升起来，照亮他们，照亮所有的村庄！

迷失了村庄的坐标 | 黄高德

　　初中毕业以前，巴马县城一直是我向往的地方。

　　初中毕业那年是 1983 年，我们村分田到户才两年时间，农村人虽然基本上解决了吃饭问题，但其他方面还跟 20 世纪 70 年代一样，比如，村里基本上都是土墙茅屋，好点的人家是土墙瓦盖，道路是坑坑洼洼的泥巴路。初中毕业的孩子有几条出路：第一，考上河池地区高中（今河池高中），当时公社中学的学生能考上地高的都是凤毛麟角，能上地高，变成大学生是水到渠成的事儿。第二，考上巴马民族师范学校或宜州师范学校，读这两所学校，有伙食补助，家里基本不用负担，而且毕业就可当老师端铁饭碗，只是每个公社中学才各有一个名额。第三，考上巴马一中，升大学的可能性较大。第四，读巴马二中，升大学的可能性较小，听说每年四个毕业班只有十来个上大专，三四十个上中专，大部分回乡与土地做伴，有些不服气的去当代课教师，正如后来学校教务处唐主任所说的："我们学校主要是培养有知识的农民。"第五，就是直接回家，种田、打工、做生意是你的自由。在老师的鼓励和同学们的努力下，1983 年，我们羌圩中学那届毕业的两个班除了有一人上地高，而师范没录取一人（有些反常），有近三分之一上巴马一中、二中，我的分数是上一中线的，但不知何故却被二中套牢。二中就二中，反正也在巴马县城。

　　秋季学期开学，我和同届的十几个老乡一起，高高兴兴地搭了近三个小时的班车，满身灰尘来到巴马二中报到。

我们进入二中校园，找到宿舍铺好床，交费注册。之后，几个同学相约要去巴马街上走一走，开开眼界。可出了校门，四下一望，学校南北是土坡高山，东西是萧条的村庄，县城在哪里？是不是进错了地方？我们转回头向门卫打听，门卫说，错什么错！你们都注册了，这就是著名的巴马二中，只是离巴马街上两公里而已，中间隔着巴徐屯。原来如此！不过还算好，离街上才两公里。而一中在哪里呢？照理应该在县城里吧。那是我们心中向往的学校，以后星期天一定以看望老同学的名义去那所名校感受一下。

星期天注册，星期一上课。我对来自羌圩的同乡说，这所学校的环境还是相当好的，大家安下心来学习，只要努力，以后也许会有个把人考上中专的。大家都点头称是。

不料星期五出了一件大事，至今仍令我后悔、遗憾不已。那天下午放学后，同乡的阿葵、阿正对我们几个说，你们帮我们两个抬行李去车站。怎么回事？阿葵说："我和阿正不想读书了。这个学校离街上太远，连洗澡的水都没有，跟我们乡下又有什么差别？况且我们的基础那么差，反正毕业后也回家当农民，不如现在直接回去，还可省几年的学费。"不行呀，既然交了学杂费，起码读完这个学期再说嘛，而且只要我们肯用功，将来说不定也能考上学校。现在就放弃，就一点机会都没有了呀。可无论我们怎么劝说，他们两人用九牛也拉不回，我们只好无奈地帮他们抬行李去车站。他们当晚睡在候车室，第二天搭班车回羌圩乡下老家。两人的成绩本来也还过得去，尤其是阿葵，初中时英语总是班里第一第二名，不读真是可惜。十几年后我在羌圩街上邂逅阿葵，他说现在在家养羊，有时也出去打工，真后悔当初不听我们的劝说，当农民真辛苦。其实当初他不读书是有不好意思说出来的原因，他身上生癞咖（一种皮肤病），奇痒无比。阿正是家里的独子，父母认为读二中没有什么前途，就在家为他找了个媳妇。

我们十来个老乡留在了二中，不管前途如何，先读满三年再说。

二中远离街上也好，我们可以静下心来读书。可惜我们二中学生多是各地初中毕业生的"边角废料"，基础差，干脆破罐子烂摔；老师们怨气满天，也不怎么用心教学；所以我们的学习环境是相当自由宽松的，不像其他高中那样"压力山大"。不过我不轻言放弃，暗地用功，当然也不能表现得太明显，否则会被其他同学嘲讽嗤笑的，说你"癞蛤蟆想吃天鹅肉"。我久不久也跟几个要好的同学翻越学校铁门，沿着黑漆漆的公路，跑到街上去看录像。平时看电影，要穿过巴徐屯的田间小路，绕过母鸡山脚下，上了礼堂坡，才到电影院。

全校六七百名学生，共用一个水龙头，而且出水很小，像便秘一样。晚饭后或晚熄灯前，水龙头前排起三四十米的长队。街上的或厂企子弟仗着他们是"地头蛇"，从不讲先来后到，拿个水桶直接到水龙头下，将原先同学已接得一半的水桶移开，放上自己的水桶。你若咕哝几句，他们就蹬鼻子上脸，甚至扬起拳头："不服？！你不知道我是谁？"一些有骨气的乡下同学与他们理论，于是免不了上演一场"武戏"，我也曾扮演过其中的角色。敢跟他们较真，那些人过后也对你忌惮三分。不过，我不想花上个把小时的时间去排队接一桶水，而且不想介入时不时可能引发的争斗。于是我与几个玩得好的同学到校外踩点，向东发现离学校两三公里外有一条小溪，溪流蜿蜒叮咚，每流出二三十米，落差形成一处小瀑，溪水清澈，溪底是干净的沙石，手指大的小鱼在水中穿梭。那真是一个浣衣、洗澡的好去处！于是每每晚饭后，我们沿着山脚小路，到那里纵情畅洗，就是赤身露体也无所顾忌。我们泡够了，洗好衣服，顺便提回一桶水。

当时的猪肉价格是一斤三块到四块钱，而我们的伙食费是一餐六分，一个月三块六。饭是用自带的米蒸，菜呢，平时都是冬瓜、饭豆、黄瓜、豆腐，油水很少，吃得肚子寡寡的。一个月加一次菜，每人三四块肥腻撩人的五花肉。有时去得晚了，你饭盒中的肉已被人掳去。你就是发现，也敢怒不敢言，因为下手的正是上面提到的那些"地头蛇"，当时"扫黑除恶"的风暴还没有刮到校内。那时正是长身体的最后冲刺的关键时刻，为了安慰自己的身体，我久不久邀几个同学到街上小炒店，一碟菜八毛钱，炒它三五碟，每人刨两碗饭。我也喜欢到车站对面的国营饭店去吃早餐，六点起床，穿上运动鞋，下巴徐坳，到饭店点两个包子、一根油条或一个油饼，加一碗豆浆，相当舒坦！有时自己到县城附近的巴徐、巴发、盘当等村屯的亲戚家蹭饭。一般他们都给我弄好吃的，或鸡或鱼或扣肉，让我大快朵颐。吃水不忘记挖井人，每到星期天，我都会去帮他们插秧、种玉米、挖鱼塘；回到老家，我总忘不了宣扬他们的大恩大德，让他们在老家赢得很好的口碑。

三年高中结束，我以巴马文科第一名的成绩意外地考上了广西大学中文系。到了此时，我不能进一中的遗憾才略略淡化。

别了，我那不在县城的母校，别了，我的小溪，还有那些为我长身体提供养分的亲戚！

不过作为巴马人，毕业后我也许还会回来的。

孰料读到大二，即 1988 年，大化瑶族自治县成立，我的故乡羌圩被划入了大化。毕业回巴马的可能性不大了，因为大化成立不久，大化一位副县长曾到学校找我，希望我毕业回故乡做贡献。

我临近毕业到河池日报社实习，领导见我各方面能力不错，信誓旦旦地说，毕业后你就到报社工作。如此看来，不仅巴马，我连回大化工作都不太可能了。

毕业后，我直接到报社找领导，准备报到。领导却遗憾地对我说，不是我们不想要你，而是某种原因，要不得。罢罢罢，巴马回不了，大化又联系不上，我该何去何从？这时，巴马民族师范学校政教处的张主任突然找到我，希望我去巴师工作，我一高兴，当场同意了。

曾经的故乡巴马，我回来了！

1990 年到 1993 年，我在巴师的三年时间里，看到的巴马跟我读高中时的模样差不多。

每逢星期天，我会买一些酒菜去县城附近村屯的亲戚家，与他们话旧；

或者带上班里学生，帮他们种田。

县城附近的村庄，如巴发、那鸡、那湾、停细、坡圩等，常有村民挑着自酿的"土茅台"到学校推销。为了点缀单调的教学生活，消除心中块垒，我得常备些"杯中物"。一般村民卖一斤五毛，你若说这酒不比上次的，有些淡，或有点酸，卖酒的村民立即像个犯错的小学生，保证下次一定注意，并提出这次的酒只卖一斤四毛。说归说，既然他们已经深刻认识到自己的错误，并表示愿意改正，我还是以五毛一斤买他五斤十斤。

20世纪90年代初，巴马县城虽然是县政府机关所在地，是一座乡下人向往的城市，但在我的印象中，巴马街上的乡下气息也很浓郁。许多街上居民也是种田的，春耕季节，经常见到这样的图画——一位街上的汉子肩扛犁耙，高挽裤腿，赤着双脚，嘴叼烟卷，一手执鞭，用壮话吆喝着一头水牛，不急不慢地走过街道，向小河边的水田走去，水牛的屁股不时冒出一堆热气腾腾的大粪，叭的一声落在街头，行人纷纷捂鼻绕粪而走。汉子后面跟着一位穿斜襟衣服的妇女，肩上的尖头扁担串着满满的秧苗……有时我们晚上上街，一不小心可能踩到街边树下拴着的牛。

听说盘阳的坡交、坡脑一带的黄家有"福"字辈，也就是我父亲的字辈，于是我决定到那里寻根问祖。我们老家因为祖辈读书不多，把族谱弄丢了，字辈也搞乱了。祖辈父辈们希望我这个村里的第一个大学生有机会将族谱找回，将字辈回归正轨。某一天，由一位坡脑的黄姓兄弟带路，我的几个朋友踩着单车，跟我前去寻根问祖。到村里跟老人聊天，却令我越来越糊涂。村里确有"福"字辈，但这里"福"字辈的上一辈与我公辈的字辈又不一样；下一辈中间那个字也不是我这个"高"字，而是"有"字。当然，我这个"高"是我父亲定的。我老家附近村屯黄氏也有"福"字辈，不过他们的下一辈取"汉"字。真不知哪个是正统的。坡脑的老人说，孩子，不管是什么字辈，500年前我们是一家。以后常来常往，当作家里人一样。寻根无果，我与500年前曾是一家的黄家父辈及兄弟们开怀畅饮。饮到月升中天，一行人才带着七八分醉意"醉驾"自行车而返。

1993 年国庆过后,我离开巴师,调到河池日报社工作,续了前因。

在心底,我总以为自己还是巴马人,那里有我的许多同学、亲戚以及同事。所以,我采访的方向多是朝着巴马。我隔几个月回一次巴马,每回都感觉它渐渐地有了一些变化。特别是近十年,一年不到巴马,巴马变得令我目瞪口呆。

因为我近年来不当记者了,基本上不下乡采访。偶然回到巴马,如果不开导航,我一般会迷路。原来县城周边大片大片的稻田不见了,代之而起的是幢幢高楼,有民居,有单位,有酒店,有广场,有市场,有外来投资的公司……我的母校,我洗澡的小溪,有亲戚的村庄,卖酒给我的村屯,甚至我寻根问祖的地方,都与县城连成一片了。更可喜的是,县城现在已连到了河百高速的坡腾出口处。正在建设的贺巴高速,从那桃民安开始,就搞了一条60 米大道连着县城。不久的将来,60 米大道两旁也将发展为县城的有机组成部分。有时在巴马公事结束后,我想抽空去走走亲戚,却怎么也找不到亲戚家原来的方位。好在我逛市场时碰到他们,他们或在市场摆摊卖菜、卖果、卖杂货,或做门卫,或守公厕,反正已不是本来意义上的农民了。只是不知原来卖酒给我的村民现在还酿酒否?

现在走在巴马街上,旧城区已经亮化,没有了往日杂乱无章的感觉。旧城区周边高楼鳞次栉比,规划整齐。街上走的,除了本地人,还有操各地口音的游客,甚至高鼻蓝眼的外国人。街边门面坐的是全国各地到此淘金的商人。原本讲壮话的巴马人,现在竟能跟广东客商讲白话,对外国游客说"哈喽"……

巴马的飞速变化,归根于"世界长寿之乡"这个美名。虽然寄托我无限思念的昔日村庄迷失了坐标,但我并不觉得遗憾。

黄高德 ....

黄高德,壮族,大化瑶族自治县人,广西作协会员,河池网络作协主席,河池市文联兼职副秘书长,《河池文学》特约编辑。现为河池日报副刊部主任,主任编辑。

老屋 | 黄绍双

    2004 年农历的七月，老屋被众人推倒，百年建筑呼啦啦倒下了。不日，将有一幢红砖小楼在老房的旧址上立起。老三曾经托话过来，告知了拆房的日期，希望我能回去看看，与老屋作个别。然而，那天我因为事忙没有回家，与老屋作最后告别的愿望也不能实现。我最后一次离开老屋的时间是什么时候，现今已经不记得了。老屋是我全部精神的寄托，心的归宿地。

    我家的老屋造于何时，是一个说不清楚的问题。我经多方打探，问了屯里的长者们，仍然没有结果。我直到现在也还不知道老屋造于何时。村子前面的老木棉树一定知晓我要的答案，但它不能告诉我。老屋是泥做的土坯房，黄土夯做的墙，泥巴打就的地板，灰色的泥瓦盖在上面，和村庄上所有的老房子一样，从侧面上看像座金字塔。后门的右边有个枪眼，里宽外窄，可以窥视外面的动静。粗糙的墙上有几条裂缝，那里面是老鼠们的乐园，小麻雀也会在这里做窝，有时候还会发现老蛇竟然躲藏于此。老屋大体还可以算为三层，底层占地一半，为牛马的居所；中层住人，分左、右厢和中堂，像是写在地上的巨型"品"字，里间陆地部分安放炉灶，生火做饭，是伙房兼杂房，墙角堆码柴火，门背放置农具，石磨、石臼、水缸依次列排于后墙脚下；上层囤积稻谷，还有些不常用的物件。老屋是木头结构，榫卯相连，没有一根铁钉。人与牲畜，息相通，味相闻。

在老屋一年四季生火做饭，烧的是三只脚的"老虎灶"，经年累月烟熏火燎，目之所及全是冷黑的色调。有一种豆粒大小的灰蜘蛛，在墙壁上结网做窝，伪装得极好，夜晚出来捕食，白天躲在窝里不动，找到它窝子再手指轻轻一摁，便逮住了。到屋外找一窝红蚂蚁，把蜘蛛放在蚂蚁窝旁边，看蚂蚁抬蜘蛛，拖入地洞里，也很有趣味。晴天的午后，太阳从破漏的屋顶上穿透下来，和着炉灶里的烟火，屋子里就会生成数道白亮的光条，静静的泻在墙壁上，泻在地板上。明知它正在移动，但却看不出来。眼前的空间似乎凝固不动，仿佛时间都静止了。我时常独自傻傻待着，眼盯白色光柱，什么也不做，心绪一片空无，唯我独尊。这时候，我忽然感觉，原来独处也是一种好。若遇大雨，却一点都不浪漫了。雨水从瓦槽边灌注下来，淋在楼上的谷堆上，床上的铺盖也被打湿了，一番提盆挪床，不免手忙脚乱。第二天，父亲便架梯上屋，检修被风雨掀开的破瓦，之后一切又归于平常，我早已见惯不怪。"八月秋高风怒号，卷我屋上三重茅"，我想起老杜的诗句，倒也与我家的情况颇有一些相似。老屋的墙脚，还长出一种黑色的晶体，相传是制造火药的原料。我少年好奇，曾背地里掏刮来那东西，偷偷照"听说"的方法，用破铁锅翻炒，暗想成功后，到小河里炸鱼。后来因为配方不得法，炒的功夫也不到家，我自然是没有制造出火药来的，少不了挨大人一顿骂。

老屋依山而居，面向东方。早晨，拉加山上升起红太阳，第一缕阳光便照到中堂里，屋内瞬时光芒生辉。堂屋中央是祖宗堂，八仙桌上的香炉，终年香火不息。祖宗台上有祖宗牌位，旁有对联，或者是"金炉不断千年火，玉盏常明万岁灯"，或者是"宝鼎呈祥香结彩，银台报喜烛生花"，或者是"人间好事忠和孝，世上良谋读与耕"，总之是良好的愿望与寓意。家里有讲究，平常薄菜清汤，年节美味佳肴，用膳之前得先上祖宗台，让列祖列宗先"吃"，然后方能摆桌动箸。虽不能做到"晨昏三叩首，早晚一炉香"，然逢过年过节时，点一炷香，烧一把纸钱是一定的。无论你身居何处，无论高低贵贱，无论富有清贫，一概如此。

那时候没有电，黑夜来得特别快。傍晚时分，当老牛归家，残阳隐去之后，黑夜就紧跟着来到了。黑色的光很快将零乱的村庄罩在下面，不留下一点光明，使得老屋出奇的黑魃魃，伸手不见五指的。除了夜虫的低鸣，不时还有牛马的鼻息声，再没有别的动静。偶有萤火虫飞过篱笆墙上，微弱的黄光一闪即逝，更显得夜的寂静，一切都沉睡了。

万籁俱寂的夜，黑暗的世界里，唯有老屋内有一丝亮光，从窄窄的窗台上透射出来，刺破深厚的夜，同强大的黑做斗争，微弱而坚忍——那是我的煤油灯。白天干农活，晚上读书，是我那时候生活的内容。我在泛着青光的灯下，写下宣泄苦闷心情的日记，啃读大部头的文学名著，整理收集到的山歌，当然也写了些不敢拿去投稿的"散文"，自娱自乐。那时生活虽然困苦，但却很真实，没有做作的成分。那样的夜晚，我不看书，也没有别的事情可做。那时候，全那桃乡只有一份《文学报》，订阅那一份报纸的人就是我。我看完了《文学报》，又将它们糊在墙上，这样可以反射一些光亮供我享用。我还订有《文学知识》，每月新刊到手，把刊登的文章全读个遍，一直看到停刊号。当我在 1988 年第 12 期的第 40 页上，读到《敬告读者》"我们怀着依依惜别的心情，敬告亲爱的读者和作者，本刊将从 1989 年 1 月起停刊"时，心里莫名失落。是它在我人生的低谷，陪伴在我的案头，与我共同度过难忘的夜晚。我在里面学到不少东西，它至今还被我收藏在书架上，不时翻来看看，有多少回忆在里头！《写作》《散文》《散文选刊》《青年文学》《小说选刊》《三月三》《金城》等，都是我那时候在老屋的煤油灯下看过的杂志。那几年，我在老屋里"博览群书"，获益不浅，它们对我的人生影响颇深。"天生我材必有用"，我不敢狂妄，但说是读书改变我了的命运，是不为过的。我其实并没有远大的理想，也没有胸怀大志，那时候看书，纯粹是原始的爱好，并无功利之想。然而，在那长长的黑夜里，似乎有一盏无名的灯，在前面牵引着我，向着黎明的方向。

老　屋

　　年年难忘与企盼的，是老屋里过的春节和七月节，再还有"三月三"。为春节而预备，我放学后到高皮山上打回的柴火，早已堆满屋外墙边的拐角，一直码到远处的橙果树下。盼望着，盼望着，腊月终于来到了。腊月二十几，母亲便叫我们到屋后的山上，砍回竹枝和竹竿，扎成长柄的扫帚，动手打扫遍布尘埃、挂满蛛网的老屋了。将旧年的霉气，种种的不好，统统扫出门去，是腊月里必做的事情。到了打扫屋子的时点，对过年就有很多期待，杀年猪，放鞭炮，压岁钱，憧憬种种的事情，我时常会兴奋得睡不着觉。腊月二十三小年过后，据说列祖列宗都回天上去了，除夕晚上才回来。小年过后到腊月二十九，家里的祖宗台是不用上香火、摆贡品的，老祖宗们都不在家了，摆了也没意思。这时候就要及时清理家中的祖宗台，将祖宗牌位和香炉案台擦拭干净，重新摆设。香炉内的香头和炉灰并不能随便丢弃，要装入塑料袋里，打包好送到村外，挂于老树的丫杈上。腊月二十五六七八，就杀年猪了。大人们七手八脚，将肥猪摁在长凳上，白刀子进去红刀子出来。猪儿的号叫，扯动了年的神经，浓浓的年味即刻飘散开来，弥漫在村子的上空，新年就这样来到了。大年初一上山拜庙，下地敬土地神；大年初二放鞭炮，吃肉喝酒，走亲访友。直到正月十五元宵，春节才算结束。元宵过后，人们又整理农具，面朝田畴，播种的时令到了，那是无声的命令。常言道，人误地一时，地误人一年，一年之计在于春，马虎不得。

　　七月十四"鬼节"，也是个大节日。七月十一吃过汤圆，母亲就忙着剪裁纸衣、纸裤，预备着十四那一天，敬奉给列位先祖。在祖宗牌位处横拉三根绳子，将纸衣裳挂在上面并排列整齐，到了七月十四清早，才将它们烧化，供奉给天国仙乡的列祖列宗。从七月十一到十四，每天早晨都要宰杀鸭子，吃鸭肉。七月节的规矩也相当烦琐，有诸多讲究，我知晓不甚周全。山歌里唱到，"妹提桥篮去夫家，'初三''十四'不回还"。山歌中说的初三就是壮族歌节"三月三"。草长莺飞，春暖花开，最是人间好时光。门插枫叶，做五色糯饭，踏青赶歌圩，"三月三"真是个浪漫的节日。属于我的"三月三"只有一回，高中毕业后的第二年，我赶了一回"甘艾"歌圩（在羌圩乡艾圩村），唱过山歌与否，实在也记不清了。印象中歌圩现场人山人海，熙熙攘攘，山歌此起彼伏，我流连忘返。到了第二年，我当兵去了，因此赶歌圩再没有下文了。

在我的家乡，似乎月月有节。元宵节、"三月三"、清明节、端午节、"六月六"、七月节、中秋节、重阳节、十月十、冬至，到了腊月过小年，一元复始又春节。为父亲母亲置办的，为数不多的"盘粮"仪式，是老屋里最讲究的。我想象不出，如果没有这些众多的节，将会是另一种怎么样的情形。它们就像一口大缸子，浸染着乡居的人们，口口相传，井然有序。

老屋是很多人的"东家"，或歇歇脚，或留宿过夜，他们多是补锅匠、石匠和阉猪的人。那时没有公路，这些人都是"徒步侠"，一根拐棍，一个背包，夜宿晓行。有位姓张的阉猪佬，汉族人，父亲称他"老张"。老张几乎每月都来到我家，与我父亲是故友，进门第一件事，便是找来父亲的水烟筒，咕噜咕噜，嘴里吐着白色的烟雾，过把烟瘾。有时候还会从油腻的挂包里，提出一串公牛的睾丸，作为夜晚的下酒菜。老张是个神奇的人，听说他会"法术"，不然力大无穷的公牛，何以被他给阉掉了呢，相传公牛是被他作了法的，我们小孩都有点怕他的。那一年我得了眼疾，视线模糊不清，已经接近瞎盲，冥冥之中，老张恰巧又来到我家。他瞧了瞧，到屋外的路边，摘来株野草，搓一搓，塞进我的鼻孔里，嘴里振振有词还念些什么，我没听懂。没几日，也不知道是那野草起的药效，还是他的"法力"的作用，我的眼疾真好了，此后再也没有复发过。我后来去当兵，之后又当国家干部，历经多次体检，都能过关。我很希望还能见到老张，当面跟他道一声谢，祝他老人家健康长寿。可是不大可能了，因为我根本就不知道他住在哪里，他的家乡在何方，如今是否还健在也不可知。然而，多少年来，我仍然不时地会惦记起他来。

天等来的石匠，也在老屋里住过好长时间。那一年春天，他们叔侄二人

老　屋

来到我们屯打工，白天帮人家打石磨，挖石臼，凿石条，晚上回老屋睡觉。因为我的父母亲待他们如同亲人，彼此结下了深厚的情谊，早已如同一家人。我常常在火塘边，听他们讲故事，同他们猜谜语。到了秋天，他们干完活，结得了工钱，回天等老家去了，一去再也没回来过。他们打的石磨、石臼、石条，还在我们屯各家各户的家里，有的已经过时了，静静躺在地上；有的还在发挥作用，比如石磨。而打造它们的手艺人，却不知去何处了。

我记得母亲曾经说过，男儿在外，谁背着房子？因此父亲母亲非常怜悯背井离乡的人，于是老屋便成了他们的"东家"。我家里虽然贫苦，而一口饭，一张床，从不吝啬。冬去春来，南行北往，我也已记不真切。

我们兄弟四人，相继长大，除了老四绍雄，都成了家。俗话说的，树大分枝，仔大分家，我们家分家了。那天晚上大家议定，父亲同大哥生活，母亲同老三过，田地按人头均分，山林对半掰。我和绍雄在外谋生，不能顾及田亩诸事，都表示了放弃，不分任何东西。经众乡邻作证，家一分为二，各自另起炉灶。大哥住他自己建起的新房子，老屋分给老三绍辉。家终于分了，前一天晚上同众乡邻一起吃的那一顿饭，算是在老屋里最后的团圆饭。次日，我离家返回我工作的地方，母亲送我到小河边，一路上对我说了许多宽慰的话。母亲因为我们懂事，主动放弃自己本可以得到的"份"，家分得顺顺当当，而感到十分满意。家已一分为二，下次我归来，进的是两家门，事的是两家理，吃的是两家饭了。父亲母亲亦不在同一屋檐住，同一锅里吃了。其实我的内心悲喜交加，有欣慰也有忧伤，情感上有十分的不舍。可千里搭长棚，没不散的筵席，我很是无奈。

当我跨过小河，爬上浪亭坳，回望母亲佝偻蹒跚的背影，还有远处隐在云雾之中的老屋时，阵阵悲凉向我袭来，一把辛酸，我眼里的泪水，再也抑制不住，披挂在了脸上，任泪水一路抛洒到那桃街头。路遇行人，不知我家一分为二，问我何事悲伤落泪！

老屋其实是个聚散场。生老病死、婚丧嫁娶，一件一件、一桩一桩，许许多多事，如何道得尽。"年深外境犹吾境，日久他乡即故乡"，算来，我离开家乡已然30多年，在异乡生活久了，他乡也确实变成了故乡了。然而，乡关何处是，我的心中更有忧伤。

1981年深秋十月，我首次出远门，作别老屋去部队当兵。四年后，1985年的10月，风冷叶黄，大地萧索，那个阴暗的下午，没有一点阳光，我又回到了老屋。1987年，遍地金黄时节，是个收获的日子。那年的八月，我再次离开老屋，参加"县选举工作队"，当了国家干部。打那以后，我就很少回家，每年回去不过三五趟。十多年前，因为父亲已经过世，母亲年事渐高，她生怕老死他乡，不愿意来城里同我住，我回老屋的次数才多了一些。如今，母亲也已经不在，我基本上是无事不回故乡，事实是回去的次数真的少了。然而，故乡像根桩子，回家的路犹如绳索，千里万里将我拴系。其实，我从来就没有离开过故乡，只是再也进不了老屋的门了。

黄绍双

黄绍双，壮族，巴马瑶族自治县人。退伍军人。现为巴马瑶族自治县粮食和物资储备局主任科员。

阅读周洋 | 十 月

一

> 蓝靛草一直在长，在遥远的天边
> 和太阳一块印染天空，蓝色的梦境
> 民族的大手，穿过岁月的缝隙
> 集结温暖，游牧记忆
> 编织五彩缤纷的图景

这是我多年前对蓝靛草和与蓝靛草相关的民族所表达的粗浅诗意。

印象里，蓝靛瑶就是打制蓝靛、制作蓝靛土布服饰、追求美崇尚善的瑶族支系。除此，我记忆里一片空白。有人告诉我，在巴马，要真正了解蓝靛瑶文化，最好去浏览周洋。从此，我便有阅读周洋的念想。

蓝靛瑶村寨周洋，远在县城 50 公里开外。它像一部厚重的史书，藏在博大图书馆最里边和最高处，好多人不知道它具体搁在哪里，无法找到它的出处，也有好多人无法读懂它的深刻内在。尽管我做过一些准备，从各个侧面了解周洋的过去与现在，但我所知道的只是这部书的书名以及书面的颜色，略知某个句子与某个词语，其中的内容、故事情节、修辞手法、语言色彩，却一概不知。然而，我越是这样的无知与朦胧，周洋就越是特别地令人神往。

也许要读懂一个地方，必须要做一回那里人，一如要读懂一部小说，就得经历同主人翁一样的生活，至少在精神境域里。做不到的话，顶多算是一个访客或者一个不够称职的读者。

有一段日子，我特别想走近它、阅读它，却挤不出时间。直到县里要举办盘王节，需要呈现蓝靛瑶一些文化元素，我才有了阅读它的机缘。然而，我能够探访阅读它的时间，却少得可怜，这就注定了我的阅读难以系统而深刻，对于周洋的理解估计只是零碎的、切片式的了。

2014年11月26日。这一天，寒意还不是很浓，周洋蓝靛瑶寨晴方好、雾亦奇。陆副乡长和寨主传来信息，认为这天气虽不利于大面积涉猎、远距离扫描，倒还可以沉心品读，抓住细节，搜寻名句，撷英掠彩。因此，启程时大伙的心情十分明朗舒畅。我们没有其他选择，必须经过所略、所圩这两个壮家村寨，这是目前唯一可以驱车前往周洋的线路，而且一行三人谁都没有去过，我和小包同志还是第一次去的周洋。从所圩开始，越野车便一路仰视前行，远山云雾缭绕，雨意突现，途上每遇到村庄便现出一处泥泞地段，运输建筑材料的大车鸣笛并超车前行，然后留下一段段坑坑洼洼的泥路，大伙开始有些担心起来。不料，我们行至那权屯，越野车就陷入泥地里，进退不得。我感觉到阅读周洋的艰难。此刻，我们就像在书的扉页里，胡乱揣摩书里的内容，找不到进入其深意的门道。一部远在高处的蓝靛瑶大书，没有一些阅读障碍，要深入读懂是不可能的。相反，有了障碍，更能加深对这个蓝靛瑶文化的时空记忆。我们手脚并用，把泥浆搬走，找来沙石铺垫。经过20多分钟的折腾，越野车总算脱离泥潭。此时驱车的小包同志开始动摇，表情显出无奈，示意打道回府。事情从来都是如此，有一些困难，遇到一些障碍，那种胜利的喜悦才会灿烂。就此却步，意味着半途而废，下一次就很难有更好的机会了。周洋这一部蓝靛瑶大书，珍藏于边远，抓不着看不到，巨大的神秘感，强烈的好奇心，反复折腾了我好些日子。而真正要捧读它的时候，却遇到这样那样的阅读障碍，难道这是考验我们对它阅读的期待和加深我们的记忆？

于是，我用行动回答了随行的同志。我下车徒步前行探路，一路走，一路看，一路探，路过村庄就打听，遇到路人就询问，并用手机一路向家在周洋的李光明同志打听，又把路况反馈给小包同志。周洋的面貌在行走中渐渐清晰。对蓝靛瑶文化有了虔诚与期待，前进脚步就会轻盈快活，一路的山光树影也必定会秀丽无比。我看到一路都是山茶果，到处呈现丰收的景象，探访的心增添了几分愉悦。王安石《游褒禅山记》中的一段文字也就在那个时刻闪现在我的脑海："世之奇伟、瑰怪、非常之观，常在于险远，而人之所罕至焉，故非有志者不能至也。"更何况，我们要探游的不仅仅是自然意义上的山，还有蓝靛瑶文化精神意义上的山呢。

一路上，满坡满岭的山茶果林和八角林，洁白的山茶花还牢牢地栖满枝头，并不在意初冬的寒冷。大面积的绿覆盖一坡又一坡，它们大概一整年都不曾枯黄。也许只有这些白这些绿，才配得上这高寒的地带，才可以叫云山雾海一年四季都造访。有了它们，我也就没有了前进的疲乏。途上随时都遇上马匹和摩托车辆，它们安然地停在路旁，它们的主人呢，潜在葱郁的山茶果林里拾撷山茶，劳动的声响从山茶林间传来，使山茶果林更显幽静。不时有红枫迎面飘来，红得如火的叶子下面，是深色的幽寂。我轻轻地走近，又悄悄离开，让自己感觉自己，像眼前的天然树木，不急不躁地长。对一个地方文化的寻味，不宜太过焦急，即使依然停留在这部书的封面上，甚至读错了其中一段特别的文字。

在接近周洋村寨两公里的地方，我感觉自己走错了岔路，于是边走边电话联系光明，但怎么叙述大家都不甚清楚，我干脆用彩信画面让他确认。光明告诉我真的走错了，往周洋的路是老路。哦，原来好走的新的路都不是接近传统文明的，我犯了一个常识性错误，这警醒我自己：要读懂蓝靛瑶文化，没有康庄大道，得耐着性子，一步一步地走，一行一行地读，理解错了一个句子，接下来的阅读都是徒劳的。为了赶路，我多走了一公里多。还好，我还能够及时地从头翻阅。回走 300 米的时候，陆副乡长正好开着摩托车前来迎接，才把我引导到了正确的道路上。像蓝靛瑶婚俗的过关卡、度戒的考验，小包同志和他开的越野车一路搁浅了三次，折腾了近两个小时；我的徒步行走，走错了路，都在考验我们阅读的态度。

二

刚到寨口，八角香就扑鼻而来。寨门周边几十棵古树密匝匝地挤在一起，有枫树、酸枣树、八角树、香兰树，好像是迎候，好像是等待，也好像在守候。肃穆中饱含着友善，苍老里隐含着生机，整个寨子弥漫着祥和与暖意。我知道蓝靛瑶对八角树有独特的情感，八角的形状都移用到刺绣上，除八角油、八角香料、八角药材等物质功用，八角的图案还能够被蓝靛瑶妇女艺术化，赋予精神上的寄托，真的令人身心暖和。

在周洋，即使是阴天，满山的云雾缭绕，我们依然感觉到了阳光的味道，温暖的意味。

房前屋后，那些芭蕉林和枫树林，和谐地依偎。芭蕉林长得端庄俊秀，沿着寨边悠闲自在地站立，看似一种守望或守候，其实它们是在按照自己的想法生存，是再自然不过的状态。再下边的古酸枣树，就这样老了，没了叶子，苍劲的枯枝连同攀缘而上的枯藤一起老了不知多少年，就连七十好几的李家老大爷也不知道它们的年纪，也不知道它们怎么就老了。向东的枝条上，两只小鸟栖落在上边，那叫声像两瓣绿色的叶子，跳跃着，闪动着。而那更深的真正的绿啊，大面积地铺展在寨子的视野里，那厚实的内容到底有多沉，谁都无法掂量。但我一下子就觉得这像是一个巨大的自然的图书馆。那原始绿色的深海里，有许多长篇故事，有原生态小说、诗歌、散文，有巨大的医药经典，有宏大的森林法则。

寨前有一棵老枫树与一棵酸枣树，寨主告诉我们，它们只是原始森林的代表，在它们身后有一大帮的族群。提到原始森林，我们就迫不及待。寨主提醒：进入森林千万不要动粗，也不可以方便。

刚走出寨子数十米，我们就贴近这些古老树木。30 多亩原始森林，它们就这么挨着村寨，自由自在地活了 300 多年，它们之中有黄皮柏、香兰、枫树、大落伞等 100 多种，下面有金线莲、九节风、黄狗头、七叶一枝花、小落伞等草药数百种。我们在几棵黄皮柏古树下，作拥抱的姿势，那粗大的树干，至少要 5 个人才能围过来，它们的高度尽管让人仰视，但天空都把它们的枝条拦截了。在古树参天的世界里，我们显得多么渺小。面对如此庞大的自然生态系统和原始森林，我们只不过是它们弱小的访客，谁都没有权利和能耐动用它们，哪怕是一棵歪着脖子的小树，整天耷拉着脸蛋的灌木，一株瘦弱的小草。

蓝靛瑶村民对森林的友好与敬畏，该是多大的意志与力量。

这些原始森林远离闹市，隐居这里，连同这个村寨，默默地守候这份生态文明。看到它们，我便自然地联想到人类，有那么一些人也类似它们，在适当时候隐遁，把身心抽离，回到山林，去和自然山林对话，或者面对自己，用文字作为树种，种在心田，写在文本里，找到工作之外与艺术和鸣的鸟啼。也有的剃光脑袋当和尚或者削发为尼，这样的阅读，又是什么样的高度呢？

其实，有这么好的林子，在闲适的日子进行友好的深入探访，或者有着原始森林一样朴素、真实的内心，不削发出家也优哉游哉善哉了。从原始森林里出来，目光朝向村寨，崭新的楼舍，富于现代建筑技术的房子，那种强烈的反差或许会令人兴奋，但却没有让我感到一种灵魂的安妥，蓝靛瑶传统建筑文化似乎已经淡远了。楼房前面，有几间瓦房棚子，门敞开着，里边堆放拆除老房时留下的木板、方条，它们当中有不少已经成为桌子、板凳，还有的变成了火苗。这时，我最想把它们一一从远方唤回来，组合为原来的模样，然后细细品读里边的真实内容。但是，此时我说不出话。

唉，现代人引领时代潮流，我却遗憾地回过头来重拾和追求原生态，回归自然，挤出可怜的时间走进穷乡僻壤，寻找过去虽然贫穷但却自然的农耕文明。而他们中的一些人，还企图把原始森林变成现代家具。人类永远都是自然的过客，谁破坏自然、掠夺资源，奢侈无度地消耗自然资源，谁就没有资格亲近森林，作客乡野。寨主说得真好，请不要对它们动粗。

寨前的一根横杆上，晾晒着一匹蓝靛土布，散发着蓝靛草的清香。寨主隔壁家的二楼阳台上，晾晒着一排蓝靛服饰。我感觉这似一篇散文，形散而神不散。老枫树边的菜园里那一口蓝靛塘，圆溜溜的开口向上，它的讲述并不生硬，我虽作为族外人，但还是能够读得懂它印染出来的文字和图画的。面对蓝靛塘，我特别兴奋，它的存在，意味着蓝靛瑶服饰文化的延续与完整。蓝靛瑶文化是通过吃、穿、住、用、婚丧、节庆、宗教信仰等形式表现出来的，这个蓝靛塘，与地里的蓝靛草、屋前的土布、楼上晾晒的服饰，还有蓝靛瑶追求美好、幸福的理想，连到了一块。土布就挂在屋檐下，有的已经穿戴在同胞的身上，把冬天的冷抵抗在寨外，也把它们的情感表达了出来。寨主说，自己身上穿的就是这样的布料，粗厚，防寒。我顺势用手摸了一下他的袖子，厚实。

李大叔领着我们串串寨子，看房屋、看村貌、看蓝靛印染，还有看楼台上的马蜂，屋后的地雷蜂。"嗡嗡"的有好几只蜂飞过我们的头顶，这么冰冷的冬天，它们怎么就不歇息呢。李叔说，因为它们和我们住在一起。我们也不敢歇息的，出工一天就可以捡拾80斤山茶果，按每斤6元计，一天就是480元的收入了。在另一条寨巷，我们看到了一位妇女正在漂洗一匹蓝靛土布，这土布刚刚从蓝靛塘里打捞上来，看样子已经很幽深蓝黑了。妇女告诉我们，再经过定色和牛胶浸煮，这匹蓝靛土布就大功告成，之前已经反复做了三轮工序，不仅费时，而且相当费劲。有的妇女嫌麻烦，都不干了。李叔说，再麻烦也得做呀，不会印染，不会刺绣，就不算是蓝靛瑶的好媳妇。听得出大叔与我们的忧虑是一样的。持这样观念的，似乎已经没有多少个蓝靛瑶村寨了。此时，我感觉到周洋是一首大诗，很跳跃，很含蓄，还有许多分节与情调，匆匆地阅读，可能会断章取义，肤浅片面。思考刚才李叔和妇女的话，我总认为自己能够抓住其中特别的章节与段落，看到其中最富于神采的句式，读懂它一点儿深邃与诗意。

寨巷深处散发蓝靛土布清香，蜜蜂在农家住，马蜂可以安家到寨子里，寨子周边的树木可以慢慢地长，怎么长都行，数百年都没有人想对着它们动用刀斧。所见所感，拨动了我的心弦：

> 放下刀斧，想要远离野蛮的人们
>
> 到这里来看看，花草、树木、马蜂和山鸟，都是主人
>
> 蓝靛瑶村民和它们相敬如宾，天天生活在一起
>
> 天空、大地和风，从来都不会撒谎
>
> 雾霾从来都不挂在宁静的脸上
>
> 坐在木桩或者村寨前一大堆南瓜上仰望
>
> 汗香、八角香、蓝靛草香、泥土香，它们和云朵挨得亲近
>
> 乌云很难掺和进来

三

以上这些，只要走得够远，想要读到与读懂自然不算太难。然而，还有很多问题我无法得知。只有在席间，让时光慢慢与酒同浸共泡，才会慢慢显露出答案，譬如蓝靛瑶的宗教信仰，似乎唯有杜康方可导读。蓝靛瑶热情好客，男人喜欢饮自酿的米酒，有的女子也喝，酒曲是用长在原始森林里的草药配制而成。寨主一点也不着急，他的解读随着酒意的渐渐浓郁，一点一点地释放出来，祖先、姓氏、迁移、游牧、人口、农事、祭祀、婚嫁、度戒……那刻，我把酒文化当作蓝靛瑶文化来揣摩了。寨主和几位族人不停地给我敬酒，我也一次次地敬他们，一次次地询问与记录，担心漏掉了某个章节和精彩的段落。席间，我最不明白也是最想知道的是蓝靛瑶度戒仪式，为了更多

地了解度戒，我密密举杯却不敢大口喝下去。为了目睹度戒的经典，我多喝了一碗土酒。寨主是个实诚人，每讲一句话，都叫人心暖，叫人喝酒，不喝都过意不去，只有喝了才过瘾。"把这碗酒喝下去，就给你看度戒经典！"我就是一个没有阅历的读者，为了多读一点经典，就干了那碗酒。这好比当年，我为了多看一本小人书，闹着母亲多煮些红薯，用两个红薯换一本小人书来看，如饥似渴。寨主对蓝靛瑶文化还是有自信的，明白其力量，也很会推介，什么都可以扯上文化的高度。就喝酒这事，当时天气寒冷，他都能与御寒、美容、养生挂上钩。他还谈及自己的百岁父亲，其养生的经验，多年前还上了央视的《夕阳红》节目，那劳动磨炼、文化养生、度戒历练等都成了他席间的谈资，实在难得，也特别的合情合理。干完这碗酒，我就站着不动，寨主明白他此时必须兑现诺言，于是一般只有在度戒仪式时才开启的蓝靛瑶度戒经典，就破例给我们阅读了。

蓝靛瑶只有语言，没有文字，其经典都是用汉字记载。如果没有这个载体，蓝靛瑶文化可能不会传承得这么久远，度戒就是这样的经典。在蓝靛瑶社会里，度戒是男子必经的仪式，只有度戒完成后才算是真正的有担当的男人。因此，男子10岁以后，不管结婚与否，都要过这关，度戒时还要读《盘王古歌》。度戒经典，我无法全面领悟，但从那10多个程序要求里，从必须经过的失去自由、忍受饥饿考验、经历艰苦与风险的考验里，可以知道，瑶族对盘古王始祖的崇拜、对男人的期待、对责任担当的重视，度戒的积极深远的意义不言而喻。此时，我自然联想到了那片原始森林，那夜不闭户的生活，自然感受到了寨里的生态文明、和谐社会，以及蓝靛瑶传统文化的厚重与力量。

同行争相阅读历经沧桑的度戒经典《天师戒度科》，那难懂而又古朴刚劲有力的文字，牢牢吸引着我们的眼球。饱览度戒经典，我在似懂非懂中有了对传统文化的敬重与珍视。寨主说，现在只有他能够比较完整地保存这些经典了，各种各样的仪式经典都有，有那么一大挑，很难读的。正因为难懂才特别难传承，正因为难传承，才倍加需要呵护与珍惜。随行的陆副乡长激动地说，如果有人愿意，我们可以让他们感受，我们的文化是开放的。此刻，我暗示自己一定找机会再来周洋。也就在此时，去罗城进行蓝靛瑶服饰表演并拿了一等奖的姑娘们回到了村寨，寨主门前，她们用五彩缤纷的服饰表演，温暖和照亮着我们的归程。我们穿过芭蕉林的寨道，在沁人心脾的八角香里，诗意袅袅浮动：

　　　　芭蕉林一直站在风里
　　　　老酸枣树和老枫树还在守望
　　　　李大叔的笑有酒香、八角香和太阳的色彩
　　　　小男孩的帽子，姑娘们的身上，八角花开得正艳
　　　　幽深的村寨里，民族的气息像无数双炽热拥抱的手

　　这一天的阅读，竟如此的刻骨铭心，扣人心弦，令人流连忘返。

父亲的月亮田 | 瑶 鹰

　　这是一个炎热夏天的周末下午，在韦小花的盛情邀请下，清影文学社十几个会员，来到赐福湖畔的"桃花山庄"酒店的茶楼里，对着窗外的睡美人山，饮着本土清凉的"绞股蓝"茶，畅谈诗歌和人生。窗外，是绿如翡翠的赐福湖。湖面无风。一艘艘载着游客的游船，穿过湖面，来往于赐福湖"梦巴马"旅游景区，发出"呜呜"的汽笛声。

　　出生在岩滩库区那湾屯的韦小花，是这家"桃花山庄"酒店的店主。她是一个把诗歌当作生命一部分的女人。因为文学，让这个女企业家和巴马本土的作者系在了一起。这一天，大家谈话的内容似乎与诗歌理论无关，与文学不太相连。谈话的主题，是各自家里的感人小故事。

　　首先是由韦小花开场。她说，她要给我们讲述的，是她远在另一个国度的父亲与一块月亮田的真实故事。

　　韦小花说：那是1992年的春天，桃花开满赐福山坡的时候，我的父亲，一个嘴里时常挂着山歌的中年人，和往常一样，在那湾村的月亮田里，播下了注定再也没有希望收获的稻种。因为，那年的春夏之交，岩滩库区的大水要漫上来了，我们居住的那个村庄，都要被水淹没。村庄下边的田地，也将逃脱不了被水吞噬的命运。父亲的秧苗，最多也只能长到如成人的膝盖一样高，在还没有来得及抽出稻穗的时候，就会随着村庄河流、田地一起，被大水所吞没……

　　韦小花所说的那个那湾村庄，是岩滩库区赐福村的一个小屯。那湾屯和库区的许多村庄一样，被岩滩电站拦河大坝阻拦的水所淹没。全屯子的人，从山脚搬迁到了坡顶。新的村庄，还是沿用了旧名，依然叫作那湾。当那湾人搬到坡顶的时候，他们终于发现，建在坡顶上的村庄，失去了潺潺的溪流，没有了穿过村庄前面奔腾的盘阳河，再也找不到祖祖辈辈甩鞭吆喝着牛在前面拉犁耙，人在后面握着犁耙，翻开粪土以便播种插秧的田园画面了。刚开始，大家还是蛮伤感的。他们失去了世世代代赖以生存的"那"，也意味着，即将失去耕耘大地的本能了。韦小花说，"那"是壮语，是水田的意思。壮族地区的很多地名，都用"那"做开头。比如那湾附近的村庄，有那朝、那坝、那色、那良、那班、那立、那洪等，地名的头字都用了"那"。"那"，刻下了壮族人民与土地生息相依的历史印记，凝结了人与自然和谐相处的情感。

　　写诗的人，会把过去的时光说得有诗情画意。拥有诗歌人生的韦小花，她陈述的人与土地的境界，是那么的清纯而优美：20多年前的那湾屯，是一处世代建在半坡的泥墙瓦顶的村庄，和现在搬到坡顶的那湾屯，相距100多米高。旧时的那湾，满坡的枫树和刺竹，把30多家房屋包围得严严实实。不管是炎炎夏日，还是严冬腊月，大树和竹子，如同慈母的臂膀，把村庄围抱得十分的舒坦，惬意极了。村庄前边，盘阳河缓缓流过。一畦畦田块，沿着盘阳河两岸叠起，向远方延伸。其中有一块一亩见方的水田，如一轮明晃晃的弯月，镶在村庄前边一座小山坡顶上，形成了一块地标性的"那"。月亮田是小花家的曾祖开垦出来的，到小花父亲已有五代了。赐福村一带的人们，一说起月亮田，自然会把田边的那湾村庄系在一起。小花一家人，因为拥有那块醒目的田块，令人羡慕着呢。

　　往年的这个时候，村里的男人，都下山犁地耙田了。女人也开始下田插秧了。男人和女人在一起耕作，谈话声、吆喝声、牛"哞哞"的叫声，伴着潺潺的盘阳河流水声，如同春天的交响曲，震颤着山谷。春节之前，村里已经贴了公告，年后，岩滩水电站的大坝要封水了，大家不要再种田地了。谁自个儿种的，不能补偿青苗。小花的父亲，好像没有看到公告和听到人们的议论声似的，他和往常一样，牵着大水牛，肩挎犁耙，去耕耘月亮田最后的岁月。父亲与牛在月亮田里来回穿梭，父亲传出的吆喝声，显得有些单薄了。那个声音，没有了共鸣，失去了往昔春日的雄浑。孤独的牛，跟着孤独的主人，在那片不久之后就会被漫上来的大水淹没的田地里，显得格外炫目。汹涌奔腾的盘阳河，似乎还没有觉察到前路的拥堵，依然发出潺潺的声响。那湾新村的人们，或是站着，或是蜷在坡地里，观看着小花父亲与牛在月亮田的劳作谢幕。田里喷发出黝黑的粪香，沿着人们的视线，弥漫开来，传到了人们的鼻眼里，呛出了离别的泪花……半个月后，在镇工作队的催促之下，小花的父亲带着儿女妻子，赶着那头"哞哞"吟唱的大牛，与搬迁的队伍，爬上了建在山顶上的那湾新村，开始过上库区的新生活。

水还没有漫上来。站在坡顶上的那湾村头，还可以看到蜿蜒流淌的盘阳河。沿河的田块里，青绿色的百花苔痕开始疯长，把田间土色掩盖了。春夏之交的暖风，拂过山川野岭，亲舐河流大地，催开了灿烂的山花。月亮田里，禾苗长高了，到踩秧的时节了。父亲还是无法停下心中的梦想，他早早地出门了。父亲从山顶上的那湾，沿着山坡弯曲的泥路，走下坡去，在旧村庄里磨蹭了一阵子，就拐进了月亮田。他动作娴熟地踩踏着种有高齐膝盖的秧苗的土。偶尔，有一株禾苗不小心被踩歪了，父亲便弓下身子，把倒下的禾苗扶起，用手抓起泥泞土块，附在禾苗根部旁边。禾苗又站立起来了。父亲就像一只黑色的蜘蛛，在月亮田里编织着生活的网。父亲的脚趾与淤泥碰撞挤压，黑黝黝的泥团冒出趾间，发出"嘶嘶"的声响。小花说，她听到了"嘶嘶"的声响。那响声，就像一曲童谣在山间缭绕萦回，凝结在那湾新村的屋子瓦顶上，与斜照的晨曦交相辉映，温暖了她童年斑斓的晨梦。

一个夜里，小花寻着那"嘶嘶"的脆响，走进了那块月亮田。田里的青蛙"呱呱"地鸣叫着。禾苗在蛙声的催促中，长出了乳白色的稻穗。艳阳高照，稻叶由青变绿，由绿变黄。乳白色的稻穗，霎时化为金黄饱满的谷粒。丰收的季节到了。小花站在田畦上，挥舞着双手呼喊着：稻谷熟了，稻谷熟了！

那是一场梦。每一天，小花的心都在为月亮田的秧苗祈祷，希望它们穿越时空快快长大。要不，会赶不到收获的日子。小花从梦里醒来了，她听见了"呜呜"的哭声。那声音是从屋外传来的，那是父亲的哭声。小花赶忙起床，跑出门外去。此刻，天已经亮了。新那湾村庄上空，被一层紫色的云雾笼罩着。父亲坐在屋外的小坡上，掩面哭泣着。小花跑过去问父亲：爸，您怎么哭了？父亲抚摸着小花的头，告诉她，她们家的月亮田，没了。就在昨夜，在小花甜甜地进入梦乡的时候，月亮田，终于抵挡不住岩滩大坝蓄起来的大水，被淹没了。刚开始，是月亮田旁边低处的田块被淹没。接着，水慢慢地浸上月亮田的田畦，禾苗渐渐被浸泡。后来，禾苗被淹没了，他们祖祖辈辈耕耘劳作的月亮田，再也看不见了。那些即将抽穗的禾苗，也没了。

小花说，她能理解父亲那一夜的心情，她能想象得出那个夜晚父亲与月亮田心灵交流的情景。那夜，天上的圆月发出银色的光辉，均匀地铺洒在河流山川上。盘阳河如一条被绳子捆绑了的蛇蟒，被漫上来的浑水一点一点地侵蚀。随着水位逐渐升高，峡谷变成了浑黄的小湖。渐渐地，山谷中的河流与湖浑然一体，再也发不出潺潺的声响了。父亲坐在新村坡地上，全神贯注，睁着眼睛注视着慢慢被水吞没的田地。当水位升到月亮田的时候，父亲的心，似乎被刀刷了。

父亲用手指着月亮田说，小花，我们的"那"，没了。小花往前一看，眼前的盘阳河不见了，大地田野都没了。取代它们的，是一泓漂浮着一截一截溃烂树苑的浑黄大水。父亲对小花说，那是湖。河流变成了湖，大地和月亮田变成了湖的温床。小花回头来看了看父亲，她发现父亲的眼眶变为了暗黑色。想必，父亲一夜都没睡过。他肯定是和一大帮人连夜坐在坡顶上，目送着旧新湾被漫上来的浑水一点一点地吞没。父亲的哭声，应该是在月亮田被没顶的那个时候响起的。那个声音，极富有穿透力。它穿过夜空，把人类

215

千百年来的与土地、禾苗的情怀，系在了一起。父亲之所以哭，那是有缘由的。你说，吸吮着月亮田乳汁长大的人，看着月亮田被洪荒所侵蚀，能不伤感吗？父亲的哭声，是一首绝唱，犹如一声声低泣的号角，宣布了一个时代的结束。

田地没了，牛还在呢。那头大水牛，成为父亲生活的知己。每天闲着的时候，父亲总会牵着水牛，沿着村庄的泥路兜圈走走。他舍不得让牛爬山寻草。每当牛的眼神注视着某一片青绿发出"哞哞"声，父亲就知道牛看上那片青草了。他便操着镰刀，扑向那处草地，飞快地收割着。父亲把青草绑成了一捆捆的，搬到了家里，满足了大水牛日夜的需要。月亮田被淹没后的第八年，韦小花以优异的成绩，考上了广西民族学院（今广西民族大学）。她是库区第一个考上本科的。收到录取通知书的那一天，全家人甭提有多高兴了。可是，开学的时间到了，韦小花上大学的学费还没有着落呢。父亲便招来了牛贩子，把那头与他亲切交流了十几年的大水牛，交给了陌生人。当牛贩子把大水牛牵出村子的时候，它发出了"哞哞"的哀声。哀声划过湖泊上空，传向了很远很远的山麓。父亲的眼里，滚出了两串晶莹的泪珠。

多年以后，韦小花坐在大学校园的相思湖畔，凝视着水中飘零的落叶，她终于寻觅到了那一夜父亲失声痛哭的原因，体会到了父亲两行泪珠蕴藏着的人生哲理。

大学毕业后，韦小花到广州一家大型电子企业工作。她文化基础牢，工作勤恳卖力，被公司重用，安排到深圳子公司任总经理。由于管理得当，成绩突出，韦小花慢慢被提升为广州公司的副董事长。前几年，广西壮族自治区党委、政府把巴马长寿养生国际旅游区列为广西三大国际旅游目的地之一，巴马的旅游业得到了蓬勃发展。岩滩电站水库赐福湖度假区，变成了旅游胜地。由寿乡集团打造建设的"长寿岛"景区和大型实景《梦巴马》演出，为赐福湖度假区的旅游业注入了新鲜的血液。一时间，湖上船帆点点，汽笛声声。昔日在深山无人知的库区湖泊，如今变成了人间的美丽天堂。鸦有反哺之恩。在广州工作了十几年的小花，携同爱人回到了巴马，投资两个多亿，在赐福湖的那湾村边，在睡美人山下，建起了"桃花山庄"，以此回报那湾的父老乡亲。如今，项目还在不断地扩展。

韦小花回到家乡创业的第二年，父亲便离开了人世。父亲即将离去的那个下午，一轮夕阳亲舐着睡美人山的乳峰，久久不舍离去。父亲紧紧地抓着韦小花的手，声音有些微弱了。他对韦小花说：小花，月亮田的稻子黄了，我们一起去收谷子吧……

无论是岁月中远去的父亲，还是化为水下一段传说的月亮田，都变成了人们内心深处一个遥远而柔软的伤口。多年以后，再也冒不出金色谷粒的月亮田，却孕育出了一片水灵灵的湖藻和生动蹦跳的河鲜。它们是摇曳飘香的水底植物和婀娜多姿的水中动物。无论以何种方式呈现，它们都是这片土地赐予人们的赖以生存的瑰宝。正如韦小花在故事结束之后说的那句话：属于父亲的月亮田远去了，而新时代的月亮湖正在向我们敞开胸怀。与其躺在回忆的伤感里哀叹神伤，还不如在充满着希望的湖泊里荡起双桨，满怀激情地渡往幸福的彼岸。生活并没有因为失去月亮田而停滞，相反，它所带给人们的，则是一个更加丰富活泼的崭新时代！

韦小花的这段话，就像发出光芒的魔幻镜子，亮光穿透湖面，直达湖底的"那湾"，映出了一幅生动的油画美景：月亮田里，稻浪飘香。已经走进岁月深处的父亲，躬身在田里，忙碌地收割着丰硕的果实。他手握镰刀，怀抱着一把金灿灿的稻穗，脸上露出了会心的微笑……

父亲与月亮田的故事，由此画上了一个完美的句号！

瑶　鹰

瑶鹰，原名蓝振林，瑶族，1973 年 12 月出生于巴马瑶族自治县一个叫作弄山的瑶寨。中国作协会员，鲁迅文学院第九期少数民族作家班学员。现供职于巴马瑶族自治县文学艺术界联合会。曾在《民族文学》《广西文学》《芳草》《红豆》《南方文学》等刊物发表小说、散文多篇，著有散文集《故事像花瓣一样飘满故乡》。

家乡印记 | 韦绍荣

一

我的家乡在巴马瑶族自治县西山乡东南部的弄安。

弄安，是西山千山万弄中少有的五大"平原"板块之一。

弄安大概因为是西山这方圆百里内高山深弄中少有的"平原"，因而从古至今留下了许多的人文痕迹。这些痕迹有生活文化的印痕，也有纯文化的留印和传说。这在西山来说是首屈一指的了。

弄安最古老的生活文化遗存物代表，当是拉锐岩洞出土的一把石铲。

在 20 世纪 80 年代初，弄安的青年民兵和青年团员们要把一个离地面较近的山洞开辟为文化室和活动场所。这个山洞不知在何年何月被何人用石头干垒起一面高三米、厚一米五的挡口墙。在扒墙平整岩洞的过程中，我在墙体的填料中发现了一块经人工琢磨得光滑平整的石铲。这块石铲根据形制，应该是新石器时代的物件（石铲现为笔者收藏保存）。这说明，至少在五千至两千年前，弄安就有人居住了，并且选择住在能遮风挡雨、既干燥又方便下到平地干活的岩洞中。

新石器时代以后，弄安这片"平原"上到底还有多少人生活过就不得而知了。山边地角至今仍留存着那些还看得清的或已颓平了坟头的无主墓葬。

弄安真正留下确切的人文印迹的年代大约是清朝的嘉庆年间。在这以后至民国年间，弄安东头的陈家和西头的龙家留下了许多具有文化标志的墓和建筑遗物。

嘉庆年间，一支被确定为"反民"的"补央补弄"（苗族）逃到弄安。不久之后，被清兵追踪而至，"补央补弄"在弄安和清兵大战了一场，战斗中"补央补弄"战败，被杀害了不少人。余下之人只好逃离弄安，逃往滇黔一带而去。

弄安这片"平原"由此又变成了荒芜之地。荒芜期间，弄安这片长约三公里、宽约一公里的"平原"上，蒿芒遍地，杂草丛生。狼虫虎豹在这片荒芜的"平原"上肆意奔突，相互厮杀、相互吞噬。弄安成了自然角逐的天堂。

约于嘉庆年末，在武篆居住的望族陈氏家族有考取功名的学子往百色去赶考，途经弄安，见这一片广袤平坦的土地上竟然没有人烟，于是在弄安东头开始，沿途把路边的芭芒草、茅草和小树的尖梢折绕成团，用野藤绑缚，制成标记，把此垌的所有权记在了自己的名下。

过路的陈氏前脚刚跨出弄安，从四川酉阳州秀山县（今重庆市秀山土家族苗族自治县）逃难而来，几经辗转后来到弄安的龙姓人也后脚走进了弄安。龙姓人站在弄安西头望向东头，见这片荒芜的"平原"竟无人居住，一路逃难的烦恼和糟心顿时全消。龙姓人决定在弄安驻足定居。

几个月后，考取了功名的陈姓人从百色归来。他回到弄安时，见弄安西头已有人居住！简陋的茅屋中炊烟袅袅升起，屋边有猪鸡奔跑追逐，有人正在新开垦的一大片地上劳作。

见了这一情况，陈姓人真是始料未及，于是走去和龙姓人理论。龙姓人也言之凿凿，有理有据。

两姓人遂把官司打到了东兰州。

州官听了两姓人的陈述，便派人到弄安实地勘察，随后做出了两姓都没有异议的判决：两姓人各选一匹快马，龙姓人的马停在弄安西头的黄泥坡脚，陈姓人的马停在弄安东头的加雄坡脚。号炮一响，两姓人各从两头策马向中间驰奔，以两马头相交处为界。东头归陈姓人所有，西头归龙姓人所有。

州官这招别出心裁的判决，令两姓人再无异议。

二

两姓人用马分割弄安后，也曾和平共处了很长一段时间。

两姓人矛盾激化的起点是民国年间。这期间两姓人不许对方越过自己的地界半步，如有违反则就地开枪射杀。为此两姓都有人为此事或死或伤。

分得弄安西头的龙姓人是世代笃实的农人。由州府衙门确定好地界后，龙姓人就在自己的属地上辛勤开垦，精耕细作，收获丰硕，家道由此慢慢殷实起来。

家道殷实后的龙姓人家也有子弟于农事之余习枪弄棒，并考取了朝廷认定的武相公的功名。龙姓人虽身怀武功，但只用来防身和保护族人，从不恃武欺人，过着平静安宁的自给自足的生活。

分得了弄安东头的陈姓人，原是武篆的望族。陈姓人不仅富有，而且世代辈出读书的文人。陈姓人分到弄安的东头后，就着手从武篆将部分房族兄弟分迁弄安。

分迁到弄安的陈姓人仍沉醉于读书和功名，少操心于农事。

据说，这一脉的陈家人不知在哪朝哪代，有一位饱读诗书的先人参加了由皇帝命题的考试，考取了前七名，获得了皇帝奖励的玉砚台。这位陈家先人由此还当上了官。

这位陈家先人生前立下规矩：这方由皇帝钦命制造的玉砚台，作为陈家的传家信物，由每一代陈氏家族中读书最出类拔萃的人来保管。只要看到有人持有这方玉砚台，说明他就是这一脉陈氏家族里读书做文章最出类拔萃的人，所有这一脉陈氏家族的人都要对他尊敬有加。

这方由皇帝钦制御赐的玉砚台，作为陈家的荣耀，激励着陈家的后辈不断地用功读书。

　　也不知传了多少代。这方玉砚台跟着这一脉陈家人来到了东兰武篆。来到武篆后的陈家，家族每一代最出类拔萃的读书人与这方玉砚台又有着多少故事就不得而知了。

　　陈氏家族一直秉承族训，到民国年间，分迁居住在弄安的陈氏家族出了两个出类拔萃的读书人。一个是陈毓棽，一个是陈毓藻。陈毓棽于民国初年毕业于广西南邕陆军模范国队步兵科，陈毓藻毕业于百色广西五中。陈家传家信物玉砚台，此时流动到了当时陈氏家族中获得了最高学历的弄安人陈毓棽手中。居住在偏隅蛮荒的百里西山的陈家出了陈毓棽、陈毓藻两位读书人算是凤毛麟角了。

　　陈家人陈毓棽和陈毓藻，读书时就受到了孙中山革命思想的影响。陈毓棽虽然读的是军校，毕业后看透了当时军阀混战、民不聊生、山河破碎的时局，对投身于军界心灰意冷。他放弃了作为地主家庭通过土地租赁来生活的机会，背着家传信物玉砚台游走于民间，以自己所掌握的知识和才能，调解判决民间各种纠纷，每桩案收取三到五斤的大米作为报酬。因当时军阀混战，时局动荡，民间纠纷无人判决调解。普通人无钱去请土豪恶霸来主事。陈毓棽凭着信物、知识才能及公正心，加上超低廉的讼费，因此成了当时普通民众请得起又信得过的公判人。他几乎天天有人请。抱着只要饿不死就行的心态，他等待时局的变化，然后伺机而动。可惜英年早逝，1923 年他在游走民间办案途中因暴疾而死，死时年仅 24 岁。据陈毓棽现年 57 岁的孙子说，陈毓棽死后家传信物玉砚台被家族族长收走，放置于清朝光绪年间建成的弄安魁星楼中。陈毓棽死后，陈毓藻不久也被韦拔群抓获并公审处决。陈家再也没有人能以出类拔萃的学识和文章为资格来荣幸地保管这方玉砚台。1949年初，未读过书的陈毓棽的儿子陈锡权进入魁星楼中，在满是陈氏家族的藏书和其他家族物品中，一眼就看见了这方与众不同的玉砚台。于是他等天黑后偷偷地从魁星楼里拿回家中，藏在床下。是夜，也同为文盲的陈锡权妻子点灯照明进入房间睡觉时，见玉砚台在灯光的照耀下反射出各种耀眼的光芒，疑是妖物。于是其妻子逼问陈锡权，陈锡权说出了此物的来历。因当年魁星楼建在社王属地的一片原始林子中，陈锡权的妻子大骂丈夫在社王的属地魁星楼里乱拿东西是犯大忌，弄不好会家破人亡。于是陈锡权的妻子连夜把玉砚台从家中拿走，扔入屋边不远的一条荒芜的旱沟中。玉砚台下落不明。

广西百色五中毕业的陈毓藻，在学校就接受了反封建反传统教育。毕业回家后，他极力反对家族倒行逆施的封建复古的做法，并毅然地加入了韦拔群最早组织的革命阵营——中国国民党广西特别党部，并于1922年和韦拔群、黄大权等11个人发表了《敬告同胞》文告，成为西山最早和韦拔群一起走向革命道路的人。后因在革命斗争运动中和韦拔群产生了革命分歧，他走向了反革命的道路。弄安陈家城恶霸武装被韦拔群率农军捣毁消灭后，逃到所略去投靠了大恶霸罗肇修、罗肇高反动武装。后韦拔群亲自带兵攻打所略罗肇修、罗肇高反动武装，陈毓藻被擒获，押回武篆公审处决。

家道丰殷的龙姓人重视装饰美化坟墓。现今仍有许多清代和民国初年的龙姓人墓葬保存完好，墓碑和墓石都经过精雕细刻，造型豪华气派，代表了那个年代龙姓人家的物质实力和精神文化追求。

弄安东头的陈姓人则不然。陈姓人由于持有皇帝御赐的代表学识文章的玉砚台，又由于有祖训，比较偏重于学识和文章的经营。陈姓人代代都有人考取朝廷公认的文功名，博得"老爷"的称呼，因而与朝廷衙门有着千丝万缕的关联。

分迁弄安的陈氏家族以自己的名望和社会地位，通过朝廷衙门的许可，广揽强霸弄安周边的土地山林，又广招家奴侍弄土地六畜。陈姓家族家道也迅速富裕起来，而且族中人的学识和文章更加广博和行云流水。

陈家人不把工夫花在墓葬上。现存的和龙姓人同期的陈家墓葬，只树起一块简单的刻字碑，墓箍石为未经加工的自然石块。

陈氏家族以另外一种形式来表现他们的精神和物质的文化追求形式。为了彰显陈氏家族的物质富足，也为了彰显陈氏家族的学识和文章的千秋永盛，更为了在物质和精神双重层面上彰显出比龙家人更高更大的境界，以势力、以境界压倒弄安西头的龙姓人家。光绪年间，陈氏家族凭着对属地上的瑶民们横征暴敛、巧取豪夺，得来了一定的钱财，加上家族累年的积存，在家族属地的"文昌"位上修起了一座魁星楼。该楼为砖木结构，攒尖式六角塔，底宽约3米。第一层为细钻痕条石垒砌，第二第三层用火砖垒砌。楼高约12米，三层飞檐。二层和三层的壁面刻画花鸟鱼凤。楼顶脊由6根垒木硬芯材榫架而成。顶檐的6根垒木硬芯檐尾全部雕刻成翘首龙，凌空张嘴抖须。据说建成后，第二层和第三层全装着陈氏家族历代所有的书籍和族谱，还有陈家人历代读书人所获的各种证书和奖牌匾，以及和学识文章有关联的许多物品。

1929年春，韦拔群带领西山武装农军攻破了弄安的陈家城。城内四户恶霸和他们的家族武装除少数逃脱外，其余全部被农军消灭。韦拔群虽然带领农军铲除和消灭了陈家恶霸和他们的武装势力，但对魁星楼内的东西却分毫未动。

解放后，魁星楼毁于一场大火，凝聚着中华民族文化及文明发展的智慧结晶也跟着毁掉了，实在可惜。

三

魁星楼小巧而精美，庞大且厚重的建筑——弄安陈家城，也在魁星楼建成后不久开工。

魁星楼建成后，弄安东头的陈氏家族出了更多的读书人。

这时家族人口越来越多，形成陈家庄的规模。为了体现越来越丰厚的财力和文化实力，更为了体现人丁兴旺，他们要在这山高皇帝远的偏隅之地建筑一个陈氏小王国，以达到统治百里的目的。因此陈氏家族的族长决定，在陈家庄的坎位休门上建设一座象征王权的城。

此城呈南北走向，南北长60米，东西宽40米，城底基厚3米。城体全部用石块干砌，到4米高时收顶，城顶厚约2米。后又在城顶上单砌一堵2米高、1米厚的军事工事墙，这堵周长200余米的工事墙上开了许多枪眼。

南面和北面各开一个城门。此城工程浩大，30多名垒砌的工匠和陈家庄族人每天轮流派出的50名庄民用了一年的时间才筑成，折算成工价近两万块银圆。此城建成后，城内住着陈氏家族最有名望的四户人。这四户人担当领导着弄安陈氏家族走向的责任。

弄安陈氏家族由于最早和韦拔群一起开展革命活动的陈毓藻最终与韦拔群、革命分道扬镳，加之家族恶霸武装的无恶不作，并且1928年又与桂军一起攻打过西山农军，因此，1929年春韦拔群亲率西山300多人的农军攻打西山最强大的地主恶霸武装据点——弄安陈家城。

弄安陈家城的恶霸武装被彻底消灭后，陈家城内的四户恶霸的房子全被烧毁，城外的陈家庄也被烧成一片瓦砾。但陈家城依然完好。

解放初，弄安陈家城因坚固和完整的城防体系，曾作为西山区人民政府一个时期的办公地点。西山区当时的领导人杨正规和略明白曾在陈家城内住宿和办公。当时他们曾在城内建了几栋办公和住宿的茅草小屋。因缺水，西山区人民政府搬到福厚街后，弄安陈家城又成了过渡性的人民政府监狱。

20世纪70年代开始，有人入住陈家城，肆意拆除城墙的石头、石条，用来垒砌屋基和围垒猪牛圈。城外周边群众见状也纷纷地加入到拆墙抢石的运动当中。至20世纪80年代末90年代初，随着建石头房的热潮兴起，更大规模的扒城运动再次掀起。至此，历经了百余年风雨的弄安陈家城被彻底地夷平了。

弄安的魁星楼和陈家城是代表着西山那个年代一种精神和特定文化追求的硕大工程，而关于象征着学识和文章的御赐玉砚台故事的流传，更是印证了弄安早期文化发展和鼎盛的事实，（笔者经多方收集和保存的与文化有关的老物件中，八九十年前毛笔手书的地契上，唯有弄安陈家人的毛笔字写得最好），可见弄安是一块浸染着文化印迹的宝地。

弄安的物化文化相对于西山来说，其底蕴首屈一指：不仅有物质文化魁星楼和陈家城，以及精美的龙家人清代墓葬，还有布列在原陈家庄的石板路——一条深入地底水坑400米的挑水古石板路。这些石板路因为是生存的首要必备，应该比魁星楼和陈家城及龙家人清代墓葬更早一些建成。这些石板路的踩踏面基本都被脚踩磨成了能反照人影的镜面，可惜在学大寨年代和新村改造运动中被撬或被覆盖了。

在西山，有一条可称得上地质奇观的云母石带，从干长村源起，经巴纳村、合乐村到达巴马镇龙洪村龙洪河的出口处。这条云母石带总长约 10 公里，横穿弄安西头的垄优和谷录。这条云母石带的泥土所含的成分是烧制陶瓷的好原料，被会烧制陶瓷的人所发现和看重。这条石带在弄安的北端垄优坡脚有一个古窑遗址，窑边遗存有大量的碗碟碎片；南端的谷录半坡也有一个窑烧遗址。这些窑烧遗址不知为哪朝哪代的人所作，至今无人能知。笔者曾就这些窑烧遗址的问题，询问过当地多位长寿老人，但没有一个人知晓。说明弄安在陈姓人和龙姓人来到之前，已有人把烧制陶瓷的先进工艺和技术带到了弄安。

龙姓人于嘉庆年间进入弄安，留下了许多代表清朝墓葬文化精华的墓葬外，至今还遗存有清朝年间建造的磨坊。直径 5 米、周长 15 米的圆形磨道槽，全由加工成弧形的条石，再在条石的面上凿成弧形的深约 15 厘米的槽，然后由块与块之间拼接而成。磨盘是一块圆饼形，高 1.4 米，凿成中间厚边沿薄、能在磨槽中立姿滚动的大石饼，重上千斤，用牛马拉动。厚重的大石饼在牛马的拉动下，在磨道槽中重复碾压，使放在磨道中的米谷脱糠或成粉。在清朝，磨坊作为弄安西头龙姓家族的生活设施，具有那个年代特定的文化符号意义。

据说这个磨坊在 1929 年韦拔群带领 300 多名农军攻打弄安东头的陈家城时，由于城墙坚固，加上城内反动武装的弹药充足，一时急攻不下，后改为持久的围困，让其消耗弹药。七天六夜中，作为农军后勤基地的西头龙家的磨坊，每天加工供应农军饭食。

不知从何时起，有一首打油诗在弄安流传：弄安东来弄安西，东头代代出文相，西头有钱出武将，莫把弄安来看低。正如打油诗所言，弄安东头的陈姓家族，清代和民国年间出了好多在学业方面非常优秀的人，代表了那个年代西山这一偏隅旮旯的文化先潮。

从四面八方来到弄安的人中，就有弄安东头的韦仁辉和谭子俊，二人于 20 世纪 60 年代毕业于武汉大学，韦绍文毕业于桂林师范学院（今广西师范大学），成为新中国成立后弄安第一拨大学生。在那个年代，整个西山的上万人口中尚点不出七八个大学生，而弄安东头一个屯，这个只有五六十人的屯就出了 3 个大学生，也算作是西山的稀奇事了，也更印证了那首打油诗的事实。

弄安的文化发展和流传的源流一直没有断代。笔者住在弄安的东头，不知是文化的神魂在游荡中捉住了我，抑或是把我指定为它们的传人，或是传统文风的浸润，我在 20 世纪 70 年代两年制的高中班读书时，因生活所迫，一个学期未读完就被迫辍学，辍学后我没有消沉，暗暗立下誓愿，一定要在文化上有所成就。我一直信守自己的誓愿。几十年来，不管生活如何窘迫，琐事如何繁多，人们如何嬉笑等，都动摇不了我对誓愿的信守。40 多年来，我坚持苦学苦练，现在开始有了一点文学上的小成就，有作品在各种刊物上刊登，也出版了长篇文学作品，成为弄安第一个真正留下了墨香的人。

随着社会的发展，人们生活水平的逐步提高，对文化重要性的认识也越来越清晰和深刻。人人注重读书学习，人人都渴望在知识的海洋里遨游。现在的弄安，不管是东头西头，读书一定要读到大学已成为一种时尚观念。相信将来的弄安必定又是一个引领文化新时尚和新潮流的地方。

泱泱中华民族走过了五千年的文明之旅，留下了多少让人类记忆、让中华民族无比自豪的文明印迹。遍布中华大地的古迹和文物，更是中华民族五千年文明之旅的结晶，那是中华民族和人类的共同财富。如果弄安还留有当年的文物古迹，弄安的现在和将来可能更加绚丽多彩！

文化是国家和民族发展腾飞不可或缺的动力。文化源流和印记是民族文化脉络的根本和累积的最宝贵的财富。记住文化的根，抚摸文化的印，让文化的魂沁渗每一个人的心田，已经成为现当下的追索，也是走向未来的底气。祈望家乡的文化源流和印迹能引领着弄安人一代接着一代走向更加辉煌灿烂的未来。

眷恋东运 | 何福高

　　对故土的眷恋是人类共同而永恒的情愫。远离故乡的游子，谁都会思念自己的故土。思念的也许是一座山林、一条小溪、一株古树、一汪清泉、一座房子、一处歌圩、一个水烟筒、一架织布机，或许是一位讲故事的爷爷、一位爱唱山歌的奶奶、一位曾经暗恋的小哥或是一位惹人喜爱的姑娘。对我来说，一直在脑海里挥之不去的眷恋，是生我养我的故乡东运屯以及在故乡发生的故事。

　　东运隶属巴马瑶族自治县所略乡彩乡村，离巴马县城 50 多公里，地处彩乡村村部所在地。村子的北边，是巴马三大河流之一的百东河上游的三条小河交汇处。百东河的源头位于凌云县的坡伏山脉、巴马与凤山交界的六坤山脉以及百色右江区与巴马交界的高由山及抗马山，海拔 600 米到 1000 米，大山沟壑之间流出众多小溪，汇成力那河、那伏河和李屯河三条小河，最后在东运村头汇入百东河上游。东运屯始建于哪个年代无从考证，但从村周围排列的两百多亩良田和村周围耸立的诸多古榕、古龙眼树看，这肯定是个古老的村庄。20 世纪 70 年代我在东运小队当队长时，东运屯有 40 多户，200 多人。迄今全屯有 80 多户，300 多人。从 20 世纪 50 年代后期出生，到 70 年代末外出工作，我在东运出生、长大、读书和生产劳动达 22 年，在这里度过了童年和青少年时期。我的学识在这里得到启蒙，思想观念和为人处世在这里得到培养和熏陶，干事创业热情在这里得到激发，爱情之花也在这里萌发，因而，我对这个村子有太多的记忆与眷恋。

梦里依旧是故人

年少时，为了教育引导东运青年积极上进，革命老人何天心经常给屯里的青少年讲游击队的故事。东运是一个革命老区，从红七军时代起，就有何天明等老一辈青年 20 多人陆续参加革命活动，一直坚持到 1949 年。1949 年后经政府认定，东运屯共出了何天明、何朝忠、罗文棋等 3 位离休干部，还有何天玉、何朝英、何天春等 10 多位解放军战士和游击队员。他们是村子里最令人敬佩的人。何天心虽然没有多少文化，但 1949 年后凭借家传秘方，成为彩乡大队的第一任赤脚医生，他利用中草药为乡亲们治病，参与天花、麻疹、疟疾等传染病的免疫工作。他年老体弱退居二线后，屯里又出了一位女赤脚医生罗美花，她通过村医培训获得了行医资质，20 多年来为父老乡亲看病。我的父亲何朝吾、叔叔韦世丰等人，也会利用祖传壮医中的灯草点穴、艾灸、刮痧、冷敷热敷及一些中草药为乡亲治病，解除病人痛苦。此外，屯里还有可以锻造犁铧和补锅的奇人韦日全、打铁制造铁具的韦卜常、制造石磨石臼的石匠何卜元、自学成才可以组装拖拉机和各种机械的何汉文，泥水匠何朝有、何世忠、何汉辉、梁英和，还有一直在东运教书育人的小学老师何汉才、何荣观、何汉世等，他们都为东运经济社会发展、人民生活水平的提高、教书育人以及父老乡亲的身体健康，做出了积极的贡献。最让我难以忘怀的是那些长寿老人，他们是东运的"活宝"。东运出了两位百岁老人，一位叫何妈诗，生于 1874 年 11 月，1983 年 10 月逝世，享年 109 岁；另一位是离休干部何天明，他生于 1911 年 1 月，2014 年逝世，享年 103 岁。他们知足常乐、和蔼可亲，皆是无疾而终，头一天晚上还与家人共进晚餐，第二天早上便安然逝世，就像熟睡一样离去。1949 年后，东运屯每家都有

80 岁以上的长寿老人，目前仍然健在的 80 岁以上长寿老人 13 人，其中 90 岁以上 3 人。当过游击队员和解放军战士的何天玉，2019 年已经 94 岁高龄。经过长期观察，我发现这些长寿老人健康长寿的主要原因，是他们生性乐观豁达，心胸宽阔，不记忧愁、不记烦恼，让自己的心情处于愉悦的状态；他们没有过多欲望，知足常乐；他们心地善良，与人为善，尊崇道德规范，与家庭成员团结和睦、与邻里关系融洽；他们不计较个人得失，就是自己吃亏也心甘情愿；他们善于缓解压力，释放烦恼，勇于面对天灾人祸，凡事顺其自然；他们终生劳动，让自己身体始终保持运动状态；他们居住的东运屯自然环境良好，山清水秀，森林覆盖率高，空气质量好；他们吃的都是原生态食品，喝的都是山泉水。以上的这些因素，就是他们得以健康长寿的主要原因，为后人积累了宝贵的健康养生经验和财富。

在东运，20 世纪 80 年代以后出生的年轻人，都自觉传承老一辈光荣传统，注重读书学习，积极上进。目前，全村有中专以上学历的 30 多人，其中大学学历 20 多人；有 20 多位青年在党政机关和企事业单位工作，有的在部队服役，有的在企业当了老板，其中的青年才俊罗正学在某部队当了大队长，获得了中校军衔。更多的青年人则外出广东等地务工，有的已经在务工的城市里安居乐业。这些年轻人有的我并不认识，但每年回老家省亲，常听村里老人骄傲地夸奖和赞赏现在的年轻人，都说东运的现代青年比过去的他们强多了，真是一代更比一代强。就拿我自己家族来说，我的侄女何彩爱和侄儿何汉会，因家里兄弟姐妹多，从小家里比较穷，堂哥没能力送他们读书，连九年义务教育都没完成。但他们长大后外出打工，凭借诚实和勤奋，获得了老板的赏识，长期在南宁打工，而且收入也逐年增多，目前姐弟俩都在南宁买了房子，带着家里老小在南宁安居乐业，成为新南宁人。类似何彩爱这样的年轻人还有好多，他们勤劳、积极向上的精神风貌，激励着东运村民积极向前、不断奋斗！

东运人诚实善良、团结和睦、遵纪守法，20 世纪 70 年代，居住在所略乡平六村的一些汉族同胞因田地少，要求移民到东运附近的六儿（地名）居住。老一辈的东运想人之所想、急人之所急，毫不犹豫让出六儿一带的30多亩田和几个山坡，准予冉家、李家、罗家、肖家等近10户汉族同胞到六儿居住并开始新的生活。如今50多年过去了，这批移民来六儿的汉族同胞安居乐业、幸福生活，与东运人亲如一家，壮汉同胞唱响了民族团结和共同繁荣发展的幸福和谐之歌。在东运，哪家建个房子、办个红白喜事，或是哪家缺少劳动力，大家都会出手相助。我每年春节回老家过年，每每总要摆上五六桌，总有几十位乡亲到家聚聚，喝酒聊天，畅谈兄弟姐妹情谊，大家都很是快乐幸福。

村庄变迁展新颜

几十年来，每年我都要抽时间回东运三到五次，看看乡亲们。我每每都有新感受，让我最高兴的当然是村里住房及村貌的变化。1949年前，东运一穷二白，大家住的都是低矮的茅草房。1949年后虽有改观，但到20世纪70年代，全村也只有几间瓦房。因为房子低矮和村民用火不慎，1985年和1986年，村里发生了两次火灾，全村房子及家当全被烧光。承蒙党和政府的温暖关怀和大力支持，东运村很快便进行灾后重建，建了泥砖瓦房。21世纪初以来，随着改革开放的不断深入和人民生活水平的不断提升，东运村民陆续修建了楼房。如今全村清一色的砖混结构楼房，高的有三四层，矮的也有一两层，部分房子还做了精致装修。2019年7月，我用无人机在80米高空处拍摄东运，镜头里的东运楼房错落有致，村屯道路四通八达，村道通到各家各户，村的西头是东运中心小学，校舍也全是砖混结构的楼房，东运的村貌美丽迷人。讲到东运村貌的变化，不得不说东运桥。东运地处百东河边上，村庄与河床有200米左右的落差，而公路及部分田地则在河的对面。东运人要下地劳动或外出，必须过河。过河不但要爬陡坡，还要蹚河水，每逢雨季发洪水，过河就很艰难。东运人多么渴望有一座桥跨越河流两岸。终于在 20 世纪 80 年代中期，政府为东运河建了一座石拱桥，从此，过河也不用蹚水了。后来，这座石拱桥年久失修，变成危桥，政府又于几年前重新修建一座钢混桥，并且在政府的惠民政策光辉照耀下，东运通往四面八方的道路都修成了水泥公路，出村的羊肠小道全部变成了坦途。

在东运，让我更加欣慰的还有一点，那就是村里环境的变化。近十年随着乡村美化工程的实施，家家户户都参与绿化、美化、硬化、亮化活动，村庄环境越来越美丽，生活环境令人舒心和惬意。

儿时味道今犹在

在东运，让我难以忘怀的还有儿时的美味——油团、"鸡这"（壮语，一种油炸馍）和油炸鱼。改革开放以后，经济发展了，社会物质丰富了，餐桌上出现的食品越来越多，从普通的家常菜到四星级、五星级饭店的佳肴，都进入寻常百姓家。尽管现在吃到的食品比过去的丰富，品种也比过去繁多，但儿时吃的油团、"鸡这"和油炸鱼的味道总令我回味无穷，内心总是抵御不了儿时舌尖上的记忆。

在东运生活的那 22 年，经济还不发达，物资比较贫乏，人们吃的基本上是粗茶淡饭，荤腥很少，鸡、鸭、鱼、肉要在节日里才能吃到。平时用于解馋的，就是油团、"鸡这"和油炸鱼这几种食物。东运人做油团一般以糯米、饭豆为原料，将糯米磨成浆，滤干水分，制成糯米糕备用；饭豆泡水煮烂，加香菜炒成馅；用糯米糕做皮，包上饭豆馅，捏成圆形，放进茶油锅慢火煮熟，就成油团。"鸡这"的做法更简单，用糯米磨成浓浆，用一种特制约 5 厘米直径、2 厘米厚度的八角小勺子作为模具，将装满糯米浓浆的八角小勺子放进八成热的油锅里用小火煮熟，倒出就是"鸡这"。东运人常做的油炸鱼，就是从百东河里钓回来的油鱼、白鲦、刀鱼、鳅鱼等小种鱼，裹上糯米浓浆，下七成热的油锅小火炸熟，即可食用。这些美味，都离不开一种食材，那就是山茶油。

山茶油是东运及所略一带村民的主要食用油。山茶油的脂肪酸组成与世界上公认的最好的植物油脂橄榄油相似，有"东方橄榄油"之美称。山茶油所含不饱和脂肪酸高达 80% 以上，油酸达到 78% ~ 86%，亚油酸达到 7% ~ 13%，均高于橄榄油，并富含蛋白质和 A、B、C、E 等多种维生素，不含黄曲霉素等致癌物质。油团、"鸡这"和油炸鱼，利用山茶油中的脂肪酸与糯米的清香，通过简单的组合和烹饪，制成了触动味蕾的食品，让人青睐。也许这就是家的味道、乡愁的味道吧。

以前，商品经济不发达，当时的山茶油主要供家庭食用，所以油茶种植面积比较少，茶油产量也很低。党的十一届三中全会以后，党中央制定了改革开放政策，农村实行了家庭联产承包责任制，农民的生产积极性充分调动起来。东运村民在大力种植粮食作物的基础上，大力发展油茶。之后，山茶油的功效和作用逐步被世人所认识，茶油的价格也越来越高，油茶成了东运的主要经济作物，东运村民种植山茶的热情更加高涨。目前，东运所有的宜林山地中，除留有一定的水源林之外，全部种上山茶树，全村的山茶面积近 3000 亩，除河流的水面及道路之外，在东运找不出一块裸露地，森林覆盖率达 80% 以上。现在回到东运，看到的是山清水秀、人杰地灵，人与自然和谐共生，我感觉这就是习近平总书记所期望的"望得见山、看得见水、记得住乡愁"的那种意境。

何福高

何福高，壮族，曾在各级报刊发表文章、评论、新闻报道多篇。编著有《巴马养生民间秘方》《人活百岁也平常》《与巴马百岁老人学养生》等图书。

难忘家乡 | 黄好谋

　　年逾七十的我却被迫远离家乡，别离老屋，前往几百里外的南宁绿城看护宝贝孙子，转眼已有七八个年头了，虽然现代的南宁处处皆美景，城市生活很便利，又是三代同堂，可谓享尽天伦之乐。然而，我始终难以忘却生我养我的那个美丽的小山村。每天晚上，我总是独自站在窗前，遥望桂西茫茫的天际，沉入对家乡的思念。

　　我的家乡叫百累屯，在距离巴马县城 20 多公里的西山乡，群山连绵，碧峰翠岭，在大山与丘陵接壤的地方，有两排高耸入云、南北对峙的山谷，形成一处十里峡长的平地，人称西山"平原"，在这块"平原"的东北面，有一个"凹"字形的小山村，百累就安居在这里。村后是两座近似相连的山峰，东面是一座如达摩剑一样、直指云端的牛驼峰，西面是一座近似独立的虎头山。

　　百累屯，原来并不叫百累，而是百美。百累屯的明清时代雕刻的古墓、石碑上，雕刻着"百美屯""百美山"的字样，关于这些称谓的来历，除了山村的地理位置有独特之美，还有嘴巴甜、人心美的诸多传说。

　　早在 300 多年前，因兄弟分家各自创业，本屯始祖黄三公从丘陵地区的盘阳携妻带子来到这里开疆拓土、艰苦创业。几年后，跟始祖黄三公同时从盘阳迁移来到干吾屯创业的黄氏始祖黄孔述病逝，其子女没有找到理想的墓地，却看中了百美屯后山一片百亩斜坡草坪。黄孔述的后人登门找黄三公及其后人黄梅、黄木，要求借一块墓地埋葬先人。在农村，墓地如同宅基地，从来没有人会借坟山给他人埋葬异姓异族的先例，但老实的黄三公及太宗黄梅、黄木却同意借坟地埋葬黄孔述，下葬了干吾屯始祖后，接下来又埋葬该屯的太宗、圣祖。此后，一代代的黄孔述的后人西归，都抬到百美屯的后山坟地安葬，这一片宝贵的坟山便成为干吾屯的"八宝山"，其中就有老红军黄荣及其祖父祖母的墓葬。每年清明扫墓，两个屯的后人一同扫墓祭拜先人，举杯共饮，一同祭祖，相互礼敬，十分和谐。

百累屯是壮族聚居地，村民善歌喜唱，是世代相传的山歌能手。据传，秉衡圣祖在30多岁时，已养育两三个儿女，却依然还有未婚的美女歌手来找他对唱山歌的佳话。有一年"三月三"歌节，弄安屯大户陈家摆下歌台，赛歌招婿。这个陈家大户可不一般，他家藏有一块皇帝赐的特别的墨玉，设计精巧，非常漂亮。据说是陈姓的一位太祖被选拔进皇帝开办的少年灵童培训班就读，毕业时，该班有七位学子获优秀奖，陈姓太祖是其中一员。皇帝给这七位优秀学子赠送墨玉。这块墨玉流传后世，作为陈家传家宝，在兄弟姐妹中，谁读书最优秀，墨玉就传给谁。弄安陈家"毓"字辈中，四兄弟皆学业优秀，墨玉就传到弄安屯的陈姓。可惜在20世纪60年代，陈姓家中有人遇难，家中一位老妈误认为是这块墨玉引鬼作怪，就偷偷把墨玉丢到河沟里去，再也无法找回了。

再说，当年陈家有一才女年方二十，既懂得诗书，又是百里闻名的山歌歌仙。求婚者无数，她却没有合意的心上人。这年"三月三"，她就摆下山歌台，对外放话，谁对歌胜过她，她就嫁给谁，不管男方已婚还是未婚。

圣祖秉衡公本不想去对唱这类山歌赛的，然而乡亲们都劝说他去对唱，圣祖母也放话说："他爹，你就放心去吧！如果你赢了她，带她回来做二房，我也没意见，我们做好姐妹。"

于是，圣祖秉衡公就带着乡亲们的期望，前往弄安歌场与陈氏才女对唱山歌，前面有人已对唱三天三夜，以为能够唱赢陈氏才女，最终皆无人能敌。在场的歌迷以为再也没有人敢上台对唱了，想不到三天后，30多岁的中年男子黄秉衡边唱边走上歌台，震惊了台下的歌迷。

弄安阿妹美才女，摆下歌台招良婿；

今朝老哥年三七，唱赢阿妹莫泪滴。

陈家才女立即应唱道：

老哥四十还好帅，山歌出口言不改；

若你唱过我阿妹，随你回家做二太。

就这样，圣祖父信心满满，与陈家姑娘对唱起来，唱罢赞村歌，又唱祝寿歌，唱罢祝寿歌，又唱苦难歌，唱罢苦难歌，又唱爱恋歌，每对一轮歌，不是男问女答，就是女问男答，相互对答，台下的观众不时鼓掌叫好。唱了三天三夜，谁也不输谁，再唱至五天五夜，还是不分上下，最后唱到七天七夜，天将破晓的时候，圣祖的歌声唱得太深情，陈家姑娘未及时应唱，歌女陷入不堪回首的往事情景中，泪流满面，由于沉入太久，欲开口应答时，已超过了起调应答的时间，外乡裁判歌王宣布陈氏歌王应答不及时，唱败。陈家姑娘也含泪甘拜下风，经过七天七夜的对唱，终于有了结果。陈家姑娘唱道：

秉衡阿哥情意深，叫我阿妹难却情；

应歌不及超时限，愿输愿嫁给歌王。

为了表示说话算数，陈姑娘让在场的上千歌迷见证，请在场的双方父母长辈同时上歌台，举行简单的拜堂仪式。当天，陈姑娘深情地唱起告别父母长辈、兄弟姐妹的山歌，带着家人陪送的嫁妆，随圣祖秉衡公回家，成为我们宗族的圣祖母二房。这样，圣祖父用山歌抱得美人归的美事，流传至今。圣祖母二房带来的漂亮的镀金床头灯，由本人祖父母珍藏，在几年前，本人才捐献给县文物管理所。陈氏二祖母与圣祖父结合后，又养育三男一女。

大概有山歌基因传承的缘故，我们屯世代都喜欢唱山歌，世代皆有闻名的山歌手。在革命战争年代，就有姑妈黄秀兰、黄理平等人唱山歌宣传革命、宣传抗战、宣传反"三征"，动员村民买枪、买弹药，组织革命武装，坚持打游击，对西山反"围剿"斗争起了积极的推动作用。从 1922 年起，本屯的先辈祖父及父辈就有多人参加韦拔群领导的西山农民革命运动和西山的游击革命斗争，除了 20 世纪五六十年代已经逝世的，还有黄汉尤、黄雄尤、黄满尤、黄伟谋等四人荣获失散老红军和老游击战士的荣誉。

在改革开放的年代里，乡亲们用山歌赞党恩，赞改革开放，而我自己也成为一个山歌迷，也学会编唱山歌，每次从南宁回来，都要买家乡的几盘山歌磁带，我每每听之，都会如痴如醉，废寝忘食。

在南宁的小社区里，每看到小孙子们玩弄那些塑料陀螺玩具，我就想起了儿时打陀螺的情景。我们家乡的陀螺是用坚硬的木料制作的，有大有小，大的我们叫牛陀螺，足有一斤多重。有一年春节大年初一，我们屯的一位长兄金粒哥带我们去跟邻村打陀螺比赛，一路上带我们喊口号："合乐乡打陀螺，百美屯第一名"，一路走，一路喊，一直喊到干吾屯。挑战干吾屯，惹干吾屯来跟我们比赛，三对三，一对三。结果，干吾出来应战的大小子，拿的牛陀螺比我们还大，但放起来力气不够，陀螺旋转不那么有力，我们的陀螺一打过去，大牛陀螺就毙命了，最后我们真的打败了干吾屯的陀螺队。现在，当年带我们去打陀螺的金粒哥已不在人世。他比我年长两三岁，人很聪明。在上学路上，他给我们讲革命故事，韦拔群的故事我是第一次听他讲的。他的毛笔书法很好，在读巴马师范初师班的时候，他就创作文章并发表。他很会表演，不管是唱山歌，还是唱现代歌曲，都很棒，他因长得英俊，在学校里，他常常男扮女装表演节目。可惜这样的一位有才华的年轻人，却英年早逝，虽然几十年过去了，但在我的梦境中，常常出现他的影子。

还有一位教我骑牛的伙伴，那是一位瑶族同胞。20世纪五六十年代，在农村牧牛、骑牛是一道独特的风景线，我家养的是一头很调皮的公黄牛，连碰都不给，更甭想骑了；而屯里其他家养的都是老实的母水牛，随便让老人小孩骑上骑下，而且力气又大，可三个人同骑行走。1958年"大跃进"期间，人民公社开办大食堂，小弄场的零散瑶族同胞户搬迁到壮家大村屯来住，与当地壮族人共同生产生活。当年与我们百累屯仅隔一座山坳的弄累屯有七八户瑶族同胞，就搬到我们屯来住。刚开始没有房子住，就由各家各户腾出房子来让他们住，一屋住两家人，十几口人同住一屋，房子很窄小，但大家很融洽和睦。瑶族同胞中有一个叫韦金文的小伙子，只比我年长两三岁，他也养有一头肥大的黄牛，他每次放牧，都能悠然自得地骑在大黄牛身上吹响叶子，还能站在牛背上行走。他见我一个人牵着顽皮的黄牛去放牧，就对我说："老弟，我教你骑牛。"我说："我这牛很顽皮，我怕骑。"他说："我有办法，一定教你会骑不可。"

于是，我抱着试试看的态度，让这位瑶族兄长赐教。刚开始我很害怕，金文哥就一手抓住牛鼻子，一手不停地抚摸牛身，待牛镇定后，就扶我上牛背，这时顽皮的公牛后脚就蹦飞起来，我无法骑到牛背上。一次不成就两次，两次不成就三次，这样一连五六个早上，牛便渐渐适应了我们的折腾。接下来，金文哥换了一种训练方法，他把牛绑在树根上，然后冒着被牛踢的危险去挠牛的屁股。牛最喜欢主人为它挠痒了，但要挠牛的屁股还是很难。开始牛见生人靠近后身，它就乱踢一通，金文哥的右脚膝盖就这样被踢伤了，血流不止，可金文哥不灰心，用白草敷伤口止血，又大胆走近牛。这一次，金文哥先用长木条远距离为牛屁股挠痒，待牛镇定下来，他才慢慢走近牛，用手慢慢挠牛屁股，把牛肛门边的牛虻除掉，这下牛感到舒服便老实多了，这时他叫我跟他一起除牛虻，同时让我慢慢地跨上牛身，牛腿动了几下，想回过来冲撞我，但被牛绳拉着鼻子，牛只能老老实实站着不动。片刻，金文哥解开牛绳，牵着牛走，不让牛回头，走着走着，牛就慢慢地适应自己身上的重量，后来金文哥就把牛绳直接递给我，让我自己支配牛的走动。金文哥跟在牛身边，以保护我的安全。通过一连几天的训练，原来顽皮的公黄牛服服帖帖地听从了我的支配，从此以后，我每次放牛也很自豪地骑在牛背上逍遥自在地牧牛了。这位教我骑牛的瑶族兄长，后来成为西山乡党委副书记，后因工作太过劳累，壮年故世，我再也见不到热情开朗的他，只能在梦中回忆他教我骑牛的情景了。后来，瑶族同胞们又搬回原来的峒场，百累屯村民为了改变弄累峒瑶族同胞没有田耕种、没有大米吃的状况，就把几亩好田拨给瑶族同胞们，瑶壮同胞世世代代共同团结进步，共同繁荣发展。

八年前，离开家乡时家乡的基础设施还比较落后，产业发展单一，我十分担心时代的洪流会把家乡甩到后头。然而，家乡每年都在变化，房子一年比一年好，产业一年比一年优。特别是几年来，脱贫攻坚扎实推进，小康建设稳步前行，惠民政策让群众有了更多的获得感和幸福感。从村头一眼望去，香猪养殖基地、食用菌种植基地等产业发展如火如荼，村里有了种养合作社，村民成为地地道道的社员。村民不仅在合作社里边学到技术、管理知识，还学会如何走向广阔的市场。村里有了漂亮壮观的大理石榕门，家家户户都用上了干净的自来水，11 个村屯全都有了水泥路和太阳能路灯，村民都住上了钢混楼房，户户有车辆机械，瑶壮同胞们正昂首阔步地走在脱贫致富奔小康的大道上。

家在爱里湾 | 夏益发

　　无论是土垮还是水湾，爱里湾都充满着山魄与
水魂；无论是走出去还是走进来，我们都永远是爱
里湾人，爱里湾是迎纳我们的臂弯。

——题记

　　爱里湾是我家乡的小地名。它四面环山，一条
溪沟如弯月，静静地绕过村庄，汇入巴马的母亲
河——盘阳河上游的地下河中。爱里湾正如其名美
丽，养育着这里的人们，诉说着这里的故事。

　　爱里湾地名因何而得，不曾有人提起。小时候，
我看见父亲在一本发黄的日记簿上写着"爱里湾"
三个字，却不知道文字里的内涵。后来听着村民都
亲切地这么叫，外村人这么呼，我就觉得这三个字
不仅仅有地理方位意义，还有这里每个人之间的关
系以及这里的人文资源、风土人情。《现代汉语词
典》里，"湾"的首个义项是水流弯曲的地方；而
"垮"是山沟里的小块平地，多用于地名。从地理
位置上看，爱里湾既有小块平地，也有一曲水湾，
可又为何偏偏取用"湾"字？也许在水土之中，村
民对水更加渴望吧。一座村庄的存在，是有依据的。
无土不扎营，无水不住人。水土对先人的择地安居
都是十分重要的。据《夏氏宗嗣》记载，夏氏先祖

从江西逃难至贵州恩兰府孟米县三里一甲大园子居住，后又迁至广西右江道庆远府，在武仁洞肥汪屯（今属巴马）借地营生。后来，由于人口的增加，先祖们被迫下山到爱里湾开垦种植、繁衍生息，也是为着水土而奔命。家在爱里湾，至今已达十代人，巴马的夏姓大都也是从这里发源出去的。如今，这一带已有六个屯，人口近 800 人。因为有"塽"也有"湾"，族人方在此落脚生根而后繁衍生息。大自然赠予先人的勤劳、智慧—契合就有了爱里湾的过去、现在与未来。无论是土塽还是水湾，爱里湾都充满着山魄与水魂；无论是走出去还是走进来，我们都永远是爱里湾人，爱里湾永远都是迎纳我们的臂弯。

爱里湾是有靠山的，所谓的靠山吃山，依水吃水嘛。爱里湾靠的山叫塔云山，是巴马最高山峰，方圆 5 公里，海拔 1216.3 米，是那社乡东烈村和甲篆镇兴仁村的分水岭。当地人称塔云山为"狗土老山"，意思是很古老的山。其山体土质系黄壤，因山高且常年有云缠雾绕，一望像是到达云端。黄壤土质，让爱里湾有了发展的空间；山高望远，穿云接雾，就让爱里湾人有了精神的寄托。在 20 世纪八九十年代，有文学爱好者以塔云山为名创办了一个文学社，手刻、油印了不少诗文，文字里有浓浓的乡愁，这在巴马民间文学社团中小有名气。试想，一座高耸的山直冲云天，接天连云，总是给人向上攀登的意象。以塔云山为名，也许就借以激励人们积极向上，努力实现美好的梦想吧。

自古道：山高自有客行路，水深自有渡船人。现实的塔云山下的爱里湾村民是蛮拼的，不管是物质上的还是精神上的。村民不仅靠山靠水更靠人自身。这里树木葱茏，鸟语花香，飞禽走兽来往不绝，其间沟壑纵横，瀑布飞溅，山泉汩汩，世代滋养着居住在大山脚下的瑶族、汉族、壮族同胞。小时候，我们常到塔云山脚下放牛牧马，渴了就喝山泉水，饿了就吃野芭蕉、野柠檬、鼻涕苞、茶苞、乌苞、蛇苞、狗屎苞、槟榔、凉粉果、牛奶奶果，乏了就去找螃蟹、抓虾米、掏鸟蛋、挖竹笋、摘蕨菜、采枫叶、打板栗和到瀑布底下冲浪……塔云山的四季，总有看不够的各种鸟兽和花儿，总有吃不完的各类果子和野菜，总有玩不尽的各种让人着迷的活动，因此少年时光总是阳光温暖。

在路不通、电不通的时代，要修建一个安乐窝，建设一个美丽的村落，是非常不容易的。塔云山的四周有许多石材资源，勤劳勇敢的祖辈们，依靠一手好石艺，就地取材，把山里的石头凿出家的温度与乡土的味道。要使一块石头成为砌墙用的石料，是需要人付出心血和汗水的，更要提振百倍的精神和坚韧。在我出生以前，爱里湾的民居建筑就是清一色的石瓦房，可见祖辈们是多么的拼。村民们自觉地依山靠水而居，两排村舍，错落有致，远远望去，深灰色的瓦楞上散落着枯败的树叶，掩映在芭蕉树、黄皮果树、鸡屎果树、椿树、竹子中，袅袅升起的炊烟与塔云山山顶的白雾相互映衬，像一座天梯，炊烟起，游子归，下边就是故乡的根与魂。

美好的梦想源于对现状的不满足，这是人的本性。富不富看农户，关键是看住房。房子如面子，村民把建房子当成一件头等大事，若没有特别重要的事情，都以筹款建房为一项重点工程来抓。21 世纪初，村民们靠着勤劳、智慧和汗水，创造财富，腰包逐渐鼓胀的乡亲们毫不吝啬地把挣来的一捆捆钞票投入到楼房的建设中。盖起的一幢幢漂亮楼房，如雨后春笋般破土而出，林立在爱里湾溪沟的两边，变成一道靓丽风景，石瓦房渐渐地被钢筋水泥房取代了。可是，我家的老房子，在很长的一段时间里，都像是爱里湾的一颗黑痣或者黑斑，让人看着不那么顺眼。我知道父母为了我们兄弟能够上学读书，一压再压内心的梦想，有苦也自己忍受着，从不在我们面前吐露心声。我很想说出一些心里话，但始终没有说出口，生怕伤了父母的心。直到2018 年 3 月，我家的石瓦房才在一声巨大的响声中顷刻化为废墟。这是爱里湾也是整个武仁洞最后一家石瓦房，它的倒下宣告了一个时代的结束，也预示着新时代的到来。然而，父母一点也高兴不起来，甚至偷偷地抽噎，仿佛倒下的不是老房子，而是他们的梦想。

我家的石瓦房建于 1988 年，按照汉族传统民居建设，石头砌墙，木头搭梁，泥瓦盖房，标准的三开间和上中下三层，一楼养牲畜，戏称"畜牧局"；二楼住人，戏称"人社局"；三楼放粮食，戏称"粮食局"。"畜牧局"有三间，分别养着牛、马、猪，每个牲口一间，互不干涉。"人社局"也是三间，左边前面是房间，后面放置柴房、磨子、碓窠、鸡圈；中间为中堂，前厅放置八仙桌、香火牌位等，后厅放置木柜子、犁耙等；右边前面是房间，后面是火坑和灶台，放置三脚、鼎罐、铁锅、碗架、水桶、水缸、盆子等。"粮食局"还是三间，主要放置玉米、稻谷、红薯叶、黄豆等，摆放位置可随意调整。这是我们家，当然也是大多数汉族民居房子的安排布置。此外，个别人口较多的农家，也在"粮食局"这层的前侧安置床铺，一般用来接待客人，或者在主房两侧搭个偏厦，用于存放柴火，或安置碓窠、磨子，或作为牛栏、马厩、猪圈，等等。这样的石头房，四面透风，冬暖夏凉，住起来十分舒适，这是巴马上世纪典型的汉族农村民居风格。

1999 年，我们一家人开始来到县城营生，从此石瓦房就少有人烟。爷爷生前在石瓦房住过好几年，但总归是人烟不足、多年失修、雨水冲蚀，如今房子已到了几近垮塌的地步，拆掉重建也是迫不得已。在推倒之前，我们一家人在房前合影留念。父亲神色凝重，突然变得不爱说话。他绕着房子走了三圈，随手抄起一根竹竿敲落几块瓦片，又钻进猪圈里摸摸那些发黑的石墙，还到楼上查看被虫蛀得不成形的梁柱，并试着踩踏已成炭黑的"笆遮"。他怔怔地望着家里的每一个角落，想到年轻时的心血就这样突然没了，心里难受到了极点。是啊，父亲这一辈人吃了不少苦，见证了国家的成长、壮大和与人民生活息息相关的点点滴滴。他们有权利去伤心和痛快地倾诉，他们经历的苦痛是带着久远的历史气息和浓浓乡愁的。

父亲说，为了盖这个石瓦房，他和母亲吃尽了苦头。当时，建房子最大的困难是交通。由于不通路，石头都是人工抬、背、扛、挑来的，石灰、瓦片也要自己烧制，木头、楼板更是要到几公里之外的林场扛来或驮来。好在那些年月，大大小小的事情都是请乡亲们来帮忙完成的，来帮忙的人也从没想过要工钱，无论是哪家建房子，主人家只负责一日三餐就行。二叔、三叔、二姑爷、三姑爷、大舅、三舅，还有培里瑶寨的"瑶老庚"和坡月村的黄氏壮族兄弟，他们帮我家建房子或打磨石料，或砍运木头，或做土瓦，或上山砍柴，就像是在建自己家的房子一样。父亲说，建房子期间有两件事特别惊险：一是烧制第五窑瓦片时，快出窑的头一晚下起了暴雨，漆黑的夜，一群人在滂沱大雨中呼喊着、忙碌着，祈祷上天庇佑，幸好老天有眼，大家的汗水没有白流。二是二叔砌房子的时候一脚踩空，从三楼直摔到地面上，幸好被一块木板挡了一下，才不至于出大事。父亲还说，建房子虽然辛苦，但是每晚收工回来，大家聚在一起，喝着土茅台酒，聊着一天的工作，倒也苦中有乐。特别是"瑶老庚"最好这口酒，他常说不吃上几口做活路就没力气。大家一听哈哈大笑。这样的笑声，时常在爱里湾静谧的山谷间回荡，纯净并且充满着浓浓的人情味。父亲说，石瓦房盖好了，也就意味着正式分家，独自开灶吃饭，就要立"天地君亲师位"的香火牌位。分家时，爷爷送了一头小牛犊给父亲，意味着让父亲从此要学会拓荒耕耘、面对风雨……

父亲平时说话不多，但一说起老房子，他好像突然打开了话匣子，一直滔滔不绝，而且声音越说越大，加上母亲偶尔提醒他几句，说到激动处的他竟然拍着桌子大叫起来。父亲的激动是有理由的。他们那个年代的人，建成了房子，是一件多么自豪的事情，如同树起了一座丰碑，有了精神的寄托。父亲高亢的声音就像是对艰难岁月的一种致敬，必须铿锵有力，必须洪亮如钟，似酒醉后的放歌。我们听着父亲的叙述，也跟着激动起来，父辈们在我心中的形象也变得更加高大。有意思的是，父亲在叙述时，偶尔还使用一些我们听不懂的词语。这些词语是祖辈们传下来的，由于用得少，平时一般不说，而激动起来却哪里还顾得上，全部噼里啪啦地抖出来了。因这，我还对这些话追根问底，但父亲给予的答案总是模糊不清。

为了搞清楚父亲说的"那些话"是什么意思，我特意上网查了一下。据载，广西西北部的汉族大多数是移民而来的，主要语言为西南官话。西南官话是从明代开始，因移民西南而逐渐形成的官话方言。西南官话主要分布在四川、重庆、贵州、云南、湖北等省市，此外广西、湖南、陕西、江西等省区市及东南亚北部部分地区也有分布。西南官话下分六个片、二十二个小片，是官话里分布范围最广、使用人口最多的方言，最大片区的使用人口约为1亿。

根据这些信息，结合《夏氏宗嗣》里关于夏姓先祖从贵州移民过来的记载，我们使用的语言应为西南官话，与贵州、云南一些地区的方言极为相似，但又不似四川、重庆、湖南的口音，更加不是所谓的"巴马话"。严格来说，"巴马话"不是真正的桂柳话，而是瑶族、壮族、汉族等民族之间为了交流方便，杂糅而形成的一种特殊的方言。非常有趣的是，"巴马话"基本只在巴马、东兰、凤山三县和相毗邻县的一些村屯使用，而与河池市其他县的桂柳话在发音、用词等方面有着很大的不同。可见，语言是民族团结进步最好的印证。目前，在巴马的汉族人口约为5万人，经过长期的民族融合发展，汉族与壮族、瑶族同胞通婚、"打老庚"，邻里互助，守望着这片共同的家园。汉族除了传统的春节、清明、端午、中秋等节日外，也过壮族的"三月三"，有的还过瑶族的"祝著节"。大家其乐融融，共享太平盛世。

巴马的汉族不仅在民房建筑、语言方面有着本民族的特色，在婚丧礼仪、民风习俗等方面也带有浓烈的本民族色彩。这些传统的汉族的生活习性，对于维系民族文化、继承传统文化有着积极的作用。比如，祖宗香火牌位就是一个极具汉族生活特征的文化符号。小时候，我们生活在爱里湾，爱里湾都是清一色的汉族人，每家的祖宗香火牌位一般都是"天地君亲师位"，且都是悬挂于中堂之上，正对着大门。但是，到县城后，我看见壮族人家的香火牌位一般都是"××堂""×氏先祖纪念位"，与汉族的香火牌位很不一样。我对此十分好奇，直到多年以后，随着阅历的增长才解开困惑。

每到旺年，父亲总要自己写"香火"。这时候，我们就爱趴在旁边看。父亲一般先写"会稽堂上历代高曾祖考妣远近宗亲之位""南无大慈大悲救苦救难观世音菩萨之位""太上三元三品三官大帝解厄星君之位""桂花院内七曲文昌梓潼帝君送子娘之位""九天东厨司命太乙定福灶王府君之位""都天巨富巨贵求财有感四官尊神之位"等六行小字，接着在中间留空的位置写上"天地君亲师位"六个大字，最后写"金炉不断千年火，玉盏常明万岁灯"的对联和"祖德流芳"的横批。父亲说，我们汉族的香火牌位必须是"天地君亲师位"的牌位，这是老祖宗传下来的，不能更改。确实是这样，如果进入一个陌生的家里，看见中堂之上悬挂的是"天地君亲师位"的香火牌，必是汉族人家。不过，不同姓氏的汉族香火牌位，所写的六行小字的内容也还是略有不同的。实际上，汉族香火牌位上的内容，表达的基本都是汉族对天地祖先神灵的信仰，对天地的感恩，对君师的尊重，对长辈的怀念之情，体现了人们敬天法地、孝亲顺长、忠君爱国、尊师重教的价值取向。

汉族人对香火牌位极度重视，以至于在建房置家时，香火悬挂的位置是第一个需要考虑的因素。更有甚者，在以前，要是谁犯了不可饶恕的大错，长辈们就会对其施行最大的惩罚，那就是"跪香火"。父亲跟我们说，"跪香火"是一项极其严肃的事情，犯错者必须双膝跪在中堂地上，向"天地君亲师位"的香火进行忏悔，发毒誓不再犯错并乞求原谅。有的人不仅挨罚跪，还有可能被长辈用绳条抽打，直至彻底反省为止。跪了香火的人，必须要践行所发的毒誓，否则就会遭天谴受五雷轰顶而死。不过，现在几乎已没有"跪香火"这样的体罚了。无论怎样，从"跪香火"这件事情上可以看出，这是汉族人崇拜神灵的最本质的体现之一。

时过境迁。巍巍的塔云山，还是那座山，但是比以前更绿了。如今，在党的民族政策光辉照耀下，爱里湾清一色的石瓦房虽然不见了，但是村庄比以前更加整齐、漂亮了。水泥路已通到各屯各户，小汽车、电视机、冰箱、洗衣机等成为居家标配。数十年风雨洗礼，数十年沧桑巨变。家乡房屋的变迁和生活的变化，像是一面镜子，折射出了家乡一路走来发生的翻天覆地的变化。现在，村屯之间，不论是哪个民族，不管说什么语言，都不拘泥于生活习俗，大家守望相助，继续结亲家、"打老庚"，一同向着新时代更美好的梦想迈进。我常趁着闲暇之余回老家，听老一辈们讲述过往艰难岁月，叙述当下美好故事，随着故事情节、乡愁记忆被一点一点打开，或似烈酒，让人心潮澎湃、感慨万千，或似低怨的小曲，让人情不自禁、泪流满面……游子归来，炊烟再起，美丽的爱里湾，永远是我们的根，是我们的魂。

夏益发

夏益发，1986年出生于巴马瑶族自治县甲篆乡（今甲篆镇）兴仁村。大学时开始文学创作，偶有文字见于报纸杂志。现供职于巴马瑶族自治县党委办公室。

嵌在篱笆房里的童年 | 鲁 莽

　　我一直以为，只要一家人在一起，居住在何地，何地就是家，其实不然，两鬓斑白才明白童年时期生活的那个地方才是自己的家。我从来都没有勇气去写关于老家的文字，因为老家在一个叫弄多的小屯子，那是一个很偏远的小山村，几乎与世隔绝。小屯子四面环山，四周除了山还是山，每座山的两侧又生出许多小山大山，重峦叠嶂。冬春季节，雾缠绕着山巅，难舍难分，一座座翠绿的山，戴着一顶顶白色的草帽。我每每想起父母的含辛茹苦，都会有一种泪流满面的感觉。

　　那个叫弄多的地方，原先是属于巴马瑶族自治县，距县城 57 公里，距东山乡 8 公里。1988 年大化瑶族自治县成立，老家弄多被划了过去。2005 年老家所在的板兰乡被撤并为北景乡，2015 年北景撤乡建镇。老家便距镇上 30 公里，距县城 138 公里，让人有一种离群索居的感觉。时年 85 岁的母亲一次都没到过那遥远的大化县城，也没到过北景镇。

　　那么个小屯子，却承载了我 20 年的记忆。出生于 20 世纪 60 年代中期的我，没有书上写的那么聪明，两岁就开始有记忆，经年不忘。我脑海里 6 岁前的记忆似乎都是空白的，好像是从 7 岁开始，脑子才能艰难地记住点事。我记得我们家和三叔家的房子是连在一起的，有 5 间很陈旧的篱笆房，两家以中间堂屋为界各据一头。除了大家用竹篾编成的笆折围成房间，再无他物遮挡，从这头可以看到那头。两家共用一台石磨，一个石碓。石磨安放在堂屋笆折边，石碓安放在三叔这头偏厦边。每天收工回来，两家人就相互礼让，你家先推米，我家就去舂碓，结束了再换过来你家舂碓、我家推米。一个个月缺月圆的日子，被那单调的"吱呀、吱呀"的推米声磨掉，被那"嘞——咚哐、嘞——咚哐"的舂碓声擂碎。

我们有三兄弟，三叔家也有三兄弟，加上两家的姐姐妹妹们有十多个孩子，蛮热闹的。雨天队里干不了活，大家就在家，姐姐们就用麻线打鞋底、缝鞋面，我们兄弟就吹牛或躲猫猫或下母猪棋、三子棋，等等。吹够了，玩腻了，我们就从横亘在楼条上的苞谷中扯下几个，剥去苞壳，把干的一粒粒玉米放在簸箕里；接着在架着三角火圈的火坑里，把瓦片般大的一块火灰刨平，由外向里呈钝角倾斜，把玉米放到温灰中，再用随时都准备有的铁芭茅秆做成的长筷子，扒弄起灰中的玉米。玉米会随着火温膨胀，最后"嘭"的一声爆成爆米花并弹出火坑。我们经常是一个人扒弄，几个人等在旁边，待爆米花爆出灰坑大家就去抢，抢到之后连吹都不吹一下灰就塞进了嘴巴，那热闹融洽的场面至今令我记忆犹新。

逢年过节，我们两家都是各家煮好饭菜，把两张八仙桌并到堂屋，把各家的饭菜统一摆到桌上，大人烧香燃纸敬过先祖后，两家人就围在一起吃饭。桌上除了一些小屁孩不能吃的东西，其他的哪个爱吃什么就自己夹什么。小孩不能吃的有猪脚、猪尾巴、鸡爪、鸡肠、鸡头等。大人给出的说法是小孩吃猪脚，大了找不到老婆，去讲哪个妹仔，快要成了就会被别人叉走；从小吃猪尾巴的人，做什么都会排在最后面那名；小孩吃鸡爪，写字会像鸡爪一样难看；小孩吃鸡肠，长大会犯错误，会被绚；鸡头上有鸡眼睛，小孩吃了就会成鸡蒙眼，晚上什么都看不见；等等。为证明自己没有说谎骗我们小孩，大人就拿一些我们周围小时吃了那些东西的人和事来佐证。说得最多的就是那些满嘴胡须，常常衣冠不整，灰不溜秋，饭后一些饭屑挂在长胡须上，待到饭屑干了水分，偶尔抬手一抹才抹掉的一些人。还有一个叫张满的人。张满我们都认得，是另一个屯子的人。那时还是小不点的我们，对年龄没概念，但在我们眼里，张满看上去跟我们父辈一样老了还没有老婆，大家都说他娶不到老婆就是小时候偷吃了猪脚的报应。张满还有一大堆毛病，最突出的就是好吃，东家串西家逛，碰见谁家在吃饭，不管人家叫不叫他，他就自己动手舀饭吃，大家因之讨厌他；见到小孩他就伸出两只黑得像乌梢蛇的手，把小孩粉嘟嘟的红脸蛋挤压在两掌间，用他那胡须去扎，扎得孩子杀猪般号叫，小孩拼死挣脱，气愤地骂他："张满不得好死，张满偷吃猪脚娶不得老婆。"他却乐得哈哈大笑。还有那个覃天来小时吃鸡肠，长大后偷队里的苞谷，被绚了；那个石维护小时吃鸡头，长大了成鸡蒙眼，一到天麻麻黑就什么也看不清了……这些人和事让老实巴交的我们特别惶恐，望着那些东西，口水流到脚背上了却动都不敢动。好在当时那些东西能摆到桌上，只有过年的时候。

记得那年大年三十晚吃过年饭天还早，我们就出去放炮火，过会儿回来，堂哥见桌上有个猪脚在盐碟碗里（在我们那边，人们吃完大年三十晚的饭菜后是不收拾桌子的，等到夜里过了十二点，人们重新加热剩菜后才清理），他看没有大人在周围，伸手麻利地把猪脚抓在手里，顺势蹲到八仙桌下偷啃起来。眼尖的堂弟看到后立马向三叔告了状，喝了几杯酒的三叔坐在火塘边笑了笑对堂弟说："你不要管他，讲他不听，等他长大找不到老婆哭都没有眼泪。"于是，我们几个没吃猪脚的兄弟，一边跳着拍巴掌一边异口同声地喊："有人找不到老婆了，有人找不到老婆了……"遗憾的是，大人的那些话没有应验，我们长大后，最先娶老婆的就是长得一表人才、从师范毕业、做上干部的堂哥。据说有三四个妹仔各施手段，死去活来地争抢堂哥，最后堂哥当然是要选最漂亮的那个给我们当嫂子。婚礼上，我们取笑堂哥，说他小时候偷吃了猪脚，怎么就没跟张满一样。堂哥笑呵呵地道："张满吃猪脚是从后面吃起，当然叉出不叉进。我是从叉叉那里吃起，叉进不叉出。"

从7岁有记忆起，我记得我的小学是在另一个叫弄孟的屯子里，弄多到弄孟之间相隔近3公里。我早上9点左右背着书包去读书，下午快5点才背书包回家。我当时走的是羊肠小道，小路两边长满比我还要高的茅草，茅草中点缀着一些叫不上名的野花，有黄的、紫的、红的……如今，那所学校早已撤并不存在了。我在弄孟小学读到了二年级，而后为了有一个好的学习环境，当时在巴马瑶族自治县东山乡工作的父亲把我接到他身边，在东山小学读书。

自从到父亲身边读书后，一年中我只有那两个假期回到弄多老家与母亲和姐姐们生活，看到的始终都是母亲和姐姐们在地里忙碌疲惫的身影、被太阳烤得黝黑的皮肤、满是泥土的衣服、沾满泥巴的布鞋、皲裂的双手……于是我就尽量做一些力所能及的家务活，天亮上工前母亲和姐姐们早起煮好猪潲，交代我 9 点或 10 点拿去喂猪；等到太阳升到半空时，我拿竹席子摊到泥巴晒场上，晒头晚按工分分得的苞谷。再有就是等到太阳荫过房子时，我在腰间捆张刀匹，刀匹夹缝里插上一把弯刀，打开羊圈把那 10 来只山羊放出来，屁颠屁颠地赶到坡上去吃草。在看羊的无聊时间里，我就在茅坡边找那些干芭茅秆，等天黑扛上跟羊一起回家。芭茅秆只是作引火用，当不了煮饭、煮猪潲的柴火，所以我找柴火的时候一般都是跟随三叔去扛。

农闲时，勤快的三叔就上山砍柴，一大码一大码地码在山上，等柴火自然干后，得空就去扛些回家。每次都是三叔帮我齐柴火，他先找一根大点的作为搁肩杠，那样占肩膀的面积大些，肩膀不至于被压得太痛；然后再找小根的齐起来，估计够我扛后就用藤子绑两头，把柴火绑拢绑紧。齐柴火、绑柴火得讲究技巧，靠耳朵那面的柴火要齐得平整，扛起来柴火不会磕脸；如果绑得松松垮垮，扛起来肩膀会被磨伤。最后三叔会叫我站稳，他双手把柴火举起并慢慢放到我的肩上，一边放一边问平衡没有。毕竟年纪小、力气小，我越走越觉得柴火重。三叔却健步如飞，他上前老远后，把柴火从肩上放到岩石边靠好，就转回来接我，把我肩上的柴火拿到他肩上。他会一直扛到先前他那扛柴火停放处，再把我的放到我的肩上。如此来来往往，一扛柴火几乎都是三叔帮扛到家的。

寒假的天气大多是阴雨连绵，加上又是快过年的时候，队里也没出什么大工，薅冬草都被分配到个人身上，什么时候薅都没有人监督，只要不误春耕就行。三叔有空在家就给我们六兄弟用刀刮"玻啰"（木头陀螺），因为打"玻啰"是我们小孩在过年时最在乎的娱乐。刮"玻啰"的"马力光"木头很坚硬，平时三叔上山砍柴时发现就留着了。三叔给我们六兄弟刮的"玻啰"几乎都是一样大小，一样木质，一样美观光滑。他还用平时他剥好的麻皮给我们每人搓一条打"玻啰"的麻绳。寒假下来，弄多小屯子里中心的那块平地，因我们几兄弟和邻居的孩子们打"玻啰"给踩得硬邦邦。春耕时，那牛犁那土都很吃力，队里使牛的人无法忍受，会很恼火地吼一通。

直到20世纪80年代末，歪得非常厉害的篱笆房，石块断的断，檩条烂的烂，实在没法居住了，我们两家才各自建了独立的石头瓦房。如今那石头房也在早些年都变成了平房。曾经牵引我们通向外面世界，却又捏着我们对故乡的思念不放的小路也不见了，被宽阔笔直的水泥路压在底下，永远翻不出来了。

时间飞逝，一晃姐姐妹妹都做了人家的媳妇。一晃我们兄弟五六个也都飞离了那个叫弄多的老家，分别在桂林、金城江、大化、巴马成家立业、为人父母，落脚最多的还是在巴马，因为1988年之前我们都是巴马人，户口都在巴马，我们别无选择地是巴马人。一晃我现在正在电脑前敲打着键盘，叙述着这些点点滴滴的童年之事，看着窗外的高楼大厦、车水马龙，与笔下的篱笆房对照，一切恍如隔世。

如今，我们各自围着各自家庭的柴米油盐过日子。每次哪家有什么事，不是少了这个就是少了那个，从来没办法齐聚一堂。小辈中的堂兄堂弟堂姐堂妹，表哥表弟表姐表妹，相互之间有的从来都没见过一面。他们更不知道推米、舂碓，不知道火坑里能弹出爆米花，不知道吃猪脚会找不到老婆，不知道肩膀还能扛柴火，不知道"马力光"能刮"玻啰"。而老家的平房也闲在那里，连耗子路过都不进去，因为里面什么吃的都没有，只有逢年过节我们有时间才开上车子去上上香，打扫一下屋子。一路走下来，如今老在梦里跨进跨出的家，不是修建好的平房，也不是眼下居住的楼房，而是嵌满了我童年，不复存在的，窝在弄多的那栋篱笆老屋。

鲁　莽

鲁莽，原名陈大勇，现供职于巴马瑶族自治县信访局。作品散见《今晚报》、《故事会》、《微型小说月报》、印尼《国际日报》、美国《侨报》等国内外多家报刊。多篇作品收入各类文集，有作品收入全国各省市高考黄金质检卷，获文学创作小奖十余次。

桑梓情结 | 陆宗合

记得有一首歌如此演唱："谁不说俺家乡好……"恰好唱出了我的心声。我的家乡善屯就是巴马寿乡一幅天然的立体画卷，让人始终有看不够、游不完、舍不得的牵恋。

善屯，是寿乡巴马甲篆镇拉高村的一个自然屯，地处盘阳河北岸，三面环山，一面临盘阳河，是巴马瑶族自治县规划的盘阳河风景旅游带的中心地段。山明水秀，景色迷人，善屯是旅游观光、养生度假的优选胜地之一。在 20 世纪 40 年代的一个秋天，一位周游四方的墨客看到善屯的迷人景色时，不禁挥毫题诗：

雁舞风凉景入秋，潺潺碧水往东流。
滩高浪鼓山回应，峰插云层天尽头。
数棵古榕彰树翠，一朝浓雾锁山幽。
斯乡百里景如画，尘上蓬莱醉客游。

是的，善屯山有韵、水有情，山光水色，如锦似画。多彩田园、青山荟岭、奇峰幽洞、景观层叠，村外堤柳垂帘，岸竹苍翠，古榕张伞，绿树成荫，善屯引人入胜。

一、古榕溢趣

怀着对家乡的热爱，善屯古今仁人先后在屯前栽下了四棵榕树。据屯上老人代代相传，最老的两棵榕树是在清朝康熙年间种植的，至今已有 300 多年的树龄。由于村民美德传承，爱树护树，古榕树老而不衰，永葆苍劲挺拔。虽经几百年的雨洗风梳、霜侵雪染，古榕依然枝繁叶茂，呈荫送爽。现在已长成壮观雄奇的参天古树，形似绿伞宏开、翠帘舒展，点缀善屯的娇容美貌，闻名遐迩，人们感叹称奇。

艳春复始，日暖风和，古榕新枝劲展，嫩叶舒张。那茸茸叶子，如紫绫高挂、缎扇轻摇，迷莺醉客。

盛夏来临，榕姿叠翠，遮阳呈荫，鸟唱蝉鸣。人们树下纳凉，耳聆莺声，笑叙闲聊，那清风沁肺、爽气拂怀的舒适享受，不知不觉消除身心的疲惫与酷暑的炎灼。

秋高气爽之夜，人们树下闲游，仰望星空，那闪闪星光月色，透过叶隙梢缝，交叉辉映，犹如地洒银花、荧灯装点、溢彩斑斓，催人神迷意醉，全忘夜静更深。

季入初冬，古榕叶老果熟。树下遍地黄叶，如金闪耀；树上黑果满枝，若珠发亮。食果的鸟儿叽叽喳喳，成群结队，飞飞停停，盘缠树上，摘食美味鲜果，好一派鸟聚天堂，独具韵味的冬日异景，令人赞叹。贪玩的顽童，则不停地奔跑、嬉戏在掉落的黄叶之中；时而翻滚，时而跳跃，时而双手抓上一把黄叶抛向天空，欣赏黄叶飘逸的乐趣；时而捡起新鲜的落叶卷成唢呐式样，吹奏起心中的乐曲，如痴似醉。那声声叶调，悦耳动听，荡漾屯前，回旋树下，娱趣悠悠。我一位吟友在他的《善屯古榕赞》诗中这样写道：

> 古榕撑伞倚庄前，历尽沧桑忘逝川。
>
> 屹立堤边维画镜，巍然河畔护仙园。
>
> 冠容净露尘嚣远，袖纳清风酷暑迁。
>
> 远近游人临此境，流连忘返递情绵！

古榕树下，还建一凉亭，名曰"清风亭"，是村民自行筹资和投工投劳修建的。因古榕的掩映和衬托，凉亭别具风采，趣胜一筹。朝朝暮暮，人来人往，络绎不绝，亭中笑语声声，交谈殷殷，难舍难分。真乃榕姿郁郁怡情盛，亭趣融融恋意绵。我每次回到故里总爱到亭中小坐，沐风消遣，赏景寻娱，与乡亲父老叙旧聊天，所感所受，一首《题清风亭》的回文诗油然而生：

> 风清得意惬盈胸，至此皆心遂始终。
>
> 冬夏游童玩对对，暮朝行客览重重。
>
> 浓浓议论天连地，细细言谈西到东。
>
> 同往来人迷景色，中亭聚叙乐融融。

古榕高大荫浓，风清气爽，树下平阔，地理位置得天独厚。早在20世纪60年代，善屯就在古榕下建起了篮球场，开展体育健身运动。每每农事闲暇，全屯青年男女常聚树下，组队赛球。有时是男队与女队赛，有时是生产队与生产队赛，有时是青年队与中老年队赛，兴趣浓厚，气氛活跃。而在此运动，倍感身心舒适，阳烧而不热，跑累而不困，俨然一个天然空调体育场馆。每逢过年过节，假期周末，乡直机关干部、学校师生或邻村青年也经常组队到善屯进行篮球友谊比赛。一来满足球瘾，二来一睹古榕风姿，享受浓荫凉气。而每逢赛事，父老乡亲不免亲临观看，捧场助威，呐喊加油，享受乐趣；同时还自愿烧水泡茶，供客人饮用，树文明礼貌之风。

二、山腾瑞气

善屯三面环山，群峰竞秀。叠嶂起伏，卧如龙，扬似凤。春夏秋冬，景开异彩，各有千秋。艳春山花怒放，五彩纷呈，蜂蝶飞舞，鸟唱虫鸣，使人心旷神怡，悦耳舒目。盛夏绿树成荫，藤蓁草暗，翠浪掀腾，充满生机。秋冬节令，红肥绿瘦，野果满枝，山景披金带玉，五颜六色，美不胜收。而更引人注目的还是号乐山和岩桃山的奇观异景。

号乐山地处村边西面，后连千峰叠嶂，前临盘阳河水。山的四周，险峻峭壁，直立耸峙。山间青藤悬挂，劲蔓攀爬，草芒繁茂，古树葱茏。在山的对面远眺，号乐山犹如一栋绿色高楼雄矗河边。登临山顶，坡缓地平，花草芬芳。据传，在近代战乱年份，乡亲们为避匪患，凭借号乐山居高临下，易守难攻的险要地势，在山顶入口处筑石墙山门，在山顶平地处建房，安营扎寨，苦度漫长的酸楚岁月。后人每每登临，那古城古井，碎瓦残墙，尚一一呈现眼前，清晰可见，认证了沧桑的一页屯史。

驻足山巅，环眸四望，视野广阔。正面纵眸，拉高全村屯容寨貌，山野景色，一目了然。左右张望，甲篆娇姿、百马秀色、十里盘阳河段如龙形玉带尽收眼底，远眺近观，目不暇接。由于景观独特，又临近屯边，我登号乐山游玩已不知其次数。而随着自然生态的不断改善和乡村面貌的日新月异，我每次前往都有不同的感觉和惊喜，那赏心悦目的新景频频展现，催我抒怀畅咏：

势似琼楼峙岸边，登临绝顶览流连。

山前万岭收眸里，眼下千家入镜间。

片片田畴如锦展，条条玉带似龙缠。

古城古井古风在，恋绪悠悠醉景妍。

岩桃山，地处善屯后面。山高姿雄，峰尖清秀。从地面拔起是一座巨型的整体的山，可临近山头，却分成三峰挺立，三角对峙，直插云霄。山正面的东南方向，坡度较缓，通往山头的羊肠小道就从这里盘旋而上。山后便是悬崖峻峭，壁直险要，猴兽可惊。山间藤芒郁葱，树木苍翠，鸟兽出没，鸣声不断。登临山巅，张目俯瞰，茫茫旷野收入眼帘，唯斯独崇，群山皆小。举首仰望，似是碧空临头，云霞缠身，高高在上。平视左右，周围空旷，一目百里，似在空中楼阁，若幻若真，好不称奇！自然，我的一首赞叹律诗《岩桃山雄姿》活跃纸上：

雄姿独具景幽然，秀气超群护故园。

暮至迟观斜照艳，朝来先赏旭光妍。

林涛青翠灵莺恋，峰顶崇高瑞霭缠。

举步登临山外眺，苍茫百里入眸帘。

三、水荡祥光

善屯依山傍水，河流潺潺，水质清净。流过屯前的盘阳河段，激滟而平缓，清波荡漾，映衬群山。河中鱼虾丰富，鳖大螺肥，美味飘香。春秋冬季，河水缓流，鱼集深处。堤边岸畔，常有钓客光临，静心垂钓，陶冶情操。节入盛夏，洪浪翻滚，群鱼靠岸。趁此良机，渔翁在岸边布网捕鱼，当收网上岸，满网鱼虾跳跃，收获的喜悦涌上心扉，倍感惬意。

除了屯前的盘阳河，善屯村边还有多口山泉汩汩。地处村西头的一口山泉——仙女泉，离盘阳河入水口七八百米，该泉水流较大，四季长流，从不间断，且盛产油鱼。每逢夏季节令，惊雷暴雨，山洪暴发，河水猛涨之时，油鱼就频频往返于仙女泉与盘阳河之间，在这七八百米的溪流里产卵繁殖，繁衍后代。就在这段时间，村民们常在此溪流里的适当地方放置鱼笼，捕捉油鱼。有时候几个小时收笼一次，有时候一天收笼一次。每次收笼收获的油鱼，有十条八条，一斤两斤不等（以一笼计），这段时间是一年中捕捉油鱼的最好时机，也是捕获油鱼最多的时候。该泉水质清净，特别凉爽。任你骄阳似火，热浪逼人，汗流浃背，身沉泉中一泡，顿觉全身舒适，热感全消。因此，该泉自古就有一抹传奇的色彩：

相传远古时候的一个夏天，两位仙女下凡闲游，走南看北，览山玩水。

当她们走到这泉边时，日正中天，热浪袭人，两仙女即下泉泡浴，凉爽的泉水顿使她们闷热全消，心舒意惬，因此她们迟迟不愿离去。尔后，每逢盛夏，这两位仙女总爱来此泉边纳凉，不时下泉浴体，品尝山中神泉圣水，体验凡间风情乐趣。久而久之人们就称此泉为仙女泉。

有位作家游此泉后，挥毫赞叹，写下这样一首七律诗：

灵泉喷涌润山庄，四季如春百卉香。

屋绕清流风舞柳，门临碧水凤栖篁。

人沾玉露多增寿，日沐甘霖益健康。

难得天然神福地，江南此处是仙乡。

四、洞穴传神

善屯山秀，更有洞奇。善屯周边，山峦峰脚，溶洞密布，有深有浅，有小有大，交错纵横，贯穿山中。至今已被人们发现和常游的有春洞、老虎洞、学堂岩等。

春洞，地处善屯的东头。洞穴较大较长，景观较多。从善屯洞口进入可通达百马村的桥头屯。该洞由于洞深风和，空气良好，冬暖夏凉，四季如春而得"春洞"之名。

春洞内景，千奇百怪，多彩多姿。各种钟乳奇石、水滴银帘、岩浆晶柱、平台梯田、绕壁银渠，通体洁白，闪光耀眼。飞禽走兽、神仙玩牌、寿龟卧江、望夫娘娘，栩栩如生。磨姑糖条、米花麻蛋、油条瓜饼，若幻若真。让人目不暇接，眼花缭乱，沉醉洞中。洞内还有水塘（也许是暗河），水面平静，清晰透明，从不干涸，人称"仙女浴池"。这些奇观妙景，在梁兆得的《西海梦》《寿乡探奇》专著中都有翔实描述。

老虎洞，地处善屯西北方的号乐山下，从山脚往上约 50 米即到洞口，老虎洞也因洞内有"虎"而得名。该洞不深，但洞内奇特，初入洞口，只感洞内平坦明亮，未见奇异。可再走入深处，在洞的狭小地带，一只"老虎"赫然展现眼前，形象逼真，活灵活现，给人一种魔幻般的感觉。而关于"老虎"的来历，有这样一个传奇故事：

相传在很久以前，善屯只是一个10多户人家的小山村，住宅都是茅舍陋室，人烟稀少。村边杂草丛生，树林密布，村里萧条冷落。村边山林洞穴中虎兽猖獗，经常窜进村中擒猪抓羊，猎物觅食，闹得村里鸡犬不宁，人心恐惧。

一天晚上，村里一位老太婆走进村边的树林，去寻找失踪的小猪，忽然一只老虎向她扑来，在老人家惨叫救命的一刹那，老虎已把她爪撕牙咬得头破血流，遍体鳞伤，奄奄一息。当人们闻声赶到，手持火把、木棒、斧头冲向老虎时，老虎才猛然转身跑进岩洞深处躲藏，人们便趁机在洞外层堆满柴草，又在柴草堆外垒起石墙，把洞口封得严严实实后，点燃了柴草……

若干年后，人们拆除洞口石墙，进洞察看，在岩洞深处惊见老虎化石，故把此洞称为老虎洞。

学堂岩，也在善屯的西北方向，离老虎洞不远，因在洞中立学堂而得名。新中国成立前的战乱年代，战火常燃，匪患常扰。为了让孩子安心学习，乡亲们就在此洞竖架搭台，开办私塾。先生和学生在此教书学习，既清净舒适，又安全凉爽。教书先生在他即将辞别时，在岩壁上这样题诗：

> 龙岩启口向南天，万古生成一洞仙。
>
> 学士游来娱眼界，闲人览去快心田。
>
> 不才暂处无穷趣，数载相依未极妍。
>
> 目击村前河畔客，纷纷往复更缠绵。

一首律诗，短短几句，但诗中蕴意含情，深藏妙趣，展示了作者对此岩的赞美和对善屯风光感叹与流连的内心情怀。如今，人们进入洞内浏览，岩壁上的"学堂岩"题字及诗文墨迹还清晰入目，当年琅琅书声仿佛回荡耳边，耐人寻味。

除上所述，善屯村边还有不少鲜为人知的奇岩幽洞，洞内的魔幻世界、帝殿仙宫，有待人们去追寻和探访。

五、物丰人寿

善屯山清水秀，自然条件适宜，空气新鲜，物丰人寿。据 2018 年底统计，全屯总人口为 986 人，其中百岁寿星 1 人（2009 年至 2018 年底善屯先后有登记在册的百岁寿星 5 人，均为女性，已去世的 4 人：陆牙片 105 岁，2014 年逝世；韦妈乱 104 岁，2017 年辞世；李牙信 102 岁，2015 年逝世；蔡牙见 101 岁，2016 年辞世），占总人口的 0.1%；90 岁至 98 岁 8 人（男 2 人、女 6 人），占总人口的 0.81%；80 岁至 88 岁 15 人（男 5 人、女 10 人），占总人口的 1.52%；70 岁至 79 岁 25 人，占总人口的 2.53%。从以上统计的数字看，善屯长寿老人比例较高。

至于善屯长寿之谜，主要来源于山水的孕育，食品的营养，劳动的磨炼，餐饮的调协，有道的养生。尤其是劳动是老人们健康长寿的重要因素，他们平时很少清闲，总爱做些力所能及的农活家务。拾柴割草、饲马放羊、喂鸡养鸭，他们样样都做，以舒筋活络。他们饮食简单，少荤多素、少酒多饭、少吃多餐，玉米粥、火麻汤、青蔬瓜果、野菜豆类，是他们的日常食品。

同时，他们平时保持良好心态，心平气和，有事做事，无事聊天。闲暇之时，他们常到古榕树下、清风亭中，漫叙闲聊，话旧故、道家常，释疲消倦，催生乐趣。所以，老人们才保持身体健康，能吃能喝能走，眼不瞎、耳不聋，视听正常，快乐处世，享受幸福。

善屯人长寿的传奇，已被世人所知、所崇、所敬。县乡领导及有关部门曾多次登门拜访慰问长寿老人，给他们送去关爱和温暖，长寿美名遐迩频传。早在 2011 年中央电视台《王刚讲故事》栏目（巴马长寿老人专题）中，当年已 102 岁（1909 年出生）高龄的陆牙片，就是第一个出现在电视屏幕上的那位老人。镜头中的她行走自如，步伐稳健。她那举斧劈柴的派头，挥刀砍猪菜的功夫，地里挖红薯的韧劲，简直不像一个百岁老人的模样，她的健壮有力，心灵手巧，真让人敬佩与叹服。生活中的她，就是那样闲不住、耐得苦、干得事的寿星。

故乡人长寿使我深感骄傲与自豪，也促使我常常提笔草诗，抒发内心情感，其中一首《赞叹故乡》即是这种情感的自然流露：

长住故园兴万千，风清气爽遂心田。

傍山倍感玩山乐，近水尤欣饮水甜。

屯远嚣尘居惬意，窗邻翠树夜安眠。

得天独厚益康寿，百岁人生自有缘。

六、政和屯新

凭借天时地利的自然条件优势，沐浴着党和国家方针政策的阳光雨露，尤其是改革开放 40 多年的拼搏，善屯面貌焕然一新，昔日参差不齐、低矮简陋的泥砖房、茅草屋、泥泞小路，已顺势消失，无影无踪。入屯坦道，砼铺石砌，绿树成荫。屯内硬化道路交错纵横，通巷连户，车驰笛鸣。新居高楼栉比，宽敞明亮；环境卫生清洁美化，气爽风清，村民安居乐业，生活丰富多彩。每当夜幕降临，村民在古榕树下，在灯光球场间，以歌结伴，以舞抒情，像城里人一样，文化娱乐活动日趋活跃，好一派农村巨变的喜人景象，尽享脱贫致富的幸福与欢乐。一位学者在善屯留下脚印，也留下了墨迹，他的《善屯吟》这样描述：

久慕斯庄岁暮游，果然如画兴难收。

水牵绿带映苍昊，山竖青屏护白楼。

寿享遐龄无市侩，风循正道有朋俦。

养生宜效陶翁隐，情注烟霞随处讴。

善屯境雅、屯清、水秀、山奇、洞幽、人寿，得益于良好的自然环境，这是苍天赐给善屯的一块净土，是大自然对善屯的钟爱，更是党和国家政策的惠泽。生长于斯，有抒不尽的情怀，讲不完的故事，看不够的风景，忘不了的情缘。

几十年来，无论我身在何处，走往天南地北，寄宿异域他乡，熬冬顶夏，迎春送秋，那剪不断忘不了的缕缕乡情，总萦绕在我的心田，浮现在我的脑海。那大自然的座座山，片片林，口口清泉，道道碧水，棵棵古树，一丛青筠，一轮明月，都记忆犹新，历历在目，催我神往，那乡亲们的张张笑脸，句句嘱言，颗颗诚心，互助互让、助人为乐的良风，相敬相爱、热情好客的传统美德，总铭刻在心里，令我珍爱与深怀……

在国家提出实施乡村振兴战略的伟大新时代，我衷心祝愿家乡的建设更上一层楼，变得更富饶更美好！此时，《留恋故园》诗作正道出我的肺腑之声：

人生眷恋最家乡，养育深恩似海洋。

陶醉里邻邀盛宴，流连父老诉衷肠。

村容寨貌心中印，水色山光脑里藏。

身处他乡情永系，夙求故土业荣昌。

陆宗合

陆宗合，壮族，巴马瑶族自治县财政局退休干部，广西诗词学会会员，巴马麒麟诗社成员。

家在塔云山下 |毛荣焕|

塔云山，是巴马最高峰。

我的家乡兴仁村就在塔云山下，这里是巴马的西北大门的甲篆镇民族村寨，境内有 12 个自然屯、16 个生产队、2400 多人，分布着武仁、那务、由木、那求、弄贤、金沙等民族村落，聚居着瑶族、壮族、汉族三个民族。一直以来，这里世代民族团结友好、共同奋斗发展之花烂漫多彩……

一

土地是农民的命根子，也是考验民族融合团结的重要因子。村民为了水土不断迁徙。1949 年后，在党和国家民族政策的光辉照耀下，甲篆乡党委在兴仁村的那务、由木、弄贤等三个屯都设置了异地安置点，让远在兴仁、好合大山深弄里生产条件恶劣、生活极其困难的 80 多户瑶族同胞搬迁前来落户。远离缺土缺水的大山，搬迁到有土有水的塔云山下，这对瑶族同胞来说无疑是一件大事喜事，然而，对当地村民来说，就有些不好说了。新来的瑶族同胞要解决温饱问题，分配土地是第一要务，这就意味着要从就近的生产队里拿出一部分土地给瑶族同胞耕种。一开始，大家都在猜测，到底从哪里调配土地？当然，大家都不太情愿从自己的生产队里调剂出来。当村委会（当时称为公社）把从武仁、弄汪、行新等汉族队调出 200 多亩田地给瑶族同胞耕种的计划公布后，像一颗重磅炸弹在汉族队里爆炸，引起了不小的震动，人们议论纷纷，不情愿的话语散布整个村落，有人说："我们的祖宗田地怎能调给别人耕种呢？"大部分村民都表示反对。这可怎么办呢？为了动员说服村民，时任村党支部书记的丁宗荣带着村委一班人，通过大会宣传动员，小会动员说服，进村入寨，逐户上门，苦口婆心地以民族大义、土地政策，以仁义之心、民族和睦之情，千方百计做村民的工作，让村民理解和支持乡里的决定。渐渐地，汉族村民开始萌发仁情厚意，以民族大义为重，一传十、十传百，心甘情愿地将田地调给安置点的瑶族村民。

安置点的瑶族村民得到汉族村民的田地支持，很快投入生产，种植水稻、玉米等多种粮食作物，吃上了大米，生活有了保障。从极度的贫困之中解脱出来后，他们非常感激汉族队的田地支持和馈赠。他们知恩图报，与汉族群众友好有加。为了感谢汉族兄弟恩情，瑶族同胞以"打老庚""拜老契"方式，主动与汉族结交为兄弟，逢年过节，送鸡送鸭，买酒买肉，登门共同畅饮，增加感情，义结金兰，亲如一家。汉族兄弟也在中秋节、中元节和新春佳节期间回访瑶族兄弟，赠送棉被、衣服、柜子等生活用品，有的甚至赠牛送马。正所谓远亲不如近邻。随着时间的流逝，壮、汉、瑶民族之间的交往越来越密切，壮、汉、瑶民族村民相互通婚、结为亲家的现象越来越普遍，民族之间的友好情谊愈来愈深厚，民族团结的基因越来越牢固。

每年"三月三"歌节，汉、壮、瑶民族的村民同台唱歌、共桌饮酒，齐唱民族团结繁荣发展曲：

> 塔云山里树青青，汉瑶兄弟情义深；
>
> 团结互助结友谊，共同致富抛穷根。
>
> 建设家乡塔云山，兄弟一起把钱赚；
>
> 脱贫致富喝好酒，幸福生活享不完！

同甘共苦，相互依存，相互帮助，患难与共，是兴仁村民族团结的立身之本。1967年夏天，兴仁村连降大雨，导致山洪暴发，引起洪涝，那务队那绍屯的许多刚成熟的玉米被洪水淹没。有一天，罗老方带着7岁的儿子到那绍屯抢收玉米，孩子不小心被山洪卷走，他本人不会游泳，无力抢救孩子，急得放声大哭。哭声惊动了也在那绍做农活的利莫队几个夏家汉族兄弟，他们急忙赶来，连衣裤都没脱下，纷纷跳进洪流中抢救孩子……

汹涌的山洪，像一群群恶魔，在沟壑中疯狂咆哮，几个汉族青年不顾生命危险，在滔滔的洪流中，蹿上蹿下，摸索找寻被洪魔吞噬的孩子，浑浊的洪水把他们的眼睛刺激得一阵阵辣痛，但他们承受痛苦，克服种种艰难险阻，经过一阵拼命努力，终于将孩子从洪魔手中救了上来。

孩子得救了，罗老方一家跪地谢恩，热泪满面："要是没有你们几位汉族兄弟冒死相救，我的儿子恐怕连尸体都找不见啊！"夏家的几个兄弟把罗老方拉起来，深情地说："我们都是一家人，救死扶伤是我们应该做的啊！"他们的行为，不但感动了瑶族同胞，也感动了天地，霎时间，雨归云散，塔云山巅，飘起一片彩色的祥云……

都说天有不测风云，人有旦夕祸福，然而，患难见深情。1969年深秋，由木队几户瑶族同胞因晚上用火不慎，造成火灾，无情的火魔吞噬了六户瑶族同胞的房屋，粮食被烧毁，衣物成灰烬，牛马被烧焦，鸡鸭荡然无存。瑶族同胞们无家可归，生活极度困难。火魔无情但人有情。时任村党支部书记黄英豪，马上组织村委会召开全村村民大会，号召村民募捐钱粮救灾救难。仅两天时间，全村各队村民就捐赠了一大批粮食和衣物，帮助受灾户渡过难关。还发动各队村民上山砍来木头，割来茅草，献工出力，几天时间就为受灾农户盖起房屋，解决了受灾农户的后顾之忧，他们紧紧地拉着村支书的手，激动地说："感谢共产党，感谢各队的汉族兄弟！"真是同村共地共患难，瑶汉民族一家亲！

二

塔云山，塔云山，古往今来天荒蛮；

鬼神出没也无路，人要开发难上难……

一首久久传唱的歌谣，道出了开发塔云山的险恶和艰难。然而，时任兴仁村委主任的王明英就不信这个邪。没有越不过的坎，没有攀不上的山。"一定要美化塔云山，尽快让塔云山绿起来。"他首先在那务、由木两个瑶族队提出绿化塔云山的设想和规划。他的想法得到瑶族同胞们的大力支持和响应。共产党员罗明玉带领韦老方、王明安、王明发、杨卜迈、王明德、王卜福等一帮瑶族造林汉子，开垦出一片片林地，并从外地迅速引来杉木、马尾松、绣球木等树苗，在塔云山底栽下绿意，种植希望，开创了塔云山绿化美化的先河……

要致富，多种树；要发财，就使青山绿起来！瑶族兄弟的植树举动，点燃了全村人脱贫致富的梦想，开拓了乡亲们绿色富裕的视野，树立了全村人绿化塔云山、美化家乡的信心！村委一班人打破陈规陋习，组织开展了一场轰轰烈烈的"绿化塔云山，造林促脱贫"的绿化运动。

1969 年，兴仁村以特有的集体化方式，首先在塔云山麓的弄腊坡建起了村办林场，由当时的民兵营长丁宗魁和村委会计毛兴武组织建场重任，带领从各生产队挑选出来的 30 多名血气方刚的汉子和几名"铁"姑娘，在弄腊坡安营扎寨，开辟"绿化塔云山，造福兴仁村"的战场，拉开了绿化造林的序幕……

几十条铮铮铁汉，几十把开山大锄，轰轰烈烈，靠每天每人 3 斤玉米头撑腰，仅 3 年光景，硬是把九弯十八坡从蛮荒之地中垦出绿色经济来，育下几百万的杉苗，栽种 2000 多亩的杉树，每年还种植近千亩的林下玉米、山谷、小米、饭豆等粮食作物和经济作物，实现了林场自给自足，减轻了各生产队的负担，增强了绿化造林的后劲，绿化的烈火越烧越旺，越烧越红……

为有牺牲多壮志，敢教日月换新天。莽莽峰巅，幽幽草岭，阴森沟壑，峭壁陡坡，塔云山的险峻没有阻止人们绿色发展的激情。兴仁林场的劳动者发扬不怕苦、不怕累的精神，在塔云山播种希望，在塔云山挥洒汗水，在塔云山实现梦想。最令人感动的是那几位年轻姑娘，别看她们仅十八九岁的芳龄，也能和男子汉一样撑起半边天，扎根林场，宿营山上。她们每天都英姿飒爽地奋战在山岭间，栽下一颗颗幼苗，洒下一片片绿意，为造林绿化贡献青春。真是风云难测，祸福难料。1976 年夏天的一个黑夜，阴沉沉的天笼罩着一片片乌云，塔云山间特别静穆，突然一道闪电划破夜色，霎时，雷鸣电闪，声音凄厉，划破长空，瓢泼大雨倾泻而下，山间沟壑，洪流暴发，营地山上，坡谷沟涧，洪水汹涌，淹没营房……

最可怕的灾难突然暴发，营房的后山坡瞬息塌方，凶猛的泥石流呼啸冲下，冲倒房屋，淹没宿舍。啊！啊！一声声尖厉的呼叫，一阵阵惨痛号哭，震撼了塔云山麓。场员们在泥石流中仓皇逃生，互相抢救受伤的员工，然而，天不垂怜，年轻的瑶族共产党员罗美玉和壮族姑娘蒙秀春被埋入泥石流中，被夺去了宝贵的生命，壮烈地牺牲了。顿时，山里悲风呼号，杉树垂首。场员们哭了，杉林哭了，塔云山哭了……

第二天清早，几百名乡亲们含着泪水涌上塔云山，来到林场营地，祭奠为家乡造林绿化而牺牲的两位英雄，慰藉她们的英灵……

造林脱贫，铲除穷根，岁月如歌，激励人心。此后每年春节期间，村委会又组织发动全村上千的老老少少、男男女女，上山助战，造林植树，绿化塔云山。造林的大军，又像一团团飘荡的云彩，在塔云山间不断飘飞、弥漫、扩散……

老天不负苦心人。3 年光景，兴仁村林场扩展到 4000 多亩，占据塔云山的半壁江山，种下 3400 多亩杉树，使塔云山东面的沟沟壑壑、山山岭岭泛起一片片新绿，让塔云山的云有了根、有了魂。

好心有好报，好人有好福。兴仁林场为塔云山麓披上一层层绿色的新装，飘起一片片翠绿的祥云！一株株挺拔的杉树，直插云天，一岭岭碧绿的杉海，撑起兴仁村的"绿色银行"。1986 年，兴仁村村委会为解决全村人民的温饱问题，决定将 3000 多亩的杉木成材林进行砍伐出售，收获了 2000 多万元，家家户户都享受了造林绿化的红利，享受了塔云山的馈赠，当年全村各队实现了提前解决温饱扶贫的目标，走出了困境，塔云山下开始响起村民们幸福甜蜜的笑声：

塔云山上宝贝多，绿色希望照村落；

汉壮瑶族齐奋进，小康梦想映山河……

三

光阴荏苒，时空流转。如今，塔云山下巴凤二级公路沿线，楼房如雨后春笋，一栋栋银白色的楼房拔地而起，掩映于公路两旁的绿树丛中，别有一番社会主义新农村的美丽图景的风味。楼房中，装饰豪华，每层都铺设靓丽光滑的地板砖。客厅中，厨房里，各式家电一应俱全，简直就是都市里的高档配置。勤劳的乡亲们，用自己的智慧、汗水和力量，创造了丰富的物质财富和精神文化，也美化了塔云山下每一座村落的昨天和今天，并满怀信心地迈步向更加美好的未来。

20 世纪 90 年代初期，兴仁村开桃队的毛荣均和曾高强两个青年农民，打破了古老的建房陈规陋习，不看住宅风水，不择黄道吉日，从边远的山弄开桃屯搬迁到巴凤公路旁的兴仁坳，建起两栋钢混结构的新楼房，打响了破除旧观念的"第一枪"，在全村引起了很大的震动。几千年来，这里的农村迁居建房，一直沿袭传统的旧观念，选择阳宅住地，必须请地理先生架罗盘定位，建房开基必选黄道吉日，建成封顶或上梁也要择日而行，种种传统观念，像一道道绳索把村民紧紧束缚，使他们在贫穷的漩涡里吃苦受罪，在困境中苦苦挣扎，过着缺衣少食的日子。贫穷的山弄，环境恶劣，再好的风水，也解决不了缺水、无电、行路难的问题。于是，毛荣均、曾高强不顾父老乡亲的反对，不信神灵，冲出那艰难的"蜀道"弄场，迁居到路通、水通、电通的"三通"之地建房创业，闯开一条致富的路子。

一石激起千层浪。毛荣均、曾高强的举措像一波惊涛骇浪，像一阵撼天震地的暴风，冲击了根深蒂固的传统观念，摧毁了因循守旧的陈规陋习，启迪了乡亲们"人往高处走"的新思路，唤醒了乡亲们"穷则思迁，贫则思变"的思想。于是，开桃队的村民纷纷效仿他们的做法，不看风水、不选吉日，家家户户搬迁到兴仁坳公路旁的坡票、坳上等地建起一栋栋水泥洋房，过上了有水喝、行路便、电正常、有产业、能致富的红火日子。

开桃队的成功迁居，脱贫致富，为兴仁村竖起更新观念的标杆，给乡亲们脱贫致富带来希望。村党支部、村委会因势利导，号召全村各队向开桃队学习，走迁居创业致富的新路子，尽快脱贫。党支部书记黄瑞康，身先士卒，带头搬迁到巴凤公路旁的金沙沟建房安居，开办木材加工、养殖场等创富路子，带动乡亲们致富。党支书的典范，开桃队的榜样，激发了村民们的信心，无须动员，无须说服，各队的村民纷纷自动迁居，不看风水，只看"三通"；不择日子，只争朝夕。几年时间，地处边远山旮旯的弄雷、弄汪、拉好、夫洞等队的210多户村民，抛弃穷困的山弄旧屋，搬迁到塔云山下巴凤公路旁的牛平、爱里湾、坝上、那榜、弄后弯、坳上、坡票、响水沟等地建起新居，安家落户，过上发家致富的新生活。

仁慈善良，扶孤救难，是兴仁村做人的信条。大部分乡亲们因迁居，走上了富路。然而，那些孤寡老人五保户和特困户却无力迁居啊！为了解决弱势群体迁居问题，村委会想方设法，筹集一笔特困户"安居工程"款项，将全村56户五保户、特困户统一集中搬迁到公路旁的坡票坳，由村委主任毛荣道亲自牵头，搞好规划设计，购置建房材料，并带领工队施工。仅两年时间，村里就为五保户、特困户建起两排现代化的钢混结构楼房，将56户特殊群体统一搬进新居，解决他们的后顾之忧，使他们享受到住得好、吃得饱、穿得暖、睡得安的幸福生活。

有梦想，观念新，山村发展就充满希望。在脱贫致富的道路上，各族村民争先恐后，有的购车跑运输，有的开店做生意，有的建场搞养殖，有的包地种水果，有的搞建筑，有的外出务工创收，八仙过海，各显神通。如今，塔云山下家家努力发展生产，户户争先甩掉"穷帽"，日子越过越红火，生活越来越好，正手牵手、肩并肩，昂首阔步奔向小康……

毛荣焕 ....

毛荣焕，曾于《人民日报》《中国环境报》《广西日报》《河池日报》等报纸杂志发表过新闻报道、文学作品近千篇，获奖作品数十篇，出版图书《巴马百岁寿星传奇》《毛荣焕文学作品集》《寿斋睁作》。

坚守廷岁 | 黄忠建

村头祠堂外，总是在幸福快乐的日子里响起爆竹声。村里男女老少，脸上绽开着甜蜜的微笑，走出家门，不约而同往祠堂走来，热闹非凡。宰猪羊的，劈柴洗菜的，生火摆桌的……不分男女老少，两三百号人有说有笑地忙乎起来。周边的村屯一听到爆竹声，第一句话便是："廷岁，又有好事了。"自从改革开放以来，我们村里的好事就像雨后春笋一样一拨又一拨地接踵而来。

"廷岁"旧称"坡廷岁"，是个名副其实的壮家村寨。壮族人居住的村落，一般都会腾出一块地来建造祠堂或庙堂，旧时是祭祀祖先、拜神求佛，祈祷风调雨顺、安康寿福、功成名就的地方；现在不仅是村民祭祀祖先的地方，还是村民的娱乐喜庆场所。每当东家盖好了新房、西家买了小汽车、南家上了大学、北家送儿孙去参军，都会邀请大家来这里祭祀祖，先喜一喜。村里就这样逢喜便聚，联络感情，什么感恩酒、长寿桌、拥军饭等，皆一派其乐融融、温馨和谐的景象。

村民交流的语言是壮话，"父亲"叫作"boh""母亲"喊作"meh"。称呼上，不讲究语序、语法，就拿年纪比我小的同辈来说，他们都叫我"哥建"，而不是"建哥"。村名"坡廷岁"，汉语读做"廷岁坡"，一个名叫"廷岁"的山坡上的村庄。山坡，词典里是"山峰和山脚之间的倾斜面"。"坡廷岁"

坐北朝南，地理先生呼作南北利，四周没有耸立的山峰，只有海拔两三百米高的土坡，坡上种有松树，一年四季，青翠欲滴。村前边流淌着一条常年清澈见底的小河，河岸两边全是肥沃的田地。最令人骄傲的，莫过于村庄左边那一条 323 国道，昼夜汽笛声不绝于耳。这样的地形地貌，充其量不过就是一个陶瓷大碗般大小的盆地。至于，为何把它叫作"坡廷岁"，当地流传着诸多版本。

为了弄清这个生我养我的村落屯名的由来，我特意专访村上耳目清晰、口齿伶俐、身板健朗、有 88 岁高龄的黄奶奶。她口述，据她母亲说"坡廷岁"这个村名的来历是这样的：传说很久很久以前，有个太岁爷来到万冈（今称巴马）视察民生，巡访民情，不幸病故便葬在我们村落的山坡脚下。黄奶奶怕我生疑，便用事实来证明它的真实性。她说，我们村上韦家的老房屋，挖地基时就挖出了一块刻有"龙"图案的棺木板。这个村名来历的真实性，多年来从没有人置疑，前辈这么叫，当后辈的也就这么喊。我觉得如果从壮族地区地名命名惯例去揣摩，"廷"壮话"坟墓"的谐音，"岁"壮话"皇族太岁爷"之意，那么"廷岁"，大概就是皇族太岁爷的墓地。为了确证黄奶奶的说法和个人的推断，我专门查阅了 1984 年 6 月出版的《广西壮族自治区巴马瑶族自治县地名集》一书，得到的答案是："廷，壮语音译意为凉亭；岁，意为官吏。相传从前此地路边一间凉亭，有一官吏前往百色就职，到此亭病死，故名。"这与黄奶奶讲的基本一致，由此，廷岁还真有些历史人文蕴含。

据上了年纪的村民证实，坡廷岁在 1949 年前只是矮坡上的一块旱田地，最先落户到这块地的人壮话叫"布科"（一个小名为"科"的爷爷），他是用棉花、布匹和一个地主的赌徒儿子换得来的。听黄奶奶说，"布科"没有子嗣，他死后，这块田地又变成了一片荒野；直到 1949 年后第二年，解放军来了，323 国道开通了，有往田州镇（现为田阳区）置办盐油的，有捎近路赶圩的……附近的村民发现这片荒地交通便利、四通八达，而且四周良田百亩，才一户两户地迁移过来。先是黄氏人家迁移到这里，然后陆陆续续来了覃氏人家、韦氏人家、李氏人家、罗氏人家、马氏人家。那时候整个村庄前一户、后一户，零零星星的就几户人家。我的根脉原是邻村巴平屯的，爷爷是个邮差（今称邮递员），负责从万冈到田州的邮件递送。当时的交通工具除了马车、牛车，就是徒步，爷爷基本上是挑着担子徒步上路的。为了方便，爷爷和奶奶勒紧裤头，不辞辛苦用积攒下来的积蓄买了黄奶奶家的一间几十见方的茅草屋，随后安顿了下来。"拨开云雾见天日"。我想，这便是这个可爱的村庄的历史开端吧。

有人说"家乡是一个充满爱的成长的摇篮，温馨而舒适"，也有人说"故乡是永远读不完的一部书，书的扉页已悄然打开……"。坡廷岁，是我的家乡，更是我与之不离不弃、血脉相连的家园。我就是她"十月怀胎一朝分娩"的壮家儿女，是这块土地上的一株稻苗。虽然我看不见她过去苍凉的面容，但是可以用心用情去聆听她激烈的脉搏和心跳声。

我是20世纪70年代初出生的人，没有目睹过、亲身经历过五六十年代农业生产合作社的劳动场面以及前辈们如何过日子的真实情景，可70年代我们村上的光景和发生的一些事却刻骨铭心地沉淀在我的记忆里，让我永世难忘。

20世纪70年代，村上家家户户住的房子都是土墙，屋顶盖的是茅草。那时候村里的农业生产方式是集体化，大人们在生产队里抢工分、分粮食，谁家的劳动力多，就可勉强填饱肚子，偶尔能吃上一顿香喷喷的大米饭；谁家的劳动力少，就得靠村里发放的救济粮维持生计。我家就父母两个劳动力，加五个孩子共七张嘴，自然缺食少衣，喝的是清汤一样的玉米粥，啃的是芋头、红薯，十天半个月闻不到荤味，甚至到过年了才能吃上两三块猪肉。记得有一年青黄不接时节，父亲到离家有十里外的林场打短工，分得了一斤猪肉，那天晚饭对我来说就像过年一样幸福。当时村里大部分家庭的生活状况，用一个字来形容就是"饿"，两个字就是"馋嘴"，时常有人偷吃木薯中毒的事发生。为了填饱肚皮，我们孩童时光着屁股就学会了下河摸鱼、爬树掏鸟蛋，上山打野果。

"宝剑锋从磨砺出，梅花香自苦寒来。"从粉碎"四人帮"到恢复高考，从改革开放到分田到户，历史的车轮滚滚向前，中国特色社会主义发展步伐矫健前行，党的光辉照亮了神州大地上的每个角落。进入 20 世纪 80 年代，处处春风拂面，充满希望和憧憬。

我们坡廷岁村，分田到户第一年，家家户户吃上了白花花的大米饭；第二年，倒卖烂铁烂铜的"救济专业户"韦氏人家买了第一辆自行车；第三年，搞裁缝的父亲用剪刀剪来了第一台黑白电视机……村里头大变天了，经商的、养殖的、开作坊的……大伙"撸起袖子加油干"。坡廷岁，一个与时俱进的村庄，踏着新时代的鼓点，和着新时期的节拍，激流勇进，健步如飞。一个个低矮的茅草房不见了，取而代之的是一幢幢拔地而起、装修精美的钢筋混凝土楼房。日子越过越有盼头，越过越红火。

一个村庄是一个社会的缩影，一个社会、一个国家的美好前程关乎一个村庄的命运与兴衰。

2005 年东巴凤二级公路设施建设全面铺开。

2006 年全国取消农业税。

……

2017 年财政部、农业部印发了《关于全面推开农业"三项补贴"改革工作的通知》。

2018 年秋廷岁村桥头的入城大道正式通车。

2019 年 9 月巴马瑶族自治县第一中学新校区落成。

……

也不知什么时候开始，人们叫起"坡廷岁"这个称呼时少了个"坡"字。但这些振奋人心的数字仿佛与"廷岁"这两个字息息相关，共同见证了寿乡巴马二三十年来突飞猛进的发展步伐，也见证了我们廷岁村日益改善的精神文明面貌。如今，整个村屯 80 多户人家，家家户户步入了小康时代。

从县城到廷岁村，不过 3 公里远。从入城大道到村前，每天傍晚时分，当看到三三两两散步的行人时，就会觉得去城里的路变短了。许多年来，无论是贫穷落后时期，还是富足美好新时代，除非是嫁到城里的女人和单位分配有住房的，村里人没几个到城里去住的，在城里买房的更是寥寥无几。许多外边人会寻思，为什么这块地能留得住"百家姓"人呢？

"我歌唱每一座高山，我歌唱每一条河。袅袅炊烟，小小村落，路上一道辙……"

让我们把画面调回村边祠堂边上的活动场吧，去看看一身城里人打扮的正在扭着腰肢跳广场舞的农村婆姨吧。随着轻快欢畅的节拍，漂亮的婆姨们舒展双臂，翩翩起舞，感受生活的美好。

当夜幕降临时，我们村房前屋后的路灯便准时亮起来，那一排排井然有序的华美的楼房，那平坦宽阔的水泥巷道，整个山村仿佛街市一样明亮，让全村人看到的是光明与希望，触及的是美好与幸福。

廷岁，值得我用一生去书写、去守候。

黄忠建

黄忠建，壮族，现供职于巴马瑶族自治县第五小学。

局陆，局陆 | 划 痕

　　局陆是生我养我的小村庄的名字，也有人写作局六、吉陆或者吉六，而村里的年轻人则亲昵地简写成：76。

　　其实我们村庄的壮语名是"竹树下"，而汉语书写的村庄名"局陆"则是"局陆"这两个字的粤语发音，它与壮语发音"竹树下"是相近音。

　　于外人来说，无论是"竹树下"，还是局陆、吉陆、局六、吉六或76，都不过是两三个莫名其妙组合在一起的无关紧要的汉字而已。我们则不同，我们生于这里，长于这里，这个地方是我们的摇篮，是我们不能忘却的故乡，是深藏于我们心里与生命里的安稳扎根处和最终归途的温暖抵达处。

　　广西桂西北地区大多为大石山区，而位于桂西北地区的世界长寿之乡巴马更有着"八分山水一分田"之称。可我那处于巴马瑶族自治县境内、距县城40多公里的故乡局陆，却是罕见的山茂水丰，土地肥沃，20世纪土地改革时，偌大的一个村子，每个人口均能分到一亩多的田，20年代到90年代那几十年，周边远近的村寨的姑娘们，以嫁到局陆为目标，以能嫁到局陆为荣为傲，故而局陆的男儿们从不为娶媳妇的事发愁。

　　局陆还未成为村庄之前，是一处草木森然、没有人烟的荒地，100多年前，我们的先祖发现了这个依山傍水、地势平缓开阔的好地方，便携带家人来到这里居住开荒，开垦出大片的农田。后来附近的人们也陆陆续续搬来这里居住，便逐渐形成了一个不小的村落，大家在这个村子里繁衍后代，生生不息，到我出生的 20 世纪 80 年代，村里已发展到有七八十户人家，如今已有 120 多户。

村里有黄、罗、梁、韦、覃五个姓氏人家，黄姓与覃姓人少一些，其余三个姓均是人口差不多的大姓。我们罗家是最初迁来局陆的一族，故而坐落在村子里最为平坦的中央处，另外几个姓氏晚一些迁来，依次分布在村子各处。全村分为三个小队，黄姓与罗姓为一队，梁姓为二队，韦姓与覃姓为三队。平日里村里有什么红白喜事大家都互相帮忙，邻里和谐相处，不论亲疏，宛若一家人。

印象中，"竹树下"局陆并没有多少竹子，自我记事起，看到的竹子便只在村边与河边有零星几丛，再后来，河边的几丛也在被大洪水冲了几次后被连根冲走，就彻底没有了。可能是人们刚刚迁来时，村子里和村子周围曾经长满俊秀挺拔的青翠竹子吧，遥想那时长满清雅的竹子的局陆，该是多么的雅静与美好啊！北宋著名文学家、书法家、画家苏东坡有诗云：宁可食无肉，不可居无竹。我们的祖先们必定也是高雅之士，才会想到要与竹相伴，依竹而居的。

后来的局陆不再长有风雅的竹子，而替代竹子的是长在每户人家房前屋后的菜地里的各种果树。我家的菜园里就分别种有一株桃树、一株李树、一株枇杷树、两株黄皮果树，结出来的果子就给孩子们充当零食以解馋。我们都把菜园里默默开花结果的果树当成了家中的一员。

没有了竹树的局陆仍然是个宜居之地。据说曾经有个地理风水先生从村边经过，乍一看到局陆的地形，便惊得脱掉帽子，翻身下马，步行前进。据他多年看风水的经验，他以为局陆这地理风水是肯定能出大人物的，而他一个小小的风水先生，从大人物的地盘经过，必定是绝不敢骑高头大马招摇而过的。直到走到村头，望见有一条小溪慢慢流淌，从村头流过，汇入村边的河流，风水先生才猛然松了口气，复又戴上帽子，翻身上马，轻松离去。

局陆的村头有三棵巨大的古树，如三把撑开的大伞，为村子遮风挡雨；又似三位壮实的保镖，坚定地站立，日夜守护着村子的安宁。如今那三棵古树已枯死多年，但还有两棵坚持屹立不倒，如沙漠里的胡杨，仿若两根高大的拐杖，欲带领局陆走向更美好的未来。

村外不远处有两座形似丰满圆润的双乳的山并立，两山之间有一涓细流涌出，流向村子，从远处望，我们的村庄便如被母亲拥抱于温暖宽厚的怀中哺乳的孩子般。要不是有一条小溪从那两山与村子之间横穿而过，我们的村子必被那两座山哺育，所以风水先生才在猛然望见局陆这个村庄但还未看到村头有小溪流时，吓得大气都不敢出了。

无论风水先生的看法如何，即便村子因为有一条小溪从村头流过而不能受那两座山的庇佑，局陆还是个不可否认的好地方。村子里的房子建成一排一排的，错落有致。村子周围是宽阔平坦的稻田，而村边分别有一条小溪与一条河流环绕着村子流过，水田的灌溉不用发愁。庄稼该绿时葱郁翠绿，金秋时节如黄金遍野。收割后的田野则成了村里的孩子们的乐园，孩子们用棍子与稻草扎小房子，玩捉迷藏或玩过家家游戏，小时候我与小伙伴们就乐此不疲地玩了很多年。

最令我难以忘记的是，我曾经多次锲而不舍地在村边的田坎上练习飞翔。小时候我总是梦见自己会飞，梦见自己轻松地从一个屋顶飞到另一个屋顶，从一座山头飞到另一座山，有时甚至自由地翱翔在蔚蓝的天空中。醒来后我便跑到田野上，爬上比较高的田坎，张开双臂跃起，现实是残酷的，我每一次跃起的结果都是摔到田坎下边的田里，没有哪次能腾空而起，一飞冲天。还好土地松软，傻傻的我没摔断腿，只是膝盖上至今还有当时落下的伤疤。

因为局陆的水土肥沃，种出来的水稻均比邻村的高产一些，这是我长大嫁人后才发现的现象，我没有一直待在局陆，长大后嫁到外村，发现婆家水田种出来的水稻相对局陆来说是歉收了，我母亲种不到一斤的种子的收成就相当于我婆家种三斤的种子的收成。

实际从村头流过的那条"坏事儿"的小溪，并没有坏事。它从远处的山间七拐八弯、轻快地淌来，汇入村子另一边的河流里，村里三分之二的庄稼都由这小溪灌溉滋养。

小溪清澈见底，水里鱼虾欢快地游动，溪边生长着各种小野花、小野草，生机灵秀如乖巧可爱的小姑娘，让人心生喜爱。

而那条绕大半个村子的河流也让村人深爱不已。河段忽宽忽窄，忽弯忽直，忽深忽浅，河水清澈如洗，人站在河边可以清楚地看见河底各种精致的鹅卵石以及水里欢快嬉戏追逐的鱼虾，村里的人们一年四季在河边洗澡、洗衣服、洗菜。

河里的鱼虾极其丰富，在很多年前还没禁渔时，村里的人筹集榨过油的山茶油渣，把其搅碎投入河流的上游，随着河水流动，不多时，河里各种类的大大小小的鱼就开始晕晕乎乎了，不再像往时般灵活游动，有些鱼儿甚至翻白肚了，此时村里的人们便带上鱼篓和网兜捞鱼，大人小孩都出动，河边满是晃动的人头，那场面甚是壮观。捞回来的鱼开膛破肚去除内脏后用我们特有的山茶油煎，便是难得的美味佳肴，那味道我至今难忘。河里的虾也很多，以前有村民不知道往河里投放了什么药，小虾米们便在河边浅水处如一条线由下往上排队游弋，村民每人隔一段距离，各自固定坐在一处撑开细眼兜，虾米们便成群结队的自动游入兜里，不用多久便可以捞到满满一大盆。而这些小虾我们极少有人吃，大多都是拿回家炒熟了喂猪或者喂鸭。

炎热的夏季，这条河就成了我们天然的游泳池，年少时，我们每天不知道跑多少趟河边。还在村里上小学时，因为学校在村子边上，离河道不远，课间十分钟，我们都能跑到河边，跳到河里游一圈再在上课铃响之前跑回教室上课。过程是这样的：下课铃响，老师都还没迈出教室，我们就开始解纽扣、脱上衣，老师的脚一迈出教室，我们便抱着已经脱掉的上衣，如出膛的子弹般冲出教室，跑到河边就把裤子脱掉，把衣服随手一扔，人"扑通"一声光溜溜地一头扎进河里，像一条条小泥鳅在河里钻上钻下，快到上课时间了就爬上岸，身上与头发上的水也不擦了，就穿上衣服冲回教室。上课的老师看着一颗颗还往下淌水的湿漉漉的小头颅哭笑不得。

晚上，劳作了一天的大人们也带上衣服到河边洗澡，让清凉的河水洗去一身的臭汗与疲倦。

得益于这条河流，局陆的男女老少都识水性，在经常发洪水的河边居住，我们无师自通，人人都成了天生的游泳健将。

这条奔流不息的河流就这样拥抱和滋润着一代又一代的局陆人。

虽然村边的小溪与河里的水都清澈见底、洁净无污，但村里的人并不饮用它。村里没安上自来水之前，人们都是到村边山脚下的两口清泉挑水回家煮饭做菜。有两口清泉，一口在村头方向，跨过小溪，走过一道田埂就到了，这口清泉供一队与二队的村民饮用。另外一口清泉在村子西边，也是走过一道田埂就到了，这口清泉供三队与四队饮用。

在以前的乡下，有"女挑水，男砍柴"之说。每当村子里有孩子降生，人们不是问生男孩还是女孩，而是问砍柴的还是挑水的。我大概6岁起就开始帮家里挑水了，随着年纪与力气增长，从少到多、从轻到重，挑水量慢慢增加，所以关于到泉水口挑水的记忆尤为深刻。挑水时间一般大多在清晨与傍晚时分，泉口不大，涌出的水量也不多，挑水的人多的时候，人们到泉边会自动按先来后到的顺序排好队。轮到自己才会用瓢子轻轻荡去水面的浮层与杂物，再轻轻舀起来装桶。我年幼初学挑水时，从泉口到家门口之间要歇息两次，一次在小溪边，第二次在村头的古树下。

我不知道人们为什么不要同样清亮干净的河水与溪水，一定要到远处的泉水口挑水喝。想必应该也有与"不可居无竹"一样的高雅纯净心理或情怀作祟吧。局陆人就是这样，世世代代喝着干净的清泉水长大。

穿过稻田，跨过小溪与河流，路过清泉边，就到了环绕在村子周边的山。局陆周边的山没有石头，都是肥沃的土山，山体高矮大小各异。多年来村民们都在山上种植玉米、大豆、红薯、木薯、旱藕等各种农作物及八角、梧桐、山油茶等各种经济林。所以，即便在以前贫穷饥荒的年代，生活在局陆的人们也是可以从地里刨食而吃穿两不愁的。可能正是因为如此，局陆每家生育的孩子都比较多，20世纪60年代到80年代初，一对夫妻生育五六个孩子，在局陆是很常见的现象，有些家庭甚至生育八个九个孩子。村里人都说，多生养一个孩子不过就添多一双碗筷罢了。我父母生养我们兄弟姐妹六个，我们都没挨饿受冷过，父母亲时常教导我们，勤不富也饱！可是，要不是局陆地丰物饶，任父母两个不算强壮的劳动力再勤劳也没法从贫瘠的地里刨出足够的食物，来填饱我们一家九口人肚子吧。

值得一提的是局陆周边山上大片大片的山油茶林。

那些山油茶树有些是以前生产队种的，有些是后来土地改革后村民们自己种的。在人们只会从地里刨食的年代，山上的山油茶林成了我们家最大的期望与依靠。我家六个孩子读书的学费大都指望着山上的山油茶林，我还能清楚地记得，从小学到初中，每个学期开学时，父亲领我去学校注册，都会跟学校老师说同一句话：先让孩子来上课，学费等捡山茶油籽卖了再来交。而学校也很宽容，居然每个学期都同意了。不止我家是这样，村里大部分的家庭都是这样的。

山茶油有多种功效，素有"油王"之称，以前我们并不了解，大量种植它只是因为山茶油从籽到油都是紧俏之物，能解我们燃眉之急。其实在以前山茶油的价格并不贵，20世纪90年代，我上小学时，那时山油茶籽一斤才三毛钱，榨出来的油也才几块钱一斤，可当时却也成了我们村的主要经济来源。

可以这么说，我们这一代人是靠山上的山油茶林与我们父母一起齐心合力支撑与指引，送我们走向山外、走向远方的，然后他们又一道在故里殷切地期盼我们从远方平安归家。

山与水的恩赐让局陆人一代代丰衣足食，生活无忧。如今党和国家给予人民的众多优惠政策，更是让人们的生活变得更加美好，村容村貌有了日新月异的变化。村里的楼房竞相林立，村头古树下原本是牛棚聚集的地方，如今成为文体广场，装上太阳能照明灯，村民们茶余饭后均到广场上乘凉聊天、打牌解闷。

局陆，局陆

　　以前过河都是蹚水过去，要是碰上发洪水，村里的人就要绕道前行，如今政府拨款下来，建了一座牢固的桥，供人们通行。通向外面的路也铺上了水泥，路越来越宽阔平坦，村民的生活越来越好。还记得十年前，村里有位小伙子从广东带回一个外地的女朋友，那时高速公路还没通，从县城到局陆要在车上颠簸近三个小时，路上要经过大龙凤、所圩等石山区。还没到小伙子的家乡局陆，女孩看着路边那一座座高耸却荒凉的大山心就凉了，她不由悲伤地感叹：没想到这么深的山里面也有人住！而如今，高速路已通，从县城回到局陆已无须再七拐八弯、上下颠簸，上高速平稳地疾驰二十分钟，下高速再走十几分钟便能回到局陆了，要是再有小伙子带回外地媳妇，想必那些姑娘也会爱上依山傍水的局陆的。

　　我爱局陆，爱她小路弯弯、流水清清、月光淡淡的静雅的从前，也爱她高楼叠起、灯火明亮、路途宽广、桥通彼岸、欢声笑语、热火朝天的今日！

　　我爱局陆，我憨厚老实的父老乡亲在那里居住，我慈祥和蔼的爷爷奶奶和父亲在那里长眠，我的小伙伴在那里成长，我的童年记忆在那里鲜活永存！

　　我就在那里的一处屋檐下开始学习走路啊！

　　我就在那里高高低低的田坎上开始练习飞翔呀！

　　——我在那里长出骨头又长出羽翼。

　　我从那里出发！

　　我还想回到那里去！

　　多么希望百年后，我能永恒地坐在局陆的任意一座山上，任日出日落，任斗转星移，陪村庄起伏，喝清泉水，闻稻花香，听蛙声一片！

划　痕

划痕，原名罗秀花，壮族，有作品刊发于各类报刊，系鲁迅文学院少数民族文学创作培训班第二十四期学员。

阳春记忆 | 黄福军

故乡就仿佛他乡，既熟悉又陌生，每每忆起，乡愁记忆便风起云涌般在脑海心头激荡。

——题记

一

故乡百林阳春村，流传着一代著名风水宗师杨筠松的风水民谣：

坡高坡下岭，岭下鲤鱼双。

草堂奔万马，对面见凤凰。

母牛对狮子，青龙白虎狂。

此地风光旺，名贵天下扬。

大概是一方水土养一方人吧，民谣概括了故乡的地理环境，也似乎暗示了故乡的历史人文。坡高的"坡"，指的就是被远近闻名的风水宗师杨筠松列为广西第六风水名山的架苗山。巍巍耸立的架苗山五座山峰并立，像一只巨大的手掌伸出的五指，在朦朦胧胧的云雾之中，显得格外壮丽雄伟。在架苗山半山腰六尼坳口往下望，就能望见一大一小的双鲤鱼坡，在蓝天下，跃跃欲试，好似鲤鱼跳龙门。

大的鲤鱼就是那国，小的比较有神采的就是拉当。"拉当"，壮话意思就是"拉宽的一片小平地"，指的是拉当老街的小平地，也指阳春村部前面两侧宽敞的草地平原，地理先生将其就称作"草堂装万马"。

故乡草堂奔万马的田野上，春夏稻田绿油油，一望无际的绿色，波澜起伏；秋天一片金黄，玉米高粱挺拔，棉田盛开着花朵；那平坦肥沃的土地养育着祖祖辈辈的阳春人。古代人称山南水北为阳，阳春位于架苗山南面，与南宁同边，又是灵岐河北边，故称为阳，这里四季温暖如春，阳光明媚，因此村部就叫作阳春村。对面见凤凰，指对面远处的凤凰山。"母牛对狮子"，母牛坡就是那朋、那达、良皮几个村落山寨居住的山坡，狮子山是瑶寨六相，六相显相是狮子头，狮子身体与架苗山相连，延伸至布娘、加庙，甚至山山相连，直连民安。青龙白虎狂，龙剑虎钳强，龙剑指的是从黎明延伸而来的49座山峰，如刀似剑，矗立大地，撑着蓝天；虎钳指的是拉当屯前面常耍山头，延伸至绿香原始森林、六桂、巴岩、平田一带。人们也称为青龙剑猛虎钳。架苗山半山腰的瑶族山寨叫六尼，"六"壮话意思就是山谷山弄、原始森林，"尼"壮话意思是狼、狼仔。"六尼"就是狼山，从架苗山到田东的莲花山，有一批狼出没这里。有诗云：

架苗雄岳白云巅，旖旎风光百岭连。

万马穿梭林草径，双鱼跃试九霄天。

神工铸就青龙剑，巧匠磨成猛虎钳。

狼野仙踪千里地，天公鬼斧万年传。

在八九岁时的一天晚上，我也惊奇地看见在白虎山头旁边的作光坳口路上，闪着一双明亮的老虎眼睛，慢慢地往拉当屯走过来。大人们赶紧把还在外面玩耍的小孩赶进屋里去，关锁好大门，不准出去。然后，大人们严阵以待，有枪的扛起枪，没枪的拿木棍，纷纷到村前去埋伏。由于这次发现得早，有所防备，老虎没敢进拉当。在以往，拉当被老虎多次侵犯过，咬死牛、猪、羊，连人也不放过，有一祖公就在当时被老虎咬死，后来他的后代从拉当迁到社上、重屯和健康坡岁等地去了。听大人说，这一次老虎没能进拉当是因为它跑到那坤屯叼走了一只猪，过了一些时日，我们这些小孩依然害怕了好几天。

与其躲藏，不如行动。后来，拉当人不时进行适当的反击，对那些侵犯村民和作物的野兽进行警告性袭击。随着阳春人口的增长，人们向大自然索取的剧增，原始森林渐渐地少了，取而代之的是人工经济林，野生动物也就没有先前的猖獗，老虎与狼吃人的故事也就成为故事了。对于其他没有攻击性的野兽和野生动物，阳春人是不会跟它们过不去的，相反村民学会了与野生动物和谐相处，互不侵犯。

二

阳春村拉当屯的地理位置处于四面都是起伏连绵的丘陵和高坡。此地有老街，如今还保留着一些久远的痕迹。

老街有一栋清代修建的砖瓦房，应该是全村最古老的房子了，门是木门，粗壮的柱子也是清朝时期的，为了扩宽建筑面积，加上原来的厢房木板也实在太陈旧了，主人就把厢房拆除了，留下几根粗大的红枫柱头顶着人字架瓦角。村里思想解放、门路多广的一些青年们都到二级公路沿线修建楼房，一来出行方便，二来经营便利。而年纪偏大的大都窝在老街上不动。古屋是黄金兴的祖屋，现居住的是一位叫黄福波的老大哥，今年98岁。当年黄福波曾随亲戚去恩隆（今田东县）读过初中和师范，是阳春人文历史的"活字典"和"故事集"。在编巴马黄氏光明正大中的族谱时，黄福波提供了很多关于阳春拉当黄氏的史料。小孩子们都喜欢跑到老屋去，聆听一些老阳春的故事。老街原来也有小学校、政治夜校等，也有供演出的场所。老街这一带大多是平房，过了老街，直至河边、田边的房屋多是三层，底层放牛羊猪，中间一层住人，顶上一层放玉米、稻谷等物品。

从拉当黄氏族谱及汪吉河湾傍的碑文考证，乾隆二十年，即1755年，在巴马巴除驻守的黄秀公派他的第五子黄科公到拉当扩大地盘、发展势力。黄科公娶妻谭氏，谭氏祖婆为黄科在拉当生下六子。谭氏祖婆把她的一个亲人带到拉当，并为他娶媳妇，生儿育女，安家立业。儿孙谭汉生、谭汉星就居住在黄福波祖屋左右两侧。谭汉生娶黄金富孙女为妻。谭汉星生下的女儿大都嫁在拉当，按当时讲是亲上加亲。黄科公和谭氏祖婆，把他们的六个儿子黄金送、黄金贵、黄金立、黄金兴、黄金富、黄金国（布达诺）分成三分支，在拉当的三个地方分别建房安居。第一分支称为状元分支。状元路，原来这里有小学校，现在路面已用水泥铺成。"状元"，壮语讲的是拉当的一座山名，刚好与汉话状元谐音，事实上拉当没有人考上过状元。但在拉当，这一部分的族辈兄弟考上各类学校还是比较多，也算是拉当的"状元"族支了，其中黄金兴在清朝时考过秀才、贡生，到民国时当上恩隆县县长，黄正恩、黄正良当过村长。老街地势平坦，是鲤鱼坡崩塌下来造成的一块平地，因此人气越来越旺，在此建房的渐渐多了，而且有黄初三、初四的也从外地搬进拉当来。原来拉当黄科子孙族辈在春节初二拜年拜祖属黄初二，黄初二与黄初二不准通婚，黄初三、黄初四可以进拉当定居。过去传说拉当、良岩是同屯，事实上拉当、良岩相距很远，还隔着一条河湾。但黄初二与黄初三、黄初四通婚后，就变成同一家、同一屯了，因此拉当的黄家人丁十分旺盛。拉当、良岩这一带人走出去的蛮多，有参加太平天国起义的，有参加韦拔群、蒙元昇组织的农军三打东兰的，有参加红二十一师乙圩成立誓师大会的，有参加解放军保卫祖国、戍守边疆的，也有民国时期被抓壮丁参加长沙保卫战抗日的，退到台湾至今不知死活的，等等。

第二分支叫娘佳罗，是黄家慢分支，是黄金富的子孙后代。当时生活十分艰难，住房多是茅草房，只有黄炳权公一家用火砖起了一栋三层楼房，在拉当当时是最高楼房了。之前，拉当发生好几起火灾，损失非常惨烈。

有了这栋楼房，一有火灾，大家都会把家里值钱的东西搬到黄炳权楼房里存放，火烧不到，减少损失。黄炳权公有一架木制榨油机，主要是用来压榨油茶。阳春原来有一千多亩油茶林，到了收获季节，各户或者是几户联合，大家上山去捡山茶果，晒干后剥皮，再联合起来一起拿到黄炳权家，用他的榨油机来榨油。年轻力壮的大人举着大锤，狠狠猛锤，然后再把厚木块塞进去，接着继续猛锤，继续压榨，茶油就会慢慢从出口处流出来，整个村庄便油香四溢。村民有了茶油，生活就逐渐滋润，有些家庭，茶油多了就用马驮拿到平马、果德（今平果市）等地出售。拉当还有相当多的家庭有木制的土织布机，这种土织布机构造复杂，这是几代人传承下来的智慧结晶。这种织布机采用脚踏板，带动两排经线上下翻动，梭子在两排线之间来回穿梭，就这样一丝一缕的织出布匹来。这些布大体上自家用的多，也有人拿出去到集市出售。如今村里制作这种土布的农家越来越少，也很少见到人们用土布来制作衣裤了。

第三分支叫廷朝分支。这是黄金国（布达诺）子孙后代的分支，用廷朝地名来作为第三分支的名称，拉当全屯在汪吉河边有共同朝拜的庙堂，而廷朝分支在廷朝还有自己朝拜的庙堂。"廷"壮话的意思是池塘、水塘，"朝"壮话意思是造，即造田造地，另外也有朝拜之意思。"廷朝"，也就是在水塘边建庙堂用以朝拜和水塘边造田造地打拼的分支。廷朝，地处绿香原始森林进出口之间，绿香原始森林很大，两侧高坡密林中，有多眼较大的泉水，泉水从高坡上倾泻而下，在悬崖峭壁形成巨大的瀑布。瀑布后有一山洞，洞内有流水流动，从那坤、周朝洞口进洞里去，经绿香、架苗山尾，就直接通到平田村坡甲屯，十多公里长的距离，在洞内可以听到坡甲屯人们舂米、捶土布的声音。但不知道这边的洞口在哪里，也不知道水是从哪里流进洞内的，更不知道洞里的水流到什么地方去。廷朝分支的先辈大都是老实巴交的耕田人，廷朝一片一片的梯田都是他们开垦的。

第三分支的黄文坚、黄正金、黄文星和第二分支的黄福安等，他们跟随韦拔群、蒙元昇干革命，并参加乙圩红二十一师成立及誓师大会，韦拔群、蒙元昇牺牲后，他们就到绿香原始森林暂避，转入地下革命斗争。黄文坚家就是老街的最后一家，韦拔群多次来到黄文坚家，都没被人发现，很是安全。过一个小沟，就是黄正金家。黄文星家在黄文坚家坡下面，黄福安家又在黄文星家对面，有什么重要情况，打下暗号就互相知照了。黄科奉命到拉当驻扎后，生下长子黄金送，黄金送是在老街起房居住的，后来孩子多了，他就给孙子黄正荣、黄正良、黄正华到屯中心起房安居。黄科家有一尊大的石磨，这尊大石磨是拉当全屯村民共同使用的，至今这尊大石磨还保存了下来。全屯有100多户，磨米的时候是轮流来的。当然，哪家有大事，急需量大的，大家都会理解，互相谦让、互相帮忙。因此，在村里这石磨也就成了村民的生活中心。用木棍推着磨转，还是很吃力的。大石磨悠悠地转动着，村民也在绕着大石磨慢慢地推着，一直推到有碾米机的20世纪90年代。贪图便宜的人会把磨里米粉全部清扫干净，这样石磨的磨牙就会磨损；而懂得道理的人，磨到差不多时，都会在大石磨里留存少许玉米粒，以便养磨。我能推着磨的时候，就经常跟妈妈来到这里磨玉米，我妈妈从那敏村班表屯嫁到阳春拉当来时，外祖父就送了一尊小石磨，当作嫁妆。家里有小石磨，就不用排队用村里的大石磨了，可以磨玉米或者磨豆浆之类的，因为有小石磨，我家的家境似乎滋润了许多。有时候，隔壁邻舍也来用小石磨，石磨转，家运也渐渐地好着。因为有小石磨，妈妈还能自个儿磨玉米，熬玉米酒、糯米酒。爸爸最喜欢喝妈妈熬的糯米酒了。在农家，米酒是地道的饮料，酒香给农家带来温暖。酒缸一开，猜码声一起，喜气就来了。小时看着大人猜码，是农家孩子学数学的一个启蒙。第三分支，还是比较开放包容的族支，有不少人与瑶族同胞"打老庚"，因而有蓝、蒙两姓瑶族同胞来到拉当居住。其中的蓝姓，就是蓝盛荣、蓝盛利，他们的先祖是宜山县（今河池市宜州区）永定土司人蓝祥。他们先辈从宜山永定土司游牧到七百弄土司，然后从七百弄游牧到架苗山六尼，从六尼再到拉当。

　　砖瓦窑可以说是农村一处景观。有了砖瓦窑，居住条件就大为改观，很多家庭就从茅草房子改变为砖瓦房，火灾、风灾的危险就再也不会发生了。阳春的砖瓦窑在清朝时就有了，拉当就有好几座。拉当周边大部分的砖瓦都在这一带烧制的。小时候，我和谭汉生和黄福玉等仿照砖瓦窑，在田埂上挖一大坑，又用泥巴拍打成一块又一块泥砖，把泥砖放到大坑里慢慢垒高，泥砖墙成拱形，就像砖瓦窑的样子。没有工作的时候，这里便是孩子们游玩的地方。我和黄福寿、黄福玉、黄卫民、谭汉生以及瑶妹蓝彩春，常常在此游戏玩耍，机灵的蓝彩春在大人耕犁的地里捡来一大堆红薯，我和黄福寿、黄卫民到溪水里去捡田螺，抓螃蟹，捞泥鳅和小虾米，黄福寿家有榨油机、茶油和盐，黄福寿就跑回家要茶油和盐，搅拌在田螺、螃蟹、泥鳅和虾米上，用荷叶包好，放到用泥砖垒高的坑洞内，底下一层是红薯。大家找来干柴火，像大人在砖瓦窑烧砖瓦一样烧起来。不久，就是一顿美食。

　　大概9岁的时候，我就跟着父亲到桂林阳朔高田小学求学。父亲算是一位老革命，1947年参加万冈起义，1954年被百色军分区保送到广西合作干校进修，1954年底被分配到桂林阳朔高田供销社任主任。1956年巴马瑶族自治县成立后，由于本地干部缺乏，父亲主动申请调回巴马，就任农产站办公室主任。我跟随父亲回巴马，先后在巴马城小、巴马初中读书，1963年我考上东兰高中。我的好伙伴蓝彩春等只读到小学四年级就回家劳动了，后来蓝彩春担任阳春大队妇女主任。我们算是两小无猜的小伙伴，久不相见便时常挂念。1968年，我作为一名回乡知青，回到家乡拉当，接受贫下中农再教育，和蓝彩春一起同学习、同劳动，两人非常开心，我们内心深处都深深地爱着对方。可是，我当时还没有工作，父亲又被送进"五七"干校劳动，养鸡、养猪、喂牛，在凤山城厢公社任职的堂哥黄福海，也被送到巴傍林场劳动改造。蓝彩春的家人不同意蓝彩春嫁给我，我无可奈何，只能在梦里呼唤她的名字！后来我写了一首词《浪淘沙》，倾诉衷情：

愿地永偕天，命运多艰。情绵恨重恨年年。愁似水流流远远，初恋贪欢。
与我恩如山，泪花涟涟。桃红柳绿小河边。离合悲欢情永在，肠断魂牵。

三

我退休后，生活好了，回忆往事就多了，尤其是20世纪50年代童年
的往事，因为那时童年无忌，天真烂漫。我出生的时间比新中国成立早6年。
有一天晚上，杂技团来拉当老街表演，我们十几个小伙伴，在老街夜校扫
盲班教室里轮流用木棍顶肚脐，在木棍顶上转，并且还进行比赛，看谁顶
得久，转的次数多。轮到我时，我顶的时间最久，转的次数最多，小伙伴
们拍着手，欢呼着。可这时，有一个大人把我拉到大人们开会的会场，说
要斗我。哪里有斗小孩的事，大人们倒反斗起那个人来了。那个人赶紧放
开我，小伙伴们蜂拥过来，拉我回到教室里玩。不久，我会打柴火了，就
经常到绿香那里打柴，那里是原始森林，有许多干柴火。在农村谁家的门
外堆积的柴火多，人家就认为谁家的男孩勤劳。小时我还算是勤劳的男孩，
家门之外总有烧不完的柴火。

我家的房子是黄中美爷爷建的，半茅半瓦土冲墙房，共三层，底层放牛、
喂猪、圈鸭，猪鸭都是放养的。第二层有三间房，中间是祖宗江夏堂牌位，
两边是人住的地方。第三层，放玉米和粳稻谷，粳稻谷是把稻一根一根修
剪后，扎成小把，挂在楼上的横梁上。高的大横梁上，有一块师傅竣工时
留的保佑全家平安健康的字符布条，燕子在上面筑窝，抓来虫子喂养小燕
子，看小燕子高兴，我们一家人也非常高兴。后面的炊事灶台和火堂是煮
饭和冬天烤火的地方。墙角处还有一口大锅熬酒和煮猪食的大火灶台。墙
边放一尊小石磨和木制的舂米器，客人多时，我就在这里打地铺睡，腾出
床铺让客人睡。

20世纪五六十年代，是饥饿的年月。1958年至1959年，大办钢铁，

大办食堂，大队动员各家各户把粮食、大米、玉米、红薯等都献出来，交给食堂，集体到食堂吃"大锅饭"。妈妈把家里的粮食都献了出去，随着大家到饭堂吃"大锅饭"。1960年春节，妹妹刚两岁，饿得闹着要吃米糠粥，家里什么吃的都没有，爸爸也无法回家，下乡下到别的大队搞中心工作，那时候我已上巴马初中，户口转到学校，粮食由学校保管，可学校也没有粮食。实在没有办法了，妈妈就带我到班表屯外婆家看看。班表由于远居深山老林，无人催促群众把粮食交公，不仅有粮食，春节还杀年猪，包粽子。我一到那，外婆一下便紧紧地抱住我，拿豆腐圆给我吃，表哥也赶紧拿粽子给我。可是，我舍不得吃，放到袋子里，拿回家给弟弟妹妹。妈妈是大姐，我的大舅、二舅、三舅各家都给了我们十多斤粮食，还有猪肉和粽子。我和妈妈"讨"到了东西便急忙赶回家。来回100多里路程，晚上10点多才回到家。饿了一天的弟弟妹妹都已入睡。但因为饥饿，哪里睡得安稳，我们一回到家，他们就被惊醒了。弟弟妹妹们见到粽子，就大口大口地吃着，狼吞虎咽。妈妈不顾劳累，煮了一锅饭，又煮了肉和豆腐圆。全家人吃着吃着，一夜都没有睡，这一夜正是大年除夕夜。

就不提伤感的过去了，还是看看温暖的现在吧。1968年我开始了执教生涯。后来我通过努力，获得中文本科函授文凭，当年获得中教一级职称，1993年获得中教高级职称，2004年退休。我觉得自己走的每一步路，发生的每一次变化，党情、乡情、亲情的力量都在发挥作用。回想过去，我始终深怀感恩。我的女儿黄艳春，也学会用感恩的心情投入学习，通过勤奋好学实现了自己梦想。1997年她考上中国农业大学电力系统及自动化专业，毕业后留京工作，成为地地道道的城里的科技人才。多年来，家乡人就是以这种精神投入自己所从事的事业，并不断实现自身的价值。黄金贵曾玄孙黄厚德考上西安大学，我弟弟的孙女黄淑仪考上山东济南大学，那国的韦仁汉广西医科大毕业，曾到刚果进行医学援外，年岁大了回到巴马任人民医院院长，是有名的脑颅骨专家。瑶族战士蒙汉国，当年被中国人民解放军总政治部招去任保卫员。没有上大学的在家乡也依靠自己的双手发家致富，改造家园。

我在想，阳春人共同的精神家园是什么呢？也许"阳春"就是向阳花木早逢春吧，阳春人无论如何，都保持着积极向上的青春活力。现在的阳春，千家万户春正好，桃红柳绿，百花齐放，山清水秀，处处洋溢着幸福和谐美丽的景象。我写到这，一首小诗油然而生：

> 东方日出照中华，开放春风暖亿家。
>
> 柳绿桃红千户乐，山青岭翠万人夸。
>
> 稻畴灿灿翻金浪，河水柔柔映彩霞。
>
> 民富国强圆梦日，阳春巨变景添花。

黄福军

黄福军，壮族，巴马瑶族自治县职业教育中心退休教师。

弄山：祝著节文明的发祥地 | 瑶 鹰

祝著节文化第一村

广西红水河都阳山脉腹地，有一个叫作弄山的
行政村，辖有弄山、弄都、弄软、弄屯、马金、弄
兰、牛洞、南岭、岩优以及弄王 10 个自然屯，有
381 户 2000 多人口，与大化瑶族自治县的北景镇、
东兰县的三石镇交界，隶属巴马瑶族自治县东山乡，
是一个布努瑶聚居地，村委会建置于弄山屯。

弄山屯四面环山，中间坐落着一座形似笔架的
小山，当地人称为独宝山，南边是一座连绵亘长的
山。每天午后，太阳便沿着这座山的脊梁滑动，直
到落山，因此，南坡日照的时间很短，弄山人便把
南山称作阴山。阴山坡上种植着茂密的桐树。每年
三四月间，桐树上开满了粉红色的花朵。一簇簇花
儿，引来了纷飞的蜂蝶，它们翩翩起舞，嬉戏追逐。
有的蜂蝶停在花间，翅膀一张一合，诱来一阵阵悦
耳的蝉鸣，声影结合，妙趣横生。待到花落蒂结的
时候，微风吹来，桐树的花瓣离开母体，满山遍野
地飘飞，整座寨子便是花的世界，仿佛新娘头上的
哈西（布努瑶的刺绣头巾），美丽极了！

弄山布努瑶，是操着苗语支的瑶族支系，其历
史与远古时期的九黎集团有关联。据史册记载，中
原逐鹿，洛立城池被炎黄部落攻破，战神蚩尤被生
擒，其九黎族部落部分融入华夏部落，部分南逃。

他们入山唯恐不高，入林唯恐不深。唐宋时期，部分族人来到今天的广西河池境内。自称"布努"的蓝、罗、蒙、韦四姓族人，于宋朝末年从庆远（今河池市宜州区）逐一南迁，沿着东兰地带的红水河迁徙，来到都安的下坳、隆福等大石山区中定居。由于一场变故，四姓族人就在一块叫作"欸鼎欸达"的巨石旁边，宰杀了一头母猪聚餐，之后挥泪作别。这支布努人一部分分散在都安境内，一部分迁到现在大化瑶族自治县七百弄、板升、雅龙、江南等地，一部分渡过红水河，来到现在巴马东山的莽莽群山中。弄山的蓝、罗、蒙、韦四大家族，就是这支布努瑶的后裔。他们在群山深洼地带，筚路蓝缕，过着刀耕火种的生活。如今，弄山人口传的布努瑶史诗《密洛陀古歌》和上席祭词，就有火攻洛立古城、九大祖公（九黎族）逃难、四姓族人在"欸鼎欸达"宰杀母猪后分道扬镳的片段。

在千百年的迁徙进程中，勤劳智慧的布努瑶人民不忘初心，一直坚守着自己的传统文化。弄山村是红水河两岸布努瑶文化，特别是祝著节文化保存得最为完好的地方，被称为河池祝著节文化第一村。

番岭山

弄山瑶寨的东边，有一座形似轿椅的坐南朝北的风水宝山，当地的布努瑶人民称其为"番岭山"。在布努语中，"番岭"的意思是能解开寂寞、赐人吉祥的山头。相传布努瑶创世始母密洛陀在归天之际，造山之神卡亨为了答谢她的栽培之恩，集天地之万物炼制出五色土和七彩玉，请来天地八仙打造了一把大轿椅。密洛陀是坐着这把轿椅升天的。后来，这把轿椅变成了一座山峰，就是今天的番岭山。每年农历五月二十九日，方圆百里的布努瑶同胞自发地汇聚在这座山顶，敲锣打鼓，载歌载舞，以独特的方式祭拜先祖密洛陀神，以求来年风调雨顺，人寿年丰。

站在弄山寨子里向东望去，巍峨的番岭山屹立于连绵的群山之中。如果把两旁的山岭当作两只巨大的羽翅，番岭山简直就是一只翱翔云天的雄鹰，那高昂的姿态，正是勤劳朴实的布努瑶人民与天地争斗的不屈不挠的精神象征。

沿着迂回曲折的小径向上攀登，半个小时便可以到达番岭山的顶端。这是唯一能通往山顶的小径。一年四季，小径的两旁百花争艳，浓郁的花香伴着清脆的画眉叫声，使远道而来的客人顿感神清气爽，一路的辛劳随之烟消云散。

登临绝顶，一块能容纳几千人聚会的平台展现于眼前。奇特的是，平台上的土块呈红、黄、黑、灰白、暗赭等色彩，上面零星地铺撒着透亮的小石子。在阳光的照耀之下，折射出耀眼的光芒。据说，这就是卡亨炼制出来的五色土和七彩玉。

祝著节这天，平地上聚满了身穿节日盛装的布努瑶男女老少。他们有的敲打铜鼓，有的对唱盘歌，有的戏斗画眉，有的吹奏唢呐。最令人开怀的是笑酒。几个寨子的"甫基"边饮边唱，那妙趣诙谐的唱词直把旁观的人们逗得捧腹大笑。庆祝活动持续到夕阳西下，大家方尽兴而归。

平地的左侧，是个长满野果的小土坡。节日当天，成群结队的布努瑶青年男女于此携手相牵，对唱情歌，互赠相思烟。情到深处，纯情的姑娘便从树上摘下成熟的果子，送给心上人品味。日落西山，番岭山上歌声飘逸，一对对情侣早已沉浸在甜蜜的爱情之中，他们相倚而坐，乐不思归。

平地朝北的一方，有一座天然的小石堡，那是传说中轿椅的"靠背"。石堡前，有一排排条石砌成的山歌台。据弄山寨人讲述，这些歌台已有十几代人的历史。300多年来，每年农历五月二十九日祭拜女神密洛陀，红水河两岸的布努瑶歌手自备粽子，不辞劳苦赶来番岭山参加盛会。这些歌台，便是布努瑶人民交流心声的历史见证。

站在平台前沿的悬崖边上，"一览众山小"的感觉油然而生。放眼望去，远处的土山笼罩在白茫茫的云雾之中。近处的石岭连绵起伏，岭上枫林层叠，葱茏森郁。俯视谷底，弄山寨中木楼掩映，古树盘坐，公路环山，池水潋滟，一派神奇秀丽的世外桃源美景尽收眼底。

于是，有文者云游番岭山，留下了"世间琐事皆如尘，成仙唯有番岭山"的佳句。

"祝著节"的汉译

吉地出俊才。"祝著节"一词的汉译者蒙灵先生，就出生在番岭山下的弄山瑶寨。

改革开放初期，都安开始向外界宣传其丰富的布努瑶文化。他们根据农历五月二十九日是始母密洛陀生日这一传说来给布努瑶大节命名，叫达努节，即怀念创世始母密洛陀的节日。

1980年，蒙灵在弄山村一个叫弄业的教学点教书。这位当时年仅25岁的布努瑶小伙子对本民族文化有着执着的热爱。他对"五月二十九节"汉译为达努节持有怀疑态度。因为在布努瑶语中，"五月二十九节"音为"zhuzhu"，"达努"不是瑶语谐音直译。他想：能不能用一个具有民族特色又是瑶语谐音的名词来给这个节日重新命名呢？

蒙灵先后把节日译为"初出"和"初竺"等词，总感觉不具有民族性和艺术性。一个偶然的机会，他翻阅一本介绍非洲土著民族庆祝节日的书籍。瞬间，"祝著"一词犹如一颗闪亮的流星划过天际，着陆于他的脑海之中。这位布努瑶小伙子仿佛一只饥渴至极的骆驼发现绿洲般欣喜不已。就在那个深秋之夜，在那简陋的茅棚之下，一盏孤灯陪伴着蒙灵度过了一个极为不凡的夜晚。他连夜把自己的观点写为文章，寄给了《半月谈》编辑部。蒙灵的初衷是希望这篇文章能在《半月谈》发表，令他没有想到的是，这封在弄业茅棚里写就的信件，换来了一个民族重要的文化符号——祝著节。

"祝著"既是"五月二十九节"的瑶语谐音，又是"二十九"这个数字的瑶语读音。从汉语上分析，"祝"即庆祝之意；至于"著"，过去布努瑶刀耕火种等生活方式类似于非洲的土著民族。使用"祝著"一词很容易让读者产生共鸣。《半月谈》编辑部的同志被这篇来自孤灯茅棚的文章深深地打动。该编辑部的刊物不刊登这类文本，不过大家觉得有价值，于是把文章转给了国家民族事务委员会。

1981年4月，一封带有国家民委负责人签意见并盖有公章的信件几经周转，终于转回到巴马县委。巴马县委又将信件转到东山公社。时任东山公社秘书的蓝献忠同志接收了信件。公社书记蓝华兴（后来任大化瑶族自治县县长）阅读了这封关于赞同"达努节"改为"祝著节"信件后非常高兴，他把这一事件称为"东山布努瑶的伟大创举"。在蓝华兴等领导同志和东山老百姓的关心支持下，蒙灵从弄业茅棚教学点调到乡里，先后担任了东山乡副乡长、乡长等领导职务。

1985年，巴马瑶族自治县党委政府在东山乡人民政府附近的巴根瑶寨，举办盛况空前的布努瑶大节庆祝活动，开始启用祝著节一词。刚上任东山乡人民政府乡长的蒙灵作了祝著节的命名演讲。许多记者慕名而来，对这次盛会做宣传。紧随着，祝著节一词犹如一朵朵瑶山花，绽放于各类报纸杂志上。

如今，年过六旬已退休回乡的蒙灵同志，成为一名保护祝著节文化的志愿者。东山老百姓把他尊称为瑶山的"东甫劳"（布努瑶语，意思是德高望重的官员）。

聚焦弄山

30多年来，巴马瑶族自治县人民政府都拨专款支持东山布努瑶举办民间祝著节活动，让这个节日文化得到了保护和传承。2007年，金猪贺岁，巴马祝著节列入了广西壮族自治区非物质文化遗产名录。东山布努瑶铜鼓舞、布努瑶飞歌、布努瑶服饰文化等原生态文化节目，应邀到北京、上海、台湾等地展演交流，打出了自己的文化品牌。如今，河池布努瑶祝著节文化第一村弄山村，活跃着一支以蒙灵为首的 300 多人的刺绣、山歌、铜鼓舞、密洛陀古歌等文化队伍，他们响应着党和政府的号召，以全新的姿态保护传承着先祖遗留下来的千古文明。

十二生肖轮回，金猪又赐吉祥，2019 年农历五月来到了。这年是巴马祝著节申报国家级非物质文化遗产项目年，自治县党委、人民政府把祝著节主会场安排在其发祥地弄山村举办。农历五月二十九日这一天，弄山瑶寨彩旗飘扬，鼓声震天。来自文化和旅游部、非物质文化遗产司以及自治区文化和旅游厅的领导专家，汇聚弄山，共同探讨布努瑶原生态文化的发展方向。新华网、人民网、《中国旅游报》、东方明珠电视台、广西广播电视台以及来自台湾的媒体等，对祝著节文化活动进行了全方位的宣传报道。新建的弄山寨门，背倚着巍巍的番岭山，古朴而典雅。著名书法家刘德宏先生题写的"弄山"牌匾高悬门上，透射出绵远的文化风骨。寨门两边挂着一副"番岭坡弄山吉地传承布努千秋文化，红水河瑶寨祥云运载祝著万代遗风"对联，字句凝练，内涵丰富，彰显了弄山瑶寨的千古传奇，一时之间弄山成为世人聚焦的光点，瑶族的盛大节日祝著节终于声名鹊起。

盛世歌飞，群山沸腾。弄山的铜鼓楼、布努瑶文化博物馆、番岭山古歌台等相关配套文化设施已在规划兴建。巴马长寿养生国际旅游区番岭山民族旅游项目，正在有条不紊地实施当中。在党的民族政策光辉照耀之下，祝著节文化、布努瑶文明不断散发出迷人的光彩。我相信"祝著节"一词，会成为一个知名的商标，一定能给瑶族同胞以及执着于它的各族人民带来吉祥和幸福！

离开故土　回到故乡 ｜唐燕飞

　　没有丰富的物产，只有磅礴的大山和碗一块、瓢一块贫瘠的土地，山高路远，交通不便，自然条件艰苦，生存条件恶劣。为了生存和发展，故乡的亲人大都已远离故乡，村里只居住着3位年近八旬的老人，很是凄清。

　　这就是现在我的故乡，巴马瑶族自治县东山乡优雅村弄瓦屯。

　　祖辈们心知肚明，贫瘠的土地无法承载子孙后代的未来，要改变晚辈命运只能通过读书学习。一个人，只有读书，才能改变命运，才会具备超越自我的勇气和突破社会局限的力量。只有走出大山，才能活着回到大山。他们一直念诵着宋真宗的《劝学诗》，并将它写在族谱的扉页上：

　　　富家不用买良田，书中自有千钟粟。
　　　安居不用架高堂，书中自有黄金屋。
　　　出门莫恨无人随，书中车马多如簇。
　　　娶妻莫恨无良媒，书中自有颜如玉。
　　　男儿若遂平生志，六经勤向窗前读。

　　长辈们总是千方百计教育孩子，用功学习，不负韶华。从我记事起，每年的寒暑假期间，长辈们聚集闲聊的时间总会很少，用更多的时间跟孩子们谈读书学习，把祖辈关于勤奋努力读书才可以有美好生活的山歌不厌其烦地唱给孩子们听，他们互相盘算着自家的孩子将在哪年考上哪所大学，又将在哪年分配到哪里工作。读书的孩子在没有完成寒暑假作业的情况下，是不可以下地劳作的，孩子读好书一如他们好好劳动一样，各有各的责任。长辈们虽然没读过什么书，却十分重视教育，再苦再穷也要送孩子读书。因此，村里的孩子们都不敢偷懒，勤奋好学，把书读出了长辈所期盼的那样。谁家的孩子不争气，长辈们便拿出族谱上的《劝学诗》，正儿八经地陪着孩子念。就这样近百年来，通过劝学催促着村民走出大山。走出大山的弄瓦唐姓人，都深深知道，无论远走他乡，还是云游四海，宋真宗的《劝学诗》都永远是唐氏族谱的开篇语录和鲜活祖训，成为我们离开故土的根据，回到故乡的通途。

据族谱记载，巴马唐氏家族来自湖南芷江（今湖南怀化市），鼻祖仁政公，南宋淳祐十年（1250年）由广西兴安县调任湖南芷江总管。民国时期，三高祖父和二高祖父从湖南芷江迁居东山乡优雅村弄瓦屯。三高祖父家境殷实，土地足够自耕，子孙均可上学。二高祖父以租地耕种维持生活，育有曾祖父兄弟三人，因家道贫寒，均未入学。二曾祖父一家1968年迁居南丹，留下三曾祖父和曾祖父两家居住在小山村里。曾祖父英年早逝，遗孤祖父靠高祖父抚养成家立业。1949年后，祖父依靠劳动维持生活。祖辈在旧社会吃尽了无文化的苦。于是，三曾祖父和祖父不管吃尽多少苦，都要把子孙送进学校。然而受"文革"的影响，高校停止招生，子孙学业受制。直到1977年恢复高校招生，两家人才有机会参加考试，进入大中专院校就读。20世纪80年代，在这个偏僻小山村生活的第四代子孙共有31人相继考入大中专院校就读，学成后分别进入各部门各行业工作，成了小城里有知识、有文化的国家干部，村里的后继子孙也就相继随父辈到城里读书、工作。

几十年来，三曾祖父和祖父两家人财两旺，小村庄由原来的2户18人增至39户198人。祖辈们在贫瘠的土地上劳作了一生，他们送孩子们去城里读书，孩子们努力在城里站稳了脚跟。家里的老人们，要么离开人世，要么跟随着儿女进了城。目前仅有 3 位年近八旬老人守候故土，维系乡情。祖辈们从石头缝里刨出来的土地逐渐被撂荒。再过若干年，这个小村庄或许将会成为名副其实的"无人村"。

江河不息，皆东逝之付，万象倏忽，盖无常有常。

想想将消失的村落，念想总是复杂。长辈们养育儿女，就是要让儿女离开故土，离开自己。这是多么残酷而伟大的爱呀。然而，越是这样越加重我们对故乡的思念。我特别珍惜每一次探视故乡的机会，每一次返回，都觉得就是一场刻骨铭心的告别。

每年清明节，我们姐弟都相约赶回村庄弄瓦。我家的祖屋建在小山村的最底部，前面是一片土地。村子三面环山，三座房子，只有年近八旬的大叔婆、四叔婆、四叔公三位老人驻守。20 世纪 80 年代末用石块堆砌建起来的人饮水柜，一溜位于村子的右边，水柜外的石缝里长满了各类小植物，春意隐在水柜外的石头缝里，它们和着山上的树木、地里的庄稼、菜园里的蔬菜，陪伴着祖辈几代人，在袅袅炊烟和恬淡的夕阳里渐渐老去。

2015 年前，祖屋是一处三开间的篱笆瓦房，破破烂烂，一遇刮风下雨，一家人便无法安眠。风从房子一侧的篱笆缝里钻进来，再从房子另一侧的篱笆缝里钻出去，呼呼作响，风声伴着滴在屋内各处盆盆桶桶的雨滴声，让人担惊受怕，充满苍凉。可是，那里却赋予了我们几姐弟一颗纯洁的心灵。我们几姐弟就在那间篱笆房里度过了我们的学前时光。上学了，我们才随父亲进城读书，每逢寒暑假，才回到山里和爷爷奶奶一起劳作生活。直到 17 年前奶奶去世了，爸爸和叔叔、姑姑才把爷爷接到城里居住，从此祖屋再也无人打理。

经过十几年的风雨飘摇，房前屋后长满了杂草，房顶瓦片破碎不堪，四周篱笆日渐腐烂。为了留个念想，爸爸和叔叔便回到故乡，推掉祖屋，建起了三层钢筋水泥楼房。可是，我怀念的却依然是大山深处那间篱笆瓦房的老祖屋，以及篱笆瓦房里点点滴滴的童年记忆。每次清明节回乡祭祖，看到那幢无人居住的钢筋水泥楼房，我的内心深处，总是一抽一抽的阵痛。时光荏苒，岁月如梭，我们在渐行渐远的日子里不断成长。成长，其实也是与故乡渐行渐远的告别和对故乡深深的眷恋，我们无法抗拒。

40余年来，我与我的故乡一直维持着亲切而又疏离的关系，从我记事起，我就像只候鸟，该回去的时候便回去，而且来去匆匆。

如今，我的故乡，因为自然环境的恶劣，依然贫瘠如昨。可是，我的心却一直在故乡缱绻温婉的时光里行走。每当踏上故乡的土地，我都欣喜若狂。这来自内心深处的亢奋，不是说我已经非常厌烦城市喧嚣的生活而想在乡野寻找可以让自己清静的世外桃源，而是对故乡的一种留念，也许这就是乡愁吧。随着时代的发展，现代文明无孔不入，我们谁也无法离开眼前的现实生活。100多年前，美国著名作家亨利·梭罗在美丽的瓦尔登湖畔独居了两年零两个月两天，最终还是回去了。更何况，我如今居住的小城不是什么世外桃源，我的故乡优雅村弄瓦屯更不值得一提。然而，故乡虽然贫瘠，我和我的亲人们却喜欢时常返回故乡，看一看把生活逼到绝处，试图超越自己局限的故乡，然后像作家亨利·梭罗一样，最终获得心灵的纯净与精神的升华，过上自己很久以前想要过上的生活。

通过不断的努力获取超越自我和社会局限的勇气，我觉得故乡人的这种思想，不管是在物质极度贫乏的年代，还是现代工业文明无孔不入的今天，都是具有代表性的。正是基于这个理念，故乡的亲人们深深爱着故乡，并不断努力拼搏，人人争取到一个人与社会更为和谐发展的地方去生活，乃至于故乡只留下了3座房子，3个人，我们的种种言行，应该也是不难被人们所理解的。

我常年生活在城里，每年到了清明节才回乡祭祖，对故乡是有愧疚的。其实久经世故的人都知道，一个人爱不爱故乡，并不在于他长年累月待在故乡，而在于不管他身居何处，都在持续传承故乡人的精神。在这个意义上，独在异乡的人依然是爱故乡的，有故乡的魂魄，是故乡的一分子。故乡养育了我们,我们对故乡情有独钟,我在故乡人勇于超越自我和社会局限的精神中渐渐成长,在族谱里的《劝学诗》驱使下成长,这些都是促成我们回故乡的主要动力和精神支柱。

我总有一种心慌意乱的感觉:故乡贫瘠如昨,常年居住的小城日渐繁华,我就像灰姑娘面对富家公子般自卑。我承认,故乡养育了我,我对那里有着深厚的感情,虽然那里贫瘠到再勤劳的村民也无法把她打扮成美丽富饶的天堂,但是,我们不是中山狼,不会因为在外春风得意而猖狂;我们对故土有着深厚的感情,再怎么贫瘠,故乡一直给了我们不断超越自己和社会局限的勇气,让我们一直向着明天不断奔跑。人,选择离开,总是有迫不得已的无奈,贫瘠的故乡承载不了时代的发展,但不管我们身居何处,我们会一直秉承故乡赋予我们的精气神。

《人民日报》"荐读"的一篇文章叫《为什么要在老家留套房?》说得很动情。对于很多人来说,故乡的房子是归宿,是寄托,是牵挂,是退路。2015 年,为了有一个心灵的寄托和维系亲情的纽带,父辈陆续回到巴掌大的故乡,起了三幢三层楼房。可见我们虽身远离故乡,心却始终是故乡人。置身小城,每每遇到一些与故乡相关的事物,便不知不觉想到那个小山村;偶尔听到熟悉的家乡口音,便浮现出那个生我养我的小山村。这时候,我就想:我是不是该回一趟故乡了。每每这样的时候,我就真的回去了,和爸爸妈妈、兄弟姐妹们一起,或拿上几棵桃花,或带上几棵桂花,一起回到故乡,把桂花、桃花种植于房前屋后,乃至漫山遍野。

40 余年来,我与故乡,从未分离。

子曰:三十而立,四十而不惑。我是个步入中年的 70 后,早就过了可以随意冲动的青春年少。40 年来,随着年龄的增大,与故乡的渐行渐远,我的青春年少似乎已无处安放,我的内心深处,一直有一种四处在流浪的感觉。唯有回到故乡,我对自己的未来才有底气,内心才得以安抚与平静。

我常常冷不丁地停下手中所做的事,忽然对自己感到很疑惑:我是不是已经修炼成精，或者说达到了某种境界了？就如金庸小说里的绝顶高手，可以用树叶杀人，还可以隔山打死牛。亨利·梭罗在瓦尔登湖边生活时曾深深感悟："人生如果到了某种境界，自然会认为无论什么地方都可以安身。"实践出真知，他的确一个人像湖水一样安静地在湖边冥思苦想了两年两个月零两天。面对生我养我却依然贫瘠的故乡，我大胆地离开却又满怀深情地依恋。

一个人再怎么卑微与自卑，只有回到自己的故乡，才会焕发蓬勃生机。在这个浮躁与激情并存的大转型时代，我甚至觉得，每回一次故乡，我的心灵就会得到一次真正的洗礼和净化。

如今，我们已在祖屋前前后后，种满了果树，守护我们家园的是三个年近八旬的叔公叔婆，三个老人养鸡养猪，年复一年地居住于这个小村庄，宁静，安详。

每次回到故乡，我都觉得疲惫的身心不会再去为那些无聊琐碎的事情疲于奔命。只有回到故乡，我的内心才能回归平静，才能找到真实的自己，然后，跟着真实的自己，和自己和解，我们心中的世界才会越来越阔达。

如今，爷爷老了，老成了太爷爷。爸爸老了，老成了爷爷和外公。我们长大了，大成了父亲母亲。我们曾经居住的村庄老了，老成了记忆。但是，记忆却永远不会老，当我狼狈不堪时，我会想到故乡那条学子们走过的羊肠小道；当我春风得意时，我会用心沿着这条羊肠小道真实地走下去。

唐燕飞

唐燕飞，现供职于巴马瑶族自治县文明办。

开门见山话乡情 | 梁兆得

一

中国有句成语叫作"开门见山"，比喻说话或者写文章直截了当地进入主题。而我在这说的是"打开家门就见山"，取的是原意。我的家乡就这样，门前有座高山，自北向南连接形成一堵高耸入云的山墙，每天都是"开门见山"。

这座山叫"高闪家山"，20 世纪 50 年代初期，我就出生在这大山脚下。

这座高山充满了神秘的色彩，拥有许多民间传说和传奇故事。我小时候常常听大人讲述《布焚龙大发雷霆怒烧高闪家》《布焚龙智变老虎逃脱官兵追捕》《布焚龙指天造雨的故事》《岑猛将军登上高闪家山望故乡》《高闪家山上出产的神圣果实》等传奇故事。这里不但故事多，而且物产富饶，景色迷人。家乡最迷人的风景是山坡顶上的"拉河旱"（壮语意为天鹅下巴的咽喉处），有人说它像一只蓄势待飞的天鹅，有人说它像一只正在云端上飞翔的天鹅。

童年的我非常惧怕闪电雷鸣，每当遇到打雷或者闪电的时候，我都被吓得直打哆嗦，若有大人在场，不论男女，我都会毫无顾忌地扑进对方怀里，把头埋藏起来；若是在夜间，我都会用棉被把整个身体都裹起来，夏天也不例外。可是，越怕越见鬼！

一听见父亲说这座山叫作"高闪家"，我的心里就"咯噔"一下子紧张起来，浑身起了一身鸡皮疙瘩，连头发都竖了起来。这个时候我才体会到什么叫作吓得魂不附体！这座山为什么要起这么一个吓人的名字？

见我这么害怕和激动，父亲这才一个字一个字地慢慢给我解释说，"高"是因为它真的很高，你看看，我们这里有哪座山比它高？"闪"说了你现在也不懂，也是与它的"高"有关，正因为它"高"，高耸入云，通天达地，因而产生正负电荷，而高山顶上风急云涌，正负电荷对流产生闪电，碰撞发出巨大的声响，就是雷声。"家"则是壮话语音，翻译过来就是打雷的雷。祖先发现了这些奇特的自然现象之后才给这座山起的名。这些自然现象形成的主要成因是，这座高山素有"上有雷霆覆云，下有九龙戏珠"之说。

听了父亲这么一说，我开始渐渐对这座高山产生了极大的兴趣，甚至留意观察它的一举一动，结果真有了一个重大发现：

每逢阴雨天气来临的前夕，山坡顶上的"拉河旱"一带总有一片白云笼罩，遮住"天鹅"的头，活像一顶雪白的纱帽戴在天鹅头上，蔚为壮观。这顶白纱帽会因季节变化随风而动，夏天，风从南方吹来，白纱帽的飘带会往北方飘动；冬季，风从北方来，白飘带就会自动颠倒过来自北向南飘移。白纱帽形状的大小可预示雨量的大小，其中，白纱帽大到几乎把"天鹅"的脸部全都笼罩的时候，预示着这座高山方圆20公里左右的区域范围内，今晚到明天将是大雨滂沱；白纱帽只能遮住"天鹅"头顶上的毛发（山顶上的草木植被）的时候，预示着即将到来的是小雨或者阵雨。

二

我上小学四年级的时候，有一天上课，老师一边讲课一边走到教室门口，做了一个开门的示范动作，然后用手指着门口对面的高闪家山说："看，一开门就见山，这么简单！"到下课布置作业时，老师就让我们用"开门见山"这个成语造句，加深了我们对"开门见山"的记忆。

除了讲课本里的内容，老师也偶尔给我们讲些故事，进行忆苦思甜教育，激发我们的爱国热忱。我最爱听父亲和隔壁堂叔给我们讲故事，迄今我依旧对不少故事情节记忆犹新。

传奇故事《岑猛将军登上高闪家山望故乡》，说的是岑猛将军和夫人瓦氏都是田州人，抗击倭寇的时候曾经占领过高闪家这座在附近一带最高的山峰，登上山顶眺望久别的故乡，依稀可见家乡的稚童在田州街上打陀螺；《高闪家拉河旱的岑猛将军庙》说的是岑猛将军在高闪家战略要地"拉河旱"安营扎寨，作为根据地与倭寇争夺有利地形。后人为了纪念他而在此修建了一座庙宇，农历每月初一、十五这两天，来自四面八方的人都会不约而同赶来祭拜。

《高闪家山上的凤凰坳民谣故事》，说的是在这座高山的坡顶上一处叫作凤凰坳的地方，有两个突出的山峰，活像一对栩栩如生的山凤凰，面对面互相嬉戏，互相对歌。因此有民谣曰：闪家山，闪家坡，两只凤凰对山歌；一旦脚落龙虎地，成双配对抱金窝。我父亲一边讲述一边比画，然后让我记录下来，过后我自己还背诵下来加深了印象。我记得父亲讲述这首民谣的时候还解释说：在高闪家山那两个隆起的山坡顶上，清晰可见有两只山凤凰正在山脊上互相嬉戏，对唱山歌。而山脚底下的那个藏龙卧虎之地，就是咱们所在的九龙村，有九条青龙在这里相聚，呈"九龙戏珠"之势，九龙村因此得名。一旦两只山凤凰双双落脚此地，就一定能够成双配对，相亲相爱，产下一抱又一抱金窝（金蛋）。我真佩服先人的形象思维能力和表达能力，先人能够从山形地势中找到蕴含意义而且美丽迷人的词语，给大山起一个漂亮的名字。

《高闪家山航空塔上的五星红旗》说的是1950年县城解放以后到20世纪70年代初，空军某部曾在高闪家山顶上设置一座航空塔，这塔全是就地取材，用圆木立柱搭建做基础，呈宝塔形状，层层往上缩，大约到五层楼高处缩小成一米五左右的正方形，在此基础上竖立起一根两米多高的旗杆，在旗杆顶挂上五星红旗。据说这旗帜是专门为飞机指引航向的。我在1967年随父亲与村民们一起上山打猎时见过一次航空塔上的国旗，虽然这是在学校以外的地方见到国旗，但我还是习惯性地举起右手行了一个少先队礼，父亲见了暗自发笑。此后很长时间也没有机会上去过，直到2016年退休后我才故地重游了一次，当时除了剩下那块刻有"海拔高度879.8米"的石碑，我们已经找不到任何能够证明那座航空塔曾经存在的实物，唯一能够留给后人的，仅仅就是这些残缺不全的历史片段。

三

处在这种"多见木叶少见天""开门见山"的地方，谁都想离开这个大山，除非真的无可奈何。1974年，我选择"走进红色学校扛起革命枪"到湖南省"保卫祖国站好岗"，离开了大山。然而，离家乡越远，我就越想家乡，特别是在身体有些不适的时候，我就更想吃到母亲亲手做的家乡饭菜了，甚至想到"开门见山"的一些好处。

想归想，做归做，"一切行动听指挥""令行禁止""团结、紧张、严肃、活泼"是对一个革命军人最基本的要求。更何况，军队对军人的要求远不止这些，从政治教育到军事训练，从早晨出操到晚上看电影，从高唱红歌到吟诵诗文，无一不与爱国主义主题教育有关。军事训练则以射击第一、投弹第二、拳术第三的顺序安排课程。整个日程安排得既紧凑又很得当。整个军营都被各种精彩的文化娱乐活动所包围，全体干部战士都觉得浑身有使不完的干劲，再浓的思乡之情都会被淡化为一腔热情。

在这样的大环境下，我已经历炼成为拥有过硬本领的革命战士，多次获得上级嘉奖，并且光荣地加入了中国共产党，始终保持"一颗红心，两种准备"的积极心态：一是希望能够在部队得到提干，变成一只远走高飞的山凤凰；二是随时准备服从部队的命令退出现役，解甲归田，回到那个"多见木叶少见天"的地方，与"开门见山"的生活节奏再续前缘。

1979 年初，我退出现役回到自己家乡担任大队文书兼民兵营长。是年，被称为当时天下第一愁的"愁吃不饱"问题自然而然地提到了各级领导班子的议事日程上来。有一天，公社党委书记下到兰廷大队检查指导工作，我当面提出，上片的社员村民普遍要求实行家庭联产承包责任制，我却不知该怎样答复他们。龙书记的话让我豁然开朗，他引用邓小平同志的话对我说："不管白猫黑猫，能够抓住老鼠就是好猫！"于是，我便放开胆子让我所负责的上片中的三个生产队先行先试，把集体的水田全部分给有劳动能力的农户承包，把每一亩农田应该承担的粮食征购任务数分摊到各个农户。当年粮食产量增产将近五成，夏粮入库期间，这三个生产队不仅一举完成了当年征粮和购粮的任务，还把历年所尾欠的购粮任务一次性全部结清，其中有两个生产队都超额完成了任务，并且破天荒地向国家上交了"双超"爱国粮！由此，兰廷大队上片成为那桃公社夏粮入库的先进典型，我个人也因此获得公社管委表彰。次年，我顺利通过考试和考核被直接录用为国家干部，分配到巴马瑶族自治县人事局工作。从此便与"开门见山"的家乡保持了一段时间的若即若离关系。

那段时间，我爱人和儿子还在老家农村，每个星期六晚上我都会回到母子俩身边，分享星期天早晨"开门见山"的乐趣，下午又返回机关单位等待星期一上班。这样每周循环一次的生活秩序，让我觉得心旷神怡。

四

常言道"人到中年万事忧"，这话对我同样适用。

1987 年，我从广西经济管理干部学院刚刚毕业回来，县里为了解决职工夫妻两地分居问题，经县科委上报河池地区科委批准，我爱人和儿女三人同时"农转非"，他们的户口迁入县府大院，随我居住生活，全家如愿以偿地成了吃商品粮的城镇居民。遇见熟人，别人都会投来羡慕的目光，我心中喜悦之情自不必说。最关键的是我终于让全家人彻底告别了"开门见山"的尴尬处境，为自己的子孙后代不再忍受"多见木叶少见天"之苦，创造了极为有利的条件。

然而，这样的生活却维持不到十年。其间，先是我老婆、孩子的那份责任田，"农转非"后被生产队收归集体，后来是政府取消了非农业人口的待遇，已经安排在国有企业工作的爱人也下了岗。儿女正值上学读书的青春年华，需要的开销越来越大，我为爱人准备回到故乡过"开门见山"的生活而揪心。

后来，随着改革开放的不断深入，我的"万事忧"也逐渐一件一件得到解决。这个时候，我又想方设法做好回家乡去继续"开门见山"的各项准备工作，首先是回到老家建了一处新房，以备将来退休之后"落叶归根"有个落脚的地方，然后再与儿时的伙伴们一起，尽情享受"开门见山"的感觉和天伦之乐。

五

2016 年 10 月我退休之后，原想回到原籍好好放松一下，细细品尝家乡的味道。然而，"有了孙子变孙子"的现实让我身不由己。在城里，孙子读小学需要按时接送，孙女还未上学需要精心呵护。"常回家看看"的想法时常在我心里打转，每当 90 多岁的老母亲重温过去父亲讲过的那些故事时，我内心都十分雀跃。

老母亲一辈子省吃俭用，自己舍不得吃，但对我吃穿用的方面毫不吝啬。如今她老了，虽然她快满 100 岁了，但依然精神矍铄，饭量比我老伴还多许多，体质似乎比我和老伴都还硬朗。我退休这么多年了，仍然没有多少时间去孝敬她老人家，实在是一种愁痛。

对老母亲的思念与日俱增。老母亲平时爱喝的是自家酿的米酒，以及从高闪家山上采到的甜茶。其长寿秘籍：一是"抚摸手螺催眠法"以"养精蓄锐"；二是刮舌以增食欲；三是甩手预百病；四是讲究一天要三喝，水酒茶

（水：每天早晨一杯冷水洗胃口，预胃寒；酒：冬驱寒来夏消暑；茶：常饮调节生理机能，助消化）。如今，母亲传授的这些秘籍，我也在不断实践体验当中，每天早晨起来先空腹喝一杯从老家带回县城的山泉水；再洗漱；刷牙后用一根薄薄的竹片轻刮舌面，将舌面上的黏痰刮掉；然后呈立定姿势，双手循环往复向前向后甩开，心中默默数数，每天坚持甩 360 下。感觉就像老母亲一样，身体没有任何病变，心里也没有什么烦恼。

2018 年 12 月，收到"巴马乡愁故事"丛书调研写作邀请函，触动了我对"高闪家"的情感，顷刻间家乡的往事——浮现脑际。我欣然接受，这不正是我选择落叶归根的方式吗？退休后，我注册成立了"巴马大手笔文学艺术创作中心"，自己当主任，趁这个机会，不妨把主要业务活动转移到自己家乡——"高闪家"山脚底下，创建"巴马大手笔文学艺术创作中心兰廷九龙创作基地"。立足"以小见大，聚溪成河"，我以此落定自己"离乡—回乡—再离乡—再返乡""走出大山—回到大山"人生循环轨迹。

梁兆得

梁兆得，壮族，1956 年 9 月生，1974 年入伍，在解放军某部服役，1979 年从湖南省武警某部退役。曾任自治区统计局驻巴马瑶族自治县调查队科员、助理统计师、统计师等职。现为巴马大手笔文学艺术创作中心负责人。广西作家协会会员，出版过《寿乡探奇》《西海梦》《发现新巴马》等图书。

巴朝印记 | 梁绍恩

巴朝是我的故乡，归属巴马瑶族自治县那桃乡兰廷村管辖，现有 45 户人家，村民全是梁姓壮家人。

巴朝刚开始叫"巴槽"。"巴"，壮语音译意为"山坡"，"槽"就是"水槽"。村庄地处山坡，村边有一片田园，年年要架槽引水灌溉，故名"巴槽"。后来故乡人都希望日子过得越来越美好幸福，加之古人意"水"为"财"，认为"巴槽"就是"接财"的地方，且"槽"与"朝"谐音，"迎着朝阳的方向接水（财）"更吉利，后来故乡便改名为"巴朝"。

巴朝屯坐西朝东。每天晨起打开大门，故乡人就面朝太阳，东风拂面，精神焕发，新的一天就轰轰烈烈地开启了。巴朝四周环坡，绿树环绕，山形具象，活灵活现，好像一群披绸戴锦的大型绿色动物在相互依偎。溪水里有花鱼、塘角鱼、红尾鲤鱼、猪嘴鱼等水生物，那是故乡人餐桌上的美味佳肴。一条条溪水流到巴朝屯前，就不再奔跑，它们相拥成湖，与巴朝屯相互映衬，人称"聚宝盆"。村庄正前方是一座雄伟壮观的高上加山，大气而又含情地俯视着山下的众多"小山脉"，从高上加山流下来的一股山泉水，只见水来不见水去，故乡人都在暗示：努力奋斗便可积攒着财富与拥抱美好。

高上加山也是巴马较高的山峰之一，主峰海拔800 多米。"高"：壮语音译意为"高山"；"上加"：

意为"高上加高"。高上加山从山脚到山顶，要经过十几个山坡，当地民谣说"十二曲、十二弯、十二坡、十二山，坡上加坡，山上加山，高上加高"，故名。

高上加山土地肥沃，树林茂密，山腰处有数十亩的土地，供巴朝人世代耕种珍珠黄玉米、饭豆、高粱等农作物，高上加山有各种野生动物，有许多野果、野菜、野草，可谓百草药园。高上加山上有一棵柑果树，树上的柑果可以当场食用，柑果成熟时，人们劳动过程中累了渴了就摘果吃，既解渴又解乏。据说这山上的野果"准吃不准带"，且在这里干什么坏事都不可以的。相传古时有一位猎人追随猎物到高上加山时口渴了，去摘果吃，接着又摘了几个放入自己的口袋准备带走，他一边背着猎枪，一边带着新鲜的柑果，继续往猎物逃跑的方向追赶，谁知追了整整三个钟又莫名其妙地转回到了高上加山的柑果树下。猎人不服又继续往前走，走着走着又回到这棵"熟悉"的柑果树下。如此连续三次猎人都走不出这个"怪圈"，还在山上重重地摔了一跤，衣服也被刮破了几处，直到第二天天快亮时，他才跌跌撞撞地回到自己的家。这时他摸了摸口袋，柑果竟不翼而飞，后才想起，可能是在摔倒时柑果不小心从口袋里掉了出去。还有一人，在那棵柑果树下吃完柑果后顺便在那小解，然后就找不到回家的路，无论朝哪个方向走，最后总是回到自己小解的地方，在那整整转了一天，直到不知不觉把那小解的产物踩平，并清理干净如初，方能走出那个"怪圈"。所以才有"准吃不准带"和"做事不留名"的神圣果树。

高上加山的那块耕地养育着巴朝屯一代又一代的儿女，相传吃了高上加山的食物，人变得更加有文化，更加聪明伶俐，且有教养，尊老爱幼、勤劳勇敢、正直善良。听说我爷爷的爷爷，之前读了一些书，人又聪明，当时巴朝屯还属百色管辖，因百色官府与其他官府有山河纠纷吃了官司，请我爷爷的爷爷去做答辩师，相当于现在的律师，后通过激烈的争辩，百色官府终于赢回了自己的山河，官府的人非常高兴，多次请我爷爷的爷爷坐在"龙椅"休息，以示尊重。后为了报答爷爷的爷爷的恩情而在田阳给我爷爷的爷爷分了一段河流，以便打鱼和运输为生。据说当时我们家也过得很滋润，1949 年后土地改革，山河划归集体所有，重新分配。我爷爷的爷爷手上的田阳河段也就没了。

在巴朝屯，每天早上太阳从高上加山顶爬上来，阳光透过树林喷射出色彩斑斓的光线，播撒到巴朝村庄及周边的梯田；中午时分，太阳到村庄的正上方，照射着整个村庄及周边草地上悠闲自在的耕牛和马匹，构成一幅鲜活的山居图。

巴朝人民勤劳、善良。大集体生产年月，我会跟随大人去劳动挣工分，大人一天得 12 分，小孩一般一天只得 3 分，但也有特殊的。如种植玉米，四个人一组，一个负责挖坑，一个负责放种子，一个负责放农家肥，一个负责埋坑，挖的一天能赚 12 分，放种子的能赚 10 分，放肥料和埋种子的也是赚 12 分，只要拿得动锄头或铲子，跟得上工作流水线，能完成任务，不管大人或小孩都得按这个分数计；放牛也是，全队每户保管使用小队的一头耕牛，每天集中放养，放牛一天两人看，把牛群赶到牛场后，一人在头，一人在尾，傍晚把牛赶回栏，只要当天牛没有吃庄稼或被遗忘在山上，不管大人还是小孩，每人每天都是 12 分。当时，因我家劳动力少，每年都缺粮，所以小时候放学回家或是星期天，我都要学着大人上山砍木头并将其锯成方条，拿去换钱，填补缺粮。村里的孩子，不管是上小学还是上中学，每天放学回到家第一件事都得上山去砍柴，否则晚饭就别吃了。因此当时我们屯小孩都很勤劳，每天都积极参加这样的"劳动课"。

小孩砍柴最向往的地方就是到一个叫岩老的山顶上。岩，壮语音译意为坳口；老，意为大。岩老山顶有个大坳口，故名。那山顶就是那桃乡兰廷村与巴马镇巴廖村的交界处，地势较高，方圆 5 公里，主峰海拔 500 多米，距离巴朝屯约 2 公里。为什么喜欢到那去砍柴火呢？因为在那里可以看到国道 323 公路，可能会看到在路上奔跑的汽车！当时，我们山里人以能见到汽车为一件美事乐事。曾有大人为了讨好小孩而包好午饭带孩子到山上去看过路汽车的情景，有时虽然去了，却半天也没能见到一辆车而引起孩子长时间的哭闹的情况。有一个星期天的中午，我们运气较好，几个小朋友到岩老山上打柴，砍得了一些柴火后，突然听到汽车奔驰的隆隆声响，我们不约而同地放下手中的砍柴刀，一同奔向各自事先选好的大树往上爬，到树上后各自屏住呼吸，极力往远处望，此时隆隆的汽车声音已越来越大，离我们越来越近，不一会儿，一股浓烟滚滚而来，然后往坡上慢慢地滚动爬行，我们知道汽车就在这浓烟当中跑动，在上坡时汽车似乎在换气，声音从连续匀速的"呼——呼——呼"，突然"呜——"的大叫，"换气"后继续向前滚去，直到浓烟沿着公路翻过了整座高山，声音逐渐变小直到消失，浓烟也慢慢散落到沿路边的树叶上，大伙才依依不舍地从树上下来，然后每人都兴奋地描述着自己的所见所闻，甚至成为饭后的谈资。其实谁也没有见到汽车，只见到汽车开过带起的滚滚灰尘，以及听到汽车爬坡的声音和汽车换挡时的"呼吸"声。尽管没有看到汽车的模样，然而我们背柴火回到家时，每人都会向其他小朋友绘声绘色讲述一番自己见到汽车的趣事，使没有到场的小朋友羡慕不已。那些很少上山砍柴的人，便和我们一样对砍柴火产生了热情。

巴朝人赶集是赶巴马县城的，连接巴朝与巴马县城的是一条坎坷泥泞的山路，巴朝人进行劳动生产和产品交换的艰难以及克难攻坚的精神可想而知。

小时候家里种有芋头、红薯，或摘到野果什么的土特产，上山砍木头并将其锯成方条就会拿到县城集市去卖。记得有一次我初中刚毕业回到家里就学着跟大人一起上山砍木头，通过几天的努力锯得了十几根红梨木方条，捆绑好后，晚上先扛到半路，也就是岩老的山顶放（为了减轻第二天一半的扛方木路程），然后在路边找一些竹草并捆绑成两把，一把绑在方木的边上留着，另一把带回家。吃完晚饭睡觉后第二天正好是巴马县城的集日，当鸡叫第一遍时我就起床煮饭，待吃完饭正好鸡叫了第二遍，这时天还没有亮，就用昨晚带回的竹草作火把以照明，大约走 30 分钟，赶到岩老时火把正好燃烧到一半，再走约 40 分钟，就赶到有车路的地方，待天已蒙蒙亮，火把也已正好燃尽。我在公路边找了一株路树靠着并放下方木，解开竹草，找一个不潮的地方放好，留着晚上卖完方木回来天黑时用作回家的照明火把。休息一会儿后，我继续扛着方木赶路，虽然已到公路，却还是肩扛肩挑地步行着，再走 10 公里才到县城。等我卖完方木已是下午，得两块五角钱。这样，我拿九分钱加二两米票换了一碗二两素粉犒劳自己，然后用两角钱买了一斤生盐，一角钱买十颗糖，两角钱买一条布绳（可供全家人用的裤腰带），用一块四角钱买一斤猪肉，最后剩下五角一分钱拿回家。

据老人说，古时有一位梁姓老人逃难来到巴朝屯，感觉这个地方不错，有山有水，有田有地，就建了一个草房住了下来。他一开始以打猎为生，生活很艰苦，却也充实。后来，梁姓老人娶了一位家在附近的女性为妻，婚后生育了三个儿子。儿子长大成家时，修建了连排的三栋火砖瓦房，购买耕牛，开垦土地，过着男耕女织的幸福生活。小时候，我还亲眼见到这三栋火砖瓦房，一楼铺就的四四方方的大石头地板，门口两根四四方方的大石柱，门口上方压盖的是雕刻有龙凤呈祥图案的大石门梁，以及大石头上面设立开关的防盗机关，无不彰显梁氏先人的智慧与勤劳；门是用直径有小碗口大的多根坚硬的红梨木制成，墙面还留几个小窗，起到采光和通风的作用。二楼门前是一个标准石灰石石梯，客厅是纯木地板，两边各有洞房，全用厚实木板隔着，前边各开一个窗口，窗口旁边还有一枪眼，枪眼里宽外小，里面的人可以观察到屋外的动静，枪杆可以自由摆动和调整瞄准方向。三楼主要是放粮食，这一层也有通风窗和枪眼，楼板全是纯实木，很厚实。只可惜在"文化大革命"期间房子被拆掉了，现在只剩下满满的记忆在我心头。

如今的巴朝，山还是那座山，梁还是那道梁，河还是那条河，人们的口音还是原来那个壮语口音，全屯人始终团结协作，亲如一家。然而，屯里的路已由原来崎岖的泥泞人行小道变成了水泥硬化乡村汽车道路，原来赶集要早出晚归，来回走七到八个钟，现在可好，坐着公交车半个钟就搞定了；巴朝的房也已不是原来的那房了，许多泥土房现已变成了砖混楼房；牛也已不是原来的吃着青草的牛了，取而代之的是"吃"柴油的"铁牛"；电视机、电冰箱、汽车、轿车进入寻常百姓家：整个村落呈现出社会主义新农村的美丽景象。走进新时代，相信勤劳能干、朴实善良的巴朝人民，他们的生活会越来越幸福美好。

梁绍恩

梁绍恩，壮族，1967 年 7 月出生，巴马瑶族自治县人。现为巴马瑶族自治县委宣传部干部。热爱书法、新闻写作、新闻摄影等。

弄桃往事 | 胡秀萍

　　我的故乡弄桃是一个典型喀斯特地貌的山村，连绵不绝的大山把弄桃围得像一个巨大的漏斗，把四周分成东南、东北和西南三个小坳口，其中一个坳口是弄桃唯一往外的绿色通道，另外两个坳口却是石壁悬崖。村落便洒落在漏斗底端边缘。

　　因地形地貌特殊，弄桃原叫观音地。有个民间传说：1000 多年前的一天，一法号为"慈航大士"的仙人下凡间办事，半路化身道姑，因救一产妇染上污秽而无法复原，后感动上天，玉皇大帝命其掌管人间百姓、皈依正果之责。为了挽救更多的生命，"慈航大士"化作一尊天然观音菩萨石像坚守在弄桃的东北面的石壁上，守护着他的子民和唯一的绿色通道。这尊石像至今仍然清晰可见。其实传说只是传说，是先人为了教育后人，根据自然地理的形象赋意编撰的，就是希望弄桃子民要互帮互助，敢于担当、敢于牺牲、甘于奉献。

　　弄桃很小，只有 5 户人家，属东烈村烈二村民小组。弄桃深处大石山区，土少地薄，东北面是原始森林，石缝间长着古老茂密的乔木、郁郁葱葱的杂树灌木和珍贵的药材，如青冈树、香楠树等木质较好的木材，有不少树的树龄在百年以上。1949 年前，这里有很多猛兽，不时出没村落，袭击村民和牲畜。老虎觅食时发出震耳欲聋的吼叫声，叫人心惊肉跳，不敢出门。村子四周原始森林密布，长着密密麻麻的猫爪刺，有钩子一样的刺针，锋利无比，结有豆荚般的毛荆刺，藤与刺结成厚层网状，形成自然天然屏障，成就了弄桃这个十分幽静的小村庄。西南面靠近土坡，长着低矮的树木和芭茅草，中间是一片约30亩的平地和几十亩的山坡地，属东烈村烈二村民小组部分耕地。勤劳的弄桃村民在房前屋后、山边种有桃、枇杷、李子、柿子、芭蕉，院子里养有鸡、鸭、马、牛、羊，等等。清晨，牛马出门的呼唤声，鸡鸭起床的呼唤声，小鸟起来觅食的欢呼声，村民在地里劳作的声息，交集在一起，整个村子既温馨又热闹；中午，孩子们爬到果树上摘果子吃，或在院落玩耍、嬉戏，温和的阳光洒在他们灿烂的笑脸上；傍晚，老人们坐在竹藤椅上，给儿孙讲革命传统故事、艰难的岁月。整个村子涌动着无限的生机与活力。

弄桃的西南面有一条崎岖山路连通东烈村，其间有一个200多米长的天然岩洞，是弄桃村民通往东烈的地下通道。走一段山路，穿过此洞，用时半个多小时便到东烈。东烈村民世世代代靠着火把照明穿过这个岩洞到穿洞（地名）及弄桃劳作，弄桃村民也打着火把穿过此洞到东烈耕种和赶集购物。因洞长且隐蔽，曾是屯兵战斗重地，也因此使弄桃有过一段红色的光辉岁月。

据《红色印迹——巴马瑶族自治县革命遗址遗迹汇编》（第一集）记载，1948年初和1949年7月在那社乡弄阳发生两次战斗，史称"相乔战斗"。1949年以前，国民党反动派为阻碍游击队的革命活动和西山革命根据地的发展，经常派兵在相乔的弄阳设卡（炮台）把守。弄桃及东烈村民为了躲避战火和匪盗侵扰，与游击队员在通往弄桃的岩洞进出口依次建有防御工事，在弄桃的三个坳口设卡把守，以防国民党通过东烈包抄袍里坡心上凤山。同时，在那社村进入东烈村地界设一个遥望台，派人轮流站岗，一旦发现敌情，立即用烟气发出信号，村民们看到信号后立即躲进岩洞里避难。1949年前，为逃避国民党的兵役法，适龄的青壮年男子纷纷进岩洞"躲壮丁"，由于饥饿难挡，有的趁着村民赶牛归来之机，借助牛身隐藏，逃出洞外觅食，有幸躲过国民党军队的眼线。可是我的爷爷则没有那么幸运，他在我父亲出生不到 10 天时，外出买盐巴给奶奶坐月子，在刚出弄桃坳口过关卡时就被等候的国民党军队抓走，丢下未满月的父亲和奶奶、姑姑、伯父四人相依为命。听说，爷爷因挂念家中老小，偷偷地逃跑过，在逃回家的路上再次被国民党抓回，此后杳无音讯。1949 年后，举家四处打听，也皆杳无音信，无奈之下，我们只好给爷爷造个假坟，至今爷爷的坟墓里只有木架，没有遗骸。

防御工事在 20 年多前还保持得比较完整，后来东烈当地少部分村民为图方便把墙上的石头拆下来打砂建房子，如今再也无法看到防御工事森严的原貌，但是岩洞依稀可见当年避难的遗址和红色印迹。空阔的岩洞里没有了往日的硝烟弥漫，只有高浓度的负氧离子和此起彼伏的虫鸣，穿越其中已没有了往日的恐惧，只有负氧离子穿过肺腑的无上清凉与愉悦，还有村民对未来休闲养生旅游发展的美好畅想。

岩洞的进口是一片上百亩的梯田，自上而下、错落有序，出口是一片上千亩的水田，东烈村有三分之二水田在这里。洞中的河水出口后流入"双龙洞"，汇入"命河"。小时候，我常和同伴们到这里游泳、玩水、洗衣服、摸螺蛳、抓螃蟹，洞里洞外都充满着快乐。

我在弄桃出生，我的童年、少年都是在那里度过的，艰苦中充满快乐。每天清晨，我都背上书包，拿着红薯，匆忙吃点父母煮好的饭菜，和同伴沿着弄桃那条弯弯曲曲的小路向 2 公里外的东烈小学出发，中午啃着红薯当午餐，然后在学校附近和小朋友玩石子。夏天，我们都帮助家里做一些力所能及的事务，中午挑着鸭子到水田里放养，放晚学后挑着鸭子回家。放学归来早，我们就爬上果树，摘果子吃，背着小背篓上山打猪菜。暑假时间长，孩子玩得最嗨。那时农村孩子没有玩具，除了爬树摘果、玩泥人、打陀螺、踢鸡毛毽、荡秋千、躲猫猫、玩石子，再没什么娱乐。打陀螺、爬树我并不比男生差，尤其是爬树，除了爬上十几米的柿子树，还爬上芭蕉。上初中后，我开始和姐姐上山找铁皮石斛、金银花等土特产，拿到市场卖以赚取学费。我的暑假不再只是玩耍，我和姐姐到地里协助父母收玉米、种秋季黄豆、分片区比赛除草，整个暑假安排得满满当当。寒假，我的任务是要预备好过年用来取暖和做饭的柴火，山上又成了我和姐妹们找柴火比赛的场所，看谁砍得柴火多，谁家的柴火堆得最高。整个假期，我们过得十分简朴、充实、快乐。

印象中大人们则常常是在大半夜起床煮饭、喂猪和打理家里其他事务，然后匆匆吃完饭，天蒙蒙亮便牵着牛马出门，开始一天的劳作。只有在秋天的夜晚，大人们才三五成群地聚在木条做成的晒台上，回顾着夏收的喜悦与希望，经常聊到夜半才意犹未尽地各自散去。

弄桃有三次搬迁，有着"孟母三迁"的意味，动机就是对美好生活的向往。据父亲说，1949年前，爷爷为了躲避战火和匪盗侵扰，被迫背井离乡，从东烈村当地逃到一个不受外界影响的或幻想中的美好的深山居住，把逃避的"逃"，改为桃花的"桃"，意为"世外桃源"。而桃，为桃果也。爷爷逃往的小村落四面环山，有三个"U"形的小山坳口，俯视似一个漏斗，看似一个仙桃。爷爷根据村落的形状、来意，以及当时对生活的美好向往，把逃往的地方想象为有桃花盛开的地方，故取名"弄桃"。这就是第一次搬迁。爷爷把"逃避战乱"之"逃"改为"世外桃源"的"桃"，实在是一个创举。

这一次搬迁的住地选定后，爷爷在那建好房子，一住就是半个多世纪。房子是木式架构吊脚楼，房顶盖茅草，第二层统一为三开间，住人，中间是堂屋，相当于客厅，屋里摆设很简陋、很传统，堂屋墙上挂着毛主席、周恩来的画像，两侧挂有一副对联。第一层为木楼柱脚，用木头镶为墙，作厕，或堆放农具、柴火、杂物。第三层储存粮食，旁边是木条做成的晒台。这样的布局，冬暖夏凉。房子建筑模式一直保留到现在。院子里养有成群鸡鸭，只有逢年过节或有客人才能吃。院子里摆放石舂、石磨和其他劳动工具，乡村的味道就在它们的活动中散发出来。村里老人们穿的服装保持着古代唐装的特点，儿童头上戴的帽子是银饰镶边的。记忆中我在母亲木箱里曾经翻见过儿童帽子上摘下的镶边银饰，母亲说这是她给姐姐小时候制作的帽子。我始终觉得母亲的爱与温暖就在这箱子里边。每每回到老家，我总要翻动那个箱子，看看现在很少看到的童帽，还有一针一线缝制的衣服和人工刺绣。

后来我们家在弄桃原地又搬了两次家。据母亲说，第一次在弄桃原地搬家大约在 20 世纪 70 年代初期，父亲厌倦了人畜饮用水难的困扰，梦想着在村里寻找水源，父亲本身是木匠师傅，同时也想练练手工。这次搬家是父亲白手修建的第一个房子，房子坐东北朝西南，从平台地搬到山脚边，构架仍然是爷爷时代木式结构的茅草房。为了村民磨米方便，父亲利用自身的特长为村里打制了一个石磨。石磨现在虽然能在农村的农家小院才能够见到，但依然使用的人家已经不多。那个时候在家推磨叫干私活，不能占用白天到生产队的上工时间，也没有星期天的说法，所以每次推磨只能选择在夜里进行。我父亲做的磨比较大，至少要两人才能推动，每次推磨都少不了我。推磨是个非常费劲的差事，既枯燥又劳累，每次推磨都要花一两小时，一圈又一圈地围着磨盘转，一年四季也就如此轮回。每次轮到我家推磨的时间大都在下半夜，为了提起我们姐妹三精神，母亲都会拿出绝招，她要么拿出她珍藏已久的小饼干或事先用大铁锅炒好一盆爆米花作诱饵，要么给我们讲故事，要么教我们掌握推磨的方法和告诉我们经常推磨对身体有好处，等等。如今，我每次下乡看到农家院落的石磨，推磨的往事便浮现眼前，工作的干劲似乎也一下子提高了很多。

第二次搬家，大约是在 20 世纪 80 年代末，房子从右向左移动约 100 米距离，父亲硬是在一片乱石中整平出一块房基地，房子坐北朝南，说来巧合，这次搬迁竟然实现了父亲寻找水源的愿望，结束了这个村肩挑马驮饮水难的历史。在整地基时，在乱石中父亲发现了泉眼，泉眼正好在房子中堂后面的墙基上，为了留住和积蓄更多水源，父亲小心翼翼地用水泥浆把它围成一个木桶状，把水源保护起来，清澈的泉水源源不断地冒出，乐坏了全家人，也满足了村里的人畜饮水。房子构架仍是吊脚楼，只不过四面篱笆围墙却变成了四面石头砌成的围墙，屋顶盖的是自烧瓦片，第三层是用木板搭起的，同时增建了一个石混砌成的粮仓。由一根根木条砌成的晒楼变成了水泥板晒台，房子变得越来越牢固华丽了。然而，此次搬家，我再也找不到母亲箱子里的镶边银饰物，爷爷留下的铜盆也遗失了。就这样，我们在这个家里安心地住了近20年。

改革开放后人民的生活质量逐渐得到改善，但是现实生活条件远远满足不了人们对美好生活的向往。不少村民都走出山村到外面发展，而一些老人只是将孩子送出去读书，让孩子在外面买房发展，自己却不愿离开故土。父亲常常把一句话挂在嘴边："金窝银窝不如自己的狗窝。"父亲意思是外面的世界再美好，都不如这儿的穷乡僻壤的生活环境待着舒坦。然而，弄桃村民还是面临再次搬迁。

最后一次搬迁是在20世纪90年代末，弄桃逐渐沦落。随着市场经济和城镇化的快速发展，人们向往美好的生活，好多年轻人都从农村走向城市发展，外面的世界很精彩，外出工作的人们早已习惯了快节奏的城市生活，弄桃虽然貌似世外桃源，但是山高坡陡，交通不便，沟深崖险，土地贫瘠，生活在这里的村民面临就医难、就学难、行路难等问题，跟不上时代的发展步伐，没有多少年轻人会喜欢弄桃山村的生活。再说，这个村落户数少，人口不多，劳动力不足，要彻底改变落后面貌，与全国人民同步步入小康社会，不搬迁是万万不可能的。2009年父亲和村里的几户人家再次搬家，回到交通便利的东烈居住，告别了低矮、简陋的住房——取而代之的是清一色的钢混框架结构楼房。弄桃这个村庄，只剩下空荡荡的房子，已不再是那个热闹的村落。刚搬出来那几年，我们还经常回去侍弄那里的田地，或到老屋用铁锅煮上一餐饭菜，祭拜祖宗。如今，我们回去的次数越来越少，无论是时间还是空间，都注定我们同这个村落彻底告别。

出于对弄桃的怀念，去年春夏，我回了一趟弄桃。无人了，弄桃生态环境好得令人惊艳。那些让我神往的果树原本是果实累累挂满枝头，水灵灵的，枇杷果应该是黄澄澄的，平台地里的玉米叶子应该是翠绿翠绿的，但是这次看到的是另一番景象：唯一通往外面的小路已经无法通行，荒草和刺藤遍布；

村里的果树，因无人管护，结出来的果子了无鲜色；平台地里再也看不到人们劳作的身影，再也听到不到人们交谈时发出的欢笑声，到处是荒草。应是村人离开后，野草们又兴高采烈地回来了吧。

我到处不停地在儿时曾经玩耍过的角落里晃悠着，想找到童年时代的那种感觉。但是结果让我失望，曾经热闹的村落现在已人去房空。原本 5 户人家，30 多人的小村庄，现在空无一人，只剩下空荡荡的旧房子和荒芜孤零的村庄依然守护在那里。我站着，用力呼唤着我的小名，我听到的只有自己的心跳，还有无限的回想。

胡秀萍

胡秀萍，现供职于巴马瑶族自治县社会科学界联合会。

心安之处文化街 | 苏美花

一

1976 的那年冬天，母亲带我去赶集，稀里糊涂地跟着两个人上车。汽车开动的那刻起，我和母亲就把故乡弄丢了。我 11 岁那年，老天爷把我的母亲带回了天堂。几度春夏秋冬我一个人孤零零地站在风中，心中多么渴望有一个家！但是哪里有我的家？我吟唱潘美辰的那首《我想有个家》行走在人生的旅行线。

在一个陌生的城市我与他相识，分别时，他在车里，把头探出车窗对我说："问你一个问题，可以给我的家当女主人吗？我的工作单位在一所学校，我在学校等待你的答案。"

从此，这个问题就扎根在我的心田，直到 1990 年才有答案。

这年春天，我从另一个城市赶往地处河池市巴马瑶族自治县文化街的民族师范学校，去见自己的心上人，两个彼此倾心的人一相见就拥有了一个温暖的家，我就幸福快乐地成为新巴马人。心安在一个人身上，心安在一个地方，自然就幸福。

都说"嫁鸡随鸡，嫁狗随狗"，可我的内心深处是抗拒的，我坚持自己的选择，选择心仪的人，选择心仪的地方。我把家住文化街的地址告诉了自己的朋友，他们打趣，说我这个没有文化的人，竟然能够在名叫文化街的地方安了家，我窃喜。在人们看来，当时的文化街虽然简陋，但整条街道建有学校，挨着文化单位、教育单位，能够在里边工作，或没能在里边工作，但能够嫁到里边工作的人，或者娶到里边的人，或者挨边建自己的住房，那都是一件十分幸福的事情。

生活在美丽的巴马民族师范学校里，学生们那朗朗的读书声是我喜欢听的声音。小时候迫于家庭贫困，小学未毕业就辍学，我变成了帮别人放牛的放牛妹。为了感受校园的气息，每每放牛，我都把牛赶上靠近学校的高坡地，这样不仅能完成放牧任务，还能看到学校上空那面迎风飘扬的鲜艳的五星红旗，更能听到学生们朗朗的读书声。

20世纪90年代的巴马文化街，房子皆是一两层的泥砖混合结构骑楼，楼房与楼房之间，跨入人行道而建，在马路边连接形成自由步行长廊，跨出街面的骑楼，既扩大了居住的面积，又可防雨遮晒。骑楼后部为商店。我喜欢穿过骑楼的过道去市场买菜，或在骑楼的商店采购东西，喜欢到文化街骑楼的小书店逛，喜欢在骑楼看老人下象棋，看孩子们嬉闹玩游戏，或聆听人们对唱山歌。有时看到骑楼主人的小孩长得可爱，我忍不住上前抱一抱、亲一亲。我偶尔还和骑楼的长寿老人打招呼或者紧挨着他们坐一坐，听他们讲这座山城的故事。故事里会有杀掳、会有嬉戏、会有打情骂俏、会有斗智斗勇。听着听着，我会随之恐惧、快乐、忧伤，忘记了购物，忘记了回家，待到里边有人喊"啃艾喽……啃艾喽……"（壮语："吃午饭，吃午饭"之意），才猛然起身，依依不舍地离去。

文化街的店铺老板特有文化，对光顾店里生意的每位顾客总是彬彬有礼。有一天，我走进一家小店买打火机，老板娘收了款，还送给我一句祝福语："祝你新婚快乐！生活甜甜蜜蜜红红火火！"我很惊讶，老板娘怎知道我是新婚的新娘？老板娘笑呵呵地说："看到你身上穿的红袖边衣服、脚穿的红鞋呀！还有你红扑扑的脸上洋溢着无限的幸福。"

二

扎根在巴马 28 个春秋，我越来越迷恋这座被称之为世界长寿之乡的山城。文化街的骑楼已变成建筑高楼，但骑楼温馨和谐的文化还在，在屋里头，在屋里头人们的心里，在他们经营的生意里，在他们包制的粽子中……

我打小就喜欢吃粽子，20 世纪 70 年代饥荒年月，因为营养不良我患上了贫血病，头发黄，嘴唇惨白，医生告诉母亲多给孩子补补营养。但是家里实在是穷，哪里能给孩子补充营养，这可把母亲愁坏了。为了让我吃上可口的饭菜，母亲时常跑到河边捞虾，把小小的虾儿清洗干净爆炒，抛进锅后小虾儿们眨眼间变成了红虾。红灿灿的一盘小虾米呀，馋得我直流口水。我马上伸小手想吃那虾米，母亲轻拍打我的手背，笑着让我再控制一下馋虫。我百思不得其解，耐心等待母亲下一拨的操作。

母亲把小虾须都剪掉，只留小虾米那点肚肉，把一张小芭蕉叶放在手心的左边，右手抓揉好的玉米粉团摊上芭蕉叶的中间，把玉米粉团展开像一本书，把虾米均匀地放进摊开的粉团，那白色的玉米团和不去掉红色虾皮的虾米，让人一看就特想一口吞下。母亲一边用眼神安慰我，一边用玉米粉包住虾米后，合上包裹着玉米粉的芭蕉叶，用根稻草捆好，放入锅头蒸十几分钟后即可食用，满屋瞬间飘满了清香的芭蕉叶味儿和小虾特有的那种香味。曾有一段时间，我特别怀念这儿时的味道，然而无论我再怎么希望在某个拐弯角落能碰上母亲，也只能是在梦里才能实现了，母亲曾经留给我的难忘的粽子味道也是难寻了。

令我万万想不到的是，多少次在梦里追寻的粽子味道，竟然在文化街的一位老奶奶那里得到了满足。这位老奶奶经营着一个小吃摊。小吃的种类很丰富，有小笼包、马拉糕、麻花油饼、大粽小粽等。我酷爱吃板栗馅的三角粽，隔三岔五来老奶奶的小吃摊，坐在那里慢慢地品尝粽子的味道，开心地和老奶奶交谈生活琐事。有一天早晨，我在老奶奶的小食摊吃粽子，有个阿姨手挎个竹篮吆喝着："刚蒸出锅新鲜的三角玉米糍粑啰！一块钱一个！"

我问老奶奶："您有那阿姨叫卖的玉米糍粑卖吗？"老奶奶说："没有，因为它难保鲜，易发馊！我怕影响生意，就没做那种小吃，你喜欢吃啊？"

我回答老奶奶："想吃。我曾买过一次，但没有我阿妈做的那种虾米玉米粽好吃，所以我不再买了。"

老奶奶好奇地问我："你阿妈会包玉米粽子？"

我就把幼时看到母亲如何制作玉米粽的场景跟老奶奶说。老奶奶笑眯眯地说："你阿妈心灵手巧呀，想这法子给你吃上好吃的。明天你来，我试着做一做这款小吃。"

第二天，我怀着期待的心情来到老奶奶的小吃摊。老奶奶见我来了，把两个三角形的粽子放到我的小盘里。我兴奋万分地打开粽子，见是糯米粽子，大失所望。老奶奶又示意我先咬一口，我疑惑地张嘴，哦，多少年了，这就是我常怀念的虾米肉粽味呀！虽然粽子不是玉米粉做的，而是糯米，但粽子的馅是我熟悉的虾米味道！我瞬间陷入思念母亲的情绪之中，吃着吃着眼睛竟湿润了起来。老奶奶见我流泪，急忙解释说："妹仔，虽然粽子皮不是玉米粉做的，但是我想让你吃上虾肉馅的粽子，是不是我做的粽馅不如你阿妈的手艺香？"

我这才回过神来，很感激地对老奶奶说："奶奶，谢谢您对我的心事上心了，我终于吃到了阿妈制作粽子的味道！"

我在文化街找到了家的味道，找到了妈妈的味道。

然而，令我特别伤心的是，没过几年老奶奶就仙逝了！

三

如今每天出门买菜，我都特意经过那几个专门经营粽子的店铺，即便不入座点餐，也会往以前奶奶坐的地方望一望，并闻一闻粽子的香味。透过缕缕粽子飘香的清雾，我仿佛看到多年前已过世的那位可亲慈祥的卖粽子的老奶奶，深切怀念她特意为我制作的那两个虾米肉粽。

我知道，那几个粽子是老奶奶用母亲的情愫特意给我做的，至今想起总是暖意萦怀。

文化街的粽子店老板娘，个个身怀手工包粽子的绝活，两三张翠绿的粽子叶，在她们手上翻转一两下，一眨眼的工夫，一大串的三角粽就在她们灵巧的双手中诞生！

她们包的板栗粽子、精心制作的软甜糍粑和那缤纷多彩诱人的五色糯米饭，所采用的染料是由天然的红蓝草和枫树叶所制成的。

她们每天的生意都特别红火，逢春节或是传统的节日，更是忙得不可开交，她们有时忙得顾不上喝口水，可是见有老人来买粽子，很多人排队时，她们便拿着板凳给老人坐，端茶水请老人喝。即便有人不买粽子，他们也不会讲什么气话。

也许是文化街粽子味道好，还有文化街的人和善，慕名而来的巴马养生"候鸟人"，三三五五结伴来巴马文化街买粽子。他们有的左手拎一串三角粽，右手又忙把糯米饭往嘴里送，有的忙用手机自拍发朋友圈。有趣的是来巴马旅游的外国朋友，时不时闯入自拍人的手机，吃粽子的搞怪镜头，惹得路人哈哈大笑。

家在文化街，我收获着满满的幸福！巴马民族师范学校与文化街的人们相处得很是融洽，学校附属幼儿园的大门永远向文化街的小朋友敞开。我在幼儿园当保育员那年，认识了不少的街道小朋友的家长。有时候上街买菜，遇到经商的幼儿园小朋友的家长，他们不仅不收我菜钱，还往我的菜篮多放几把菜，我却坚持付钱。他们笑着说："苏老师，送个把菜也不足以表达我们对你的感激之情，你在幼儿园对我们的孩子如亲生孩子一样的照顾，我们的小孩从幼儿园回到家，就指着幼儿园合影照中的你，对我们说这位老师最爱我们，她讲故事伴我们午睡，还经常背生病的小朋友。"

多年以后，在幼儿园与我相处过的文化街小朋友成家立业了，在街上偶遇我，就对她的小宝贝说："这是妈妈小时候的老师。"于是她的小宝贝张开小嘴就向我问好："妈妈的老师您好！"并很大方地在我的脸上亲了一口，小宝贝这甜甜地一个吻，就是一份爱的褒奖和爱的回音！

四

人们常说，一个人长期生活在某个异乡，就会对它产生深厚的感情，我的家在巴马小城，心安之处就是文化街的师范学校，我不知不觉地把它当成自己心中的故乡。巴马作为长寿之乡、养生胜地、红色文化圣地等，早已声名远扬，来巴马旅游或养生的"候鸟人"，也把巴马当作他们的第二个故乡，他们称巴马为心安之处、养生天堂。

我常对儿子说："巴马是妈妈的第二个故乡，你要深深地爱着它，如同爱着你的母亲。你要去理解它的过去、现在，也要和它走向美好的未来。孩子，你要记住，巴马是你出生的故乡，无论身处何方、走得多远也要回头张望！"。

如今巴马的变化日新月异，不仅文化街在变化，经济、社会、文化、生态等，各行各业各方面，全县的每一个角落都在变，而且越来越美好。我要告诉朋友们，我真诚地邀请大家来巴马小城做客，这座小城真是上苍遗落在人间的一块净土，小城看似一幅画，听像一首歌，人生境界真善美这里已包括，就如歌星邓丽君演唱的那首《小城故事》一样美好。

清晨，在巴马民族师范学校，金黄色的缕缕阳光很柔和地照进我的工作室，我深情地呼吸新鲜的空气，感受新一天温暖阳光的抚摸。几只小鸟儿在我窗台外的树枝上，探着可爱的小脑袋，唱着欢快的歌儿，我随着它们往窗外望去，眼前的文化街一派生机盎然。

苏美花

苏美花，壮族，1971 年 5 月出生，都安瑶族自治县地苏镇人。现供职于河池市巴马民族师范学校图书馆。喜欢学习创作散文，《阅读是我的人生导航灯》荣获2015 年广西区党委宣传部举办的全民阅读活动奖，被评为"广西八桂最美阅读追梦人"。曾在《南方文学》《河池日报》《女友》等刊物发表散文。

走出山村 | 覃 景

在我的脑海里，一直定格着这样一幅图画：苍茫的远山逶迤蛇行，灰色的土屋星点棋布，羊肠小道蜿蜒缠绕……这就是我日行渐远的故乡。

我的家乡凤凰乡那朝村，地处巴马和大化两县交界处，连绵的群山，把几十户人家围绕其中，几个小村落，被一道道山梁隔开，交通不便，通往山外的路是羊肠小道，买卖赶集都要翻山越岭。多少年来，我的故乡信息闭塞、贫穷落后，因而常被外界嘲讽："多见木叶少见天。"

自从我能记事起，乡亲们扎根大山，种田犁地，过着自给自足的艰苦生活。住房是木质结构土坯瓦房，较穷的则是三叉茅草房，四周用木条或木板草皮围着。人畜饮水靠肩挑马驮，每到枯水期，乡亲们便起早贪黑，披星戴月，挑着水桶翻山过坳去取水。每当夜晚，我们的照明物是煤油灯，山村的夜晚总是漆黑，深沉寂静。走出山外、买卖赶集要走大半天的崎岖山路，多少个日日夜夜，乡亲们渴望公路修到家门前，犹如60岁的光棍汉巴望有一天能娶上仙女一样遥遥无期。

也许是父辈们无望了吧，他们总希望自己的孩子走出山村，闯荡世界，"好汉吃外方"。父亲从小就给我灌输一种思想：好男儿志在外方。可是，少年时代的孩子哪个能够领会得了父辈们的想法。在父亲的教导下，我在似懂非懂中度过了年少时光。

一年夏日的午后，面对家乡的小河，我似乎读懂了什么。从山里流淌出来的溪水和山泉水，在村前汇成一条清浅的河流，成为滋养着村民的命脉。流向山外的河水是清甜的，清澈见底，河水如山里人的眼睛一样纯净，带着山里人渴望与探寻的目光，流向山外，流到城市里。我喜欢河水，小时候时常一个人来到河边看着河水发呆，巴望有一天像河水一样走进城里。那是产生梦想的岁月，也是暗生烦恼的时光。那时我时常离开父母的视线，在河边寻求一些寄托。有一次，父母急坏了，父亲找了大半天，才找到一脸茫然的我。父亲似乎看出了我的心思，他抚摸着我的头，慈祥地对我说"儿啊，要想走出山外，唯一的办法是努力读书！"

父亲上过几年私塾，能勉强读书看报。父亲小时候家里穷，全家八口人仅靠爷爷和奶奶从生产队干活争来的工分养家糊口。在那物乏贫穷年代，读书成了父亲奢望的事，最后，最奢望的事变成了绝望。父亲说自己在上学的路上哭成泪人儿，家里没劳动力因此被抢了书包回到家。穷人的孩子早当家，辍学后的父亲为了不再让叔叔没有书读，不走自己的老路，从11岁起就肩挑重担，常和爷爷上山采摘土特产，把从山上剥来的树皮翻山越岭地挑到街上去卖，为叔叔筹集学费，巴望叔叔有朝一日走出山村，有一份体面的工作，父亲这一干就干到叔叔高中毕业。可是，父亲对叔叔的希望最后也变成了遗憾。听父亲说，叔叔错过了一次当干部的机会，在20世纪七八十年代，拥有高中学历算是少有的知识分子了，当时村里学校急需一名代课老师，高中毕业的叔叔自然是最佳人选，但奇怪的是已在教育部门领到通知的叔叔，后来竟未如愿走上三尺讲台，教育部门领导嫌叔叔"只有文凭，没有水平"。百思不得其解的父亲每谈起此事总是捶胸顿足，很无奈地说三叔是一块不会发光的金子。我知道父亲在用叔叔这个例子，引导鼓励我去努力去奋斗，不能像他和叔叔一样，穷守在这片大山里。

叔叔的这件事让父亲在精神上受了不小打击，父亲性格变了，变得沉默寡言。记得在我上小学的头一天，父亲就丢下农活，在家为我自制一套课桌椅，第二天早上，扛着自制的课桌椅把我送到一个叫能老教学点的学校上学。在那个年代，为小孩自制课桌椅并送到学校的家长是少有的。好多家庭的父母都希望小孩在自己的身边读书，可是父亲倒好，非赶我离开家乡不可！

一二年级的时候，我们到2公里外的能老教学点上课，那是一段充满野趣的时光。夏天，道路两边，漫山遍野，山花烂漫，到处是野果，有山稔子、野草莓、桃子等。每天放学，我们边采野果吃边往回走，采完了野果，我们追蝴蝶、捕蜻蜓、抓小鸟，不亦乐乎。冬天，我们每人带着用旧铝盒制成的火盆取暖，里面放着烧着的木炭。为了让木炭燃烧得更旺，我们一路奔跑，一路摇曳，一路抛洒出滚滚浓烟。随之飘散的还有我一路的歌声、叫喊声，上学的欢乐在山间来回荡漾——那是一段无忧无虑的童年时光。

三年级的时候，我们要到四五公里外的村中心小学读书，因路的遥远，每天往返学校是不可能的了。10岁那年夏天，我挑着米袋，带着一只木箱子，走进那朝中心小学，寄宿于学校独立生活。整个学校只有两间教室，是泥瓦墙结构，一二三年级共用，另一间是四五年级共用，教室地板凹凸不平，课桌椅参差不齐。学校宿舍有两间，是泥墙茅草结构，男女生各一间，因年久失修，每逢下雨时，屋外大雨，屋内则是小雨，雨滴到棉被和蚊帐上，睡觉都难以安稳。学校操场没有硬化，不经常活动的地方杂草丛生，每逢下雨，操场积满水，无法做早操。木质篮球架的篮板腐烂不堪，柱子东倒西歪，全校唯一的一个篮球自然是高年级同学的专用，低年级的特别是小个子的同学甭想摸，连看都不给。学校没有饭堂，每天放学，我们只能在宿舍或教室的屋檐下用两三块水泥砖搭起火灶煮饭，通常两三个同学共一灶。每天放学煮饭，不仅要到学校附近山上找柴火，还要到1里外的河里提水，通常煮熟一锅饭，要用两三个小时。那年代农村的生活是自给自足的，生活困难，因此学生每周拿到学校的大米和油盐极其有限，通常大米是4~5斤，一周吃的油只允许用小酒杯来装。每周星期一是我们最快乐的一天，那天大家都会把刚从家里带来的菜和少量的油一次性全部吃光，大家还乐哈哈地自我安慰："少有等于没有，免得以后懒得保管哩！"就这样，星期二以后大家基本上都是吃白饭了。那时候，由于饮食不规律，油水又少，又在长身体，我们消化特快，感觉整天饥肠辘辘。学校里的桃树、李树，其花凋零还不到两个月，其果子已被我们抢着吃了。有时晚上，我们把遗落在木薯地里的木薯捡来煮熟当夜宵，吃得津津有味。

学校条件艰苦，老师奇缺，上四年级时，因语文老师嫌弃学校太艰苦而调走，愁眉不展的校长说新老师即将到来，但我们等了半个学期也不见人影。我们的数学老师常回家，不住校，所以大部分的时间里，我们成了无爹无娘管教的孩子。缺少汗水浇灌的花儿，哪能结出硕果？在四年级期末考试，我数学成绩还行，但语文不及格。

家庭报告书发下来的那天晚上，我如坐针毡，忐忑不安，想象着父亲看到成绩单后会是怎样的场景，一场暴风骤雨般的怒训在所难免了，同时脑海里也出现了三年前我获奖的情景：一年级时的六一儿童节，学校举行知识竞赛，我获一等奖，父亲乐坏了，当我拿着奖品———支黑色钢笔踏进家门口时，正在屋顶上补瓦的父亲高兴地扔下手中的活儿，急不可待地从屋顶骨碌碌地滚下来，笑逐颜开地说："我说嘛，我们家的孩子会争气……"父亲把我获奖的那支黑色钢笔视为无价之宝。那晚，让人意料的是看完成绩单后的父亲并没有大发雷霆，可他却像个泄了气的皮球呆坐在沙发上，脸色铁青，沉默不语，一脸茫然，显然，父亲是被我一落千丈的成绩气晕了。其实对于学校的情况，父亲早有所闻，但他没料到我的成绩会下降得如此之快。

临近开学的前两天晚上，父亲语重心长地对我说："儿啊，为了不耽误你的学业，决定送你到乡外去。"我大吃一惊，也犹豫了，毕竟自己从未出过远门啊！但一想起每周往返学校的艰苦画面，我平复了内心的慌乱。就在那天晚上，父亲又重复了"书中自有黄金屋，书中自有颜如玉""好男儿志在四方"等一大堆大道理。

开学那天早上，怀着对未来的憧憬，我们早早就离开了家门，父亲和我一前一后，他挑着米袋，我背着书包，在崎岖的山道上艰难爬行，父亲对我说："儿啊，从此寄人于篱下，想得到人家的爱，一是要读好书，二是勤做家务。"我默默点头。

我们翻了近 3 个小时的山路来到凤凰街，然后又乘坐班车行驶了 30 公里，来到了东兰县太平乡中心小学，记得当时学费是每学期 20 元，但我是外乡的，那天交费注册时，我得多交 15 元"代培费"。

我寄宿的亲戚家离学校大约 500 米，学校是乡一级中心小学，比起那朝小学好多了，一栋五层楼的教学楼，教室宽敞明亮，课桌椅油光发亮，晚上自修时，教室灯火辉煌，比起那朝小学昏暗的煤油灯、东倒西歪的课桌椅，这里确实是上学的好地方，欣喜之余，我终于明白了父亲的用心良苦。

在那里苦读三年后，我在小学升初中考试中，由于发挥不正常，最终以一分之差遗憾地与巴马第一初级中学失之交臂，庆幸的是我被巴马民族中学录取，当时能跨过凤凰乡中学来到县里读书也算是给父亲一个交代了。

随着年龄的增长，上了中学后，我日渐体会到父亲的不容易，感受到父亲的艰辛与付出，也领悟了父亲常说的"黄金屋""颜如玉""志在四方"的内涵。因此在初中三年里，在学业上，我不敢懈怠，劳苦躬耕，勤奋好学，最终没有辜负父亲的殷切期望，1995 年考上河池民族农业学校，圆了父亲的梦想。一脸喜气的父亲亲自持刀将家里仅有的一头肥猪杀了，一向体弱多病的母亲也似乎好了许多，脸上显露出红润的色泽，乡亲们则挤在我家那破旧的泥土墙房子里喝酒猜码，庆贺一番，将我考上中专的喜事张扬得灿烂无比。最高兴的自然是父亲了，觉得特有成就感的他那天很能喝，酒过三巡的父亲涨红着粗大的脖子大言不惭地向乡亲们吹嘘："我早就料定娃是块读书的料，几年前，要是我不把他送到乡外去读，那是被埋没定了……"平时不善言辞的父亲那天夸夸其谈，声音特洪亮。

记得我刚上小学一年级，父亲就上山开荒种树，我在为此疑惑之时，父亲却笑着说，"傻孩子，种树是为了将来你上大学用的，人无远虑，必有近忧嘛！"那年代，住在山旮旯里的乡亲们生活穷苦，平时只靠种地为生，没有其他经济来源。能送小孩上小学及初中的家庭已是很不易了，要是送上高中或大学那一定是很了不起的事。村里有一户人家，小孩在读河池供销学校，因家庭经济拮据，四处奔走都无法筹够学费，最后不得不变卖屋顶瓦砾……为了让孩子走出山村，倾家荡产也在所不惜。正因为有了前车之鉴，所以在我上学后，父亲就做好了充分准备。

因家乡交通不便，运输只靠肩背马驮，即使父亲种了大片的杉木也没值几个钱，运输费用已占去了一大半了，砍了满山坡的杉木也只勉强筹够四年的中专学费，接下来每月的生活费全靠父亲一人上山打柴维持。为了能按时给我生活费，父亲风里来雨里去，丝毫不敢停歇，长年累月的辛酸，全部变成皱纹写在父亲的脸上，父亲生怕我伤心，时常鼓励着我安心读书，让我时常感到父爱的温暖与坚韧。

山村在岁月中流转。如今，家乡变了，尤其是近几年，村村通水、通电、通水泥路，家乡旧貌换新颜。已走出家乡多年的我，看到家乡的变化，惊喜之余感觉自己似乎与故乡有了一层看不清的隔阂，不知不觉中已陷入了对家乡的无限依恋。每当想念家乡时，我便开着小车携着妻子和儿女返回家乡，陪父母吃一两餐饭、拉家常，去走亲访友。若时间允许，我还去看儿时的小河、小学。小河变化不大，可是学校变大、变高了，变得热闹了。父亲已不像当年那样急着赶我上学了，他如今讲得最多的是"如果不忙就多待些时日"，也许父亲要讲的下一句就是"有时间就多回来待待……"

覃　景

覃景，壮族，现供职于巴马瑶族自治县社会科学界联合会。

后
记

"巴马乡愁故事"丛书之巴马村落故事《暖暖的村落》，在编委会的领导下，在各级领导和广大专家、作者的大力支持下，经过一年的共同努力，终于与读者见面了。

　　我们在编写本集子过程中，广西壮族自治区党委宣传部给予了大力扶持和关心帮助，中共河池市委宣传部对本丛书编辑出版工作给予热忱指导，巴马瑶族自治县给予配套扶持。巴马瑶族自治县党委常委、宣传部部长、副县长叶柳艳同志在百忙之中组织策划并作总序；巴马瑶族自治县党委宣传部、社科联适时组织作者调研、改稿，鼓励支持作者深入生活、扎根人民，调查研究、潜心创作，深入挖掘巴马历史地理人文底蕴，力求推出有厚度、体现人文底蕴，有温度、散发泥土芬芳，有品位、展现壮风瑶韵的精品佳作。付梓之际，谨向关心、支持、帮助本集子编写、出版工作的广西壮族自治区党委宣传部、中共河池市委宣传部，以及有关领导和同志们表示衷心的感谢！

　　翻阅《暖暖的村落》，墨香扑鼻，一种真切感人、启迪开悟的感觉油然而生。贴地的素材、朴实的描述、丰富的思想，凝聚着作者们的智慧、心血与汗水，凝聚着作者对故土情感的维系，对家乡过去的深刻记忆和对家园未来的美好憧憬。本丛书的推出定能唤起人们的共同乡愁记忆，让人们更加珍视传统文化，更加爱护村落文化，更加珍惜美丽乡愁，凝心聚力推动文化繁荣兴盛、乡村振兴，建设美好家园。

由于时间关系和编者的学识限制，本集子无论在形式上还是内容上肯定存在不尽如人意之处，敬请读者给予批评指正并提出宝贵的意见和建议。

编　者

2019 年 10 月